Minagawa Hiroko
COLLECTION

皆川博子コレクション 8

あの紫は わらべ唄幻想

日下三蔵 編

出版芸術社

皆川博子コレクション

Minagawa Hiroko COLLECTION

8

あの紫は わらべ唄幻想

目次

PART 1

PART 2

PART 3

PART 4

装画　木原未沙紀
装幀　柳川貴代

妖《よう》笛《てき》

PART 1

妖笛

宝永三丙戌正月廿日
一、左兵衛様御死骸塩詰ニ致スニ付、南丸へ
　御家老、御用人、郡奉行、八郎兵衛、弥
　二《ママ》左衛門相詰ル。
二月三日
一、御検使石谷七之助様下諏訪町御止宿。
二月四日
一、七之助様午之刻、柳口へ御着、御吸物御
　重之物出ル。
一、午之中刻、南之丸へ御出、左兵衛様御死
　骸御身分相済、夫《ソレ》ヨリ柳口へ御帰、三汁
　九菜御料理出、後段蕎麦出ル。御供中へ
　モ二汁五菜出ス。
一、申下刻、左兵衛様御死骸法華寺ニテ御土
　葬仕廻候。
　　　　　　――諏訪家御用部屋日記――

山吉新八は、寝返りをうった。枕行灯《まくらあんどん》も消した部屋のなかは、闇《やみ》が濃く重い。伝馬宿の夜は人々の寝息がひそかな囁《ささや》きのように空気を乱す。隣に床を並べた左右田孫兵衛の気楽そうな寝息が、ことさら耳につく。小鼻の脇に薄く脂をにじませているであろう寝顔が、闇のおかげで見えないのがせめてものことだ。

お役は終わったのだ、と、彼はそのことを思おうとする。左兵衛様みまかられてより、すでに十一日、今朝方――二月十五日――信州諏訪高島を発ち、金沢町で一休みした後、今夜はここ甲州

台ヶ原に宿泊。そうして、勝ノ間、犬目、日野と泊まりを重ねれば、十九日には江戸に着く。

　左兵衛様御墓所には、自然石にて御石塔を建立されたしと、金三両を法華寺におさめてもらうよう、左右田孫兵衛とはからい、御徒《かち》目付に託してきた。

　吉良左兵衛義周の死によって、東条吉良家は、絶えた。

　左兵衛様二十一年の御生涯の御役は……と、闇のなかで、新八の心に、またもその言葉が浮かぶ。清和天皇第六皇子貞純親王の後裔《こうえい》足利義康公を祖とする東条吉良家を廃絶させることであった……。

　そうでも思わねば、新八自身がやりきれないのだった。だが、千国街道をはこばれてくる塩鰤《ぶり》のように荒塩のなかに埋もれてゆく左兵衛様から目をそむけ、新八がそう、己れをなだめるように呟いたときの、左右田孫兵衛の大袈裟なうなずき顔が思い出され、あらためて、腹が煮えた。同意など、なぜ、するのだ。あまりの辛さに、つい口に出たこじつけなのだ。仮に、孫兵衛がこのようなことを言ったのであったら、――おれは、孫兵衛になぐりかかり、なぐり殺していたやもしれぬ……。

　山吉新八は、吉良家の譜代の臣ではない。彼の父は、米沢藩の微禄の下士であった。

　吉良家と上杉家は、幾重もの絆で結ばれている。吉良上野介義央の夫人は、米沢藩主上杉定勝の四女であった。定勝の跡目を継いだ綱勝が急逝し、嗣子がないところから、急遽、上野介義央の長子三郎が上杉家に養子に入り、綱憲と名乗り、襲封した。吉良家には、他に男子がいない。綱憲に次男が生まれるのを待って、これを養子に迎えた。

　つまり、吉良上野介義央は、嫡男を妻の実家に養子にやり、孫を養子にしたわけである。

上杉綱憲の次男春千代が養嗣子として祖父のもとに移ったのは、元禄三年、五歳のときであった。新貝弥七郎、村山甚五左衛門の二人が、上杉家から中小姓としてつき従った。

山吉新八が左兵衛様付きの中小姓の一人として上杉家からつかわされたのは、だいぶ遅く、春千代が元服し左兵衛義周と名乗ったその年であった。給金年三両というわずかなお手当てでも、下級藩士の次男にとっては、お役につけるのはありがたいことであった。

前髪を落とし初冠《ういこうぶり》をつけた新しい主《あるじ》は、ほころび初めた梅花を思わせた……。その匂やかに美しかった俤《おもかげ》が、いま、台ヶ原の伝馬宿に横たわる山吉新八の眼裏に顕《た》つ。ふと、耳をすました。かすかな笛の音が耳もとを流れたように思ったのである。

いや、あれは、空音《そらね》だ。気の迷いだ。もはや、笛の音は不用なのだ。

笛の音は不用なのだ。喃《のう》、左右田様。山吉新八は、我知らず、声に出して言いかけた。左右田孫兵衛の寝息には、時折、耳ざわりな鼾《いびき》が混る。

左兵衛の養父であり祖父である上野介義央が江戸城で勅使を饗応中に赤穂藩主浅野内匠頭長矩に小刀で斬りつけられるという大事が起きたのは、左兵衛元服の翌年の三月であった。内匠頭は殿中で抜刀した咎《とが》により切腹、浅野家は廃絶された。

その後、上野介義央は高家の職を辞して非役となり、八月十九日に呉服橋から本所に邸替えを命じられた。

普請中の屋敷に、新八も、左兵衛の供をして移った。長屋の一つを与えられ、新八は、妻と一子三次郎を呼び寄せた。独り身の左兵衛の身のまわりの世話は、新八たち三人の中小姓の手にまかせられた。その年の十二月、上野介義央は隠居し、左兵衛義周は家督を継いだ。

穏やかな暮らしであった。左兵衛の祖母であり養母でもある義央の夫人は、本所の邸の普請がまだ完成しないので、白銀の上杉邸におり、時折ごきげん伺いに行く左兵衛に、新八は供をした。

心和む日々は、それから一年しかつづかなかった。翌年の暮、赤穂の暴徒が……と思い返し、新八は、顔に残る傷痕を、無意識に指先でなぞる。

その夜、新八は非番で長屋にいた。宿直《とのい》は村山甚五左衛門と新貝弥七郎であった。

騒がしい物音にめざめた。耳を襲ったのは、火事だ、という叫びである。火事！　彼は左兵衛の身を守らねばと、無腰のまま、外に走り出た。庭はすでに、白刃や槍の舞う修羅場であった。前日降り積んだ雪は凍てつき、月光を照り返していた。走り戻り、二刀を差す間ももどかしく、小刀だけつかんで、邸に走った。射かけられる矢が、彼の前をとびかった。三方から押し包んで斬りつけられ、小鬢から唇の脇にかけて裂かれた。斬りこんでくる刃を刃で受けとめるとき、手の痺れるような衝撃があった。刃は刃に喰いこむかに感じられた。池に突き落とした敵に、更に斬りつけたが、手ごたえはあったのに、刃ははじき返された。敵は周到に鎖帷子《くさりかたびら》で身を鎧《よろ》っている。斬りこみ、斬り返しつつ、雨戸の破られた縁先から邸内にかけ上がる。左兵衛の寝間に走る新八の目のすみに、台所役人が、暴徒の一人におずおずと箱をさし出しているのがうつった。蠟燭《ろうそく》箱である。乱入者は、火を点《とも》した蠟燭を燭台に立てて室内を明るくしながら、片手に菓子をつまんで食べている。菓子箱も、吉良家の台所役人がさし出したものであった。

新八は、ひたすら、左兵衛のもとに走る。数人の男が、薙刀《なぎなた》をかまえた左兵衛に刀をつきつけ、宿直の新貝弥七郎が左兵衛をうしろにかばい対峙している。新八は吼え、斬りこんでいった。

実戦は、彼にとって、はじめてのことであった。剣の心得がまったくないわけではないが、真剣で斬り結ぶとき、形ばかりの修練は何ほどの役にも立たなかった。彼はただ吼え狂い、左兵衛に敵を近づかせまいとした。

棒で胸をなぐりつけられるような感覚とともに、彼は失神した。


長屋の自室で、妻と医師にみとられている自分に気づいたとき、異変はすべて終わっていた。医師は、上杉家からつかわされたもので、左兵衛の負傷の手当てをすませたのち、家臣の負傷者のあいだをまわっているのであった。つづいて、御目付杉田五左衛門と安部式部の二人が、彼の枕頭にきて、吟味口上書をとった。彼の傷は、槍で胸を刺し貫かれたものがもっとも重く、更に顔面の傷と、無数の刺傷切傷があった。

左兵衛の様子を彼はたずねた。医師も目付も、大事ないとしか言わなかったが、その後、見舞いに来た家中の者たちの口から、くわしい様子をきかされた。

寝間に踏みこまれた左兵衛は、四方から斬りかかられ、眉間を割られ、右の肩から肋《あばら》にかけて斬り下げられ、肋骨の一本が斬り割られ、身動きすると、骨の切り口がぶつかって音をたてるほどだという。背にも傷を受けたが逃疵《にげきず》ではなく、前後左右をとりかこまれ斬り立てられたためであった。上野介殿討取ったと勝鬨《かちどき》がきこえ、敵はその声の方へ走り去った。左兵衛はいっとき失神したが、ほどなく気づき、養父を探した。上野介は、台所の傍に、倒れていた。すでに首はなかった。左兵衛は再び失神した。

この話を新八に告げた者は、声をひそめ、御隠居様は台所で討たれたが、あまりに外聞が悪いので、御玄関脇の座敷の、鳥居理右衛門の骸と置きかえ、御検使には、そこで討たれたと申し上げたそうだ、と語った。

御隠居様も、なかなか御気丈に手向かわれ、総身に二十八箇所《か》も手傷を負っておられたそうだ、とも、言った。

御死骸をおきかえるような小細工をしたのは、御家老斎藤宮内《くない》様と左右田孫兵衛様。お二人は、どうも、乱入者どもが御隠居様の御首をかきとって立ち去るまで逃げかくれていたらしい。

中小姓の村山甚五左衛門も逃亡した。新貝弥七郎は、玄関上がり口で斬り死にしていた。腹に敵の槍の穂が残っていたというから、たいそうな働きだったのだろう。

そう彼に告げた男は、かすり傷一つなかった。非番で長屋にいたのだが、異変に気づき外に出ようとしたところ、入口に立ちふさがった暴徒に矢を射かけられ、身動きならなかったのだと、その男は弁解した。

吉良家の臣は、足軽小者まで加えて八十九人。このうち、邸内に宿直していた者は二十二人。乱入に逃亡したり火事と思ってとび出したものが十人ほどおり、残って敵と闘ったものは、わずか十二人ほどだった。長屋から邸内に馳せ参じたのは、どうやら新八一人らしい。余の者は矢に射すくめられ、長屋に閉じこもっていたのだった。

このような話が、新八に告げられた。

翌日、上杉家より有壁道察、飯田忠林を筆頭に、数十人が吉良邸に詰め、警備にあたった。足軽たちは、血溜まりの残るところで弁当をつかった。警備は十八日までつづいた。いさかいが過ぎての棒ちぎれだと足軽たちがざれ口を叩いていると、息子の三次郎が、伏せっている新八に告げた。

年が明け、二月四日、赤穂浪人の処分が決まったが、それと同時に、左兵衛義周にも御沙汰が下った。左兵衛はまだ傷が癒えておらず床についていたのだが、評定所に呼び出された。大目付仙石伯耆守から申しわたされたのは、

『浅野内匠頭家来ども、上野介を討ち候節、その方仕方不届に付き、領地召し上げられ、諏訪安芸

守へ御預け仰せ付けられ候なり』

という、厳しい処分であった。

左兵衛はその場から諏訪安芸守忠虎の家臣にひきわたされた。扉に錠をさし、青網をかけた罪人扱いの駕籠で、左兵衛は安芸守の邸に送りこまれた。

二月十一日、左兵衛は再び網乗物で安芸守の所領地信州諏訪高島に護送された。つき従ったのは、左右田孫兵衛と山吉新八の二人のみであった。

評定所で御定を受けて以来、左兵衛は、ほとんど物を言わなくなった。

左兵衛にかわって新八は叫びたくなる。

左兵衛様の、どこが仕方不届であったのでしょうか。相手は、ひそかに武装をととのえ、鎧を着込み鉢金をつけて身を護り、飛道具まで持ち、深夜、突如、押し入ってまいったのです。仇討ちにしろ果たし合いにしろ、相当の手順というものがございましょう。武器の用意もない相手の背に抜き討ちを浴びせるようなやり方で仇を討ったものがいたとしたら、卑怯と指弾されて当然ではございませんか。

戦国の世とはちがいます。防戦の用意がなかったからといって、咎《とが》められるべきことでしょうか。平素から人を集め防備をととのえておりましたら、穏やかならずと、お叱りを受けたのではありませぬか。

深夜、安んじて眠っているところに乱入され、それでも左兵衛様は、薙刀とって、四方から押し包んでくる敵にけなげにたち向かわれた。肋の骨一本断ち割られるほどの深傷を負い、気を失われた。そのあいだに、御隠居様の御首《みしるし》を奪われたのを、仕方不届と責められるのは、「理不尽だ」と、新八は幾度歯嚙みしたことか。家臣一統の不甲斐なさが、左兵衛様一人の上に負わされたのであった。

赤穂の者どもは、主君の無念を晴らすためと言ったというが、殿中で、御法をわきまえ何一つ手むかいしない老人に抜き身で斬りつけ、仕おおせなかったのは、そちらの主の不手ぎわ。

無念を言うなら、左兵衛様の無念は、だれが晴らす。

諏訪高島に流される左兵衛に、左右田孫兵衛がつき従ったことが、新八は不快でならなかった。あの乱闘のさなか、重臣の身で逃げかくれしていた左右田様が、なぜ、いまさら忠義面して……。

すき間風が針のようだ。新八は重い夜具をひきあげる。そのとき、また、笛のしのび音をきいた。もちろん、空耳である。そう、承知している。

今朝、高島城を出立する前に、二汁五菜の膳部を賜った。常は、一汁二菜であった。諏訪の湖《うみ》でとれる新鮮な鯉や鮒、うなぎ。江戸に戻ったら、もう二度と味わえないだろう……と、主君幽閉中の食物の味を舌によみがえらせなつかしんでいる自分に気づき、彼は愕然とした。そうして、己れに腹をたてた。

——罪人として、網乗物で、左兵衛様は諏訪に送られた……。

新八と左右田孫兵衛は、罪人ではないので、乗り物に網はかけられなかったが、佩刀《はいとう》は江戸を発つときとりあげられ、無腰であった。六日間駕籠に揺られ、新八は、槍で突かれた傷が鋭く痛み、そのたびに、左兵衛のまだ癒えぬ傷を思った。

諏訪の湖の東岸に築かれた高島城は、遠目には、湖上に浮かぶようにみえた。雪をかぶった連山にとりかこまれた湖の面は凍結し、牙のように盛り上がった氷塊が一すじ対岸まで連なっていた。駕籠を下りたとたんに、烈風が肌を裂き、胸の傷が、軀《からだ》の内からきりきりと肉をひき絞られるように痛んだ。

三層の天守を持った小体《こてい》な城である。屋根がすべて柿葺《こけらぶ》きなのは、瓦は冬の寒気にひび割れるからだと、後に教えられた。瓦でさえ割れる寒さに、この地の人々は耐えているのだった。

　左兵衛の居所にあてられる南之丸の館はまだ改修にとりかかったばかりで、当分のあいだ、衣之渡郭《えのどぐるわ》の志賀七右衛門の居宅に仮寓することになった。七右衛門の家族は他処に移り、番所に番人が詰め、扱いは丁重ながら、厳重な監視の目が感じられた。

　道中のあいだは、外科医金沢良玄が付きしたがい、左兵衛の傷の手当てにあたったが、諏訪に着くと、藩からさしまわしの井出仙庵、津田玄賀、二人の医師がさっそく左兵衛の脈診を行い、金沢良玄もたちあった。

　肋の骨がくいちがったまま癒着している。身動きするたびに、尖った先端が皮膚を突き上げ、皮膚の内側は裂かれるのではないかと、新八には思える。傷口は、いまだにじくじくと膿汁をにじませている。しかし、左兵衛は、痛みはないと言葉少なに言うのみで、それが新八には、不条理な宿命に対する左兵衛の唯一の抗議のような気がした。

　高島藩からさしまわしの医師は、新八の顔面の傷を見て、これはもう癒えていると言った。新八は、胸の槍傷のことは、医師に告げなかった。理屈に合わないことではあるが、彼は、自分の傷が痛めば、その分、左兵衛の苦痛が弱まると思えてならなかったのであった。

　左兵衛はほとんど無言に終始していたが、医師たちが去った後、何故、わしの容態を気にかけねばならぬのか、とつぶやいた。

　死に損なって、生き恥さらしているものを。死ななかったと咎められているのに、傷を癒やせ、この上無事に生きよと手配りするのは矛盾しているではないか。

　あとの言葉は声にならなかったが、新八には感じとれた。

仕方不届という糾弾《きゅうだん》には、養父を討たれ、のめのめと生きながらえるとは、という意味がこもっている。斬り死にすべきであったのだ。少なくとも、一般の感情は、そうなのだ。赤穂の一党は、切腹をおおせつけられた。左兵衛は、養父を討たれたとき、なぜ、その場で腹切らなかったのか。命が惜しくて逃げかくれ、生きのびたと、世間の目は見ている。理不尽な、と新八は腹が煮えるが、左兵衛は、そう内心不服に思うことすら許されない。いや、左兵衛自身が、弁解を自分に許していないようだった。

藩では、左兵衛の自害をひたすら危惧したとみえ、三人の佩刀はもちろんのことだが、剃刀《かみそり》、鋏《はさみ》にいたるまで、刃物はいっさいとりあげられた。新八と孫兵衛が御前に出るときは、鼻紙袋から楊枝まで次の間に残し置くようにと命じられた。渡辺治左衛門、井手八左衛門、浜八郎兵衛、三人の藩士が日夜交替で見廻りにあたっていた。

しかし、藩の扱いは、決して冷酷ではなかった。ただ、何事も江戸表の許可を得てからでなくてはこべぬため、一々使いをたて、返事を待つので、日数がかかった。

左兵衛に同情的であることは、御退屈だろうから草紙などお持ちしましょうか、絵をたしなまれるそうだが料紙をととのえましょうかなどと、こまやかに心をつかってくれることからも察しられた。新八は後に知ったのだが、これらの申し出も、江戸表に、左兵衛様は御自分からは何も仰せにならぬゆえ、このようにおすすめしては如何かと思うがよろしいでしょうかと伺いをたて、許可をとっているのだった。その場の思いつきは口にできないのである。

——左兵衛様は、御自分からは、まったく一言も、あれをしたい、こうしてほしい、と仰せになることはなかった。あれは、左兵衛様の意地のようなものではなかったか……。

そのために、藩の重役たちは、何かと忖度《そんたく》せねばならなかった。

着衣は、三人とも、一着の衣服を昼も夜も着たままであった。藩から着替えよと言われないので、左兵衛は気ままに着替えることはせず、衿はくろずんだ。新八と孫兵衛も、若い主君にならうほかはなかった。

江戸からの指示に、着替えに関する項目はなかったので、藩の方でも、かってなことはできないのだった。三月のはじめに、ようやく、衣服が御垢《あか》つき候ゆえ、お着替えになってはいかが、と言ってきた。江戸に伺いをたて、許しが出たのだそうだ。御家来両人にて洗濯されよ、と、これも江戸の許可を得た上の指図であった。

新八は三人の肌襦袢を洗い、小袖も解いて武骨な手で洗った。いや、左兵衛の衣服はていねいに手で揉み洗ったが、孫兵衛と己れのものは、足で踏んで洗った。孫兵衛は、彼を自分の従者なみにみなしているようであった。もとの身分をいえば、孫兵衛は吉良家の重臣、彼は軽輩、一つ部屋で床を並べて寝るのさえ、以前であれば考えられないことだ。しかし、自分は左兵衛様について来たのであって、左右田様に顎《あご》で使われるいわれは……。考えまいと、そのとき新八は自分をいましめたのだった。二人のあいだがとげとげしくなれば、左兵衛様も御不快だろう。あるがままに受け入れよう。そう思いながらも、新八の足は、灰汁《あく》をこすりつけた孫兵衛の襦袢を踏みにじっていた。

剃刀の所持を許されぬため、三月に入るころは、三人とも、髭月代《ひげさかやき》が見苦しくのびた。新八の髭《ひげ》は濃く、鍾馗《しょうき》のようになった。左兵衛の髭はまばらで、あわく唇のはしを飾り、病人めいてみえた。新八は一存で、渡辺治左衛門に、剃刀を使わせていただきたい、それが叶わずば、せめて鋏でつませてくれとたのんだ。江戸表に問いあわせるという返事がかえってきた。

たかが髭を剃るくらいのことに、飛脚が江戸と諏訪を往復するのかと、新八は、思わず苦笑した。

左兵衛様は、御寝なさるときも帯をあのように三重にまわして締めておられるが、寝苦しくはないのかと、渡辺治左衛門は、こまやかだった。便《びん》のついでに、一重廻りの帯に替えられてもよろしきや、たずねてみよう、と言いそえた。

月代剃るは無用、髭長く成り候節は、鋏でつめと江戸から指令がとどいたのは、三月の末であった。諏訪の湖は氷が消え、湖心に漕ぎ出して投網を打つ舟の姿がみられた。

渡辺治左衛門を通じて藩から貸し与えられた鋏で、新八はほとんど物言わぬ主君のやわらかい髭をつんだ。そのあいだ、治左衛門は傍をはなれず、終わると、いそいで鋏をとりもどした。

四月四日、南之丸の居宅改修が終わり、引き移った。錠をかけられた左兵衛の駕籠の脇に、新八と孫兵衛は徒《かち》でしたがった。


高島藩は、幕府の罪人をたびたびあずかられている。元和二年には家康の侍医片山宗哲がこの地に流され、二年一ヵ月とどまり、家康の死後ゆるされて帰国した。元和四年、加藤清正の旧臣中川宗伴が流刑となり、これは赦免の後高島藩に仕えた。

そうして、寛永三年に、高島藩は大変な流謫《るたく》人を迎えた。家康の六男、従四位下右近衛権少将松平忠輝である。藩では南之丸に居宅を新築した。かつては高田六十万石の領主であった忠輝は、従者九十人あまりを侍らせ、天和三年九十三歳で没するまで、五十八年間にわたり、南之丸で大名そのままの暮らしをしたという。

その旧宅が左兵衛の住まいにあてられたのだが、忠輝の没後二十年も放置されていた建物は、屋根は破れ壁は落ち、床の間から雑草がのびていた。建物のなかに生い育った雑草は陽光を浴びぬため、水死人のような色をしていたと、新八はきかされた。その廃屋を修復したのである。大部分はとりこわし、さきのものよりはるかに小さい館が建てられた。

左兵衛は、忠輝のような豪奢な生活は望むべくもなかった。側近は新八と孫兵衛の二人のみである。ほかに、藩から、中小姓、従士、小者など数人ずつ貸し与えられた。女気はなかった。藩士飯島伊右衛門の妹が洗濯をひき受けるようになったので、新八は、孫兵衛の襦袢を踏み洗うことはなくなったが、その女と直接顔をあわせる機会はほとんどなかった。洗いあげられきちんと畳まれてもどってくる衣服に、女の手が触れた名残りをしのぶだけであった。

結髪のとき、行水のとき、庭に出るとき、ものを書くとき、常に、治左衛門ら三人のうちの一人が、左兵衛の傍についていた。

庭に出ても、南之丸からは、湖は見えない。周囲は一面、泥深い阿原《あわら》（湿地）であった。本丸とは一脚の橋のみで結ばれ、橋の左右に改所《あらためじょ》が設けられ、番士が常駐する。

忠輝公も、いかに豪奢とはいえ、この四段歩ほどの郭の外には一歩も出ることは叶わなかった。やはり囚人であった。

この暮らしが死ぬまでつづくのだなと、新八はふと暗澹とし、いそいで、その陰鬱な気分を追い払った。左兵衛様の方が、どれほど辛い思いに耐えておられることか。

そう思うにつけても、がまんならないのは、左右田様のあつかましさであった……と思い返し、彼は、隣に眠る孫兵衛の耳ざわりな寝息に、ますます目が冴えてくる。

左兵衛様は、何一つ、御自分から頼んだり欲しがったりはなさらなかった。治左衛門らが心をくばって、季節季節に、団扇《うちわ》だの小袖の替えだの菓子だのを、その都度江戸の許しを得ては、ととのえてくれるのを、黙礼して受けるだけである。——左兵衛様の意地……と、新八は思う。新八も、主をさしおいて要求がましいことを口にするなど、思いつきもしなかった。それなのに、孫兵衛は、夏になれば、蚊が多くて叶わぬ、蚊帳を賜われと言い、持病の病気の薬がきれたから、調合していただきたいと言い、灸をすえてほしいと言い、遊山にでもきているつもりかと、新八は癇癪が起きそうになるのをこらえた。

もっとも、孫兵衛が騒ぎたてるおかげで、左兵衛様にも蚊帳がとどけられ、新八は孫兵衛と一つ蚊帳で蚊の襲撃を防ぐことはできたのだった。

新八は、そのうちに、気づかざるを得なくなった。孫兵衛ののほほんとしたあつかましさを、左兵衛は少しも不快に感じてはいないらしいのだ。むしろ、孫兵衛に対しては、新八に対するよりも、くつろいだ親密な気配さえ感じられる。

左兵衛をかばって傷を受けたことを、新八は、毫も自慢する気はなかった。それどころか、力足りず、左兵衛に深傷を負わせたことを、それこそ仕方不届と情なく恥じている。しかし、孫兵衛のように逃げかくれはしなかった。

この顔の傷痕が、左兵衛様を不愉快にするのか。そう、新八は思った。新八の額から唇のはしにかけて走る刀痕は、見るたびに、左兵衛に、あの忌わしい夜を思い出させ、義父を討たせながら生きのびた、卑怯みれん、という世人の無責任な誹《そし》り、評定所での屈辱、それらすべてを思い起こさせるのではあるまいか。

その顔を見せるな。そう仰せられたいところを、あの御気性ゆえ、黙って耐えておられるのだろうか。

新八は元来、人の気持ちの裏をよむようなたちではなかった。それが、こせこせと、かんぐるようになったのは、一つには、不自然な幽閉生活が与えた影響だったのかもしれない。とんでもないときに湧きあがる春情も、力ずくで押さえこまねばならなかった。

左兵衛様をお慰め申そうか。そう言って孫兵衛が一管の笛をとり出したのは、諏訪に流されて一年半ほどたった夏の夜であった。

所持品は、ここに来たとき、きびしくあらためられている。高島藩では、当初、彼や孫兵衛に、ひょっとしたら藩の内情探索の密命を幕府から受けた隠密かもしれぬという疑いを持ったらしい。藩情はいっさい口にするなという箝口令《かんこうれい》も家中にしかれていたようだった。

しかし、この頃では疑心暗鬼も消え、治左衛門などは、ずいぶん打ちとけた好意的な応対をするようになっていた。

笛は、刃物とことなり、何の害もないものとして、所持を許されていたらしいが、新八はこのときまで、孫兵衛が笛を持参してきていることを知らなかった。何か不愉快であった。

「笛をお持ちとは承っていたが、これですか」

その場に居合わせた治左衛門が、孫兵衛の手もとをのぞきこみ、かすかに眉を寄せた。

「珍しいものですな」

治左衛門は、実物は見ずに、ただ『笛』とのみきいて許可したらしい。実見していればとりあげられたかもしれない。

長さ一尺四寸ほど、外径は七分、内径が五分。つまり、厚みが二分ほどある。材質は鉄の笛だった。

笛といえば、雅楽に用いる竜笛、能楽の能笛、長唄囃子の篠笛、すべて竹である。

「鉄笛とは……」

と感嘆する治左衛門に、孫兵衛は、白磁の笛、玉《ぎょく》の笛も、世にはあるのだと言った。箱根神社には、静御前が義経の形見として所持していたものを頼朝が召し上げ、後に奉納したといわれる白磁の笛がある。鎌倉八幡宮には、源義家の名が刻まれた鉄の横笛が奉納されているそうだ、などと言い、坐りなおして、孫兵衛は歌口にぼってりした唇を寄せた。

竹にくらべれば何とも武骨な外観の鉄笛は、高いやわらかい嫋々《じょうじょう》とした音を発した。七つの指孔の上で、ずんぐりした指がむくむくと動き、孫兵衛はのびあがってたっぷり肉のついた全身に力をこめ、歌口に息を吹きこみながらかがまってゆく。その軀の動きと充血する顔だけみれば、音を出したがらない笛を力ずくで責めたてているようだが、それと裏腹に、笛の音は優婉に妖冶《ようや》に流れた。

笛の頸部――歌口から最初の指孔までの間――には、一すじの矢が刻みこまれてあった。孫兵衛が笛をたしなむとは、新八は思いもよらなかった。能楽師からとり立てられ佐渡の金山奉行となった大久保石見守の例もある。血すじは楽人なのかと、新八はたずねた。そんなことはない、笛はなぜか代々つたわっていたと孫兵衛は言い、鉄笛を古びた錦の袋におさめた。

孫兵衛は諸事だらしなく無頓着にみえるが、笛は大切にしているようだった。笛は、笛方にとっては武士にとっての刀と同様なものである。決して他人には触れさせない。他人の笛を拝見するときは、歌口に手を触れたり試しに吹いてみたりするのは礼を失す。手穴（指孔）は上にむけて置いてはならぬ。必ず、横にする。塵や煤が入らぬためである、と講釈し、それでも、左兵衛に、気晴らしに笛をまなばれてはいかがとすすめ、左兵衛もその気になった。

新八の孫兵衛に対する嫌悪感は、増大した。彼の目には何とも不快な孫兵衛が、左兵衛をはじめ治左衛門たちにも好感を持たれているようなのが、新八には不可解であった。

虫が好かない、というやつだ。

浅野候と御隠居様の不和も、この、虫が好かないというのが、原因だったのだろうか。新八は、つれづれに、そんなことを思う。

浅野候は、「先日の遺恨、思い知ったか」と叫んで斬りつけられたそうだ。その遺恨の内容を一言も語らず腹召された。御隠居は、先日の遺恨とは何をさすのか、いっこうわからぬと申されていた。嫌悪感がつのれば、ほんの些細《ささい》なことが、激情を発するきっかけになるものだ。

笛に、左兵衛は打ちこんだ。端座して横笛をかまえた左兵衛は気品にみち、その姿は絵に描かれた公達《きんだち》のようであったが、音色はいっこうにはかばかしくなかった。笛は、気迫をこめねば鳴りませぬ、と孫兵衛は言った。気迫などという言葉は、孫兵衛にはいかにも不似合だと新八は陰気に嗤《わら》いたくなるのだが、その音色のみごとさは認めざるを得なかった。

笛の音とは、魂と天の和であるのだろうか。次の間に下がり、孫兵衛の姿は見ず、音だけに耳をかたむけていると、そんな思いが兆《きざ》す。いのちの素は気息にある。気息と魂は二にして一なのだ。

流されて三年めの冬、左兵衛は喀血した。気力をこめて歌口に息を吹きこみ、そのとき、口もとから血が溢れ、前に突っ伏した。

それきり床につき、容態は悪化した。

笛をすすめた孫兵衛の手落ちと責める者のいないのが、新八には、これもまた不思議だった。笛に精魂こめたあまりに肺の臓が破れたのだと、新八には思えたのである。肋の骨を斬り下げた刃は、肺の臓まで傷つけ、その傷口が辛うじてふさがっていたのが、破れたのではないか。だが、それは素人《しろうと》考えで、医師のみたては労咳であった。

左兵衛は病み窶《やつ》れ、新八の目にも、命が危ぶまれた。新八は、治左衛門の許しを得て、水垢離《みずごり》をとることにした。

年が明けた。諏訪の湖は、深夜、凄まじい音をたて、氷の亀裂が盛り上がり、刃の道を作った。水をかぶると、濡れた素肌の上に薄く氷がはった。全身がしびれ手足の感覚も萎《な》える。

その夜、水垢離を終えた新八は、部屋に小走りに戻った。宿直の中小姓たちは眠っていた。

左兵衛の居間に灯がともっている。襖《ふすま》の合わせめから明りが洩れていた。殿、と小声で呼びかけ、新八は襖を少し開いた。

左兵衛はうつ伏せに倒れていた。右手は白扇を握っていた。傍に孫兵衛が沈痛な表情をつくっていた。

「お腹召された」

孫兵衛は低く言った。

お腹召された、というが血は一滴もこぼれてはいない。腹を切る小刀など、左兵衛が手に入れられるわけもなかった。

「扇腹を召された。わしが介錯つかまつった」

そう言った孫兵衛の右手に、鉄の笛があった。

病で死ぬは不面目と枕もあがらぬ床についた左兵衛が焦《じ》れるのを、新八は、どれほど心をつくしてなだめてきたことか。赤穂の浪士は、主君の仇を討った後、揃ってみごとに切腹した。吉良の当主は、義父の首を奪われながら、のめのめと生きながらえ、卑怯、みれん、と、その罵りは左兵衛をずたずたにしていた。諏訪家にうつってからは、家中の者はそのことは口にしないよう気をつかっているようだったが、評定所で受けた処置は、癒やしようのない傷を左兵衛の心に作ってしまっていたのだ。それに加えて、三年の幽閉、この上、病死して、軟弱、懦弱《だじゃく》の誹《そし》りを死後まで受けるのは耐えられぬ。腹も切れぬとさげすんだ奴らに、二度とそんな口を叩かせぬ。

死病の自覚が、左兵衛をそこまで追いつめていた。

腹切ろうにも、刀はない。

「扇腹を召しませと、わしがおすすめした」

切腹はすでに形式化されていた。小刀で我が身を傷つけるかわりに、三方《さんぼう》にのせられた白扇を小刀とみなし、腹に擬《ぎ》す。そのとき介錯人が首を刎《は》ねる。三方に手をのばしたところを首打ち落とすこともある。斬首とかわりないようなものだけれど、一本の白扇が、武士の死の面目を保たせる。

赤穂浪人の大石主税良金《ちからよしかね》も、切腹に際し、若年をおもんばかってか、扇腹になさるかとたずねられ、刀を用いると答えたという話は、新八の耳にもつたわっていた。

扇腹は、小刀用いての切腹にひけをとるものではない。まして、刀が持てないのであるから、と孫兵衛は、

「これで、介錯つかまつった」

鉄笛を示した。

重い頑丈な鉄笛の一撃で、左兵衛様の頸骨を叩き折った、という。

さなくば、左兵衛様は、狂われただろう。狂う前に、心をお救いした、と孫兵衛は言いたげであった。

諏訪家では、左兵衛の死を病死とした。自裁が公になったら、諏訪家が大変な譴責《けんせき》を受ける。

江戸から検使として派遣された石谷七之助は、塩詰めの死体の塩を払わせたりはしなかった。首筋の打撃の痕は、荒塩のかげにかくれていた。

くっと、耳ざわりな鼾を、孫兵衛はたてた。

この男は、本来なれば、浪々のはずなのだ。新八は、ふいに、そのことに思いあたった。

吉良家は、廃絶されたのである。上杉家からの付人である新八とちがい、左右田孫兵衛は、左兵衛様に付いて諏訪に行かなければ、お扶持もなく、喪家の犬となるところであった。

新八は、上杉家に戻れるのである。しかも石谷

七之助が、まだ内聞のことだが、と、そっと知らせてくれたところによると、上杉家では、浪士乱入の夜の新八の働きを嘉《よみ》し、更には、左兵衛様に付きしたがった忠誠を愛《め》で、帰国後は二百石の物頭にとりたててくださるということである。

左右田孫兵衛も、諏訪で左兵衛様のお世話をしたことを神妙であると、上杉家に迎えられることになっているそうだ。

そのためか。そのために、左兵衛様お供を願い出たのか、この男は。

そうして、もしやして、左兵衛様の死期を早めようと……。左兵衛様が生きておわすかぎり、諏訪の地に閉じこめられていなくてはならぬゆえ……。

新八は手をのばし、孫兵衛の枕頭をさぐった。脱いで畳んだ衣服の上に、鉄笛をおさめた錦の袋がおかれているのを、知っている。

袋が指に触れた。彼は、つかみどり、起きなおって、闇のなかで袋の口をひらいた。

持ち重りのする鉄笛であった。あの雅やかな妖しい音を奏でるとは思えぬ、心のうちの荒《すさ》びを誘い出す手触りである。

孫兵衛がもう一度耳ざわりな鼾をたてたら、おれはこの鉄笛を孫兵衛ののど輪に打ち下ろさずにはいられなくなるだろう。

赤穂の者たちは、結集して、主君の怨をはらしたというが、左兵衛様の怨み、左兵衛様の無念は、どう晴らす。小刀もなく、扇を形ばかり腹にあて、あろうことか、鉄の笛で首の骨打ち砕かれた……。

そのとき、〝二百石の物頭におとりたて〟その言葉が、ふいに脳裏に浮かび、すっと気が抜けた。

孫兵衛を殺そうものなら、二百石はお取り消し……どころか、我が身は死罪――切腹か――それは、よいとしよう、しかし、妻子にまでお咎めのあるは必定である。赤穂の浪人どもの息子は、年弱なものもことごとく遠島となったそうだ。

彼は、浅野内匠頭という男が手にした小刀のきらめきを思った。

御家断絶も、身の切腹も、すべてをかえりみぬほどにあの男を猛《たけ》らせたのは、何だったのだろう。

そのあおりをくって、左兵衛様までが……。

左兵衛様の晴らしようのない無念を、せめて、この左右田を叩き殺すことで……と、右手に鉄笛の重みを感じながら、新八は一方で、左兵衛の死によって解放感をおぼえている自分に気づいた。左兵衛様の病が篤いとき、なくなられたら家に帰れると、ちらりとも思わなかったか。鉄笛で叩きのめすべきは、己れ自身か。孫兵衛は、おれの内心の願望を、適確に形にあらわしただけであったのか。

新八は、心を和めようと、鉄笛の歌口をくちびるにあてた。

左兵衛のくちびるが幾度となく触れた歌口であった。孫兵衛もそこに触れた。新八はこれまで、鉄笛に指を触れることも、孫兵衛が許さなかった。

新八は胸いっぱいに息を吸いこんだ。そのとき、くっと、鼾がきこえた。

七本桜

七夜《ななよ》の夢の七つ脱《ぬ》けて
彼《かれ》と此《これ》とに紛《まぎ》れけむ
眼をかすめたる七少女《ななおとめ》
七人《なな》行く影は薄かりき
——横瀬夜雨——

1

五色の沼とでもいえばずいぶんときれいなものを、これは、五色のどぶだ。

黒く濁った掘割に、紅や白粉の溶き流し、鉄漿《かね》のあまり、米のとぎ汁、紺屋の藍。

紅、白粉は、根太のくさりかけた芝居小屋の裏の排水口から流れ出る。

掘割と、それに沿った細い道をへだてたしもたやが珊也《さんや》が下宿する家で、主はごく下級の官吏だという。それでも士族だそうで、些細なところで格式ばっていた。朝の遅い珊也は、めったに顔をあわせることはなく、「行っておいでなさいませ」と、送り出すご家内の声を、二階の四畳半で、掻巻をかぶったまま、かすかに聞くばかりだ。

裏から見下ろすだけなので、芝居小屋とは、幟《のぼり》がたつまで、気がつかなかった。いや、川田にきくまでは、何の幟なのかもわからなかったのだった。

色褪せた幟がしょぼしょぼと三、四本、小屋の屋根越しに見えるのに、烟草《たばこ》をくゆらしながらぼんやり目を投げていたら、川田がいきなり入って

きて、

「やあ、小屋があくな」

窓に腰をかけたのだ。廊下をはさんで向かいの三畳を城にしている川田は、かくべつ用がなくても珊也の部屋に入り込むが、ごめん、とも、ちょっと失礼とも、なにも挨拶らしい声はかけないのがいつものことだ。

それというのも、この部屋は、以前は川田が使っていたのだそうだ。

珊也が行李を押入にしまっているとき、のっそり入ってきた川田が、「君が、新しい住人か。おかげで、僕は、裏の部屋に移された」口調はとがめるふうではないが、そう言うので、珊也はいたく恐縮した。「裏の部屋は、隣の家の蔵が窓のまん前にたちふさがって、実にうっとうしい」と、川田は言い、珊也はいっそう申し訳なくて、「ぼくは、あとから来たのですから、何なら、部屋をかわりましょうか」とまで言い、「いいや、いいんだ、いいんだ、三畳のほうが、下宿代が少し安くて、助かってもいる。ただ、見晴らしがきかなくって陰気なのがどうもね」「それじゃ、どうぞ、気がねなく、この窓から眺望をたのしんでください」そう言わざるを得ない会話の流れになっていた。しかし、後で、小女《こおんな》のおみつが「川田さんは、下宿代を半年もためこんでいるんだから、とうに追い出されてもしかたないとこなんですよ。奥さんが、出世前の書生さんにあんまり阿漕《あこぎ》なことをするのは、と、おやさしくって、あるとき払いということでおいてあげてるんだから、部屋がせまいの、陰気だのって、文句がいえる身分じゃないんですよ」と、あかしたのだった。

下宿人は彼と川田のふたりだけなので、とげとげしい間柄になるのはいやだと、珊也は思い、無断でずかずかと闖入《ちんにゅう》してくる川田に文句も言わないでいる。珊也自身も、田舎から上京してきて身寄りはおらず、いささか心細い。川田とのつきあいは、わずらわしさより頼もしさが先にたった。

「何の小屋なんですか」

「君、この部屋に住み込んで、どのくらい経つ」

「半月……ぐらいになるかな」

「それで、まだ、幽霊小屋の話も耳にしていないのか」

「幽霊の見世物をだす小屋なんですか」

珊也は別に冗談を言ったつもりはなく、ごくふつうに口にしたのだが、川田は、のけぞって笑った。

「芝居小屋だよ。芝居。君、いくら筑波の山ん中からぽっと出だといって、芝居小屋を知らんわけじゃあるまい。月に十日もあけないから、幟がなくっちゃあ、わからなくてもやむをえないが」

「ああ、芝居小屋なんですか、あれ」

間の抜けた返事をした。

「幽霊小屋って、あまりに汚いからですか」

「出るという噂なんだよ」


川田は、無精髭ののびた顎をなでる。

高い鼻梁の両側がけわしく削げ、薄いくちびるがひきしまり、身だしなみよくしていたら、かなり好男子なのだろう。綿入れ半纏の、袖口がすりきれはみだした薄綿が黒くよじれたのをひっかけたりしているから、男振りのよさは半減する。そう、珊也は思う。

「幽霊が、ですか」

「君なァ、つまらんことを訊くなよ。幽霊小屋で、〝出る〟といえば、当然、幽霊だ。君の質問は、あまりに愚直だ。フモールというものがない」

「フモール？」

「わからなければ、辞書をひきたまえ」

そう言いながら、川田は、窓枠につかまった。臀《しり》の重みをかけすぎ、出窓のやわな桟が軋んだのだ。

「誰《た》が名づけしや、麝香猫《じゃこうねこ》」

「は？」

「麝香猫の幽霊だよ、出るのは」

「猫なら、化け物ではありませんか」

「あだ名だよ。幽霊の」

何を言っても相手はからかいをふくんだ嘲笑の種にしそうなので、珊也は口をつぐむ。

「なに、役者がよりつかないで小屋があけられないのは、幽霊のせいじゃない、太夫元の吝嗇ぶりが旅役者のあいだで評判になっているからだ。木戸銭のあがりを、七三だというからな。役者には、三分しかわたさない」

「幽霊はどうして、麝香猫ってあだ名がついたんですか」

「生きているときから、あだ名が麝香猫だったんだ」

の語尾に、川田は〝そうだ〟と小さくつけくわえた。〝麝香猫だったんだそうだ〟

つまり、川田も伝聞だけしか知らないのだろう。

「役者だよ。麝香猫ってあだ名がつくくらいだから、どんな男か想像がつこうじゃないか」

どんな役者か、珊也には、想像がつきにくかった。だいたい、麝香猫という動物名は知っているが、それがどのような猫なのかも知識になかった。

珊也が興味を持ちだしたとみると、川田はいじわるく焦らそうという魂胆か、入ってきたときと同様に、ふいと出ていった。

珊也は分厚い辞書をひもといた。ろくな所持品はない珊也の、ほとんど唯一の高価本だ。

〈食肉目麝香猫科の獣。外形はむしろ鼬《いたち》に似る。牡・牝とも生殖器の近くに麝香腺を持ち、特殊な香りの分泌液を出す。小動物を捕食す。台湾・華南・マレー半島に分布す。霊猫〉

鼬に似て、体臭の濃い男だったのだろうか、などと、珊也は想像した。

そうして、掘割の黒く濁ったどぶ水に、米のとぎ汁、紺屋の藍にくわえて、紅白粉の溶けた水が、小屋の排水口から流れ出て、五彩のうずを描くのが、珊也の目にうつるようになったのだった。

2

紅白粉ばかりではない。

興行が始まると、それまでは閉め切ってあった裏の窓が開き、格子越しに、なかの模様が断片的にみてとれるようになった。

楽屋の窓であった。

左端のせまい空き地には綱がはられ、洗濯物が干された。もし、舞台の女形に眩惑される娘でもいればさぞ興ざめるであろう男物の下着などが、ぶざまに吊り下がっているのだった。

珊也は、かつかつ暮らせるだけの金を郷里の親もとから仕送りを受けながら大学に通う身で、安芝居には、皆目興味はわかないのだが、部屋にいるときは、つい、目が窓の外にいった。

畳に腰を落としたまま、窓べりに頬杖をついて、ぼんやり目を投げていると、自分の姿は消え失せたような心地になる。

羽二重をつけ、濃い白粉で顔を塗りつぶすにつれ、男顔が、性別のない奇妙に妖しい仮面に変わってゆく、その経過にもひかれたが、舞台を終えて化粧を落とすと可憐な女がみるみる褐色の男の顔になるのも、異様なものであった。

それも、間近にはっきりと見るのではなく、格子の隙間にちらちら動く影を遠目に見下ろすのだから、すべては、何か幻めいていた。

3

東京にきて、珊也は、はじめて銭湯を知った。郷里の家は、庭の隅の掘立小屋に五右衛門風呂を据えてあった。日が落ちると下駄履きで暗い庭を突っ切り、小屋に行く。ほんの一足のところなのだけれど、提灯をもたなくては歩けないほど闇は濃かった。

川田は、しばしば、銭湯に珊也を誘った。人前で裸になるのになれていない珊也は、はじめはずいぶん気後れし、川田に憫笑《びんしょう》されたりもした。

もやだつ湯気のむこうに、藍がにじんだ。

わずかな朱をふくむ。

湯船に浸っている男の背だ。

遅い時刻なので、湯は少し濁り、浴客はまばらだった。

川田はざぶと湯音をたてて身を沈める。

黄ばんだ電灯の光はすみずみまでとどかず、夕闇が水のようにただよっていた。

刺青《ほりもの》は、桜であった。

秋が深いというのに、男の肩から背にかけて、甘やかに春は酣《たけなわ》であった。

珊也は湯船の隅に、そっと足をいれた。

「兄ちゃん、ま些《ち》っと、大きい顔をしてお入りな」

さびた声を、男は珊也にかけた。

「知らない仲じゃなしさ」

そう言ってふりむいた顔に、珊也はいっこう見覚えはなく、口の中で曖昧に返事しただけだ。

男は先に上がっていった。

首抜きの浴衣をまとったように、背に桜が濡れていた。

「何に見とれているんだい」

川田が湯をはねかえして立ち上がり、

「男湯だぜ。美形がいるわけがなかろうが」

と、上がり湯を乱暴に肩にかける。

「君は長湯だな。つきあっていると、のぼせっちまう。熱いのにさっと入って、さっと出る。これが東京だ。君、茹だるぜ」

湯銭は、いつも、細かいのがないから君ちょっとたてかえておいてくれたまえ、といとも気軽に言われ、まだ一度も返してもらっていなかった。

「刺青の……」

「刺青がどうした」

「いまさっき、あがっていった人だ。背中の刺青がみごとだった」

「そんな、モンモンがいたか？」

「桜の……」

「何か見まちがえたんだろう」

川田は、相手にしないふうに言い、早くあがれよと、せきたてた。

4

朝の食事は、おみつの給仕で、下の茶の間でとる。

川田といっしょなのだが、珊也の膳には卵がつくのに、川田は味噌汁と漬物だけだ。

待遇のちがいが露骨で、珊也は、食べにくい。

「いいんですよ」

おみつは言う。

「珊也さんは、食費をいれているのに、川田さんは、只飯食いの居候なんだから」

「そうなんだ。ぼくは、居候。飯のおかわりも、ですな、三杯目には、おそるおそる、おみっちゃんの顔色をうかがいながら、茶碗をそうっと出さなくちゃならない」

そんなふうなのに、たまたま大学から予定より早く帰ってきた珊也が、茶を所望しようと台所に行くと、おみつが川田と接吻をかわしているところだった。

はじめての行為ではないと、初《うぶ》な珊也にも察しがつく態度だった。

珊也はうろたえてひっかえし、足音をしのばせて階段のほうにもどった。

座敷とならんだ次の間の六畳で、奥さんが縫い物をひろげていた。

たいそう華やかな錦紗か何かの振袖で、およそ、奥さんの着るようなものではない。手内職の針仕事だろう。

障子をあけはなし、秋の陽射しが縁側から敷居際までのびているが、部屋の中まではとどかない。後ろからなので、針をはこぶ手元は見えないが、肩の動きで、その仕草が想像できる。ときどき、針の先が、束髪の根をかいている。きしまないよう、針に油をつけているのだろう。彼の母親も針仕事のとき同じ仕草をするのを見て育った。

子供はおらず、夫婦ふたりだけ、それにあいた部屋に下宿人をおいているのだから、暮らしはつまってはいないだろうに、と思いながら、ぶしつけな質問はする気にもならないでいたのだが、川田があるとき、

「御亭主の親父さんというのが、佃《つくだ》のほうに隠居しているんだが、これがとんでもない放蕩親父で、ここんちの主が長男なんだから同居すればいいものを、女のところに腰を据えている。その暮らしの費用を、いっさい、ここんちで賄《まかな》っているんだから、大変だ。小役人の月給なんざ、たいしたことはないらしいからね。それで、所帯ふたつをやりくりだ。隠居のほうにずいぶん無駄金がかかるらしいよ。隠居の女がまた、派手好きで、芝居をみるっちゃ、新しい着物をつくる。奥さんが他人の着物を縫う賃仕事でかせいだ金で、隠居の女はじゃらじゃら着飾って芝居見物だ。君、義憤を感じないか」

「辛抱強い人なんだな、奥さんは」

「それが、君、我が国の美徳さ。僕は、断固、奥さんに同情する。だが、なすすべなし、だ」

居候がいなくなれば、その食費だけでも楽になるのではないか、と珊也は思ったが、その気持ちを見抜いたふうに、

「ぼくは、これで、けっこう役にたつんだぜ」

川田は、やせた肩をそびやかした。

そんな会話を、奥さんの背後の廊下をとおりながら、珊也は思い浮かべていた。

気配に気がついたのか、奥さんはふりむいた。

逆光で、表情は影の中にあったが、微笑はみてとれた。

「お帰りなさい。今日は、お早いんじゃやなくて」

「講義が休みになりましたので」

珊也は、ぎこちなく答えた。

「それじゃ、あとで、みつやにお茶をもたせてやりましょうね。なにか、おやつがあったかしら」

「いえ、お気になさらないでください」

間食までは、下宿代にふくまれていない。適当に買い食いしている。

「いっそ、ここで、いっしょにいただきましょうか、わたしも一休みしなくっちゃ」

針を針刺しに、縫いかけの着物をざっとたたんで端にかたよせ、「みつや」と、呼び、

「お茶をいれてね、それから、茶の間に花林糖《かりんとう》があるから、あれを少し菓子鉢にね」

「お客様ですか」

おみつはわざとのように聞く。

奥さんは悪びれもせず、

「珊也さんとおやつをいただくからね、あの、おまえもちっとおあがり」

そう言ってから、眉根をかるくひそめた。

「うるさいねえ、あの音。珊也さん、お勉強のさわりにならないの、早く、終わっちまうといいんだけど」

珊也は耳をすませたが、ことさら気にさわる音はなかった。

5

講義をうけながら、落ち着かない日が、珊也は多くなった。

いま、下宿に帰れば、奥さんがまた、花林糖とお茶の接待をしてくれるだろうか。

再々では心苦しいから、自分がなにか茶菓子を土産《みやげ》に買って帰り、「おひとつ、お裾分けに

……」そんな小賢《こざか》しいことは、これまで考えたこともなかった。

奥さんが急須の蓋にしなやかな手をそえ、注ぎ口から湯呑に注がれる茶、その動きに、川田とおみつがくちびるを重ねあわせている情景がかさなり、珊也は動悸がはげしくなる。

女給の手ひとつにぎったことのない自分が、なんだか情けない。それどころか、カフェに足をいれたことすらない。

奥さんのくちびるは、少し荒れて、薄皮がむけている。

音がうるさいと、言ってたっけ。何の音のことだろう。

思い返して、あのとき、三味線の音が、空耳かと思うほどかすかに聞こえていたっけ、と気がついた。

芝居小屋から流れてきていたのだろう。

あんな、かすかな音が癇にさわるというのは……と、川田から聞いた事情を思い返す。ひっそりと静かな白い肌の下に、鬱積した激情がうねっているのだろうか。

そわそわと落ち着かず、講義が終わると、彼はそそくさと校門を出た。

土産……。下宿人、しかもまだ学生の身が、茶菓子を学校帰りに土産を用意するなど、ずいぶん気障《きざ》だと気後れしたが、思い切って、金鍔《きんつば》を四つ買った。

四つ？　と、店のものは、ちょっとけげんそうな顔をした。駄菓子屋ではない、由緒ありげな店を、彼はえらんでしまったのである。川田とおみつのぶんもふくめ、四つ。主人は勘定にいれなかった。主人の好みを聞いたこともないが、なんとなく、甘いものなど目もくれないと思い込んでいた。女はともかく、大の男が金鍔を食べる図は、さまにならない。

「ええ、四つです」

苦笑をうかべ、ぎょうぎょうしい菓子折りに、焼印をおした金鍔四つ、おさめるとまわりががら空きで、なんだかみばが悪い。数をふやせばよいとは思いつかず、かたかた中身が動く紙包みを手に、帰った。

内玄関から入り、まっすぐにのびた廊下の右は茶の間と台所、左に座敷と、奥さんがいつも縫い物をしている六畳間。

奥さんの姿はなかった。

台所では、おみつが夕飯の支度をしているが、他人にことづけるのは不本意だ。後で手ずから渡そうと紙包みを手に、階段をのぼった。

自分の部屋の敷居をまたごうとして、足がとまった。

奥さんが、膝《ひざ》をくずして横坐りに、窓縁にもたれていた。

ふりむいて、外にあずけていたらしい視線を彼にもどした。

外の光になずんだ眸が、室内の薄暗さにすぐには順応できなかったのか、首をかしげるようにして彼をみつめ、それから、くちびるのはしに、水に浮くはなびらのような儚《はかな》い微笑がうかんだ。

金鍔にはそぐわない雰囲気で、彼は手にした包みを、書物や帳面の風呂敷包みといっしょに机の上に、かくすようにおいた。

奥さんが手まねいたような気がした。

願望が描いた錯覚か。

ひきよせられて、かたわらに、律儀に膝をついた。

「袴が皺になりますって」

人差指が、袴の紐の結び目を、かるく突く。

言われるまでもなく、帰宅すれば袴はぬいで着流しになるのがいつものことなのだけれど、まるで忘れていた。

人差指にあやつられるように、紐をとく。

ぬいだ袴を、この家から借り物の乱れ箱に畳み入れた。

奥さんは、はっきり、手招いた。

6

主人と奥さんが夕食をすませ六畳間にうつってから、彼と川田がおみつの給仕で茶の間で夕食をとるのが常なのだが、その日は、彼の膳しかでていなかった。

目刺しののった皿を、

「これでも、尾頭つきだわ。はい、おめでとう」

ひどく秘密めかした声でささやき、おみつは膳にのせ、飯をよそった。

なにを祝われているのか、とっさに見当がつかず、冗談と聞き流し、

「おみっちゃん、これ」

珊也がいささか照れくさい思いでわたしたのは、金鍔の包みだ。奥さんに渡しそびれた。そうかといって、ひとりで四つなど、思っただけで胸がやける。

「何よ」

「お土産」

「どこの？　今日は、学校でしょ」

「学校の帰りに、ちょっと、うまそうだったから」

おみつは、ふいに、忍び笑いした。

「いいのよ、口止めなんかしなくたって。旦那様だって、知ってるんだから」

耳のそばに口をよせ、おみつは、そう言った。

「ばかね。朝から誘われていたの？」

「え？」

「とぼけることないのよ」

おみつがなにをほのめかしているのか、悟ったとたんに、彼はからだが熱くなった。

しかし、おみつがかんぐっているようなことは、なにも、起こりはしなかったのだ。

奥さんは、彼の肩に手をかけて抱き寄せたけれ

ど、そうして、頬がたがいの体温を感じるほどに近づいたけれど、

〝あれ〟と、奥さんは指差したのだった。

指の先に視線をのばすと、芝居小屋があった。いや、奥さんの指は、小屋の手前の掘割をさしていた。

「川田さん、出ていっちゃったからさ、たぶん、そうじゃないかと思ってたんだわ」

おみつは言う。

「変な邪推をしないでくれよ」

「あら、真っ赤」

「川田さん、この下宿を出たのか？」

「そうよ。だって、もう、ご用済みだもの。川田さんだって、わかってたからね。後の人がくるまでのつなぎだって。あんたのほうが、初々しくって、奥さんだってお気にいるわよね」

「おかしなことは、言わないでくれ」

「ちっとも、おかしかァないわ。いいのよ。旦那様公認なんだから、びくびくしないでいらっしゃい」

「何の話だか、ちっともわかりゃあしない」

「いやな人ね。いまさら、わたしにかくすことはありませんったら。尾頭つきをわたしに言いつけたのだって、奥様なんだから。もっとも、この家のお内緒じゃ、鯛ってわけにはいかないわ。目刺しで堪《か》忍《に》してもらわなくっちゃ」

窓べりに横坐りになった奥さんは、彼に、掘割のどぶ泥水を指でしめし、

〝七本桜《ななもとざくら》が行くわねえ〟

うっとりした声で教えたのだった。

そうして、

〝七夜の夢の七つ脱けて〟

と、歌うともつぶやくともつかぬふうに言った。

〝彼と此とに紛れけむ、眼をかすめたる七少女《ななおとめ》〟

筑波生まれの詩人の歌なんだけど、と、奥さんはつづけた。彼に聞かすというより、ひとりごと

めいていた。

〝麝香猫も、背に、七本桜だったわ〟

「幽霊役者に、魅入られていなさるからね、奥さんは」

と、おみつは言った。

「だれか、男がついていていてあげなくちゃ、だめなのよ。旦那様じゃ、役立たずよ」

「幽霊役者って……」

「何も、知らないの？　川田さんからも聞いていないの？」

知らないと彼が言うと、生前、奥さんにつきまとっていたのだと、おみつは言った。掘割で溺死していたのが発見された。奥さんは錯乱し、自分が突き落としたと、旦那様に告げた。警察の調べで、役者は、酔ったはずみに、自分で足を踏み外したので、目撃者もいる。そのとき奥さんは自宅にいたのだから、なにも関係ないと判明した。

「それでも、奥様はね……」

おみつは、わかるでしょうという顔で忍び笑いをみせた。

「旦那様は、自分の身内のことで奥様にひどい思いをさせていなさるから、まあ、罪ほろぼしよね。狂われたら外聞が悪いしね」

わたしは、何だって、知ってるわ、と、おみつは続けた。

「でも、世間様には、だまっていてあげるの。そのかわり、おこぼれを、わたしもいただいてるわ」

流し目を、珊也に、おみつは送った。

紅や白粉の溶き流し、鉄漿のあまり、米のとぎ汁、紺屋の藍の流れ入るどぶ泥水の下に、何本か、数はさだかではなかったけれど、桜の樹々が満開の花をみせ、その下に佇《た》ち、こちらを見上げる姿を、奥さんが指さすままに、たしかに、見た……と、珊也は思い返した。

ぼくを見つめているようでもあった、あの目は……。

殺生石《せっしょうせき》

わたし、死んだら石になるからね。

ふと耳に入ったのが、眉穂《みほ》の声なので、積み重ねた書物を紐で縛りかけていた手をとめた。

「どんな石？」

応じた声は、幼い男の子だ。

「どんなのかな」

焦らすふうに、眉穂は言う。

「ルビー」

と、もう一つの声が加わった。断定するようにそう言った声は、声変わりが近く、少し嗄《か》れている。

三人の声は、庭から聞こえる。

北側の茶の間から座敷の向こうに目を投げると、縁側まで五月の陽光は射し込み、庭の植え込みの影が濃い。

この家には男児はいないのに、眉穂は五月人形をほしがった。本宅ではどんなのを飾るの、と眉穂に聞かれ、さあ、と彼はあらためて思い返し、甲冑武者だと言った。長男の初節句に妻の実家から贈ってきたもので、幼かったころ長男はそれを見ると脅えて泣いた。無理もなかった。鎧櫃の上に腰を下ろした姿で据えられたそれは、兜の下の黒い面頰がいかめしい。しかし、長男が脅えたのは、面頰のせいばかりではなかった。鎧の袖から籠手がのび、脛当をつけ、しかも、人形が着ているように見えるのに、実は中身は空なのだから、幼い子にはその空洞が何より不気味だったらしい。次男の初節句にも似かよった甲冑が贈られたが、いくらか小振りなのは、長幼の序をつけたつもりだったのだろう。

だれのために、五月人形を飾るんだ。

彼に知らせず子供を流したことがあるのではないか。そんな想像が、一瞬浮かんだのだったが、彼の問いに、眉穂の答えはいたって単純だった。

好きなんですもの。内裏雛より、金太郎や桃太郎のほうが好きなの。

そういえば、眉穂は桃の節句に雛を飾ったことはない。本宅の妻は、豪華な段飾りの雛人形を一式、婚礼道具といっしょに持参し、女の子はいまだに生まれないままだが、季節になると床の間は雛壇で占められる。

男の子って、好きなのよ。眉穂は言うのだった。おなかのむっちりした男の子、かわいいわ。背丈がのびて少し瘦《や》せぎみになった子もかわいいし。

眉穂にねだられてデパートで買った五月人形は、節句を過ぎたけれど、床の間に飾られたままだ。鯉幟をあげるまでのことはしなかった。

緑の毛氈を敷いた三段の雛壇に、むっちりした金太郎、少しおとなびた桃太郎、赤ら顔の鍾馗《しょうき》。旗指物や太刀、薙刀は、いずれも、一寸法師の持ち物のように儚い。

あれも処分しなくては、と思いながら、書物をからげた紐の端を力をこめて引き結ぶ。

男の子を生みたかったのだろうか、と、思いもしたが、眉穂と母性は結びつかなかった。

本宅の二人の息子が遊びにくると、眉穂は喜んで相手をした。面子《めんこ》やビー玉やら、むきになって勝負を挑み、腕前はほどほどで、たかが丸く切り抜いたボール紙やガラス玉にすぎないのを、取ったた取られたと騒いでいた。夜の閨《ねや》の乱れの気振《けぶ》りもなかった。

「眉穂さんなら、ルビーだ」

声変わりしかけた声が、くりかえす。

「どうして？」

弟のほうが聞き返す。

「ルビーだよね？」

兄が眉穂に確かめる声。

「どうして、わたしがルビーになるの」

「石になるんでしょ」

「そうよ」

「ルビーの中にね、閉じ込められる」

「童話ね、外国の」

眉穂が言い、

「読んだことあるの？」

兄は意外そうに聞き返す。

「貸してくれたじゃない」

「そうだっけ」

「紅い革表紙の。若い男が……ふと見かけた宝石に魅入られて、盗んでしまう」

「みいられてって、どういう意味？」

兄と眉穂の話に入っていけない弟が割り込む。

質問を無視し、

「その中に、綺麗な女の人が閉じ込められているんだ」

兄は弟に謎をかける。

「どうしたら、石から出られると思う？」

兄と眉穂は、秘密を分け持った者同士の笑いをかわす。

「石の中に、女の人が閉じ込められているの？」

「そう」

「それじゃ、こんな大きい石」

「ちがうよ。このくらい。指輪にするくらいのルビー」

「魔法だね」

弟の納得した声。

「うん。魔法にかけられたんだ」

「魔法使いをやっつけちゃえばいいんだ」

「ちがう。もっとずっと簡単な方法」

ねえ、と兄は眉穂に同意を求めている。

「割るの？」

「割ったらだめだよ。女の人が死んじゃう」

「わからない」

「若い男はね」

と、眉穂が声をはさむ。

「その宝石をそれは大事にして、肌身はなさず持っているの」

「はだみはなさずって、どういう意味？」

その童話を、彼は眉穂から聞いたおぼえがある。長男が貸した本だったのか。

彼も、眉穂から謎をかけられたのだった。

深夜、石に閉じ込められた女が姿を見せ、男に助けを求める。わたしをここから出してください。ねえ、どうすれば、助け出せると思う？

まともに考える気にもならず、相手にしないでいると、降参？　降参なら教えてあげる。料理の本でも読め。つい、そう言ってしまった。ひとり置いていた下働きの女に、眉穂は食事の支度はまかせきりで、その女がまた、料理はから下手だった。魚を焼かせれば黒焦げにし、糠漬《ぬかづけ》はこまめにかきまわさないからすぐ床がだめになる。本宅の妻のほうが、手料理は上手い――というより、使用人の使い方が上手いのだ。内科の開業医という仕事がら、医院のほうに看護婦が正規の資格を持ったのが二人と見習いが一人、自宅に下働きの女二人と小間使い一人、書生一人、それに抱えの運転手と、使用人の数は多い。家族持ちの運転手の他はみな住み込みで、それらを指図し使いこなし、台所をあずかる下働きの女には、焼魚なら鰭《ひれ》に塩をまぶし串を打ち遠い強火で、大根を煮るなら煮くずれぬよう面をとり、と事細かに教える手間をいとわないから、下働きもじきに上達する。小間使いは、着替えのときかたわらにはべらせ、腰紐、伊達巻、帯、帯揚げと、差し出す手順を教え、三、四年仕込むうちに、赤い頬にひびわれをつくっていたのが垢抜けて、年頃になれば嫁入り先をさがし所帯を持たせてやるというふうで、そのかわり、諸事気難しくもある。蒔田の家でつとめあげた女なら、どんな姑《しゅうとめ》にもそつなく仕えることができると言われるほどだ。

先へ先へと気を回すのも妻の生来の性分で、去年の夏だったか、微熱がつづきからだのだるさがぬけないと訴えるので、彼が診察した。ただの暑気あたりだと言うのに、結核にちがいないと独り決めし、この病は長引きますわ、あなた、何かとご不自由になるでしょう、お気晴らしの相手をお囲いになったらいいわ、などと口走り、彼は眉穂のことを知られたかと、ぎくりとしたのだった。秋になり空気が爽やかさをとりもどすと微熱も去り、妻は長患いの憂いを口にしたことなど忘れ、きりきりと家の切り盛りにかかった。

眉穂は一昨年、見習い看護婦として入ってきた。それまでいた見習いが急に辞め、後が早急にはみつからず、困っていたときだった。患家が、郷里の知り合いに、親が行儀見習いに東京に娘を出したがっているのがいる、看護婦の心得は何もないし、高等小学校をでたきりで、免状もとれないと思うがそれでもよければと、紹介してきた。なまじ看護学校出のより都合がいい、欲しいのはいやな顔をしないで雑用をつとめる小女だから、と、即座に話を決めた。

田中みほと、ありきたりの名に、眉穂の文字をあてたのは、彼である。それほど、眉が印象的だった。濃いのではない。逆だ。太いけれどあわあわとして、王朝の薄墨ではいた眉を思わせた。眉が淡いためか、大きい眼も輪郭がぼうっとやさしく見えるのだった。

彼は、けっして、女に手が早いわけではない。遊び人の多い医師仲間では堅物でとおっており、使用人をやめさせてこっそり囲うなど、初めてのことだった。

医業の他のことは妻にまかせきりであったか

ら、眉穂を住まわせる借家を探すのも一苦労で、自分では手におえず、眉穂を紹介してくれた患家にだけ事情を打ち明け、手ごろなのを探すよう頼んだ。

患家は羽振りのよい株屋で女の出入りには馴れている。いささか面映ゆい彼に、私から見れば先生はお年のわりに純情すぎますなどと株屋は言って、いっそう彼を居心地悪くさせた。

雇って三月とたっていない。周囲を納得させる解雇の口実に困り、それも株屋が眉穂の親をかってに危篤にさせ、とりつくろった。

午前中は自宅と棟続きの医院で外来患者を診察し、午後は自家用車で往診に出る。往診の最後に別宅に寄るためには、運転手を共犯にする他はなかった。後に、碁仇の家に行くと称して日曜日にも訪れるようになったが。

眉穂は十六だというが、すでに男を知ったからだであった。からだは充分に淫蕩なのだけれど、物欲は少なかった。八畳の座敷と六畳の次の間、四畳半の茶の間、三畳の使用人の部屋、玄関の取次が二畳という小体《こてい》な平屋の住まいを、ずいぶんな贅沢をさせてもらっているというふうに嬉しがり、ただ困るのは、料理ばかりではない、片づけも下手なことで、家の中はじきに、ごみくずだらけになった。

狭い庭も、本宅なみにはいかないまでも、庭師を入れ、小さい築山に雪見灯籠、枝振りのよい柘植《つげ》やら何やら植え込み、少しは庭らしく体裁をととのえさせたのだが、たちまち雑草が生い茂った。

庭師が手入れにくるのを、眉穂は嫌がった。三時の茶菓子の世話などは下働きの女にまかせればいいのだから、何もめんどうなことはあるまいと彼がなだめても、整然とした庭はよそよそしくて嫌だと言いはった。

柾の生け垣に藪枯らしの蔓がからまれば、その実がかわいらしいからと、抜かせない。

宝石もガラス玉も見さかいなく、見た目が綺麗なら喜び、焼物だの軸だの、価値が内部にこもったものは子供同然、まるでわからない。十六という年相応なのかもしれなかった。

別宅で正月を二度むかえ、数えで十八になっても、眉穂はいっこう大人びず、からだだけがふくよかさを増した。

このころになって彼は気づいた。眉穂は、意識して幼さにしがみついているのではないか。大人らしさを教えようとする彼に逆らっているのではないだろうか。

たとえば、夜店で買ってきたというひよこだ。

この三月の半ば、彼が往診の帰りに立ち寄ったのは夜更け十一時に近かった。

座敷と次の間のあいだの襖をとりはらい、二間つづけて茣蓙を敷き、稗やら粟やらの餌を撒き散らし、眉穂は寝ころがっていた。ふだんはうなじに一まとめにしてピンでとめている髷をふりほどき、末広がりにひろがった髪は粟にまみれ、三羽のひよこが髪の毛のあいだから卵黄色の和毛をのぞかせていた。

下働きの女もいっしょになって、ひよこがかわいいと騒いでいたが、彼の不機嫌な顔を見てあたふたした。

蒲団も敷けないと叱るのは、ただそのために訪れるということがあまりに露骨で、彼は口にしかね、汚いではないか、としか言えなかった。

見て、と眉穂は、一羽を掌にのせた。やわらかい和毛に眉穂の髪がからまり、一すじ長く尾を引いた。眉穂は口を開け、舌の上に粟粒をのせた。そうして掌のひよこを、口もとに近づけた。ひよこが眉穂の口に小さい頭を差し入れ嘴《くちばし》が舌をついて粟をさわったとき、彼は一瞬頭が熱くなった。ひよこを握りつぶして放り捨て、なぐりつけた……。実際には、苦笑しただけであった。理性が感情の暴発を抑制し得た。

　三羽いるのに、これだけなのよ、口移しができるのは。

　眉穂のあどけない口調が、彼には挑発的に聞こえた。

　十八にもなって、夜のからだを持って、それでいてたかがひよこに幼児のように夢中になって……、と彼が苛立つのを承知で、わざと見せつけている。

　几帳面なたちの彼は、眉穂の幼さにくつろぎを感じているくせに、その未成熟さが年に似合わないのを許せないのだった。

　かたづけなさい、と命じると、理不尽に叱られた子供のようにしょげながら、不承不承うなずいた。

　石に閉じ込められた子がどうのという童話を眉穂が彼に語ったのは、その夜だったような気がする。

　わたしをここから出してください。ねえ、どうすれば助け出せると思う？　降参？　降参なら教えてあげる。

　長男が貸した本であったのか。ということは、あのころ、すでに、息子たちはこの家に遊びにくるようになっていたのか。今になって、そう思い当たる。

　そのときは相手にせず、聞き流した。

　忙しさにまぎれ、足をむけぬままに日が過ぎ、半月ほどして、たまたま白昼、近くに往診のついでがあり、立ち寄った。

　玄関に出迎えた下働きの女が、ひどくおおげさに驚いた。昼間寄ることは珍しいにはちがいないが、何だかうろたえている様子に、まさか徒《あだ》し男をひきいれているわけでもあるまいが……とちらと不審を持つことは持った。

　いま、お庭に……と下働きの女は言い、あの、ひよこが……と、話しかける。大変だったんです。みんな、死んでしまって、脱いだ上着を受け取り、この前旦那様がみえた次の次の日ぐらいでした。餌のやり過ぎですよ、胸が粒々にふくらんで、こんなだったんです、と手で鳩胸のようなさまを示す。そりゃあ心配なさって、旦那様はお医者様だから、手当てをうかがってみようか、でも、ひよこの病気はおわかりじゃあないだろうねえ、と……。

座敷を通り抜けて縁側に行くと、眉穂は沓脱《くつぬぎ》から縁にあがってくるところだ。淡い眉にうっすら汗をため、頰が火照っていた。矢絣の銘仙の襟が着くずれていた。

座敷に座蒲団を用意するのを、こっちに、と縁側に運ばせた。こころよい陽射しをうけて腰をおろし、眉穂を隣に座らせた。

庭に目を投げ、彼は、ちょっと眉をひそめた。庭の景色をぶちこわしにするものが、一度に目に入ったのである。

一つは、真正面に立てられた小さい石である。高さ三寸か四寸ぐらいのを据え、その前面に丸い小石が半円形に並べられ、二、三輪の野花がその前に横たえられていた。眉穂の説明を待つまでもなく、ひよこの墓をつくったのだと、察しがついた。いかにもぶざまだ。行為の幼さにもうんざりしたが、それを咎める前に、もうひとつの異景が気になった。

敷石に蠟石の落書きが残っていた。書いてあるのは、一つの石に一つずつ、一だの二だの三、四、と丸でかこった漢数字が十まで。十だけは二重丸で飾られていた。眉穂の指先が薄く汚れているのは、蠟石の粉がついたものらしい。石蹴りとわかったが、いくら子供じみた眉穂でもひとりで石蹴りでもあるまい。下働きの女相手か、と眉穂に向けた眼の隅に、雪見灯籠の後ろの植え込みがざわめくのがうつった。

だれだ、出てきなさい、と厳しい声をかけたとき、それが彼自身の二人の息子だと、目にする前に悟ったような気もする。

春休みだった……と気がついた。それにしても、この家に子供たちが遊びにくるなど、決して、あってはならぬことであった。だが、彼は、認めてしまった。それがごく当たり前なことであるかのように。

だれが、子供たちに教えたのか。運転手か。眉穂の使っている女か。あるいは、眉穂自身か。そうして、何と、子供たちは教えられたのか。確かめることが彼にはできない。子供たちが、そうして眉穂が、真実を語る保証はなかった。

二人の子供も、眉穂も、いたって屈託なく、ちょっとした悪戯をみつけられたというふうに、首をすくめ、笑っている。難詰することで、よけいな翳を子供たちにあたえはすまいかと、彼は慮《おもんぱか》った。眉穂を父の患者の一人とでも聞かされたのかもしれない、と、彼は強いてそう思い込もうとした。

子供たちのこれほど楽しげな表情を、彼は初めて見た。

その表情は、彼の強い一言で崩れさる脆いものだ。

子供たちと眉穂の親交という非常識な状態を、彼は容認した。そのかわり、ひよこの墓に、感情の激しさを打ちつけた。

石を捨てなさい。眉穂に厳命した。私は、仕事がら、人の死を見過ぎている。ここに来て、小鳥の死まで見せつけられるのは叶わない。

そう命じるあいだ、眉穂から目をそらせていたので、悲しんだのか怒ったのか、あるいは淡々としていたのか、わからない。

今じゃなくていい、後で、捨てなさい、といそいで言葉を添えたのは、石を捨てるときの眉穂を見たくなかったからだ。仏頂面も悲しそうな顔も、不愉快なものは見ずに過ごしたい。身の回りに、不愉快なものはありすぎる。ここだけは、のどかにくつろげる場所であってほしかったのである。

次におとずれたとき、小さい墓石とさらに小さい囲いの石は、地にばらまかれ、庭の小石にまぎれていた。

月に一、二度か……子供たちは、日曜日に別宅に遊びにくるようになった。彼の苗字の下に寓と記された表札の、寓の意味を下の子にたずねられ、返答に窮したことがある。

妻は何も知らぬと思っていたら、つい十日ほど前の朝だ。あちらが亡くなりましたよ。妻に告げられた。

妻の静かな眸に慄然とした。

あなたにあの娘を世話した人から聞きました。あの娘は、郷里にいたころ、悪い噂があったそうです。子守をしていたとき、あずかった子に悪さをしたとか。

彼が医院の調剤室をしらべ、劇薬が不足していることを知ったとき、眉穂の家の下働きの女が電話で異常を知らせてきた。

眠ったままめざめないと言うので、彼は車を走らせた。着いたとき、脈はすでにとまっていたから、死亡診断書は彼が記載した。

この家は不要になった。いつとはなく持ち込んで増えた書物やら何やらを整理し、紐でからげていると、耳に入ったのだ。

わたし、死んだら石になるからね。

空耳だとわかっている。

どんな石？　どんなのかな。ルビー。それも空耳だ。黒ずんだ縁側の陽の光をとろりと溜め、そのむこうの庭には、だれもいはしない。子供たちは、五月だというのに風邪をひいたか熱をだして、本宅で床についている。

「ねえ、どうすれば助け出せるの」

下の子供の声。

「盗んだ石だから、若い男は、役人に捕まりそうになって、奪い返されるくらいならと、石を放り捨てた」

　声変わりが近い兄の声。

「そうしたら、目の前に、女の人がいたんだって。魔法がとけて」

　緑の色を濃くした植え込みのあたりを、小指の爪のようなシジミ蝶が……二羽、と彼が数えたとき、蝶ははらりと、小石の上に落ちた。

目がさめたとき、胸の底に、何か重いものが残っていた。

さめぎわに見た夢のせいなのは確かだけれど、その夢の内容が、まったく思い出せない。

悪夢だったのだろうか。

恐ろしくはなかった……という気がする。むしろ、なつかしいような……。

さめた後に尾をひいた重さは、なつかしいという感情がともなう痛みだったのかもしれない。

起き上がったので、ひやりと冷たくよどんだ空気がわずかに動いた……ような気がした。

現身《うつそみ》をもたないのだから、吐息ほどの風をおこすこともできはしない。

睡りにもどりたい。夢の中にもどれば、この痛みは消えるだろう。

ざわ、と物の動く気配。

衣裳葛籠《つづら》の蓋が、かすかに持ち上がり、また閉まった。

笛の遠音。

そうして、賑やかな遠囃子。

夢のなかから溢れ出たのか。衣裳蔵の厚い壁を通り抜けた現《うつつ》の音か。

ざわ、ざわ、ざわざわと、葛籠のなかの衣裳どもが、浮かれ騒ぎはじめた。

蓋は音をたてて弾み、金襴の縫い取りをした紅い振袖が、ちろりとはみだす。

腰紐がするりと這《は》い出す。

刀の束をくくった縄の結び目が解けた。

＊

道の両側の商店は、祭提灯をつらねている。

「ぼく、これ買うわ」

店先に置かれた団扇《うちわ》を手にとる児玉のシャツの背は、水を浴びたように濡れとおっている。観光名所ではないので、土産物屋は少ないが、祭り見物の客目当ての店も幾つかはある。

「そんなん、趣味悪いやないの。後で邪魔になるばかりやわ」

「暑くてかなわんもん」

「そんなら、ついでに三本買うて」

「ぼくはいいですよ。扇子を持っている」

村野はさえぎった。

「用意がいいですね」と、篤子は、

「あんた、人一倍汗かきなんだから、村野先生みたいに扇子いつも持っていたらいいのに」

夫をなじる。

「用意するのは、女房の役目だろ。おまえが気いつけてくれへんから、おれが難儀する」

「言いたいこと言うわ。村野先生を少し見習いなさい」

「村野さんはひとり住まいだから、何でも自分でせんならん。もっとも、女房がおっても、おまえみたいなのだと、何もしてくれん。かえって、おれの仕事がふえる」

「そっちこそ、何もしてくれないじゃないの」

人前で平気で言い争えるのは、夫婦仲のよい証拠だ。

村野は、民俗・芸能史が専門で、芸能と神事の関わりについての研究論文をいくつか発表し、著書もあらわしている。東京の大学の文学部史学科助教授をしていたが、この春から近県の私大の教授に招聘《しょうへい》された。東京の自宅からでは通勤に時間がかかりすぎるので、大学の近くのマンションの一室を借りた。子供が転校をいやがったので、家族は東京に残り、半ば別居の状態になっている。

マンションの隣室に住む児玉は市内の高校教師で、やはり史学専攻であり民俗芸能に興味を持っているところから、親しくなった。篤子は市役所につとめている。子供はおらず、「そのぶん、亭主に手がかかります」と篤子は言っている。篤子のほうが児玉より二つ年上で、駄々っ子じみた児玉を上手にあやしている。そう、村野には見えた。

マンションに引っ越して、隣家に挨拶に行き、初めて篤子に会ったとき、ちょっと驚いた顔を、篤子は見せた。そうして、どこかでお目にかかったことがありません？　と言った。村野にはいっこうおぼえがなく、篤子も、思い違いですね、と笑顔をみせた。

「女房の郷里で、祭りに曳山の子供芝居を復活することになったんですが、来ませんか」

そう、児玉に誘われたのは、夏の休暇が始まる少し前だ。

「曳山の子供芝居はN＊＊市だけかと思っていましたが」

曳山、東京でいう山車《だし》である。

村野にとっては珍しいものではない。各地の祭儀の風習を知るのも、彼の研究のうちなので、北から南まで、主だった祭りはほとんど見に行っている。妻や子供たちは祭見物よりはディズニーランドのほうがいいというふうで、村野にしても、家族とは別行動のほうが身軽に動けて都合がいい。

山車も、作り物を華やかに飾りたてたものやら、からくり人形を操るものやら、たいがいのものは見尽くした。子供芝居と組み合わせたものは、N＊＊市の曳山祭りがある。地元の子供たちが、歌舞伎の一場面を山車の上で演じるもので、素人の、しかも年は五つから十一までの子供が、よくここまでおぼえこんだと、いじらしくなるような芝居ぶりに人気があり、村野も、数年前、一度見に行ったがそのとき、自分でも思いがけないほど胸がせまり、涙ぐんで、気恥ずかしい思いをした。

十二にわかれた地区がそれぞれの曳山を持ち、毎年四組ずつが出番となる。村野が見た年は、『菅原伝授手習鑑』『義経千本桜』『梅川忠兵衛』『源平咲分牡丹』がそれぞれ演じられた。彼が、奇妙なほどの感動を覚えたのは、千本桜を見たときであった。狐忠信道行の段である。東京の劇場で、見飽きるほど見ている芝居なのに、何をいまさら、と我ながら不思議だった。

「郷里といっても、わたしが五つのときに、大阪に移って、それから父親の仕事の関係であちこちしていますし、親類ももうほとんど残っていないようなんですけど、子供芝居が復活すると聞いて、ちょっとなつかしくなって」

「今年から復活というと、いつごろとぎれたの?」

「二十何年だったかな、空白期間があったそうですよ」

「二十五年間」と、児玉は篤子にたしかめる。な? と、児玉は篤子にたしかめる。

「ちょうど、二十五年です。わたし、おぼえているんですよ。子供のころに見たの。本物の歌舞伎と同じで、男の子が女形をやるでしょ。女の子は出られないんです」

村野に話すときは、二人とも標準語になる。

「おまえ、出たかったんだろ。化粧してきれいな衣裳を着て」

と、児玉がからかう。

「それがそうでもなかったみたい。女の子は出ないのが当然と、思ってたんやね」

「二十五年もとぎれていて、よく復活できたな」

村野が言うと、

「子供に教えられる人がいなくなっちゃってたんじゃありませんか。N＊＊市では、若衆が子供につきっきりでせりふをおぼえさせ、世話をするでしょう。その若衆も、子供のときに、曳山の役者を経験している。そうやって、代々引き継いできた」

「五十年も百年も間があいたら無理だけど、二十五年なら、経験者がまだ大勢いるでしょうから」

どうして、中断したんですか、と村野が訊ねようとした言葉に、

「N＊＊市のように、宵宮に子供役者の夕渡りもあるんですよ」

篤子の声が重なった。

本祭の前日、山車を神社の境内に据え、子供役者は日の暮れ方、扮装をこらして参拝し、曳山の巡行路を練り歩いて、各自の町の控え所に帰る。それが夕渡りと呼ばれる。

夕明りのなかに、化粧で塗りこめた小さい顔、華麗な衣裳が、そこだけ異形の花が開いたようで、周囲の見物の方が影絵めくひとときである。幼い役者の一人一人に、いっそう影めいて、若衆がつきそう。

翌朝は扮装して控え所から神社まで練る朝渡り、そうして山車の上での狂言奉納が始まる。

「若衆と子供役者のかかわりに、一種、艶めかしさを感じたな、ぼくは」

N＊＊市の夕渡りを思い出しながら、村野は言った。

「五つ六つの男の子に、色気もなにもないはずなんだが、扮装すると、不思議に匂やかになりますね」

役者をつとめる子供は、最年長が十一歳。このくらいのほうが少年美を感じさせるはずなのに、幼童のほうがむしろ妖しく艶めかしかった。年長の少年は、幼童と並ぶと一人前の大人に見え、その分、平凡に感じられるのかもしれない。大人の背丈の三分の一もない幼童が、姿だけは成熟した女をよそおうところに、奇妙に倒錯した艶冶《えんや》なおもむきが生じるのだろう。

Ｎ＊＊市の祭りは四月の中旬だが、準備は正月の半ばからはじまる。若衆が中心になって狂言を決め、役者をつとめられそうな子供の家を訪れ、依頼する。

役者が決まれば、衣裳を選び、三月のなかばから稽古に入る。明治大正ごろまでならともかく、戦後は、浄瑠璃などおよそ耳にすることのない、本物の役者の歌舞伎を見たこともない子供たちに、独特な節回しのせりふを棒暗記させ、仕草をうつす。

Ｎ＊＊市では、地芝居で鍛え、巡業の経験も積んだ老優が、子供狂言の指導にあたっている。

「だれがどの子供の世話につくと決まったときから本番まで、若衆はつきっきりで面倒を見るわけでしょう。その経過を想像すると、若衆と子供の間には、情がかよいあうと思うな。ことに、裸参りというのがあるんですよね」

祭りに先立ち、若衆たちは、子供役者のために、日が落ちると、キマタ、晒一枚腹に巻き足袋裸足という素裸に近い姿で、提灯をかかげ、列を組んで神社に参り、水垢離《みずごり》をとり、祈願する。

「自分の身を痛めつけることで、相手のためによかれと願う、まったく不合理なことが、現代にまだ許容されているということに、ぼくは、ちょっと感動するな。もっと昔は褌一本じゃなかったかと思いますね。だんだん猥雑さがなくなる」

「夕渡り、お好きなんですね。それじゃ、今度も、宵宮から見ることにしましょう」

篤子は、言い、ホテルに二泊すると決まった。

ところで、と、村野は、さっき聞きそびれたことを口にした。

「どうして、中断したんですか。伝統的な祭事を止めるというのは、地元の人にとってはずいぶん重大な……」

「不祥事があって、それ以来中止になったんですって」

「不祥事?」

聞き返す村野に、

「ええ……」

篤子は語尾を濁し、

「その年に、わたしのうちは、土地を離れて……」

だから、くわしいことは知らないという意味なのだろうかと、村野は思った。

*

頼りない安団扇で胸元に風をいれ、児玉は背を篤子に煽がせながら、

「だいたい、おまえの名前がいかんよ。あつこだなんて、聞くからに暑苦しい」

「洒落を言うなら、もうちょっと気のきいたことを言って」

篤子は息のあった漫才のように、軽くいなす。他人のいないところでも、こんなふうにじゃれるような言い合いをしているのだろうか、おれといううギャラリーがいるので、会話のやりとりがはずむのかもしれない、などと、村野は思う。

飾り窓に四つ切りぐらいにひきのばした写真を飾った店が多いのに、村野は気づいた。

どれも、少し黄ばみ、古びている。芝居の扮装をした子供の写真ばかりだ。何十年も前の日付と狂言の外題が書き添えられてある。

店の当主などが子供時代に曳山に出た記念の写真なのだろう。

「子供のころと、どうですか。町並み、変わりましたか」

村野の問いに、

「ほとんど、おぼえていないんですよ」

篤子は言った。

「五つの年にここを離れていますから」

「おれは、五つのときに食ったうまいものはおぼえている」

児玉が言うのを、篤子は聞き流し、

「記憶って、幾つぐらいからでしょうね。祭のこと、断片的にはおぼえているんですよ。山車の上の狂言も、夕渡りも。でも、町並みの様子は……」

「夕渡りって、何時からだっけ」

児玉はたずね、

「七時」

篤子が言うと、

「あまり早く行っても暑いばかりだ。軽く何か食って行きましょう」

と誘った。ちょうど、一膳飯屋風の店の前だった。

「ちゃんとした夕食は帰ってきてからということにして、ちょっと軽く」

食べるより、ビールのほうが主になった。

児玉はビールの中壜をたちまち二本空にし、もう一本追加しようとして、

「あんまり飲まんといてよ。飲むはしから汗になる。汗まみれになるために飲んでいるみたい」

篤子がちょっと苛立った声をだした。

＊

「いまどき、こんなの買う物好きがいるんですかね。これで商売になるのかな」

神社にむかう人の群れの流れに沿って、ほろ酔いで歩きながら、児玉が、骨董屋……というよりは古道具屋というほうが似つかわしい店をさした。

掘り出し物などありそうもない。まったくの使い古しの道具ばかりが、雑然と積まれていた。見るからに安物の布袋《ほてい》の置物。こわれかかった籐細工の籠。がらくた同然の瀬戸物の湯呑。

「この店、おぼえている……」

篤子の小さい叫び声が、村野の耳を打った。

「ここも、写真を飾ってるな」

と指さしたのは、児玉だ。

「あれ、村野先生がいる」

頓狂な声を児玉はあげた。

「どこに？」

村野は窓をのぞきこむ。

瀬戸の置物に、額入りの写真がたてかけてある。

この店のだれかが、昔出演したのだろうか。夕渡りを撮ったものらしい。古びたモノクロである。あどけない静御前と狐忠信を中に、黒紋つきの羽織に袴の正装をし、手に提灯をさげた若衆が数人。十七、八から二十前後の青年ばかりだ。

その一人が、村野だと、児玉は言う。

「違いますよ。ぼくは、ここは初めてだ」

「他人の空似ですか。でも、似ているなあ。先生の若いころ、って言ったらだれだって信じますよ」

「やっぱり……」

と、篤子の声がうわずった。

「ゆうちゃん。ゆう兄ちゃん……」

村野をみつめる篤子の目が、光を宿し、

「ゆう兄ちゃんね」

「いや、ぼくは……」

「兄ちゃん、来てくれたのね」

篤子の声は、幼い男の子のソプラノになる。

「ずっと、待っていた。お蔵で」

昏みを帯びた周囲に、村野は目をさまよわせた。

古道具屋の店の中は、闇に沈みはじめ、人の気配はない。

写真の静御前と若衆の一人ばかりが、どこからともない淡い光を受けて、村野の視野にある。

——これは、おれではない。おれは、この街には初めて来た。

おれが生まれ育ったのは……と、思い返そうとすると、記憶は突然消し去られたように、何ひとつよみがえらず、夕渡りの静につきそい、提灯で足元を照らしながら歩く、若い自分が眼裏に浮かび、それが、映像の焦点があうように、しだいにくっきりしてくる。

贋の記憶だ。

本当の記憶は、だれかに盗まれ、消された。空白になった過去の時間を、しのびこんだ贋の記憶がみたしてゆく。

ゆう兄ちゃん、と口元に紅をさした静御前がなつかしそうに呼びかける。

児玉はとうに消え、篤子すら消え、暗黒の洞に似た空間に、彼は、静御前に扮した幼童とふたりきりだ。

弟がいたんですよ。どこか、遠くからの声は、篤子だ。わたし、双子の弟がいて、でも、死にました。そんな話、聞いたことなかったぜ。篤子の声よりなおかすかな、あれは、児玉の声だ。

夕渡りのあと、弟は、消えてしまいました。そう、わたしは、大人たちから聞かされました。弟のことは忘れなさいと、命じられ、そうして、わたしは、忘れました。

*

祭りだよ。ゆう兄ちゃんが帰ってきた。

ざわ。葛籠の蓋がすっかり開いた。

ざわ。衣裳の袖が羽搏いた。

いつも、睡っている。睡りのなかで夢を見る。生きていたときを夢に見る。目ざめたときは、忘れている。胸の底に、なつかしさが重く残るだけだ。

ゆう兄ちゃんが帰ってきた。

蔵のなかで、抱きしめて、抱きしめて、力が強すぎて、ぼくの息をできなくしたゆう兄ちゃんが、帰って……いいえ、ちがう。あれは、ゆう兄ちゃんじゃない。他人だよ。似ているだけ。でも、もう、夢の中でね、時間をすりかえてしまった。夢の中でだけ、できる。

現身をもたないのだから、吐息ほどの風をおこすこともできないのだけれど、夢の中にね、引き入れることだけはできる。それだけは、できる。ほら、ゆう兄ちゃんが、帰ってきた。蔵の中に。浮かれて騒げ。衣裳ども。腰紐は、兄ちゃんを縛れ。夢の外に出られないように。

衣裳蔵はぼくの塚。衣裳葛籠はぼくの寝棺。金襴の縫い取りをした紅い振袖で、ぼくは兄ちゃんを招く。

松虫

爪先上がりのだらだら坂が、つづら折りに、やがて、胸突き八丁、宿で吸筒《すいづつ》にみたしてくれた麦湯の、よく冷えたのが、とうになまぬるくなって、それも、最後の一雫《ひとしずく》まで飲み干した。

あまり一度にたんと飲んじゃいけません、かえってくたびれます、なるだけ我慢なさいよ、宿のおかみの親切な忠告をすなおに心にとめたのだったが、いったん、堰を切るととめどがない。噴き出す汗に、はじめは舐めるようにしていたのだけれど、一口二口は、かえってあとをひく、ぐぐっと飲んで胃の腑が膨満感をおぼえ、足を踏み出すごとにたぷたぷと波立つほどでも、喉の渇きはいっこう癒えず、たちまち、汗は滝つ瀬。

それでも下界よりはよほど涼しいはずだ。眼にうつるは、遍《あまね》く緑。濃い薄いを重ねて、頭上から谷底へ青葉の雪崩。はるか底を縫う渓流一すじ、岩走《いわばし》る音は聞こえず、碧水に、しぶきは静かに白い。

鶏鳴《けいめい》を待たず函谷関《かんこくかん》を踏み越えようという剛毅《ごうき》のもののふならぬ、一介の画工。目が溶けますよ、と宿の小女がからかい混じりの声を投げてもまだ起き出る気にならず、小女は心安立てに薄い夏掛けをひきはがし、顔を洗うあいだは、後ろから浴衣の袖をからげていてくれた。

阿兄《おにい》さん、痩せてるねえ。

貝殻骨に手をふれて、こましゃくれた口調で言ったっけが。

泊まり客は他にどれほどいたのか、いずれもとうに発ったとみえ、手水場《ちょうずば》もどこも、森閑《ひっそり》としていた。

温めなおした味噌汁が少し煮つまって、具の茄子は溝《どぶ》に落ちた藁紙のようにくたくた。だが、漬物はうまかった。おかみがまめな人で、裏に菜をつくり、豆を植え、小体《こてい》な宿屋だから泊まり客の「副食《おかず》ぐらいはそれで賄《まかな》っています」と、小女はばらし、おかげで、わっちらの仕事も増えると、愚痴には聞こえぬからっとした笑い声を添えた。

(こう、むやみに喉が渇くのは、さてこそ、味噌汁が辛すぎたせいか。それも、朝の寝起きが悪い我が身の咎か)

旅立つのがおっくうになり、このまま二、三日でも逗留したいと思ったが、それもならず、ようやく腰を上げ玄関を出るときは、小女ばかりか、仲居、男衆まで、揃って見送ってくれたのが、なんだか主家の甥っ子の出立をお見送りというくらいには、親しげだった。弁当の包みと吸筒は、おかみ手ずから。

小女が、「暑気あたりしなさらなけりゃいいけどね」と気づかわしげにひとりごちるのを、「おまえ、失礼なことをお言いだよ」おかみがそっとたしなめた。山越えも危ぶまれるほどひ弱いと、年下の娘に見くびられては、たしかに、男の面目にかかわる。

朝飯をすませて宿を出たとき、とうに陽は高くなっていた。

――総出で見送ってくれたのは、宿屋としては一番手のすいた時間だったからか……。

で、朝が遅かったぶん、空腹をおぼえるのもおくれ、そろそろ弁当をつかうかという気になったのは、八つ時分か。

ところが、吸筒が空だ。

水気なしには、飯一粒ものどを通らぬ。

先刻、胃の腑がふくれるほどに飲んだ水はとうに汗になり、肌の表はしたたるほどに濡れながら、その内側は、絞りつくした雑巾のようだ。

かんば峠を越せば、茶屋がありますから。そう宿のものは言っていた。

道しるべもなく、かんばとかいう峠をすでに越えたのやら、まだ幾山も越さねばならぬのやら、見当もつかない。

〝かんば〟は、どのような文字をあてるのか、聞かなかった。

樺か。

汗馬の文字がうかび、いよいよ暑苦しい。

いや、汗馬、汗まみれになって走る馬の謂《いい》ばかりではない。『漢書武帝紀』だったか……、前漢の将李広利が大宛を討って得た西域の駿馬は、血のような汗をしたたらせて日に千里を走り、ゆえに、汗血馬、汗馬と呼ばれた……と、朧《おぼろ》な記憶だ。画は描くが、書はあまり読まぬ。

悍馬と字をあてれば、精悍、剽悍な荒馬だ。騎《のり》手《て》の手綱さばきを振り切って、百里の岩根、踏みも破ろう。

らちもないことを、とりとめもなく、あれやこれや、歩みは蹌踉《そうろう》。

ざあっと光が青くなって、雨、いや、樹海のなかに入った。

天の高みから見下ろせば、道の途中にほんの一摑み濃緑の一叢をおいたにすぎまいが、道のままに足を踏み入れた周囲が、行く手は鬱蒼《うっそう》と緑闇、仰げば梢が幾重にも組み合わさって空は見えず、振りかえる後《しりえ》も緑闇。

天窓《あたま》を焙《あぶ》る暴《あら》い陽がさえぎられて、いくらか楽になった、はずだが、心細さは言いようもない。

道はひとすじ、迷うはずはないので、ともかく前に。杖にでもすがりたくなるのは、我れながら情けない。弁当をつかえば、萎《な》えたからだに力も入ろうもの、水がなくては食えぬは、贅沢か。

吸筒の水を一気に飲んだのが悪かった、あれが呼び水になって、からだじゅうの水気が汗になって流れ出てしまった。

もはや体内に水分はなかろうに、歩けば容赦なく汗はにじみ出る。陽射しがさえぎられるぶん、滾《たぎ》り流れるほどではなくなったが、背にはすかいに背負った包みが、ねばりつくようで鬱陶《うっとう》しい。わずかな肌着の替えと、絵筆、顔料、画材一式。画布は、先方に襖やら屏風やら、用意がととのっているから、不要だ。粗末な画帳は、こころおぼえの素描のため。

足を地に縫い止めるものがいる、と、思う。一足持ち上げ前に進めるのにこの重さ。道を横切って這う細根に、爪先がからまり、前のめりにころび、このまま、寝倒れてしまいたい……、地につけた耳に、りん、とかすかな音。空耳だ。

双手《もろて》に力をこめて、ようやく身を立て直す。立ちぐらみして、しばらく瞼をとじる。

掌がちくりと痛い。

目を向けると、赤黒い色彩が掌に渦をまいた。と、見たのは錯覚で、落ちていた小枝の刺でも刺さったか、小さい血の雫が泥とまじっているだけだ。

膿《う》むと悪い。すぐに洗わなくては、と、気になる。幼いころ、人の肌の下に卵を産みつける虫がいると聞かされた。産卵管とやらの先を突き刺し、それが糸のように細いから、刺されても気づかず、どこで引っ掻いたか、蚯蚓《みみず》腫れができたぐらいに思っていると、やがてぶつぶつふくらんで、肌の下で孵《かえ》り、砂粒ほどの幼虫がぞわぞわと、人の血肉を養いに育ち、などと教えられ、それからというもの、虫のいそうなところで傷がつくと、無性に脅えた。

青虫の背に卵を産みつける虫はいるが、人の肌は、嘘だと、後に知ったけれど、いまだに虫が怖い。

そんなふうに臆病でからだも頑丈というにはほど遠かったから、まともな職にはつけまい、と親が案じ、生来好きで気散《きさん》じに描いていた絵を、どうせなら、師について学ぶがいい、絵描きでは食べてもいけまいが、おまえ一人ぐらい、一生無職でも食うには困らせないと、父親は太っ腹だった。父の事業の手助けには、兄が二人いる。その父親が思いもかけず急死して、資金を集めひろげかけた事業が頓挫《とんざ》、とんとん拍子にいっていれば何のことはなく皆済《かいさい》したであろう出資者への返済金の始末に二人の兄は追われ、借財はたちまち利がかさみ、母親の面倒もみる余裕もなく、慰みに習ったはずの絵筆が母と彼の身を助けることになった。

それも、院展に出品だのという経歴は持たず、師も画壇の閥《ばつ》には縁のない人だったから細々としたものだ。

小さいときは疳《かん》の強い泣き虫、長じても人づきあいは苦手、口不調法と、人の世からははじきだされたふうな半人前だが、だからこそ描ける画趣というものもあるらしく、贔屓だといってくれるのがまんざら口先だけでもないような後援者も少しずつ増えた。

ゆかりからゆかりへと紹介され、襖絵やら屏風絵やら、軸やら、声がかかれば、長旅もいとわず、出向く。

まれには、寺が火を出して建て直した際、新たに金箔を貼った格天井《ごう》、その格子の間の一つ一つに花を描くというような大仕事も舞い込み、旅はからだにこたえるけれど、絵が気に入ったと言ってもらえるのがなにより嬉しい。

ひとりの気慰めに描いていたときより、はるかに張り合いもある。母に頼られているというのも嬉しくて、つい、生来体力がないのを忘れ、無理を重ねた。

リ、と、ふたたび、聴こえた。幻聴か。

歩いているのやら、倒れ伏しているのやら、からだの感覚の失せた耳に、かそけき虫の音、途絶えてはまた、リ、リ、と……。

玲瓏《れいろう》の玉杯に、清冽《せいれつ》な水が落ちしたたるような。

来よ、歩め、とひそやかに、誘《いざな》う。

恩寵……。

行く手に、ぼうっと陽が溜まったのが、水底の国のようだ。

水の中を漂うのか、地を這うのか、虫の音にひかれて、おぼつかなく行く。

虫ではない。水音であった。

群生した樹林をぬけて、目の前がひらけて、左手に切り立った岩崖の途中から、細い湧き水が、羊歯《しだ》を濡らし、その葉先からつうと滴り、石に落ちて、凜と鳴る。

走り寄ったが、湧き水……といっても、威勢よく噴き出しているのではない、糸のようなのが、それでも長い年月に、崖に縦ひとすじ浅い窪みをつくって、そのたしない水に口をつけるのは、岩を舐《な》めるようなもの。

「あなた、まあ」

と、後ろからの声に驚かされた。

笑いをふくんでいる。そして、

「そんな……」こらえきれないように吹き出した。

ふりむくと、右手は芒《すすき》、苅萱《かるかや》、まだ穂の出ない、つんとした葉ばかりのが、谷底にむかってなぞえに生い茂り、その手前に、小さい茶屋。葦簀《よしず》が涼しげ。

彼が首筋まで赤くなったのは、茶代を惜しんで湧き水ですまそうとしたと思われはしなかったか、と、恥じたのである。

崖にはりついて水を舐める恰好がよほどおかしかったのだろう、女は悪意はさらさらないふうで、

「まあ、一息おいれなさいまし」

縁台は心遣いこまやかに薄縁《うすべり》を敷いた、その脚もとの水をたたえた手桶に、彼は初めてみる野花の、葉は笹に似て、陰に、淡い緑の風鈴のような小花が、三つ四つずつ房を垂らす。

「鳴子《なるこ》百合っていいます」

彼の視線の先をたどって、女は、人懐っこく言う。

　縁台に腰をおろすと、薄緑がひやりと心地よかった。

「あなたね、いきなり冷えたのはいけません。まず、ぬるいのをね、おあがりなさいまし」

　と、盆にのせてだしてくれた湯呑をあおると、人肌ほどの焙じ茶が、かえって呑みやすくて、香りをたのしむゆとりさえ。

　水をどこから汲むのか、谷底の川からこのひとが運ぶのだろうか、と、目をさまよわせる。

「内井戸がございます」

　と、女は、また、彼の心中をのぞきあてた。

「これでも、百合ですか」

　呑み終わってからたずねたのは、我れながら間が抜けている。

「えみぐさともいいますって」

　笑み草だろうか。

「そういえば、笑ってるかなあ、この花」

　濃緑の葉陰に淡い緑の小さな花は、ありともみえぬ風情だ。笑うとすれば、く、く、と、悪戯っ子のしのび笑いだろう。

　女は白地の浴衣の袖を襷《たすき》でからげ、襟元からすいと見せた華奢な喉頸《のどくび》がいっそう白い。

「もうお一つ？」

「ご造作ですが」

「商いでございますもの。ご遠慮なさっちゃいけません」

　あれほどの苦痛が、ただ一杯の焙じ茶で、嘘のように消えた。

　言葉も楽に出そうなものだが、弁当をつかいたいと言い出しかねたのは、女の見ている前で、ひとり破籠《わりご》をひろげるのが、なぜか気恥ずかしかったのだ。食べ物も商っているなら、茶だけ所望で弁当は自前では、商売のさまたげ、気の毒との思いもある。壁の短冊、白玉団子と記したのが目につき、ほっとして、「あれを」もてなすのが嬉しいというふうに、女はいそいそとした。

平たく丸めた白玉の、真ん中のくぼみは、このひとの指が押したのか。とろりとかかった餡の美味《うま》さ。四肢の隅々にまで、甘みがしみわたる。彼は下戸で酒の味を知らないが、酔いとは、このようなものか。

人心地ついた耳に、また、リ、と。

外界より秋の訪れは早いのだろうが、まだ芒の穂も出ない。

虫籠は、あった。

縁台の端に、最初《はな》から置いてあったのだけれど、気がつかなかっただけだ。

古い竹細工だ。籤《ひご》はささくれ、黒ずみ、ゆがんでいる。

小楊枝の先に胡瓜の切れ端を突き刺したのがいれてあって、その切り口が、つい今しがた庖丁をあてたというふうにみずみずしい。だが、虫はいない。空《から》だ。

「秋になりますとね」

女は言った。

「すだきます」

なぞえの草むらに目をやる。

「鈴虫、松虫、馬追……。なぜか、松虫が多うございますねえ。リ、リ、と」

「それは、鈴虫でしょう、リ、と鳴くのは。松虫は、チ、チロ……」

「あれ、そうでしたか。わたしのつれあいが、あれは松虫と教えてくれたのですけれど……」

「おつれあいが、いらっしゃる……」

思わず、あたりに目をさまよわせる。

「ひとりでは、淋しゅうございますもの」

「そりゃ、そうです。おひとりはいけません」

彼はうろたえて、必要以上に語気が強くなった。

「だれが通るか知れたものじゃありません。おひとりでは、危ない」

「いえ、そんなことは……」

「危ないです」

強調するのもおかしいか。つれあいという一語にこだわると思われるのも恥ずかしく、彼はいそいで話題を変えようとした。

それでも「おつれあいが……」と、また、口に出て、

「松虫といわれたのは、教養がおありになるからでしょう」

王朝のころは、と言いかけて、いかにも自分も教養ありと誇ることになると気がつき口ごもった。

「いえ、わたしのは耳学問なんですが。わたしは子供のころひ弱で（今もだ）中学も半端でやめてしまい、教養も学問も」

「それだっても、ご立派ですわ」

と、女はやさしい。「王朝の？」と、無邪気な目で先をうながす。

「その、昔は、鈴虫と松虫が逆だったとかいいます。つまり、今松虫と呼んでいるのが鈴虫で、鈴虫は松虫だったとか……。煩瑣《はんさ》ですね」

自分でも混乱し、苦笑にまぎらせた。ひけらかしついでに、

「古今集に、『君しのぶ草にやつるるふるさとは松虫のねぞかなしかりける』この松虫が、今でいう鈴虫、リ、と鳴くやつだそうです」

「ひとつ賢くなりました」

と、嬉しそう。

「霜がおりるようになりますと、虫の音もとだえます。わたしもね、あの、麓に下りますの」

「冬はきびしいのでしょうね、このあたり。寒気が……」

「そりゃあ、あなた、雪が積みますわ。夏に思う雪は涼しげでようございますけれど、このあたりまで」

と、膝をさし、

「積もってごらんなさい、たいていじゃございません。道はないも同然で、人の行き来もかないませんもの。ですから」

と、微笑《ほほえ》んで、

「実のところ、雪がどれほど深いか、知った人はいないんですわ。だれも通れないのですもの。見たものはいない道理でございましょう。わたしだって、知りません。膝まで積もるのか、それとも、ここまで」

胸乳《むなち》のあたりにそっと指をおく。

つれあいという人は、そのあたりに、ためらいもなくふれるのだろう。すさぶ風から男がかばいながら、ふたりで霜柱を踏み、里に下りる姿を思う。

たいがい汗も引いた。しかし、立つ気にはならず、

「いつごろから、この店を……」

話題を探す。

「いつからでしたろうね」

そう言う女はいつのまにか、縁台に並んで腰かけていた。

「ものごころついたときは、父親がこの店を出しておりましてね、わたしは、その袖にすがって、ちょろちょろとしていました。母親はおりませんでした。早くに死んだのか、山暮らしを厭《いと》うてよそに行ったのか、たずねもしませんでした。その父親も死にましてね。いえ、死んだのか、山暮らしを厭うてよそに行ったのか……。ひとりで暮らすのは淋しくて、足をやすめた若い方を、無理にひきとめ、亭主になってもらったのでしたが、その人も、去りましてねえ」

ほんの少し、女は、彼のほうに寄った。

「それから、また、若い書生さん――旅の――ひきとめて……。五年、連れ添ってくれました。リ、と鳴く虫を松虫と教えたのは、その二人目の連れ合いでした。去年の秋……芒の穂が白い海

のようで、そのとき、昔の友達だったという、連れ合いより少し年弱な書生さん……、たまたま、通りかかりなさったんですよ。奇遇だと、どちらもなつかしがりましてねえ。二人で、この縁台でお酒を。西の空がいっとき、真赤に焼けてそれから、たそがれて……逢魔《おうま》が刻《とき》、あの、松虫の音に……。誘われて、そのお方が、芒《すすき》のなかにわけいって、それきり、戻ってこられません。連れ合いが探しにいきましたら、あの、息絶えていなさいました。昔ねえ、死ぬときはいっしょにと誓った仲だとか。それで」

女の膝が、また少し、にじり寄った。

「お連れ合いも……」

なくなられたのですか、彼が言いよどむと、微笑んで、

「ふたりとも」

そこに、いましてよ。白い指の先に虫籠。リ、と、聴こえた。

小袖曽我

神社に近づくと、アセチレンのにおいが濃くなるのだった。

祭り提灯に火がはいり、賑やかなのだけれど、蠟燭の明かりは、夜をいっそう暗く侘しくしているように、わたしは感じていた。

昼間見なれた神社の境内が、火明かりで、初めてくる場所のように変貌する。祭りは毎年のことなのに、その度に、見知らぬところに迷い込んだ不安感をおぼえた。

からだの芯にひびく太鼓の音も、髪をさかだてるような笛の音も、華やぎの底に、一すじ、不気味な感触がひそんでいる。

祭りのときにだけ大人が着せてくれる水色の地に桔梗を描いた絽《ろ》の浴衣に、このときだけは子供にもゆるされる薄化粧をして、手のなかに小銭をにぎりしめ、浮き立ちながら、わたしは、祭りになじみきることができないのだった。

夜店にならぶ品は、なにか、いかがわしい光彩を放っていた。べこべこのセルロイドの人形。毒々しく着色されたシロップ。

父は医者であるため衛生にうるさく、祭りの夜店で買い食いすることを厳禁した。

経験上からも、夜店のいかがわしさは知っていた。小さい人形はすぐに手足がもげたし、モール細工は、店にならんだ見本はきれいだけど、けっしてわたしの手ではつくれないのだった。それでも、毎年、祭りの度に、モールを買い、手のなかにはいってしまう小さいセルロイドの人形を買った。

昼の光にさらしても裏切られることのないのは、塗り絵だけだったかもしれない。祭りの夜店でしか手に入らないものだった。デパートで売っている平凡な健康的な子供っぽい絵とは、図柄が違っていた。

歌舞伎や草双紙から題材をとったものが多く、その人物は、妖しい翳を、蜘蛛の糸のように、ひっそり投げかけた。塗り絵に書かれた文字で、わたしは『瀧夜叉姫《たきやしゃ》』だの『自来也』だのといった人物を知った。

塗り絵の店は、たいがい、隅の目立たないところにあり、そこにたどりつくまでに、わたしは性懲りもなくモールや人形を買ってしまって、小遣いはとぼしくなっている。悔しがりながら、残った小銭のありったけで、塗り絵を買うのだった。大判は高価だけれど、並みを超えた魅力があり、そのかわり、一枚か二枚しか買えない。数多く買うためには、並判でがまんしなくてはならず、どちらをとるか、いつも迷った。

買い溜めた絵は、もったいなくて、色を塗ることができないでいた。白紙に黒い描線だけで描かれた姫は、幼い手で色を塗られると、とたんに、翳と妖しさが消え、醜くなる。

曽我兄弟を、目にした。五郎と十郎がそれぞれ一枚絵になったものと、兄弟のほかに少し年のいった女と三人が一枚におさめられた図柄のものとがあった。

十郎は美しく、五郎は凜々しかった。

女が兄弟の母親だろうと察したのは、絵本で曽我兄弟の話を読んでいた上に、少し前に、近所の小学校の学芸会で、見ていたからだ。

吾郎が、曽我五郎をつとめた。

吾郎の父親は、わたしの父のお抱え運転手をしていた。父は開業医で、往診のために、自家用車とその運転手を必要としていた。

わたしの家の向かいの細い路地を通り抜けると、二軒長屋があり、その一つに吾郎の一家は住んでいた。

「吾郎が五郎をやるんですよ」

と、吾郎の父——吉川は、とんでもなく素敵な冗談だというふうに、何度も繰り返して笑い、

「お嬢ちゃん、是非見に来てくださいよ」

と誘った。

わたしは、吾郎の母親——お松さんといった——に連れられて、吾郎の通う小学校に行ったのだった。

吉川はボクサーのようにひしゃげた鼻とつぶれた顔を持っていた。お松さんのほうは、きりりと目尻のあがった、眉の濃い、きつい顔立ちで、気性もはげしく、わたしは少し怖かった。

幼稚園にかようわたしの送り迎えも、吉川の務めだった。お松さん以上に、吉川は、わたしには怖かった。父の前では従順だが、わたしとふたりになると、ひどく無愛想で、あつかいが荒くなった。なんという車種だったのか、運転席助手席の背もたれの背面に折り畳みの補助椅子がついた大きい車で、大人といっしょに乗るときは、わたしは補助椅子に腰かけさせられ、自分が一人前ではないことを痛感させられるのだが、通園のときは、後部座席にひとりぽつんと腰掛ける。そうすると、座席は広く大きく、わたしはまた、自分の小ささを、感じるのだった。吉川はたびたび急ブレーキをかける。予想していても、つかまるところがないので、わたしは、その度に床に転げ落ちそうになり、園につくまで、恐ろしかった。父や母が乗るときは慎重な運転をするから、吉川の荒さを知るのは、わたしだけだったかもしれない。

吉川にしてみれば、四つ五つの子供のために朝早くから仕事につかなくてはならないのだから、愛想のいい顔をしていられないのも当然だったろう。

車に乗るのをいやがったら、吉川はいっそう不

機嫌になるだろうと察しがつき、わたしは、毎朝、憂鬱な気分で車に乗るのだった。もっとも、吉川の送り迎えは、そう長くは続かなかった。わたしがじきに登園拒否を起こし、休園したからだ。

学芸会のときは、もう、休園中だった。

吾郎は小学校の三年生か四年生ぐらいだったと思う。わたしには妹と弟が一人ずついた。吾郎は、しばしば、わたしたちの家に呼びつけられていた。母が、わたしたちの遊び相手を命じたのである。吾郎にとっては、迷惑な話だったにちがいない。遊び相手というよりは、子守だ。同じ年頃の男の子と、のびのびと遊びたかったことだろうに、わたしの母は、使用人の家族は、主家のためには無償で、しかも、喜んで、働くのが当たり前と思っていた。お松さんも、ことあるごとに、手伝いに呼ばれていた。

吾郎は、浅黒い肌、濃い眉、つり上がりぎみの眼が、お松さんによく似ていた。いくぶん獅子鼻で、けっして美貌ではないのだけれど、幼いわたしには凜々しい容貌に感じられて、うるさがられ、ときにはいじめられたりしながらも、吾郎にまつわりついた。

自宅が医院をかねていたので、大玄関の取次の間とそれに続く座敷が患者さんの待合室にあてられ、ロビーの右手に受付と薬局、診療室がならび、母屋と渡り廊下でつながった離れが、わたしたち姉弟の遊び場になっていた。離れは一段落ち窪んだところに建てられており、渡り廊下の突き当たりの階段を数段下りて離れに行くとき、わたしはいつも、ちょっと心細いような、大げさに言えば流罪のような気分になるのだった。子供たちが邪魔になるから、そこへ追いやられるのだと、わかっていたからだ。母屋はしっかりした造作だが、一間の押入のついた六畳に三畳の次の間と厠《かわや》のついた離れは、子供の目にも、いかにも粗雑な急ごしらえの安普請だった。二部屋の間の襖はとりはらわれ、九畳の空間が、子供たちにあたえられていたのだから、ずいぶん贅沢なことではあったけれど、そこで弟妹を遊ばせるのは、わたしには苦痛だった。わたしはひとりで本を読んでいたいのだが、幼い弟妹は、わたしがひとりの世界に閉じこもることをゆるさなかった。

わたしが荒い声をあげると、妹は泣きながら母に訴えに母屋に行き、渡り廊下をきしませて離れにくる母の足音に、わたしはからだを固くする。遊んでやりなさい、お姉さんでしょう、と極まり文句が頭の上に降り、わたしがふくれてだまりこみ、らちがあかないとなると、ねえやが吾郎を呼びに行かされた。

吾郎の機嫌は、そのときどきで、ずいぶん違った。

何をしろというんだよ、という顔で、口もきかないこともあり、そんなとき、わたしは、どうしていいかわからず、部屋のすみで、黙っていた。

吾郎が、ふっと気を変えて妹をからかったりしだすと、弟ははしゃいだ声をあげ、わたしは、急に変わった雰囲気にうまくとけこめなくて。わざとらしい声で笑ったりした。

吾郎が機嫌のいいときの遊びは〈お地蔵さんとお猿ごっこ〉で、これは、わたしも気に入っていた。

よく知られた簡単な民話である。山の中で、お爺さんが休んでいると、猿の群れが、お地蔵さんとまちがえる。こんなところにころがしておいてはいけない、と、大事にはこぶ。「お猿のお尻は濡らしても、地蔵のお尻は濡らすなよ」と歌いながら、川をわたり、こざっぱりした場所に安置し、果物などたくさんそなえる。それを聞いたもうひとりのお爺さんが、まねをする。「お猿のお尻を……」の歌に吹き出し、猿が、人間と気づいて、川にほうりだす、という話を、四人でやるわけだ。三人の猿にかつがれるお地蔵さんの役をかわりがわりにつとめるのだけれど、吾郎は重くて、わたしたちの手にあまった。その遊びは、父や母には内緒だった。品の悪い言葉は決して口にしてはならない、と教え込まれていたからでもあるけれど、吾郎にかつがれるときの、からだが感じる感覚は、他人にさとられてはならぬものと、本能的に知っていたからでもある。

吾郎がなかなか来てくれないとき、わたしは、ときおり、ひとりで、長屋をのぞくのだった。理由のわからないうしろめたさをおぼえながら。お松さんは、袖を襷《たすき》でしぼりあげ、雑巾がけや洗濯をしていることが多かった。土間で、盥《たらい》の前に膝をひらいてしゃがみ、洗濯板にのせた布を力ずくで揉み洗っているお松さんは、濃い眉をちょっとしかめ、面子《めんこ》に夢中になっているときの吾郎と、同じ表情をしていた。塗り絵の『妲妃《だっき》の小萬』にも似ていた。わたしはそのころ、妲妃の小萬がどういう女なのか、知りはしなかったのだけれど、絵柄から、ある雰囲気はつたわってきて、それは後に知った言葉でいえば、婀娜《あだ》っぽいとか鉄火とかいう表現がふさわしいものだった。

小学校の廊下は、いやな臭いがした。つや出しのために、なにか油を塗りこんであり、それと埃のにおいがいりまじっているのだった。

学芸会の当日、下駄箱のならぶ土間から廊下への上がり口で、お松さんは、下駄を持参のスリッパに履きかえた。

「スリッパ、持ってきたでしょう」

お松さんにそう言われ、わたしは、とんでもない失敗をしたようにどぎまぎした。

わたしが手ぶらなのに気がついたお松さんは、「奥様に言っといたんだけどねえ」と、ぶつぶつ言いながら、学校にそなえつけのスリッパをわたしに履かせた。円筒形の金網の籠に投げ入れてあるスリッパは、どれも爪先が破れたり擦り切れたり、足のあとが黒く残っていたりした。

お松さんの縞木綿の袂《たもと》のはしを握りしめ、わたしは、滑る廊下を、脱げかかるスリッパを履きなおしながら、せっせと歩いた。足にあった上履きが幼稚園に置いたままなのを、悔やんだ。大きすぎる汚いスリッパはわたしをみじめにしたし、殺風景な板壁は両側からのしかかってわたしを脅かしたけれど、不安感の底に、楽しさへの期待があった。

それとともに、気がせいた。八時半から始まっているというのに、お松さんがうちに迎えにきたのは十時をまわっていたから、わたしは、はらはらしていたのだった。

講堂の座席はほとんど埋まり、壁にもたれ立ち見の人も多い。わたしの不安は増した。大人の陰になり、舞台はろくに見えないが、歌だかわめき声だかわからないような、小学校唱歌の斉唱が聞こえていた。

通路の人の群れを果敢にかきわけて、お松さんは前の方にすすみ、その袖にしがみついて、わたしも、大人の背にぶつかりながら、ついていった。

立ち見の人たちは空席はないとあきらめているのだろうが、前のほうには、かえって、ぽつりぽつりと空いた椅子があり、お松さんの指示も待たず、その一つを、わたしはしゃにむにめざした。引っ込み思案のわたしにしては思い切った行動だった。その椅子に座ることだけが重要な目的のように、腰掛けている人の前をすり抜けた。

何年生なのか、舞台の下に、数十人一かたまりになって、音の悪いピアノにあわせて斉唱し、上では、十人ほどが、ダンスを披露していた。うろうろと、ぶつかりあっているような踊りだった。

お松さんからガリ板刷りのプログラムはもらってあった。

吾郎の出る番組には、赤鉛筆で丸を描いてあるが、いま、演じられているのがその何番目なのか見当がつかない。わたしは平仮名も片仮名も読めたけれど、ルビのない漢字を読みこなすことはできなかったし、聞こえる唱歌の題名もわからなかった。

プログラムに目をさまよわせている様子から察したのか、隣席の見物人が、指で指し示してくれた。

吾郎の出るのはその三つ後。上に〈九〉と数字がふってあるのは、九番目のだしものということだろう。

わたしは、とんでもなく恥ずかしいことをつぶやいていた。九番、九番。九番、嬉しいな。

「お兄ちゃんかお姉ちゃんが、出るの？」

隣席の女の声音が気さくなので、

「吾郎ちゃん」

わたしは、ずいぶん大きな声をだしてしまった。ちょうど、歌が小休止のところだったので、声は、講堂中にひびいた。少なくとも、わたしにはそう思えた。あちこちで笑い声がした。

『小袖曽我』にでるのね」

隣の女がそう言ったのは、プログラムの赤印が目に入ったからだろう。

斉唱とダンスが終わり短い休憩になると、お松さんがわたしを探しにきた。

「あら、ちゃっかりしたお嬢さんだ。迷子になったかと気をもみましたよ」

お松さんは、わたしの手に紙袋をわたし、舞台でやっているときは、食べちゃだめですよ、と念を押した。

わたしの遊びが、もう一つふえた。

曽我十郎、五郎、その母の三役を、ひとりで演じるのである。

そのためには、弟と妹は邪魔だった。わたしは、ふたりに積木で大きい城をつくってやり、かってに遊びはじめたころをみはからって、押入れにもぐりこみ、中からしんばり棒をかい、闖《ちん》入《にゅう》をふせいだ。

昼でも、襖をしめきると押入れの中は夜にひとしく、学芸会の舞台が、鮮明な色彩で浮かぶ。

実際の舞台は、くすんで埃くさかった。曽我兄弟は、ボール紙の烏帽子に、肩上げでごまかした大人ものの飛白《かすり》の筒袖。どうにか縫い縮めた、これも大人ものの袴。ありあわせでごまかしたことがみえすいた滑稽な恰好であった。

兄弟の母は、肩上げした振袖を、裾長くひきずって、小袖のかわりにしていた。

髪は、地毛である。母親役は、ふだんはおそらくお下げにしているのであろう長い髪をほどいて垂らし、なんとか恰好をつけていたが、十郎と五郎のボール紙の烏帽子の下はいがぐり頭で、ずいぶん興趣をそがれた。わたしは、塗り絵や絵本で、若衆の前髪の陶酔的な美しさを知っていたから。

押入れの闇の中に、五郎は眉凛々しく、あらわれた。

母の言葉にそむき、出家しなかった五郎に、母は、理不尽な怒りをあびせる。

まことに、わたしには、母親の仕打ちは不公平に思えた。

仇討ちを心に決し、暇乞いにおとずれた兄弟の、兄にのみ美しい小袖をあたえ、許しを乞うてすがる五郎には冷たい言葉しかあたえぬ。せめてひとりは生き延びてよ、と願う母親の心まで察するには、わたしは幼すぎた。

闇はわたしを五郎に変身させ、それは即ち、吾郎になることであった。

ボール紙の烏帽子でも、白絣の筒袖でも、吾郎は、充分に美しかった。

母の袖にすがる吾郎になって、ほとんど涙ぐみかけているとき、襖が揺れ、積木にあきた弟と妹が、わたしを現《うつつ》にひきもどす。大人の叱責の怖さを知らなければ、わたしは、小さい無力なものらに、どんな手荒い仕打ちをしたことか。殺人者になる寸前の、きわどい崖淵で、わたしはかろうじて踏みとどまっていた。

神社に近づくと、アセチレンのにおいが濃くなるのだった。

祭り提灯に火がはいり、賑やかなのだけれど、蠟燭の明かりは、夜をいっそう暗く侘しくしていた。

からだの芯に太鼓の音がひびき、笛の音が、髪をさかだてた。水色の地に桔梗を描いた絽の浴衣に薄化粧で、わたしは、夜店を眺め歩き、塗り絵の前に立った。性懲りもなく買ったモールと人形が手にあった。小遣いはとぼしくなっていた。

五郎と十郎がそれぞれ一枚絵になったものと、兄弟のほかに少し年のいった女と三人が一枚におさめられた図柄のものがあった。並版なら三枚買えるが、残った小銭のありったけで、五郎の大判を一枚、買った。

学芸会の数日後、吾郎は、自転車で急坂を走り下りているとき、ブレーキがきかず、川に落ちた。

葬式がいつあったのか、わたしは知らない。ねえやが、吾郎ちゃんは死んだから、もう来ない、と教えた。

壁に塗り絵を貼った離れの押入れの中で、わたしは、しじゅう吾郎に逢っている。来てくれなくなったら、吾郎のところに行く方法も知っていた。父の薬局には、役に立つ薬がそろっていた。

夏一夜

1

耳をすまし、

「虫売りか」

海を見下ろす座敷に、宿通《しゅくどお》りを売り歩く虫売りの、籠のなかの鳴き音がきこえるはずはない。巻き上げた簾の房が、潮風にゆれる。耳にきこえるのは、波の遠鳴りだ。

風をはらんだ白帆が波に散る。

「今度来るときは、きりぎりすでも買ってきてやろうか」

「嬉しゅうござんすねえ」

花里はあどけない笑顔で応じる。

小みねは傍らに一膝さがり、客の背に団扇の風をおくる。

小みねは、この岩佐屋で年季をつとめあげ、身受けしてくれる客もないままに、何人かの遊女の介添えの新造として年を経、いまは花里についている。そのあいだに、落籍《ひ》かされて裕福な商家のおかみに成り上がったもの、駆け落ちしたもの、船饅頭や夜鷹に身を落としたもの、死んだもの、女たちの身のなりゆきを目にしながら、四十路にはいった。

客をとるようになって間のない花里の客あしらいは、いたって頼りない。吉原の遊女はつんと取り澄まし、座敷では客の機嫌をとったりしないのが見識で、客もそれを喜ぶのだけれど、品川にくる客は、その堅苦しさをきらって、こちらを選ぶのである。他の岡場所のように品下がらず、しかも気さくに遊ばせるのが品川なのだが、花里は、口が重い。気位が高いわけではなく、おとなしくて気がまわらないのであった。しかし、愛くるしくて、まるで箱入りの生娘のような雰囲気が好まれるのか、名指しの客が多く、見世では大切にされている。

おっとり座っている花里にかわって、小みねが、客をくつろがせるよう、あれこれ、話の種をさがす。

「きりぎりすの鳴き音はきいているだけで涼しくなりますよ」

小みねが調子をあわせると、

「きりぎりすは涼しいかな。なぜだろう。松虫ではいかんのかな」

客はまじめに考えている。

品川は初めてだという。実は吉原にも足を踏み入れたことはない、と、登楼するや、正直に打ち明けた。あがるが早いか、そそくさと両刀をはずし、せっかちに妓夫に渡したのは、女郎屋での作法を前もってこんこんと教え込まれ、そのとおりにしようと、気が焦ったのだろう。遊びなれていないことは、一目で知れた。吉原は、なにやら、しきたりがむずかしい、品川が気楽でよいときいてな。しきりに言いわけした。

俗に宿通りと呼ばれる東海道の両側に、旅籠屋《はたご》と茶屋が並ぶ。旅籠といっても大半は飯盛女の名で呼ばれる女郎をおいた妓楼で、茶屋は遊客を案内する引手茶屋である。女郎をおいた色茶屋も多い。

吉原のほかは、色里として公にみとめられてはいないのだが、品川、内藤新宿、板橋、千住の四宿は、目こぼしをうけ、なかでも品川は、旗本や諸侯の家中、身分の高いお歴々が、品川沖での網打ちとか川崎あたりへの遠乗りとか、口実をもうけて遊びにくる。諸藩の江戸留守居役や勘定方などには、品川を外交の場として、入りびたるものが多い。

　客筋がいいから、見世のほうも、妓のしつけにこころを配り、女郎も吉原の大籬《おおまがき》にひけをとらない見識を持つ。

　もっとも、品川も南、北、歩行新宿と三宿にわかれ、格式の高いのは北で、他の二宿はかなり質が落ちる。

　北も、坂の入口に並ぶのは、中見世、二丁目から先が大見世となる。

　北本宿三丁目、海側にたつ岩佐屋は、中見世だが、美玉が多いと評判はよい。


　二階の引付け座敷で、その客は、賄いの勧めるままに素直に芸者もあげ、ひとしきり、三味線やら唄やらまわりが賑やかにもりたて、そのあと部屋入りとなった。

　花里の部屋は、六畳間に三尺の床の間、違い棚、茶簞笥、衣装簞笥。簞笥の上には縁起棚を祀り、衣桁にひろげた絽の小袖が涼しげに艶めかしい。門にさげる盆提灯、それも白の鞘型模様のが、縁起棚の脇にさがっているのは、花里の部屋ばかりだ。

　ぎごちなくかまえた客に、もっとおくつろぎなさいまし、と小みねがすすめると、いや、楽しい、客は声に力をこめた。四十二、三……と踏み、この年まで色里の遊びを知らないで……こういうのは危ないんだよねえ。小みねは品定めする。

　野暮だが、いばりかえっていないところが、まあ、いいか。言葉に訛《なまり》はなく、勤番出府の国侍とはみえない。身分は、百俵取りか、そのあたりだね。

　さりげなくさぐる目が男の衿と首すじのあいだに白い小さいものを見た。糸屑ではないし、綿毛のような……まさか、と、腰を浮かしかけたとき、梯子段をのぼる足音がして、敷居ぎわ、

「おあつらえがまいりました」

仲居が膝をつき、台のものを畳に突き出すように置いた。

尺五寸の大皿に、刺身、塩焼き、酢の物、けっこうに盛り合わせ、黒塗りに定紋散らしの台重には汁物、旨煮、それに香のものを盛った片手桶が、猫足の台にのっている。

小みねは受け取って、客の脇に据え、

「旦那さんのお口にあいますかどうか。お口はおごっていなさいましょう」

愛想よくすすめる。

「本宿通りに草市が立っていた」

「もう盆の入り。日のたつのが早うござんすねえ」

小みねの声に実感がこもる。

花里が白い盆提灯にちらりと目を投げ、つられたように客もそちらを見上げたが、色里のしきたりとでも思ったのか、不審顔はしなかった。

「ついこのあいだ、初午だ、お雛様だ、潮干狩りだと言っていたら……」

「お盆が過ぎれば、じきに、蜩《ひぐらし》が鳴くようになって……」

花里がつぶやいた。

「絽を袷に替えて、本門寺さんのお会式《えしき》で、……」

小みねは、とぎれた花里の言葉のあとを続け、

「お会式の万灯の行列を、旦那さん、知ってですか」

水をむける。

「話には聞いているが」

「いちどお出でなさいませ。みごとなものでござんすよ」

そして、お酉さま……小みねは指を繰り、

「なんだか歳の瀬が迫っているような」

「それは気の早い」

男の受け答えは、あいかわらず、生真面目だ。およそ冗談など通じそうもない。

話はぎくしゃくと途切れがちになる。

花里が、たすけを求めるような目を、そっと小

みねに送る。床のしっっこそうな客だと、始まる前からうんざりし、なるべく話で過ごす時間を長引かせてほしいと、合図している。

　小みねの気性としては、花里のようなうじうじしたのは、相性がよくない。

　七絹《ななぎぬ》さんは、気風《きっぷ》がよかった……。思いが仕草にあらわれて、小みねの目は白い提灯に投げられた。

　客は少し緊張した手つきで、焼魚を箸《はし》でほぐす。小みねが話を引き延ばすまでもなく、客は、出されたものはきれいに平げねばならぬと思い込んでいるらしく、床入りも急ぎたしで、箸の動きがあわただしい。台のものは高いばかりで、味はたいしたことはない。妓楼が儲けるための仕組みのひとつなのだから、遊び馴れた気のきいた客であれば、ほとんど手をつけず、きれいな残り物は、後で奉公人の口をうるおす。

「魚の食べようばかりは、大名食いなのだ」

　膝にこぼれた焼魚の身を箸先で拾いながら、いささかきまり悪げに言う。

「生来、不器用なのだな」

「お貸しなさいまし」

　小みねは男の手から箸をとり、中骨をはずし、身をほぐしてやる。男の表情に甘えを見、おお、いやだ、内心の蔑みは、顔には毛ほども出さず、

「これなら、よほど、ようござんしょう」

　やさしい笑顔で、箸をかえした。

「灯をいれましょうか」

　手もとの暗さに気づいて言った。窓に目をやれば、空と海は色をわかちがたいほどに昏み、漁火が遠い。

　小抽斗《ひきだし》から火打ち道具を出し、朱塗り絹絵の行灯のそばににじり寄って、灯心に火をうつそうとする手を、

「いや、待て」

　男の声がとめた。

「夕闇に花里ばかりが暮れなずみ、白い花のようだ」

　陳腐な決まり科白《せりふ》だが、この男としては真情をのべたのだろう。そう、小みねは思い、吹き入る海風に身をくつろがせる。

「灯をいれずとも、花里が、さながら、あかりのともった雪洞《ぼんぼり》だ」

　思いがけず気のきいたことも言い、男は仄白く坐った花里に目をあずけている。

　男の衿と首すじのあいだにふわふわと揺れる小さい綿屑が、はっきり見えた。

　綿屑ではない。鳥の和毛……。

　男とむかいあった花里は何も気づいていないようだ。

　何の鳥か。まさか……と思いながら、

「お衿もとに……。ちょいと失礼いたしますよ」

　小みねは指をのばした。

2

「鷹だ」

　男は苦笑まじりに、小みねの指先の和毛をとり、ふ、と吹いて潮風がさらうのにまかせた。

　鷹の和毛が肌にまつわりついた男。

　花里の顔色が動くのを、小みねは目のすみに見た。

「旦那さまは、雑司ヶ谷か千駄木にお住まいで」

　小みねが聞こうとしたことを、細い声で花里が口にした。

「よく知っておるな」

　並みのものは手をふれることも許されぬ鳥。将軍家、大名諸侯のほかは、私に飼うことを禁じられた鳥。それが、鷹であった。

　鷹匠と身分をあかすと、男は雄弁になった。遊びなれないので、話題に困っていたらしい。仕事のことしか、話がないのだろう。

　相手が興味を持とうが持つまいが、おかまいなしに、

「広尾のさる御下屋敷に、よく鷹を捕らえに行く」

　身振りをまじえ、

「御下屋敷の原中に、松の木があっての」

　その枝振りを鷹が好むらしい。うまい冗談を言ったつもりらしく、ひとりで笑った。

「よく止まっているのだ。鷹が。それゆえ、松の側に網をはる。屏風で囲うように、こう、四角に。いや、上を少し開いて」

　律義にこまかく説明する。

「網をはっておけば、御鷹がかかりますのか」

　花里は問いかける。

「囲みのなかに、雀を五十羽もいれた籠をおいておくのだ。すると、鷹がな、つう、と、こう、斜めに舞い降りて、雀にかかろうとする。待ちもうけた網にひっかかる。そこを、すかさず、とりおさえる」

「そんなにたやすく、捕らえられますんですか。鷹だって、荒れ狂いましょうに」

　花里が興味を持った様子に、男はいささか得意げに、

「十二枚のな、尾羽根を、まず、おさえる。これが、いうなれば、骨法だな。だれにでもできるというわざではない」

「鷹の爪は、刃物より怖いそうな……。よくまあ……」

「いや、鷹という鳥は、並みの鳥とちがって、悪あがきをしない。それというのも、おのれの翼を大事と心得ておるからだ。下手に暴れれば翼が折れる。それを嫌って、しずかにしておる」

「かしこいんですねえ」

「それから、小さい頭巾をかぶせる。目が見えんでは、さすがの猛禽も、攻撃できぬ」

「何だかむごいような。せっかく、空をとびま

わっているものを」

花里の小さい呟きは意に介さず、

「鷹を馴らすにはの」

講釈がいくらでもつづきそうなので、

「そろそろ、お床をとりましょうか」

小みねは笑顔を男にむけ、行灯に火をいれた。

女郎が床に客をむかえるとき、闇は楼主に禁じられている。どこの女郎屋でも、必ずあかりをつけさせるのは、時々みまわる遣手の監視の目がゆきとどくようにという楼主の意向からである。

襖を閉め、廊下にでても、波の音は耳に残る。

暗い廊下をはさんで両側に妓の部屋が並ぶ。どこもそろそろ床入りとみえ、廊下に台のものが出され、ひそめた声ももれる。

なげやりな足音をたてて、客のつかなかった女郎があがってきた。花里の隣に部屋を持つ大滝と知って、小みねは声をかけた。

「ちょいとお邪魔してもよござんすか」

「もう、おまえさんは用ずみかい。今夜はお茶っぴきだ。よっておいで」

大滝の部屋も花里と同じような造りだし、婢女《はしため》が拭き掃除はするのだが、どことなく薄汚れてみえるのは、部屋の主がだらしないせいだろう。気さくで話しやすい相手であった。

大滝は、以前吉原でつとめていたが、客がつかず借金ばかりかさみ、品川にまた売りされたという。移ってきたのは、つい二月ほど前で、すぐに部屋持ちになったのは、吉原の余光だろう。岩佐屋にきてからは、ざんす、ありいすの廓言葉もさっぱり捨て、のんびりしている。

大滝づきの新造は、今宵は用がないとみて、溜まりにさがっている。大滝は自分の新造より小みねのほうが気に入っているようすだ。

「暑いねえ」

と大滝がぼやくまえに、小みねは団扇であおいでやる。太り肉《じし》の大滝は、単衣の背に汗をしみとおらせ、自堕落に膝をくずす。

薄い壁一枚をとおして、隣室の気配は筒抜けにわかる。

――そもそもは、小田原北条氏の遺臣、間宮左衛門信繁なるお方……。

男の声だ。

「隣は野暮天らしいね」

「千駄木だそうですよ」

「千駄木」「雑司ヶ谷」は、お鷹同心の代名詞になっている。鷹を飼育する鷹部屋と同心長屋が、駒込千駄木と雑司ヶ谷にある。

「床のなかでお役の講釈をされても、花里さんにしたところで、迷惑なこったろうに」

――主家が滅亡ののち、文禄元年、権現様に召されてな……。

「とんでもなく古い話を持ち出しているよ」

大滝は小みねに目配せして嗤う。

――お使番となり、御鷹のことを承った。慶長五年、関ヶ原のいくさに……。

大滝は吹き出しそうな顔を小みねにむける。

「関ヶ原だとさ。かれこれ百何十年も昔だ」

小みねの眼裏に、男の衿の白い和毛、そうして白い盆提灯が重なる。

――お鷹同心二十名をひきいて軍にしたがい、大功をたてたによって、お鷹匠頭に取り立てられ、千五百石を賜った。

「何だねえ。寝物語にお鷹同心の由来かい」

大滝はさすがに声はひそめる。あちらの声が聞こえるということは、こちらの声も筒抜けの道理だ。

「お鷹同心は、たちが悪いよ。花里さんもとんだ客がついたものだ。あれは、初会なんだろう」

「はい、初めてですよ」

「あんなのに馴染みになられては、たいへんだよ」

「北州にも、お鷹は、よく?」

「めったに登楼《あが》りゃあしなかったっけが。将軍さまのお鷹の威光でいばりかえっていやがるが、お扶持といったらわずかなものだよ。廓で遊べるものか。それでも、たまに、来やがったっけね。なに、小見世さ。品川は鶴の御飼付場が近いから、ちょいちょい、あがるんじゃないのかい」

水鳥が季節ごとに集まり寄るところを『代《しろ》』と呼ぶ。かつては、蘆荻の群生する池や沼のほとり、随所に『代』はあったが、土地が切り開かれ、人家が増えるにしたがい、江戸近在に『代』は減少した。

将軍家で鷹狩をおこなうために、諸鳥飼付の場所『定代』をさだめるようになった。

定代は、白鳥、鶴、雁・鴨の三種にわかれる。

鶴の飼付場は、小松川筋、千住岩淵筋、品川目黒筋の三組である。

「飼付場は、お鳥見や網差しの領分ですから、同心がお鷹を据えまわすことはない道理なんですけどね」

「それでも、たまには、ああいう野暮がまぎれこむのだな」

大滝は顎をしゃくる。

隣の話し声はいつかとだえていた。

「さて」

意味もなく、大滝は声をだし、

「ふみでも書くか。とんと足の遠のいた客に泣き言でも……。暑くてそれも、おっくうだねえ。小みねさん、使いだてしてすまないが、その長火鉢の抽斗をちょいと開けて、爪切りの鋏をとってくれでないか」

夏のさなか、もちろん火の気はないけれど、長火鉢はどの部屋にもそなえてある。

——あ、これ、

声は、花里だ。

——それを開けてはいけませぬ。

抽斗《ひきだし》にかけた手を、小みねは思わずひいたが、

——すまぬ、

と男の声がつづいたので、隣室で男が何か開けようとしたのだとわかった。

――そこは、女の恨みがしまってあるところ。めったに覗いてはなりませぬ。

――火をかきたてるのに、何ぞ適当なものが……と思ってな。

「長火鉢の抽斗を開けようとしたのだよ、あの野暮天」

長火鉢の抽斗と針箱は女の恨みのひそむ場所。そう、言いならわされている。

――ふいに行灯が昏んだゆえ。

「この抽斗はあけてもようござんすね」

「わたしが頼んだのだもの。わたしはしまってくような恨みもつらみもないしねえ」

小さい鋏をとってわたすと、大滝は立膝で足の爪を切りはじめた。

「花里さんの抽斗には、恨みがしまってあるのかねえ。あまり苦労のないような顔だが。田舎の貧乏暮らしより、ここのほうがましというところじゃあないのかい」

そういえば、と、大滝は話を変えた。

「花里さんの部屋にさ、盆提灯がさがっていたっけが。品川は奇妙なことをするのだね。女郎の部屋に盆提灯。白の鞘型とあっては、新盆だろう。あれは、品川の習わしかい」

「わたしが、花里さんに頼んだんですよ」

けげんそうな目を、大滝はむけた。

3

「わたしが新造をつとめていた七絹《ななぎぬ》さんの供養です。花里さんも部屋持ちになる前は、七絹さんの、吉原でいえば、振袖新造。七絹さんに可愛がられてでした」

「七絹さん？」

「お鷹同心に殺されなさってねえ」

え、と大滝は爪を切る手を止め、身をのりだした。

「いま、何と言ったえ」

「わたしが新造をつとめていた七絹さんが、お鷹同心に殺されなさった。去年の……秋でした」

「聞かせてもらおうじゃないか」

「お鷹同心が登楼《あが》りましたんです。去年、夏の終わりでした」

「あの男とは違うんだろう」

隣との境の壁を、目で指す。

「初会であがって、七絹さんが敵娼《あいかた》でした」

七絹さんというおひとは、と言いかけたがあの婀娜《あだ》な凄みは口で言ってもわからせることはできないと、小みねは、話をさきにすすめた。

「お馴染みさんがきたので、七絹さんは、そちらにまわり、それきり、お鷹のほうはすっぽかしたんです。初会のときは、お鷹同心とは知らなかったんですけれどね」

「身分を名乗らなかったのかえ」

「二月もたちましたかねえ、ふいに、この岩佐屋が、お鷹の宿になるとお触れがきましたんです」

「そりゃあ、迷惑な話だ」

「お鷹の宿を仰せつけられたとなったら、その夜はいっさい客をとれませんものねえ。先触れがあって、お鷹をいれた籠を持って到着したのが、その七絹さんがふった男だったんです」

「いやがらせか。ふられた意趣返しに、お鷹の威光を借りたか」

「相手がものわかりのいいお人なら、内々で、内所に客をあげても目こぼししてくれますんですが、最初からいやがらせる魂胆ですからねえ」

小みねはつづけた。

「きこえるよ」

大滝が口のまえに指をたてた。

「かまいやしません。聞こえたって」

花里の耳にもとどくだろう。小みねが言うまでもない、花里も、口惜しさを胸にみなぎらせているることだろう。しかし、七絹が死んだその夜、花里は、二、三日まえからからだをこわし、寮にさがっており、その場にはいあわせなかった。

鷹匠は、鷹を仕込むために、あちらこちらに出向く。そのとき、民家や旅籠に宿をとるが、大切な鷹を驚かしたり興奮させてはならぬと、厳重にいいわたされる。旅籠であればほかの客は泊められぬ。まして女郎屋が遊客をあげるのはもってのほかなのであった。

「七絹さんは、部屋に、間夫を引き入れていたんです。客がこないのを、いい幸いに」

近在の漁師であった。金をはらって遊ぶには、岩佐屋は、荷が勝ちすぎる。七絹が、内緒で呼び寄せ、ときには、身上がりで、客としてもてなしていた。精悍な貌と潮風に鍛えぬかれた厚い胸を、小みねは思い出す。

「似合いでしたよ。七絹さんと、その間夫は。七絹さんは、きりりとした……いい女でねえ」

「ちょいと」

大滝が手で制した。

「うめき声が……しなかったかい」

「始まったんでしょう、珍しくもない」

小みねは、いなし、

「お鷹同心が、お鷹をすえて、踏み込んだんです」

「七絹さんの部屋に？」

うなずいて、隣室を小みねは指し、

「せっかくお休みになられたお鷹が、目をさましたと、いいがかりです。客をとってはならぬという掟をやぶったと、咎められ、言い開きはできません。それでも、七絹さんは気の強い。客じゃございません、新さんは、色でござんす、と居直った。鷹匠は怒りましたよ。鷹をけしかけた」

七絹さんは、と、小みねは、折り曲げた指を、顔から咽にかけてななめに走らせた。

大滝は目を落とし、その視線のさきに、爪切りの鋏があった。

「新盆なんですよ」

男の叫びが、壁越しに、はっきり耳についた。

「やはり、来たんですねえ、七絹さん」

「冗談じゃない。花里さんが、まさか仕返しを……。別人だろうに。いくらお役が同じだからって」

隣室の声は絶えた。襖の開く音。廊下を歩む足音。近づいてくる。大滝の部屋の襖が開き、襦袢一枚の花里が敷居ぎわに立って微笑んだ。手にした簪の脚から一しずく、血が落ちた。

「そうかい、花里さん、七絹さんの仇を」

震え声でなだめようとする大滝を無視し、

「七絹さん」

小みねは呼びかけた。

「よく帰ってきておくれだ」

会いたかったよう、言いかける小みねの声を、花里は、七絹の声で断ち切った。

「おまえ、新さんの忍んでいることを、よく、あいつに告げておくれだったねえ」

「気づいていなさったのかえ。わたしがしたと」

「知らいでか。おまえがいくら新さんに……」

「いいえ、七絹さん」

あたしは。

小みねは向き直り、衿もとをひろげた。

長火鉢の抽斗におさまっていた、七絹の簪。紅く濡れた脚が迫るのを、うっとりと待った。

簪《かんざし》犬《いぬ》

1

目の前を、簪《かんざし》を挿した犬が、走り過ぎた。

漆黒《しっこく》の短い毛が濡れたようにぬめぬめした剽悍《ひょうかん》な犬だ。

簪のびらびらが、煌《きら》めく残像となって眼裏を灼いた。

犬が簪挿すか、べらぼうめ。

昨夜の深酒の名残りが描き出した幻影か。歩きながら見たつゆのまの夢か。

男は道具箱を抱え直した。如月《きさらぎ》の風が首すじを裂く。

2

「ところは名におう永代橋、昼にもまさる月の夜に、ふっと見たのが縁のはし」

謳《うた》い上げながら、御見物のお女中方は、永代橋がどこにどのようにかかっているのやら、ご存じあるまいと、お半は思う。まして、御前さまなど、せりふの半分もおわかりにならないのではあるまいか。いえ、下々の乱《らん》がわしい騒ぎの好きな御前さまのこと、裏の裏までとうに御承知か。

「佃を越して来る風より、身にしみじみと惚れ抜いて、そのとき抜いたこの簪」

と、叺煙草入《かますたばこいれ》から銀簪を出し、かざして眺めるお半は、藍の単衣《ひとえ》に二重まわりの三尺帯、頭は月代剃《さかやき》った町人髷《まげ》の鬘《かつら》、掏摸《すり》の小猿七之助の扮装《なり》である。

奥女中滝川に扮したおかつは、はっとした思い入れで、お半の手にある簪に目を向ける。

おかつもお半も共に、大奥、お三の間の女中の下で雑用に追い使われながら、催しごとの際にはお狂言師をつとめる、お茶の間子供と呼ばれる身分のものである。

子供と呼ばれても、お半は十八、おかつは四十を過ぎている。

お中臈《ちゅうろう》の下で働くお三の間の更に下働きなのだから、身分は大奥でもごく下っ端の、しかも部屋方――又者《またもの》である。しかし、お茶の間子供には、お中臈やお次などの奥女中衆からも羨ましがられる役得があった。

大奥で雑用をつとめる、お犬子供とかお犬とか呼ばれる十二、三から十五、六の少女たちがいる。大奥の食事の残りものをあてがわれるから、お犬と呼び名がついたと言われる。お犬のなかでも頭分のものや芸事の達者なものが、取り立てられてお茶の間子供となる。

お茶の間子供は、したがって、お犬の少女たちよりは年長《た》けて、十七、八から三十前後の者が多く、四十、五十の者も混じる。芸達者を重宝がられ、なかなかお暇のお許しが出ないのである。

奥女中は、お目見以上の士分の娘でなくては大奥にあがれないので、親は貧乏旗本というのが多いが、又者のお犬は身分の制限はない。町方や村方の娘が行儀見習いを兼ねて奉公にあがる。身もとは奥女中より裕福なくらいだ。

大奥で鳴物や狂言の催しがあるとき、芸のたしなみのあるお茶の間子供が、鳴物方、狂言師をつとめる。お三の間の畳をあげ槍板を敷きつめると舞台になる。狂言の催しは、年に三、四度はある。新しい出しものが喜ばれるから、主役をつとめるお茶の間子供は、中村座、市村座、森田座など、猿若三座の芝居見物を自由に許されているのである。

一生奉公がたてまえで、宿下がりもめったにできないお目見以上の奥女中たちには、お茶の間子供が人気役者の声色で演じてみせる新狂言移しにまさる娯しみはないのだった。

平生は又者と見下されているお茶の間子供が、この日ばかりは花形となる。まして、若々しい立役をつとめるお半などは、女中方の倒錯した熱い眸にまつわりつかれ、いささか辟易《へきえき》する。

お半の生家は、日本橋通二丁目で質屋を営んでいる。母も祖母も芝居好きで、平土間の枡《ます》ではあるけれど、始終連れて行かれていた。

市村座で河竹新七の新狂言『網模様燈籠菊桐《あみもようとうろうきくきり》』通称『小猿七之助』を母や姉たちと見物したのは、まだ大奥にあがる前、十二の年の蒸暑い夏だった。

奥女中滝川が砂村の下屋敷に使いに行った帰り通、洲崎の土手で掏摸の小猿七之助に手籠めにされ、その小悪党に惚れてしまい、そのままいっしょになり、後半は御守殿お熊と名を変えて切見世の安女郎になるという筋立であった。

十四の春、つてがあって、大奥のお犬をつとめる事になった。親としては、ほんの一、二年行儀見習いをさせ、その後はお暇をいただいてしかるべきところに嫁がせる心づもりだったのだが、幼いころから習わされた遊芸のたしなみ、身についた芝居の心得が目にとまり、お暇を下さるどころか、すぐにお茶の間子供に身分を引き上げられてしまった。ことに、お茶の間子供の親分のおかつがお半を気に入り、最初は『鏡山』で、おかつの岩藤に、お半はしどころのない大姫の役だったが、その後は次々に大役を振られ、『忠臣蔵』六段目の勘平だの、『時鳥殺し《ほとゝぎす》』の時鳥だの、立役も娘役もこなして人気をあげた。もとより、見よう見まね、素人芸にしては達者という程度のものだが、女中衆の眼の法楽には十分であった。

実のところ、柳営は、新狂言の何のと浮かれ騒いでいられる時勢ではないらしく、お半が大奥に上がってからでも、大老が暗殺されたり老中が襲われたり、去年はイギリス公使館が焼き打ちにあったり、血なまぐさい事件が数々起きている。

朝廷から降嫁された御台所《みだいどころ》は、江戸の芝居などお好みではないようで、狂言催しのお沙汰はまるで無いのだが、島津家から前将軍家定公に輿入れされた天璋院さまはおさとから狂言の費用が出るのでたいそう派手な催しをしばしばなさるし、本丸七宝の間にお住まいの実成院《じつじょういん》さまときたら、遊興騒ぎが何より好きというお方なのである。実成院は現将軍家茂公の御生母で、紀州藩士の娘だそうだ。

御台所について京から下ってきた女中衆と江戸居付の女中衆とはひどく折り合いが悪く、また実成院とその側近の酒宴騒ぎは大奥取締りの任に当たる上﨟年寄の眉をひそめさせ、大奥の空気はなかなか険悪なのだが、お半のような下っ端の又者には、その陰湿な抗争も、鏡山を地で見るようで、けっこう面白い。

この日は、実成院の要請で、七宝の間で狂言披露となった。

宿下がりで芝居見物をしたお目見以下の女中たちから評判を聞き知っていたらしく、『小猿七之助』をという、たっての注文なのであった。

狂言の催しはかってなのだけれど、あまりに猥雑なものは禁じられている。お半の知るかぎりでは、河竹新七の狂言の中でも、『小猿七之助』ほどあからさまに淫らで濃艶なものは少ない。

おかつもこの狂言を見た事があるそうで、浮きと、自分は滝川、お半に七之助の役を割り振った。

いまの御台所は芝居はごらんにならぬが、代々、御台所は御簾《みす》のかげで見物し、又者風情に顔は見せぬ慣わしであったし、天璋院もそのきまりを守っているが、実成院は、御簾など垂れていてはうっとうしくて叶わぬと、舞台近々《ちかぢか》に座をさだめている。

「杏葉菊《ぎょうようぎく》へ文字入りに、滝川という名前が知れ、雲間の月の見えかくれ、あとからつけて屋敷を見届け、それからすぐに足をつけ、手廻り部屋や大部屋で、承知で負けて部屋子となり……」

口調のいいせりふに、女たちの陶然とした息づかいが絡みつくのを、お半は感じる。

女中衆は皆、若いいなせな小悪党に、自分が口説かれている心地なのだろう。

大奥づとめをしてみると、『小猿七之助』の正本はずいぶんいい加減で、奥女中が洲崎の土手で男に手籠めにされるなど、起こりようのないでたらめな話だとわかるのだけれど、女たちはしらけもせずにうっとりと見入っている。

「丁と半とのさし向かい、四の五の言わずと滝川さん、一番受けさしてくんなせえ」

お半は片肌をぐいと脱ぎ、晒《さらし》で巻き上げた胸を露わに、裾をまくって見得をきった。

女たちの吐息が、お半の肌を這う。

市村座で小猿七之助に扮した小団次は、背の低い、いかつい醜男《ぶおとこ》だった。

おまえの方が、よほど美《よ》い男だ。

楽屋にあてられた小部屋で化粧と着付をすませたお半に、おかつはそう言った。

皺を白粉で塗りこめたおかつの手を取り、引き寄せて、

「もうこうなったら往生しねえ」

と帯を解きにかかる。おかつの滝川は、解かせまいと身をよじり、

「あれ、誰ぞ来てくだされいの」

と騒ぎながら、お半が解きやすいようにそれとなく手を貸す。いそいそとしている風情だ。

お半の七之助は、解きかけた帯の端にどっかと

腰を据え、片あぐらで、

「いくら泣いても喚《わめ》いても、町を離れた洲崎の土手、昼でもあるか更《ふ》ける夜に、往来まれな雨上がり、湿りがちな夕汐に途切れた雲の星明り……」

河竹のせりふは、気分がいい。

「……露のなさけの草枕、おぬしとしっぽり濡れる気だ、どうでよごれた上からはここで器用に抱かれて寝やれ」

「すりゃ、どうあってもわたしをば」

「いやだと言やあ手籠めにして、ふん縛っても抱いて寝る」

「そりゃ又あんまり」

「そんなら素直に抱かれて寝るか」

「それじゃというて」

「手籠めにしようか」

「さあ、それは」

「抱かれて寝るか」

「さあ」

「さあ」

さあ、さあ、さあと掛け合いになり、

「たって嫌だとぬかしゃあがると、慰んだ上殺してしまうぞ」

脇差を抜いてさしつける。おかつの滝川は、命とられるよりはと承知し、

「幸いここに普請《ふしん》部屋、善は急げだ、さあ来ねえ」

と七之助が番小屋の戸を開けると、知合いの悪党仲間吉三とその情人《いろ》で品川女郎のお杉の二人が中にいる。お杉は足抜してきたのだ。二人は七之助たちに場所をゆずって外に出る。

小屋の中で七之助は裸になり、滝川の下締めを解かせ、緋の襦袢一つにする。この模様が、小屋の裾の破れから半身、吉三お杉に、そうして見物にも、見える趣向である。

「こう、おめえ初めてか」

「あい」

「あんまり初めてなこともあるめえ。殿さまにで

も授けやしねえか」

露骨なせりふに、実成院をまっ先に、女たちの淫らなしのび笑いが起きる。

「そのようなことは知りませぬわいな」

「どれ、知っているかいねえか、あらためてやろう」

お半は、おかつの滝川の上にのしかかりながら、芝居の段どりだから仕方がないが、こんなところが梅山さまの目にとまったら大叱言をくうだろうなと思う。

女同士、一つ蒲団で寝てはならぬ、相風呂も不可と、禁令がある。

実成院付きの年寄梅山は、主《あるじ》の乱痴気騒ぎが度を過ごさぬよう、厳しい目を向けているのだが、五十を過ぎて麻疹《はしか》にかかり、宿下がりして療養中であった。うるさい婆さんがいなくなったと、実成院は羽をのばしている。

梅山の不在中諸事取り締まっている次席の太田は、お人好しで気が弱く、主のする事に口出しはできない。それどころか、お半とおかつの濡れ場に、夢中になって見入っている様子だ。

お杉と吉三は破れ目から中の色模様をのぞき見て、

「吉さんお聞きか、初めてだとさ」

「二十二、三で初めてじゃあ気が悪《わり》いな」

「さぞ意気地がなかろうね」

「なに、そうでねえものよ、年中わ印を見ているから、生娘のようじゃあねえ」

しのび笑いは爆笑にかわる。二十二、三の役どころのおかつが四十を過ぎている事も笑いを誘ったが、露骨な春画の仕込みで目ばかり莫連《ばくれん》なのも、みな身におぼえがある。

おかつと脚をからみ合わせ、お半は外から見えない上半身はなるべく離れていようとするのだが、おかつはむしゃぶりつき、唇をあわせまじいそぶりで、お半は気色が悪くなる。

――おかつさんは、この年でやはり生娘なのだろうか。

お半は、大奥にあがる少し前に、男に抱かれている。そのとき知った感覚は、時折、切ないほどに身内を灼く。

相手は、ゆきずりの大道具職人だった。

宮地芝居でやはり『小猿七之助』を見たときである。公許の櫓《やぐら》をあげた猿若三座でも、小屋の造りは粗末なものだが、掛小屋の宮地芝居は、もっと侘しい。

それでも舞台の上の世界はお半を恍惚とさせた。帰り路、母や姉たちとはぐれ、日の落ちかかった社の境内を一人で突っ切ろうとした。

通りかかった紺の半纏に浅葱の股引、いなせな男に抱きすくめられ、ほとんど抵抗もせずに身をまかせてしまったのは、芝居の酔いが身内を火照らせていたためか。男も、酒の酔いが軀《からだ》を熱く爛《ただ》らせているようだった。

奥女中滝川が、七之助に身を汚された後、どうで濡れたる袖なれば、浮き名いとわずこの身をば、おまえに任せて末始終、女夫《めおと》になりたいわたしが願い、どうぞ叶えてくださんせいなあ、と、あっさり心が変わり、初手《しょて》の憎さもどこへやら、とても女子に生まれたならばと、義理も操も打ち捨てて、しみじみわたしゃ惚れましたわいなァ、と男に寄り添う、その唐突な恋慕が、お半には、身にしみてわかる。

初手から、本心はいやではなかったのだ。好いたらしいと思いながら、世間の手前だの、身分がどうだのと滝川は心に鎖をかけていたのだ。

七之助は喜んで、滝川を連れて去るのだけれど、お半を抱いた男は、何か間が悪そうに一人立ち去ったのだった。お半も、連れていってくれと口にする事は、そのとき思いつきもせず、ただ茫《ぼう》っとしていたのだが、去りぎわに男は、お半の着物の乱れをなおし裾の泥を払ってくれ、髪にからみついた落葉をとってくれた。その仕草が、お半の胸を熱くした。

「お半、もっと気を入れて抱くんだよ」

おかつが小声で叱りつけ、からめた膝に力をこめた。

お半は役柄を忘れ、しんそこ嫌なやつに手籠めにされかかっているような気持ちで、追ってくるおかつの顔を張り倒したくなる。

——半纏の衿に、〃長谷川〃と、大道具職人である事をあらわす文字が白く染めぬかれていたっけ……。

低いが威嚇のある声が、不意に芝居を中断させた。

「ごめんくださりませ。実成院さまの御意を得たく、藤尾が参上いたしました」

藤尾は、御本丸一の側の御用係をつとめる年寄で、大奥全体を取り締まっている。

年寄というのは役名であって、年齢には関係ないのだけれど、藤尾は五十を過ぎ、文字どおりの老女である。

お半が耳にしているところでは、藤尾はたいそう才幹のあるひとで、十六歳から大奥につとめ、早々と西の丸のお年寄になり、やがて家定が将軍になってから本丸の年寄になった。

家定の世子を決めるについては、いろいろと揉め事があったという。先代の十三代将軍家定は、お半はもちろんちらりとも見た事はないのだけれど、話によると、病弱な上に口がよくきけなかったのだそうだ。子供もできなかった。

将軍に実子がなければ、三家・二卿から養子をとる。そのころ適当な候補者といえば、水戸の徳川斉昭の七子一ツ橋慶喜《よしのぶ》と、紀州藩主徳川慶福《よしとみ》の二人であった。

慶福は家定のいとこにあたり、血筋からいえば慶喜よりはるかに近い。

しかし、慶喜が当時十七歳で賢明の評判が高くすぐにも将軍職がつとまるのに、慶福はわずか八歳の幼児であった。

外国から開港を迫られ、国情がきわめて不穏な時である。飾りものの将軍では困るという事から、慶喜擁立《ようりつ》の声が上がる一方、血統を重んじ紀州慶福を推すという力も強く、両派の対立と暗闘は、芝居のお家騒動どころではなかったらしい。

大奥の女中衆は水戸嫌いの紀州贔屓《びいき》が多く、藤尾は、慶福を迎えるために、ずいぶん奔走したのだそうだ。慶福は十四代将軍職につき、家茂と改名した。

そのおかげで、新将軍実母のおみきも、江戸城大奥七宝の間で実成院さまと奉られる事になったのだから、実成院さまは藤尾さまに頭があがらないのだよ、と、お半下《はした》やらお茶の間やら、下々の者は口さがない。

それなら、実成院は藤尾に恩義を感じ親しみを持っているかといえば、そうではなく、逆に、うっとうしくてならないようだ。実成院付きの年寄、目下麻疹で宿下がり中の梅山も、自身は実成院に厳しいのだが、藤尾に口を出されるのは不愉快らしく、藤尾と梅山は表面は取り澄ましているが、反目しあっているのはお半のような末のものにも感じとれた。

大奥の中は、更に、複雑な敵対関係が入り乱れている。二の丸の天璋院は一ツ橋慶喜擁立派の雄である島津家から送り込まれてきたのだから、藤尾にも、実成院やその女中たちにも敵意を持っているのは当然だし、朝廷から降嫁された御台所とお付きの女官たちは、江戸を嫌いぬき、髪の形から言葉のはしばしまで、宮中の風習をまもり、江戸方を寄せつけず孤立している。

「何という猥《みだ》りがわしい」

幕を引けと、藤尾は命じた。

実成院が抗議しようとするのを押さえ、

「このような下賤な狂言、お目の汚れとさぞ苦々しくお思いになりながら、世話をした女中どもの上を思いやり、こらえておいでになりましたのでございましょう。不忠者揃いで申しわけございませぬ。七宝の間でかかる狂言が催されたと公になりましたら、御前さまの御身に災いが及ぶと気づかぬのか、不心得者どもめ」と、後の言葉は、太田をはじめ居並ぶ女中衆に向けられた。

紫と白を竪接《たては》ぎにした縮緬《ちりめん》の幕を、幕引係のお次が慌てて引いた。上に渡した針金にかねの環が当たって、騒々しい音をたて、お次はまた叱られると青ざめた。

お半とおかつも、造りものの小屋の陰から出て、舞台の上にかしこまった。

叱られたところで、どういう事はないとお半はたかをくくっている。お役御免の処罰を受けお暇が出れば、かえってありがたいくらいのものだ。叱責の言葉は頭を下げて聞き流していればよい。藤尾の歯ぎれのよい口調がいっそ耳に快いほどだ。

藤尾は、太田を厳しく難詰する事で、実成院の面目をつぶさずに釘をさしているのだと、お半にもわかるのだが、太田はほとんど涙声で、

「でも、この催しは梅山さまもご承知の事で、わたくしは梅山さまのお許しにしたがったまででございます。実成院さまのせっかくのお娯しみを……」

しゃくりあげて、語尾がとぎれた。

「梅山さんが許したのですか。狂言の催しはけっこうですが、よく選んでくれなくては困ります。梅山さんが戻ったら、わたくしから厳しく申しましょう。御前さま、どうぞお静かにおくつろぎあそばしますよう」

幕越しに衣ずれの音がして、藤尾は立ち去った気配だ。

「幕を開けて、狂言をお続け」

実成院が下知した。

「御前さま、それは……。たったいま、藤尾さまが」

太田はさすがに言いかけると、

「わたしに逆らうのか」

「いえ……」

「男に連れ込まれた滝川とやらがどうなるのか、気がかりではないか」

「藤尾さまの耳にとどきましたら……」

「幕引きの者、早く」

じきじきに声をかけられ、お次は困り果てている。

いきなり幕が引き開けられた。実成院に促され、根細島田に振袖のお小姓が、幕を開けたのであった。

畳の上には乱雑に酒杯や肴の皿が散り、脇息にもたれた実成院は好奇心いっぱいの眼を舞台に向ける。太田は瞼のふちと鼻を赤くしていた。

3

黒闇に塗りこめられた長局の廊下の、ところどころに金網灯籠の黄ばんだ灯が滲む。

お半は臆病な方ではないけれど、夜の廊下を一人で歩くと、背後に何かものの怪《け》のしのび寄る気配があり、ちりけもとがぞくっとする。女たちの吐息やら怨みごとやらが凝りかたまって闇の中に漂っている。

庭の繁みで狐の鳴き騒ぐ声が猛々《たけだけ》しい。手水場《ちょうずば》に行くには、どうしてもこの暗い冷たい廊下を通らねばならない。

大奥の廊下にはいろいろな怪談が語りつたえられていて、お半も、つとめにあがるとすぐに、古参のものから聞かされた。

自害した中臈が廊下にひっそりと座っている、とか、子供を残して死んだお手つきの中臈が、子供が病気になるとあらわれて、廊下を通るものに薬をくれとねだるとかいったたぐいの話である。昼間は冗談半分に笑いながら聞いていても、深夜は闇の中に仄白い姿がゆらぐようで足がすくむ。

本丸の庭には野生の狐狸が数多く棲みついている。御錠口の掃除は八ツ（午前二時）ごろから始めるのだが、御縁の雑巾がけをしているとき、大きな狸がねそべっていた事がある。お半を見ても逃げもしなかった。華美と原初の闇が、ここでは一つに綯《な》い交《ま》ざっている。人の世と野獣の世界が重なりあって共存しているのだ。死者もまた、生者の上に影を重ねている。

廊下は長局のいわば往還であり、部屋方の者は誰でも行き来するのだけれど、部屋の主の年寄は、ここを通らず、縁側伝いに奥へ行く。しかし、手水場に行くときだけは、ここを歩かねばならぬ。

お半は、つい先日、藤尾がしげしげと廊下を通ったときを思い出し、ちょっと笑った。

年寄が廊下を行くときは、部屋方の小僧が先に立ち、「お通り遊ばす」と声をかける。その後に相の者がつづき、年寄はその後から悠然とあらわれる。大名行列が「下に下に」と先触れするようなもので、「お通り遊ばす」の声をきいたら、通りかかった部屋方の者は、皆うずくまって頭を下げるきまりなのである。しかし、年寄の行く先は手水場とわかっているのだから、ずいぶん滑稽なしきたりであった。

藤尾はその日、腹加減が悪く、「お通り遊ばす」の声がひっきりなしに聞こえた。

お半のような町方育ちのものには、手水場通いを触れ歩くなど、いたたまれぬほど気恥ずかしい事に思えるのだけれど、高貴の方は恥の感じ方が下々とは違うらしい。御台さまなどは、代々、手水をつかうとき、中﨟が中にいっしょに入り、いっさいの世話をするのだという。『小猿七之助』の狂言を淫らだと叱られたけれど、手水の始末を人まかせにして平気でいる方が、お半にはよほど薄気味悪くけしからぬ事に感じられる。

　藤尾が腹加減を悪くしたのは、七宝の間の狂言の催しを咎めた十日ほど後であった。膳部に何か毒物が入っていたのだと、噂がささやかれた。真偽のほどはわからないのだが、部屋方の者たちには、本当であった方が面白い。実成院方の者が毒を入れた、と、名は明からさまに出ないけれど、思わせぶりにうなずいたり目くばせしたりしている。

　狂言催しの二日後に、宿下がりしていた梅山が戻ってきたのだが、不在中に藤尾が差し出口したと、たいそう腹を立てていたという。

　それを目くらましに、実は、天璋院付きの者が、藤尾を除こうとしてやった事なのだと、穿《うが》った事を言うお三の間もいた。

　お半は、藤尾にも実成院にも悪意は持っていない。藤尾の凜とした取りさばきぶりは見事で惚れ惚れするし、実成院は気さくで肩がこらない。梅山は藤尾ほど水際だってはいないけれど、重厚さが頼もしい。天璋院は二の丸住まいだから、お半はほとんど顔も知らない。それだけに、関心も薄いし、好意も悪意も持ちようがない。京から御降嫁の御台さまは、いまだに御台さまとは呼ばせず宮さまと呼ばねばならぬほどで、江戸の者を見下しているという事で江戸方の女中の間では評判が悪いけれど、お半としては、特に毛嫌いする理由もなかった。遠い人だ。

　女中方の、政事向きの事もからんだ葛藤よりも、お半の心を今占めているのは、小猿七之助をつとめた事で記憶が新たに鮮烈になった大道具職人の肌の感触であった。

　藤尾の叱責により、狂言の催しは下火になるのではなかろうか、これを機会《しお》にお暇をいただけそうだ。

お半はそう思ったのだが、とんでもない、と、おかつは言ったのだった。

藤尾にあてつける意味もあって、いや、そのためにこそだろう。梅山が、大がかりな狂言の催しをもくろんでいるというのである。

それも、藤尾が難癖のつけようのない狂言を選ぶよう、おかつはお次を通して命じられたのだそうだ。

『重の井子別れ』なんか、どうだろうね。やはりお女中の出るものの方が、御見物が身につまされていいだろう。そうでなければ『先代萩』か。お小姓のなかから可愛いのを借りて子役をつとめさせよう。

『重の井子別れ』の筋立ては、由留木家の息女調姫《しらべひめ》が、関東へ下って嫁入る事になる。幼い姫がいやがってむずかるので、子供馬子の三吉が姫相手に呼ばれる。調姫の乳母重の井は、三吉が、生むと同時に別れた己が子である事に気づくが、事情があって母子の名乗りはできず、心の内では泣きながら三吉を追い返す、というものである。

京から降嫁の宮さまにあてこすったような話だ。『先代萩』は、御家騒動の話だから、これも今の柳営のありさまを皮肉るような出しものだ。

そう、お半は思ったけれど、まあ、わたしにはどうでもいい事、と、口出しはしなかったのだった。

手水場は廊下を折れ曲ったかげにある。用をすませ出て来たとき、網灯籠の弱い灯を、黒い影がさえぎった。お半が歩を進めるのをためらったのは、その影の動きが、妙にしのびやかだったからである。赤い小さい火がゆらいだような気がした。

影は闇に溶け入った。と、再び灯明りの中にあらわれ、ひっそりと去って行く。間をおいて並ぶ網灯籠の灯りの中にあらわれては闇に沈み、やがて消えた。

お半は、影が立ち去ったのとは反対の方角に廊下を歩み出しかけたが、何かきな臭いにおいを嗅いだように思い、立ち止まった。

鋭い狐の鳴き声が庭の方からきこえた。

おお、いやだ。まさか今の影は、狐が化けたのではあるまいね。

何かこげるような臭いは、気のせいだろうか。

火の扱いには、誰もがたいそう気をつかっている。

本丸は四年前に火を出して焼失し、一年がかりで新築したばかりであった。

毎夜子《ね》の刻ごろ、火の番が二人ずつ長局を廻り、火の気が絶えているかどうか調べるのだが、その見廻りもすんだ。

臭いはますます強くなる。

長局は寝しずまっている。

お半は神経を嗅覚に集めた。たしかに、気のせいではない。

部屋の中で、だれか紙でも燃しているのだろうか。

火鉢の火で秘密の文殻《ふみがら》を焼き捨てているとでもいうのであれば、騒ぐのは心ない事であるけれど、失火であったら見過ごしては大変な事になる。

目をこらすと、手近な灯籠の灯明りの中を、淡い煙がただよい始めたように見える。

臭いと煙は、どの部屋から流れ出ているのか、できれば、大騒ぎにはせず、火元の部屋の者だけに知らせた方が……。火を出したとなったら、その部屋のものは大変な咎めを受ける。

「火が出たようでございます」

思いきって、お半は声をあげた。その咽《のど》に、いがらっぽい煙が入りこみ、お半は咳こんだ。

戸の隙間がちろちろと赤い。もう、間違いはない。

お半は駆け寄り、内から錠のかかった戸襖を拳で叩き、

「火が出ております」

と繰り返し叫んだ。

4

黴《かび》くさい薄暗い部屋に、お半は、縛り上げられ閉じ込められている。

おかつも、誰も、わたしがお城内に幽閉されている事は知らず、お暇をいただいて実家に帰ったと思っている事だろう。

出火をお半が気づいたあの夜から、何日経ったのか。押し籠められたのが五日ほど後のことだから、七日か十日か。食事だけは細ぼそながら与えられている。いずれ人知れず消されてしまうのかと思うと恐ろしさに狂い出しそうになるから、お半は、ひたすら夢の中に逃げ込もうとする。

しかし、出火の夜のありさまが、闇の中で行われた事であるにもかかわらず、強い光を浴びせたように、くっきりと眼裏に視《み》えてくる。もっとも、動顚していたためだろう、後になって思い出そうとしても、まるで記憶がとぎれてしまっている部分もある。

出火したのは藤尾の部屋であった。

局は、縁側の方から廊下に向かって縦に、縁座敷、上之間、次之間、相之間、渡り、板敷きの多《た》門《もん》と並んでいる。燃えはじめたのは、廊下と戸襖一つで隔てられた多門からで、炊事をつとめるやはり多門の名で呼ばれる下女がそこに寝《やす》んでいたのが、寝入っているうちに煙にまかれ、失神してしまっていたのだそうだ。

千代田稲荷のお狐さまが火を知らせてくださった、と、火事のあと噂されたが、そう言い出したのは、この下女であった。

すると他のものの中にも、そういえばあの夜、狐の鳴き声が騒がしかったとか、自分もお狐さまが出火を教えてくださる声をきいた、などと、同調する者が増えて、霊験談はひろまった。告げる声のあったおかげで、火災はほんの小火《ぼや》ですんだのである。井戸は暮六ツには錠が下りてしまうので、水が不自由なのに女ばかりで消すのだから、ずいぶん大変な事ではあったけれど。

お狐さまじゃあない、火に気がついて皆を呼び起こしたのは、わたしでしたよ、と、お半がおかつに告げると、そんな事は、自慢らしく言わない方がいいと、おかつは言った。

出火は狸のいたずらという事になり、藤尾は、たいしたお咎めは受けないですんでいる。

しかし、お半の眼裏には、闇からあらわれた人影が戸襖の前にかがみこんで、細く開けた隙間から煙草を放り込む姿が見える。眼はたしかに、そういう姿を見ていたのだ。そのときは、何をしているのかわからず、深く気にとめなかっただけだ。

藤尾をおとしいれるために、誰かが放火した。気づいても、そんな考えは捨ててしまえばよかったのだ。これまで、上つ方の抗争は、政事がらみの事であろうと、女同士のねたみそねみによるものであろうと、関わりない事と傍観していたのに、つい、いらない事をおかつに喋ってしまった。

それからまもなく、以前から願い出ていたお暇を許され、中﨟の乗るような駕籠をさしまわされ、こんな立派な乗り物をと仰天したのだが……。

お半が不思議でならないのは、この物置のような部屋に幽閉されるとき、指図をしていたのが、藤尾付きのお次だった事である。実成院の方の女中というのならわかるのだが。

藤尾が自分の部屋に放火するわけはないから、煙草を投げ込んだ影は、実成院か天璋院あるいは宮方の女中としか思われないのに、なぜ、藤尾がこのような処分を命じたのか。

放火というような事を、今、表沙汰にするのは、大奥としては具合が悪い。そう、藤尾は思ったのだろうか。

それでなくても、反家茂派は多いのである。家茂の生母の失点は、そのまま、現将軍の失点になる。藤尾は、実成院の軽率な騒ぎには手を焼いても、女ながら現将軍擁立派の重鎮なのだから。

放火を公にはできなくとも、その証拠をおさえておく事は、敵に対する有力な武器になる。その敵が誰であれ。わたしは……そのための生証人なのか。

そう思いあたったとたんに、お半は、寒気《そうけ》だった。一生、内密に飼い殺しにされるのか。

おかつには、藤尾の息がかかっていたのだろうか。藤尾のために諜者の役をつとめているのか。そんな疑いも湧く。猥雑な芝居を演じたのも、藤尾が実成院を押さえつける口実を手にするためか。

疑惑は次々に生じ綾をなすけれど、お半には、何一つ明瞭になりはしなかった。

わかっているのは、何の咎もないのに、むしろ、大火を防いだ事を賞されてよいはずなのに、理不尽《りふじん》きわまりない扱いを受け、それがいつまで続くのか見当もつかないという事だけだ。

くよくよしたってしかたがない。もしかしたら、これは悪い夢で、明日、目がさめると、実家の蒲団の中にいるのかもしれない。火が出ている事を告げたのだもの。ご褒美をいただいて帰宅を許されるのが当然だ。きっと、もう、家に帰って蒲団の中で睡っているのだ。

そう思いながら冷たい壁にもたれ目を閉じると、お半はいつか、町の往来を走っている。窮屈な着物は脱ぎ捨て、細紐も解き、のびやかな素肌を風にさらし、髪に挿した町娘の簪のびらびらがひるがえる。眼の隅に、藍の半纏を着たいなせな男がうつった。あの男だ、と足を止めようとするが、はずみのついた肢は止まらず、お半は地を蹴ってひた走る。朝の陽に簪のびらびらが煌めく。如月《きさらぎ》の風が首すじを裂く。

「そりゃあ、おまえさん、役者の一枚絵を見たら、もう、なつかしくてならないよ。一夜明けただけで、こうも空の色が違うのかと思わず見惚《みと》れる初茜《はつあかね》。一番太鼓が鳴りひびき、烈しい風にひるがえる色とりどりの幟《のぼり》。元旦の芝居町は、凍てた錦をまとう肌触わりだっけよ」

婀娜《あだ》な洗い髪の櫛巻きだが、それが白髪なのがいささかそぐわない。眦《まなじり》のあがった切れ長な目許にも身のこなしにも鉄火な色香があり、しっとり白い肌は表皮の下から艶がにじみでるようで小皺もなく、彼は年の見当がつきかねた。

道に向いた間口一間の上げ棚に並べてあるのは、蠟燭だの火口《ほくち》だの糠袋から砥石と雑多な品なので行き過ぎるところだったが、色褪せた暖簾《のれん》に「地本錦絵」と染め抜かれたのが、目に入り、売れ残りの役者絵をさばけるのではないかと、覗いてみたのだった。

奥正面の壁に割り竹にはさんで一面に下げた錦絵や、絵凧《えだこ》、羽子板も少々、明日にせまった正月の気分を出してはいるけれど、どれも何年越しもの売れ残りらしく、煤ばみ白茶けていた。

土間から一段上がった板敷、炬燵《こたつ》の麻の葉や小花模様の端切れを綴りあわせた蒲団をかけたのに膝をいれ、それだけでは寒気がふせぎきれないのだろう、かたわらに手焙《あぶ》りをおいた女が、「まあ、お入りな」と、彼を炬燵に誘い入れたのである。

旅商いの残りものといっても、彼が背負い荷の小抽斗《ひきだし》を開けて女が手にとるのにまかせた錦絵は、なんといっても正月目当てに刷られた新作なので、藍や紅の色が匂やかだ。

女はうっとりと、「家橘《かきつ》、権十郎……」一枚一枚、眺めいり、

「寒さに首をすくめながら、それでも元旦となりゃあ、縁起物の三番叟《さんばそう》を見に小屋の木戸をくぐらずにはいられないのが、江戸っ子だっけよねえ」

永当《えいとう》、永当、ご見物のほど、ひとえに願い上げ奉ります、と嗄《しゃが》れた声で、木戸芸者の口上をまねた。

「東京《とうけい》を五十里の在郷《ざいご》で、乙ゥ洒落たせりふをきくものだな、婆さん」

髪の白さに、つい、そう呼ぶと、

「色気のない。婆さん呼ばわりはやめておくれ」

女は手を振った。苦笑しているが、不機嫌な声ではないので、彼は気をゆるし、

「それじゃ、ええ、御新造《ごしんぞ》さんえ、おかみさんえ」

お富さんえ、いやさ、お富、と芝居の声色をまねた。

「久しぶりだなあ」

「そういうおまえは」

と、女も芝居がかりで受けた。

「おれが与三郎では、死んだ八代目が気の毒だな」

「なに、おまえさんも、男前だ。もちっと膝をお入れな。寒かろう」

「人目についたら悪いだろうに。奥の一間から、これがあらわれるのではないか」

親指をたてると、
女は笑った。

「浮名儲けだ。これで独り者だよ」

「この年で御新造さんと呼ばれては、いくら厚皮でも、顔が赤くなるけれど」

と言いながら、錦絵をめくる細い指先は、あかぎれに黒い錬《ね》り膏《あぶら》がつめてある。

「八代目の切られ与三を、おまえさん、見たのかい」

「浦賀の沖に黒船がきて大騒ぎになった年だったねえ。中村座で見たっけよ」

女は昔に目を投げた。

「こうっと、二十年になるかねえ。まさか、あれから攘夷の御一新のという騒ぎになるとは思いもしなかった。早いものだ。この年になると、昨日のことは忘れても、昔のことは、鮮やかだ。おかしなものだ」

「物忘れがひどくなる年かい？　婆さんと呼んでくれるなと言ったくせに」

「そりゃ、おまえさん、いくつになったたって、婆ァと呼ばれちゃあ悲しいやね」

「髪さえ白くなけりゃあ、四十でとおるぜ、おかみさん」

「おや、嬉しいことを言っておくれだ、と言いたいが、ほんのところ、三十九だもの。あまり嬉しくもない」

「三十九？　それにしちゃあ……」

「白すぎるというのだろう」

と、髪に手をやり、

「女の髪ァ魔性ものでねえ、何かことがありゃあ、一夜で白くなるよ」

「よほどの目にあったのかい」

女は彼の問いを無視して、手焙りにかざした彼の手にかるく触れた。

「まるで、鮫《さめ》の肌のようじゃないか」

「空っ風にさらされて、脂気が抜けたよ」

彼が言うと、かたわらの小抽斗から女は小さい壺をだし、くぼめた掌に中身をとろりと垂らした。その手で、彼の手の甲を丹念に撫でる。細かい皹《ひび》割れに、油薬がこころよくしみた。

女の手の感触は、みかけより硬く骨ばっていた。肌の奥にじわりと溶けこむのは、女の誘いの火だろうか。相手がせめて三十路前なら、こちらから口説きもしようが……。

「雨も降らぬに髪がしっとり濡れるのは、親しい人の死に遭う前触れさ。梳《す》いても梳いてももつれた翌日は、男に新しい女ができたと知って血を吐く思いをする。心に呪いがこもれば、髪は夜目に青く光るよ」

甲の上で女の掌はゆるく円を描き、とろりと夢心地に彼を誘い込む。

幼いころ、風にさらされて皹をきらした彼の頬や手に、油薬をぬってくれたのは……と、彼は思い出した。

長屋の、壁一枚でへだてられた隣家に住む若い女だった。

彼はそのころ六つか七つだったろうか――ちょうど、黒船が浦賀の沖にあらわれたころ、八代目団十郎が大坂で自害する事件のあったころだ――兄とふたりの暮らしだった。親の顔はおぼえてもいない。父親は酒の上の喧嘩で死に、母親は男と出奔したと、ざらにある身の上だが、父親がわり母親がわりとならざるを得なかった十五年上の兄にしてみれば、荷厄介な餓鬼をおしつけられたものだ。鬱憤《うっぷん》は手荒い折檻《せっかん》となって、彼の上にぶちまけられた。

年弱だからといって遊んではいられない暮らしであった。彼が蜆《しじみ》売りで稼ぐ銭が、いくぶんとも生活に役立った。

三十に近くなった今もまだ、手足に皹あかぎれをきらしてのしがない物売りだ、と、彼は苦笑する。手の甲を撫でさする女の手が、甘やかで淋しい。

兄は凧《たこ》つくりの職人で、秋も深まると夜なべをしても追いつかぬ忙しさだが、入る銭はいたって少なかった。

馬喰町の四丁目に「凧金」という大問屋があり、一年中下職に凧をつくらせ、できたものは土蔵におさめ、暮になるととりだして江戸中の小売屋に卸していた。

小売に卸すには、十枚を一束にし、そのうち三枚は手数のかかった彩色凧、残り七枚は雑で安価なものだ。武者絵をかならず一枚まぜることになっていた。

安い凧は、骨《こつ》描き――主な線――だけは木版で刷り、あとは手描きで彩色する。長屋のせまい一間いっぱいに、生蠟だの黄だの青だの紺だの、紫、樺、赤、胡粉、そうして金粉、銀粉、さまざまな色を溶いた絵皿で足の踏み場もないほどだった。

刃の部分を光らせるためには、銀泥を塗った上を茶碗の腹でよく擦る。彼は、その手伝いをさせられ、力の加減がわからず、紙を破いて兄になぐられた。

泣くといっそうなぐられるから、井戸端に出て歯をくいしばっている彼に、駄菓子のつつみを握らせたのも、隣の女だった。

もっともこの女は、昼夜とも姿を見せることは多くなかった。

機嫌がいいときは、兄は鎧の袖をくわえた大男の目玉に銀をさしたりしながら、彼にむかって、「昔な」と話してくれることもあった。

「丹波の国の大江山に、猪熊入道雷雲という大盗賊がこもっていた。都からきた武者に退治され、首を搔っ切られたのだが、そいつが怨みの一念凄まじく、討手の大将の鎧の袖をくわえて、空中高く飛んだそうな」

これが凧のはじまりだ、と聞かされると、幼い彼は、凧絵の大男の目がぎょろりと光るような気がして、何度聞いても、背筋がぞくっとするのだった。

二百枚、三百枚とまとまると、「凧金」の下請けのところに届ける。つまり、彼の兄などは下請けのまた下職なので、手間賃が雀の涙ほどなのも当然なのだった。

絵を集めた下請けは、骨組みをつける職人のところに持ち込む。

兄の仕事は彩色だけだから、凧の仕上げはやらないのだけれど、骨組みを作るのも巧みだった。勝手に作ることは「凧金」に禁じられているが、和紙を貼り合わせ、見事なやつを暇々につくり、こっそり売っていた。ガンギをつけての凧合戦に強いと評判で、頼みにくる者が何人もいたのだった。刃物をつけた鉤型のガンギを糸にとりつけ相手の糸を切る遊びである。

他にも内緒の注文に応じて、振袖凧だの花魁《おいらん》凧だの孔雀《くじゃく》凧だのといった変わり凧を作っていたのは、一年中同じ色彩の繰り返しに、飽き飽きしていたからだろう。

波に桜を散らした模様の、下半分が三枚重ねの振袖凧や、着物をひろげた形の両袖口にぴらぴらした唸《うな》り簪をつけた花魁凧は、幼い彼の目にも艶めかしかった。振袖凧は下の二枚が長襦袢の袖を模した麻の葉というずいぶん凝ったつくりで、兄はそういう工夫をこらすのが楽しみらしかった。

「兄貴は、もっとまっとうな絵師になりたかったのだろうな」

心に浮かんだことが独り言になって口をついた。

「一文凧の凧絵では名もあがらない、半端仕事だものねえ」

女が応じた。その奇妙さに、自分の思いに浸りこんでいた彼は、すぐには気づかず、

「親方のところに住み込んで伎倆《うで》をみがくには、おれという邪魔になる餓鬼がいたものな」

言いながら、何かこころにひっかかるものを感じはしたが。

「からくり凧をいろいろと思案していたっけが、注文でもねえ凧を作るには、手間ばかりじゃあねえ、紙やらひごやら凧糸やら、なにもかもてめえの銭で工面しなくちゃならねえ。毎日食うだけが精一杯の暮らしだったから、身銭をきっての仕事まで手がまわらねえで、兄貴はそれも癪の種だったんだろうな」

「風箏《かざごと》なんざ、見事だったねえ」

そう言った女の言葉にも不審をもたず、

「そうさ」

と話をつづけたのは、後で思えば我れながら迂《う》闊《かつ》だが、そのとき彼は過去の追憶にひたりこんで

おり、女が兄を知っているのが当然なような気分になっていたのだった。

竹ひごで円錐形の骨組みを作り、糸に通して凧を上げると、風にのり唸りをあげてまわりながら糸をのぼっていき、凧のもとまでのぼりつくと、五色の紙を降らす、風箏と呼ばれるからくり凧を上手に作れる者は少ないのだが、兄はだれに教えられたのでもなく、ひとりで工夫して作っていた。

正月松の内は、兄も手仕事は休みで、火除け地で手製のからくり凧を上げ、そのときばかりはちょっとした人気役者なみに、人の目を集めていた。兄の後について歩き、ときには糸を繰り出して走る兄の凧をささえ持つ彼も、ずいぶん得意な気分を味わうのだった。

大凧やからくり凧は彼の手におえず、糸は持たせてもらえないのだけれど、二枚半貼りの並みの凧でも武者絵はずぬけて立派だし、四本の骨を傘をひろげたように組み、鼠《ねずみ》色の地に銀で蜘蛛の巣、それを背景に瀧夜叉《やしゃ》を描いた凧などは、形も色も人目をひいて、同じ年ごろの子にうらやましがられた。

「わたしも凧上げはいっち好きだったよ」

女は、くいくいと糸を引く手つきをした。

「追い羽根じゃあなかったのか」

「元日は小屋に出なくてはならないから、凧上げもできなかったけれど」

思わせぶりな女の言葉が、少しずつ、彼の意識の底にたまる。

その間も、女の手は彼の手の甲に油薬を垂らしてはゆっくりと塗りこめているのだった。

右の手を塗り終え、左にうつる。その一瞬の空白が陶酔感から彼を引き戻した。そうして、何でこの女は兄が凧絵描きだったと知っているのだろう、小屋というのは、何の小屋だろう、元日に開けている小屋というのは……芝居小屋と、ちらりと頭をかすめたが、そのときはもう、呪法のように女の手が彼の左手の甲を撫でさすり、彼を追憶にひきこんだ。

井戸端で泣き声をあげまいとする彼の手に駄菓子をにぎらせてくれた女は、そういえば、凧をあげる兄にまつわりついていたっけが……。

風箏から舞い散る五色の紙きれは、冬の陽を照り返しながら、女の髪にからみ、花簪となった……と、久しく忘れ果てていたその情景が鮮やかに浮かび、まばゆくて彼は少し目を細めた。

芝居の舞台に散る紙の花びらの雪に、風箏の降りこぼすそれは、似ていた。

猿若町の小屋に、彼は一、二度、兄に連れられて入ったことがある。木戸銭をはらえるような暮らしではない。どういうつてがあったのか、楽屋口から通ったのだった。

濃密なにおいに包みこまれ、ぼうっとなって兄の袖をにぎりしめていた。

思い返すと、兄のかたわらには化粧の濃い女方《おやま》が寄り添い、彼の目の高さにある兄の手に、女方の手がからみついていた。中二階の大部屋の女方だった。

幼かった彼は、視線を上にあげ、女方の顔を見たはずだ。

厚く膚をおおった化粧は、役者の顔から細かい特徴を奪う。記憶の底をさぐり、彼はその顔をよみがえらせようとつとめる。予感めいた感情が、彼にそれを強いた。

女方、そして目の前の女が、彼の眼裏でゆっくりと一つに重なった。

まさか、と、彼は信じられぬ思いだ。

「行灯《あんどん》凧というのがあったっけが」

そう言った女の声が、掠《かす》れた。

彼は、と胸をつかれた。時のむこうに消えたと思っていたことが……。

針金で四角い枠を作り四方に白紙を張った行灯型の凧である。中に蠟燭を点《とも》し、日が落ちてから上げると、夜空にやわらかくにじんだ炎がゆらぎ、こよなく美しい。

「勝手にいじっちゃあ、いけねえと、そう兄にかたくとめられていたんだったが……」

　言いかけて口を閉じた。女の手の動きにいくら陶然としていようと、他人の前で話せることではない。

「ひきさかれて逢えぬものが、相手に想いを告げるためにも、上げたっけねえ」

　女は言った。

「恋の片便りに」

　火事のもとになると、しばしば御上から禁令が出ていたが、あの美しさは魔性だった。頼まれて兄が何度か作り、こころみに上げたのを見て、彼は魅入られた。深夜、火除け地に持ち出して、蠟燭に火をつけた。相棒がいなくてひとりで上げるのはむずかしい。彼は何度かしくじり、火を消してしまったが、ようやく炎をゆらめかせながら、行灯凧は空にのぼりはじめた。

　小さい灯は、彼の魂が高みにのぼってゆくさまのようで、地上に置き去られた彼は、孤独と寂しさと、そうして悦びもまじる気持ちで見上げていた。

　蛍火のようにかすかになった行灯凧が、風にあおられ、重心をうしない、何か異形の力に押し返されるように錐揉《きりも》み状になって落ち、途中で糸が切れ、ただよいながら落ちはじめた。ほどなく地上から火の粉が舞い上がった。小火《ぼや》ですんだが、翌日、兄が番屋にしょっぴかれた。

　しかし、入牢にはならず、二、三日で帰宅をゆるされた。そうして、隣家の女を見ることがなくなった。どこかに越したのだろうと彼は思い、やがて、それらのことは記憶の砂の下に埋もれた。

　兄は凧絵から役者絵や錦絵の下絵描きの職人になり、所帯を持った。彼はそのってで、少し安く仕入れた錦絵の行商で、おちつかぬ漂泊の日々だ。

「わたしはずいぶん、行灯凧を上げたのだったよ」

女は両手を祈るようにあわせ、そのあいだに彼の手をはさんだ。

「逢いたかったもの」

「ちょっと待ってくれ。おれは……」

「わかっているよ。おまえは、あのひとの代わりさ。よく似ているよ。あのひとより、いまのおまえは、ちっと歳をくっちゃあいるけど」

女は炬燵からすいと膝をぬき、すり寄った。抱きしめられ、相手の腕の力強さと、胸板の薄さに違和感を持ちながら、からだの芯から熱い闇がわきだし、彼の意識は消え、ただ小さいいのちの火が闇の高みで風になぶられ、踊る心地に包まれ、どれほど時が経ったか。

「なんだよ、おまえ、ひとの留守にあがりこんで」

頭の上から降る声に、うつつの世に引き戻されると、これは正真の老婆が、仁王立ちで見下ろしていた。

「二十年も前になるか……」

と店の主である老婆は、彼の話す始終を聞いて、言った。

「江戸から買われてこっちにくだってきた女方がいたっけよ。江戸ではうだつのあがらない下回りだったというが、ふだんの物腰はどうみても女、きれいだったよ。田舎の小芝居ではそこそこ役もついたし、贔屓《ひいき》にするものもいたっけが、何年たっても江戸をなつかしがるばかりで、少しも土地になじもうとしないから、憎まれた。そんなに江戸がいいのなら、なぜ離れた、と詰《なじ》られると、好いた男のためにぜひとも金が入り用になったので、田舎芝居に身売りしたと言ったよ。男が何やら御上の咎めをうけそうな仕儀になったので、役人に送る賂《まいない》を算段せねばならなかったと、そう言っていたが、だれも、感心しやしないよ。贔屓に貢がせるのが役者の器量。てめえが貢いで都落ちとは、情けない話だ。おまけに、夜になると、その女方、奇妙な凧を上げるのだったよ」

「行灯凧……？」

「何と言うのか知らないが、そうだね、行灯の形だね、あれは。中に火のついた蠟燭をたてるのだから、危ないったらありゃあしない。いくらやめろといっても、強情を張りとおし、とうとう、言わないことじゃない、糸の切れたのが納屋に落ちて、あやうく火事になるところだった」

「火事には……ならなかった？」

「消し止めたから大事にはならずにすんだが、火つけはおまえ、火焙りの大罪だよ」

「まさか、その役者……」

「こらしめのために、かたちだけ、火焙りにした。柱にくくりつけ、足元に藁を積んで、火をつけた。なに、すぐに藁は燃えつきて、女方はそれで放免さ。でも、よほどおそろしい思いをしたのだろう。その後、長患いして死んだよ」

「お婆さんが看《み》とってやったのか？」

「むこうじゃこんな年増は相手にしてもくれなかったが」

「髪が……」

「あれが、その役者だよ」

と、老婆は背後に吊るされた古びた錦絵の一枚をさした。刷り物ではなく肉筆の役者絵で、図柄は安珍を追う半ば蛇体の清姫だが、その髪が白かった。

「江戸で惚れた男に描いてもらったのだと大切にしていたが、女方が火焙りのまねごとにあった後、絵姿の髪が白くなったのだよ」

そう言って、老婆は炬燵の蒲団をはぎ、火入れに炭をつぎたした。

「どうせのことだ。ここで歳を越しておいきな」

老婆の手が、彼の膝を撫でた。

「白髪の女方の一枚絵、凧に仕立てて初茜の空に上げてやるか」

役者絵に、彼は微笑を投げた。

灼紅譜《しゃっこうふ》

1

どうっと、軀《からだ》の芯までゆるがす音は、舷側を襲う波濤《はとう》だ。

彼は漆黒の闇にいる。船底の一室だが、彼はほとんど、それを意識しない。

耳の底が聴くのは、降り注ぐ蟬しぐれである。癒しようのない耳鳴りのように、執念《しゅうね》くそれは脳髄を侵し続ける。

目に鮮やかに濃緑の木立が顕《た》つ。

叩きつけられた血しぶきの幻影が、彼の叫び声を膨れあがらせる。咽もとから溢れる寸前に、彼は歯をくいしばり、叫びを押さえ込む。おらび喚くのは、徒労を重ねるばかりだ。

叫ぶかわりに、歯の間に指を置く。葡萄の皮を嚙み切る感触、そうして、少し酸っぱく、少し渋い、粘りけのある味が口腔にひろがる。

やがて、追憶の仄甘い気分が彼を侵し、彼は歔《すす》欷《な》いている。

＊

八年前――天正十五年（一五八七）六月十九日、九州博多に在陣していた関白豊臣秀吉は、突如、宣教師追放令を発した。九州一帯の布教にあたっていたイエズス会副管区長コエリョを相手に、関白は和やかに歓談し、その直後、禁令は出されたのであった。

大坂淀川べりの広大な教会堂の一室で、助祭ピエトロは、その知らせを受けた。同僚が駆けこんできて、宣教師はすべて二十日以内に国外に退去せよという支配者の命令を伝えたとき、彼は関白の養子である若い公子《こうし》のために、ヴィオラを奏でていた。蒸し暑さを払う風はそよとも無く、弓を持つ彼の手は汗ばんでいた。

　椅子に凭《もた》れかかった公子は、ヴィオラの音に心地よげに浸り、暑さを忘れているかのようだ。

　従二位権中納言の位階を持つ二十歳の公子は、この国の男や女が誰でもそうであるように、彼の母国の美の範疇からははずれていた。鼻も眼も細く小さく、口ばかりが不釣合に大きく、背丈は彼の肩あたりまでしかなかった。

　しかし、若さと、一種何か悲哀をおぼえさせる雰囲気が、彼の目に公子を魅力のあるものに見せていた。

　公子の養父である関白は、出自は卑賤な農夫である。その姉の息子で、公子はあったから、同じ血をひいている。叔父の異様な出世がなかったら、公子も今なお、身を屈めて田の草を引き、あるいは最下層の軍兵としていくさに駆り出され、落命していたかもしれない。

　生まれは下賤だが、公子には、美しいものへの繊細な欲求といったものが生来備わっていることに、彼は気づいていた。貴族の家に生まれついたなら、その欲求は、たやすく、滑らかに、充たされたことだろう。

　少年のころから、公子は、一軍の将として、養父のために激戦に加わってきた。あるときは大敗して厳しい譴責《けんせき》を養父から受け、あるときは補佐の臣の力で勝利を得た。

　十六歳で伊勢亀山攻略戦に出陣したのを手始めに、この四年間、賤ヶ嶽、小牧・長久手、紀州攻めと、あしかけ五年、戦火の中に明け暮れた公子の肉の薄い顔には、年齢にふさわしくない苛酷なものが滲んでいた。

淀川べりの教会は、天正十三年、高槻から移築されたものである。

この天正十三年という年は、紀州一揆を弾圧し終えた関白が、政権獲得のため、大規模な国分け、国替えを断行した年であった。

熱烈なキリスト教徒である高槻城主高山右近が明石に移封されたため、彼が築いた教会は大坂に移されたのであった。

公子秀次がこの教会に初めて足を入れたのは、翌天正十四年の正月である。

前年の国替えで、秀次は近江に居城を与えられたのだが、養父と禁裏に参賀のため大坂に上り、そのついでに、物珍しさからだろう、足をむけたのであった。

戦力とはならぬ老人、女、子供、ほぼ五千人を、一千五百の戦士と共に焼き滅ぼし、更に五百を越える寺を焼亡させた紀州戦の殺伐としたにおいは、あどけなさと陰惨さが混淆した公子の全身に、まだしみついていた。

古参の、日本の言葉に堪能な助祭が、公子と従者を案内して廻った。ピエトロがひとりでヴィオラを奏でている部屋に入ってくると、公子は足をとめた。

挨拶しようとする彼を押し留め、奏楽を続けるように命じ、案内者と従者を別室に下がらせ、空いた椅子に無造作に腰を下ろすと、くつろいだふうに目を閉じた。尖った表情が、ゆっくりと和らいだ。やがて、瞼の合わせめが、わずかに濡れた。

関白の後継者と目されるこの若者に関して、彼も、幾許《いくばく》かの噂は聞いていた。褒め讃えられもしなければ、てひどく非難する声もなかった。老巧な四人の年寄衆が公子の補佐をつとめ、公子は無理からぬことながら、飾り物であるらしかった。

閉ざされた瞼のあわいから静かに頰につたい流

れる公子の泪《なみだ》を見たとき、彼は、青年の置かれた場所と、本然の姿との間の深淵を垣間見たように思った。

彼が弾き終えてもなお、公子は楽音の残影の中に身をおいていた。

楽《がく》は、思考を消失させる。ことにヴィオラの波のような旋律は、聴くものに、肉体の存在すら忘れさせる力がある。それを感受する能力のある者に対しては。

音が消えていることに気づき陶酔から醒めた次の瞬間、公子は、当然見せるであろう反応を示した。無防備に陶酔し感動している姿を見られた恥ずかしさ。それは容易に怒りに転化する。それと共に、奏者への親愛感も、同時に公子の心中に湧いたのを、彼は感じた。

更に、前にいる奏者が異国人であることも、公子に困惑を与えたのだろう。

磊落《らいらく》に、素直に、あるいは磊落さをよそおって、感動を口にするには、公子は若過ぎ、そうして気弱すぎたようだ。

黙って椅子を立ち、部屋を出て行こうとして、公子は足を止め、振り返り、彼に歩み寄った。弾いてみますか、という意味を籠めて、彼はヴィオラを差し出した。すぐに、しまった、と思った。素人には、ぎいという音も出せぬ気難しい楽器なのだ。

公子はこのとき、彼の予想もしなかった笑顔を突然見せた。私が触れるのは、冒瀆だ。そういう意味のことを公子は口にした。

この国に来て二年にしかならぬピエトロは、簡単な言葉は聞き分けられるようになっていたが、喋るのはまだ手に負えなかった。

言葉が通わぬ代償に、彼は、相手の心の動きを敏感に察し、微細に感じ分けるようになってきていた。

公子の笑顔は、公子自身が彼との間に置いた壁を融かした。

熱心に公子は何か話しはじめた。

この国の言葉に長《た》けた同僚を呼んでこようと腰を浮かすと、公子は身振りで止めた。

余人を交えず二人だけでいたいのかと、彼は少し気をよくしたが、公子の目は、彼ではなく、終始ヴィオラに注がれていた。執拗なほどに。

欲しい、と言い出すのか。いや、そんなはずはない、と彼は自問自答した。西欧の楽器に畏敬の念を抱いたらしく、公子は、手を触れることさえためらったのだ。

弾奏を教えたら、どれほど喜ぶだろう。いったんうかんですぐに消えた笑顔を、彼は呼び戻したく思った。

言葉が通じないもどかしさをこらえながら、私が教えてあげるから試してごらんなさい、と彼は、身振りで伝えた。

公子は二、三度尋ね返し、それから、首を振った。表情の意味するところを、彼は理解できなかった。

手を打って公子は従者を呼び、日本語を解する助祭を呼び入れさせた。先刻ピエトロがしようとして公子に止められたことであった。

助祭を通じて、公子は命じた。

「近江の私の居城に来て、しばし滞在せよ」

それは許されないでしょう、とピエトロは答えた。

何故だ。

私の上司が許可しません。彼が言うと、公子は口ごもった。

関白の後継者という彼の地位をもってすれば、たいがいの命令は通るはずなのに、公子は目をそらせ、言葉を重ねようとはしなかった。

飾り物という噂を、ピエトロは思い浮かべた。

諦めることに、公子は馴らされているのだろうと彼は思った。強く要求して拒絶されるのは、屈辱であるに違いない。その屈辱を味わわぬために、公子は素早く諦めることを憶えざるを得なかったのだろう。そんなふうにピエトロは察した。

「弾いてごらんになりませんか。教えてさしあげます」

通訳を介して、ピエトロはもう一度すすめた。

帰る、と、公子は従者に命じた。


宣教師追放令の出た、この天正十五年六月十九日までの間に、公子秀次は、数度教会を訪れ、彼にヴィオラの演奏を所望した。

近江の城をあずかる公子が上坂する機会は、そう多くはなかった。

公子はキリスト教には何の関心も持たず、ピエトロもまた、教会の勢力拡張のための活動にいたって不熱心であった。彼が聖職に就いたのは、貧困な家庭の口減らしのためであり、日々のつとめには淡い嫌悪感があった。残酷で傲岸な神には、より強い嫌悪を感じるが、口に出したことはなかった。

肉づきのよい丸顔のせいで、彼は温和な印象を他人に与えた。

「二十日のうちに立ち退けとは無理なことを」

関白の指令を伝えた同僚は、おろおろしながらぼやき、うろたえた足どりで出ていった。

公子は、平然と、彼の思いもよらぬことを口にした。

「私がこなたを庇護しよう」

そう言ったのである。

彼もこの程度の言葉は、理解できるようになってきていた。

不可能なことは明らかである。自分の願望を押し殺すことに馴れている公子が、とんでもないことを。冗談かと、彼は公子の浅黒い顔を見た。

「弾き続けよ」

公子は命じた。

「私が帰るとき、供に加える。急ぐことはない」

そう言って、公子は、悪戯を思いついた子どものような顔になった。

「こなたが、棄教すれば、私の許にとどめても、殿下の命にそむいたことにはならぬ」

これもまた、ほとんど不可能なことを、あまりにあっさり言われ、彼は思わず苦笑した。そうして、この若い貴人は、職務に忠実ではない彼の本心を見抜いているのだろうかと思った。それほど怜悧なたちとは思えなかった。単純な我儘からだろう。

近江に伴い庇護しようとまで公子が言うのは、彼への好意からではない。欧羅巴の珍《めずら》かな楽器、公子が愛してやまぬその美しい調べへの執着のためだ。そう、彼は思う。公子は、彼を楽器の一部分としか認めていない。それでも彼は公子の申し出が嬉しく、感謝の気持ちを籠めながら、表情と仕草で、無理だと告げた。

「何故だ」

公子は迫った。

「表向きだけ、棄教したことにすればよいではないか。心の中でこなたが信仰を持ち続けるのは勝手だ。私の城の中であれば、こなたが祈禱しても咎めるものはおらぬ」

この上なく単純で実利的な思考であった。

ピエトロは神を愛してはいなかったが、その罰を無視するには、幼いころから教えこまれた恐怖が身に染みこみ過ぎていた。自分が商人であったら、どんなによかったことかと、時折彼は思った。商人の多くは、信仰も教義も巧みに商売に利用するばかりで、瀆神をいっこう恐れてはいない。本人が恐れていなければ、罰などというものも、たいした力は持たないのかも知れぬ、と彼はひそかに疑っていた。

そうして、このとき彼は、自分が公子に強く恋着しているらしいことに気づき、愕然とした。

棄教も敢えてする、と、彼自身がこれまで知らなかった彼の心が言うのである。

さして美しくもなければ、英雄的な魅力も持たぬ、異国の若い男の、どこに惹かれたのか、彼は自分の心の動きにとまどった。

ヴィオラを奏でるのをピエトロは好んだから、一人でもしばしば興じた。しかし、陶酔する公子の存在は、彼の陶酔感をよりいっそう深めるのだと、彼はあらためて気づいた。ヴィオラの音の中に二人で没入する、その感覚が、彼には至福と感じられ、若者もまた同じ至福の感覚に浸る。そのことが、ほとんど恋着とまがう絆を生み出したのだ、そう、彼は知った。

棄教。たとえ罰を恐れずとも、それは極めて困難なことなのである。申し出れば受理されるというようなものではなかった。

「近江に参れ」

公子は、彼が初めて聞くような晴々とした声音で命じた。

2

彼が生まれ育った街は、白い甃《いしだたみ》がいつも陽に灼けていた。幼い彼は、裸足で甃の路を歩き廻り、驢馬《ろば》の背からこぼれ落ちた果実を拾った。驢馬の傍に寄り添って歩き、背の穀物袋の縫い目を素早く裂き、麦粒を服のポケットに入れたりもした。

飢えていないときは、石壁が作る涼しい日陰に寝そべった。そんなとき、彼の心は言いようの無い悦びに充たされた。無為の彼を天は暖かく包んだ。

＊

二十日以内の退去は、如何に関白の命といえども、実行は不可能であった。ポルトガル船は六ヵ月後でなければ出航できなかったからである。

関白は諒承し、すべての宣教師は平戸に集結し出帆の時を待つようにと、命令を変更した。

宣教師側は、出来得るかぎりの対策を講じた。彼らにとって、日本という島は、手放し難い獲物だったのである。

副管区長コエリョは、印度ゴアに滞在する上長セデーニョに書状を送り、武力行使を献策した。

……兵士、弾薬、大砲、及び食糧を充分に備えた、三、四艘のフラガータ船を、日本のこの地に派遣していただきたい。……装備をととのえたフラガータ船は、当地のキリスト教徒の援助を得て、この海域全体を支配し、服従しない敵に脅威を与えるにちがいない。

…………。


この冬マカオに向かって出航したポルトガル船に乗船した宣教師は三人だけであり、他の宣教師たちは、有馬、大村、天草、豊後などのキリスト教徒である大名のもとに庇護された。

関白も、追放令は出したものの、対外貿易の利を捨てるつもりはなかったから、禁令の執行はゆるやかなものになった。

しかし、九州の地に居るのでは、日本各地の情報収集の手段を欠く。

ピエトロを自領にひきとろうという秀次の申出は、イエズス会側にとって好都合なものと上司は見做した。

棄教を装うことさえ、ピエトロは許可されたのであった。

僧服を脱ぎ、この国の衣服をまとうとき恐れを覚えた。取り返しのつかぬ道に踏み行ったと感じたのである。秀次の側近は、さすがに、彼を容易に受け入れようとはしなかった。楽人として召し抱えるのだという公子の頑強な主張が通るまでに、ずいぶん暇がかかった。彼は、数ヵ月大坂城内の牢めいた所に監禁され、ようやく、近江に下ることを許された。

その前に関白の御前に引き出され、ヴィオラを奏することを命じられている。貧相な醜男である支配者は、ヴィオラの音には興味を持たないようで、気にかけたのは、なぜ棄教する気になったのか、ということだけであった。家臣を介しての下問に、公子がそれを望まれたからだと彼は答えたが、その答えは、関白を充分に納得させなかった。望まれれば易々と棄教するのか。汝らキリスト教徒の信仰心は、ゆるぎないものではないのか。

突き出た額の下に穿たれた小さな眼は、容赦なかった。

公子を敬愛しているからです。彼の言葉に、汝らの神以上にか。関白は、かぶせた。

彼は頷いた。そのとき、ふたたび首すじを鋭い鉤で摑まれたような恐怖をおぼえた。彼の本心だったからである。正確に言えば、敬愛という言葉にはあてはまらない感情であったが、瀆神の言葉であることは間違いなかった。

関白は、嗤ったようにみえた。

穏やかな湖水を見下ろす小高い岡の上に建つ公子の城で、彼は二つの時間の中にいた。

荒々しく、血なまぐさく、外の時間は動いていた。彼の母国は巨大な造船所や武器工場を持ち、軍事力によって世界を征服しようと望み、彼の教団も、布教する国々を、母国と神の栄光に捧げるべく心を尽くしていた。そうして、彼が滞在するこの島国の支配者もまた、国内の各地に頻発する騒乱を鎮圧すべく狂奔し、更に支配力を朝鮮からシナにまで及ぼそうと画策していた。

しかし、湖を見下ろす城の一室でヴィオラを弾く彼は、ほとんど動かぬ無辺際の『時』の中に身を置いていた。静止しているようで、その『時』は、無限大の力でうねり流れているのかもしれなかった。報告書を克明に記すことを、彼は教団の上長から義務づけられ、ミヤコの状勢、関白の動向、それらを、能うかぎり詳細に書き送ることを要求されていた。

布教を禁止されても、商行為はこれまでどおりであったから、商人を仲立ちに通信を交わすことは不可能ではなかった。しかし、何を報告するのか。彼の眼に映るものは限られていた。

近江という、中枢から離れた地に、彼はいわば、軟禁されていた。

自由を束縛されているわけではない。城の外に出ようと、城下を歩き回ろうと、監視の目が注がれることはなく、野放しにされているようなものではあるけれど、更に遠隔の地に足をのばすには、非常な困難がつきまとうのである。この国の通貨をほとんど所持していないし、道も知らぬ。是非ともという使命感があれば、克服できぬ困難ではないが、彼は、諜者としては極めて不忠実であり、諜者であろうとさえしなかった。

終日、倦《う》むことなくピエトロは、湖水に目を投げて過ごした。暁、それまで漆黒であった湖面に、黄金の漣《さざなみ》が散り、次第に碧みを帯び始めるのを眺め、昼は投網を打つ漁り舟や、帆に風を孕《はら》み荷を積んでゆるやかに進む船、群れ飛ぶ水鳥に見惚れた。

城下町は、ほど近い安土から移されたものである。安土は、かつて、関白が一介の武将として仕えていた征服者、織田右府が、壮麗な居城を築いた地であるという。先の征服者は、宣教師の布教に寛大であったが、反逆者に殺戮され、城は破壊され尽くした。わずか数年前のことだそうだ。ピエトロが渡日する前年である。近江が秀次の居城となって以来、安土で生計を営んでいた人々が移住させられてきた。町は広がりつつある最中で、活気に溢れている。辻々には市が開かれ、町屋が建てられ、芸人が踊り、唄い、人々が集まり、散る。湖面は静かに朱に染まり、日が落ちる。そういうとき、無意識に、祈りの言葉を彼は口にしていた。公子の慰めにヴィオラを奏でるほかに、彼の仕事はなく、その上、公子は多忙を極めていた。

　この国に特有な風習に、やがて、彼は気がついた。公子は多くの家臣に囲まれていたが、とりわけ彼の目を引いたのは、年若い少年の一団であった。辻ヶ花染めの綸子の小袖などで美々しく装った彼らは、主の寵を得ようと競いあっていた。少年たちと主との間には、並みならぬ濃い交情があると、彼は感じた。

　公子の命で、彼らの何人かに、ヴィオラの奏法を教授することになり、彼の豊かな無為の時は、少し減った。侍臣に習わせるくらいなら、なぜ、公子自身が試みないのだろう。そう、少年たちに問うと、彼らは顔を見合わせ、黙した。一人がそのような不敬を口にしてはならぬと、初ういしい眼にひたむきな怒りを漲らせて言った。なぜ礼を失することになるのか理解できず、彼は重ねて尋ねた。一人が、刀の柄に手をかけて彼を脅した。

　公子の左の指の動きがぎごちないのに気づくまでに数ヵ月かかった。久々に暇のできた公子のために、ヴィオラを奏でていたときである。ゆびの付け根の筋が引き攣《っ》れているように見え、どうなさったのですか、何気なく彼は尋ねた。

　理由を言えば治癒できるのか。皮肉な声音であった。その底に彼は悲しみを聴いたように思った。

　公子の頰は、一瞬薄紅く染まり、すぐに消えた。恥じらいの色のように思えた。

　二、三日後、少年の一人が、いくさで手傷を負われたのだと、彼に語った。小牧・長久手の戦いに十六歳で出陣されたときだ。少年はそう言い、今の私と同年でおわしたのだ、と、賛嘆を声音にあらわした。

　大敗して、関白さまからたいそう叱責をうけられたとか。彼でさえ耳にしているよく知られた噂を口にすると、少年はたちまち激昂した。

　御重臣がたの采配が悪かったのだ。いや、あのときは、ご武運がなかったのだ。勝敗は、いくさの常ではないか。それなのに関白さまは……。言い過ぎたと思ったのだろう、少年は言葉を切った。

　別の話を、彼は身の回りの世話をするためにつけられている従者から、聞かされた。

　その者の話では、殿がまだ、百姓女の息子として、田で働いていたころ、あやまって草刈り鎌で切ったというのである。初老のその男は、長久手の敗けいくさにも出ていたと言い、あのときの大殿さまのお怒りは、凄まじかった、と続けた。うつけもの、と罵り、本来なら手打ちにするところだとまでおおせられた、と、その男は言うのだが、自身の耳で聞いたわけではあるまい。大袈裟な噂か、真実か、ピエトロにはわかりようもなかった。その男は明らかに、公子を内心軽んじていた。もとを質せば、自分たちと同じ百姓という気持ちがあるのかも知れない。関白は、出は百姓といっても、自らの力量で、天下を征服した。秀次は、叔父であり、養父である関白の引きで、異例の出世をしたに過ぎない。そう思い公子をみくびっているのは、この男に限らないようだ。彼には、そう感じられた。


　若い公子は、すでに妻帯していた。高貴の貴族の出で、一の台と呼ばれる妻は、六歳年上と、ピエトロは聞いていた。

　奥方も、こなたの奏楽を聴きたいと望んでおられる、と、彼の従者、佐兵衛は言い、ところが殿が何かと口実を設けて、こなたを奥方から遠ざけておられる。気の狭いお方だ、と薄笑いながら付け加えた。

重く垂れた鈍色の雲が、湖上にその年初めての雪を降りこぼすのを眺めているとき、侍女を従え、女が入ってきた。先触れがあったから、一の台と承知し低頭する彼に、老いた侍女が、珍しい異国の楽器を奏でよと、奥方の命を伝えた。

お許しくださいとピエトロは言い、指がかじかんで弾けないのだと、釈明した。あながち嘘ではなかった。小さい火桶が一つ置かれているだけである。抱きかかえるようにしていても、冷気は骨の髄まで染みとおる。これは拙い言い訳だったと、すぐに思った。火桶を幾つも並べられたら、断る理由がなくなる。

一の台は、まったく表情を変えず、一言も言わず、去った。

殿への忠義立てか。部屋の隅で見ていた佐兵衛は嘲笑うように言った。

老い萎れたこの男は、ピエトロの心を読むのを数少ない楽しみの一つにしているらしい。そうしてその度に嘲笑いをこめるのだ。

こなたは、そのきいきいいう耳障りな楽器を、殿のためにだけ弾こうというのだろう。殿もそう望んでおられると思っているのだろう。

そうだ。あの方は、夫人の立ち入らぬ世界を持ちたいのだ。たどたどしく彼はそういう意味のことを言った。

男の世界には女は立ち入れない。いや、立ち入らない。佐兵衛は言った。殿のおわすところに奥方さまは踏み込みはなさらない。その奇妙な楽器――佐兵衛は決してヴィオラの名を口にせず、奇妙な楽器とかうるさい楽器とか、軽蔑を交えて言う――を楽しまれるぐらいいいではないか。そう言って佐兵衛はまた嗤い、わかっているのだというふうに、頷いてみせた。

他のことは、彼は知らぬ。ヴィオラの音が作る世界には、公子は、真実、心の通い合う者だけしか立ち入らせぬのだ。公子にことごとしく命じられなくとも、彼には、わかっていた。そうして、佐兵衛もまたわかっている、わかってはいるけれど、快く思ってはいない。そう、彼は察した。

3

夕陽の紅炎が、暗黒の中にいる彼の眼裏を灼く。幼い彼の足の下で、白い毬は、落日の一刻、殺戮の夥しい血に濡れたように耀《かがや》くのだった。

*

ピエトロにとっては、ものうく静かなときが続いた。しかし、公子の日常は決して静謐とはいえず、戦陣に赴いているときが多かった。全土を掌握しつつある関白は、反逆者の征討に寧日なく、秀次もその一翼をになっていたのである。ピエトロは近江に留まっていたのだが、ときたま見るごとに、公子の顔立ちは、少年の柔らかさを失い、骨格が大人び、表情は陰りを帯びた。大殿が御寵愛のお方に御子が生まれた、と佐兵衛が彼に告げたのは、二年目の初夏であった。大殿は言うまでもなく関白をさす。それはめでたいことだ、何気なく彼が言うと、佐兵衛は、いつもの冷笑をみせた。大殿が殿を御養子になされお世継ぎと定められたのは、血をわけた御子に恵まれなかったためだ、と佐兵衛は続け、それ以上は何も言わなかった。そのことが公子にとって何を意味するか、ピエトロは少し経ってから、気づいた。

あしかけ四年目の夏の終わり、秀次は奥羽に出動することになり、珍しくピエトロも軍列に加わることを命じられた。

関東、出羽、陸奥の紛争を豊臣政権のもとに裁定するための出動であったが、ピエトロは、出陣理由にはまるで関心はなく、小田原にいる関白が自ら大軍を率いて出馬するその先がけと知って、おおがかりな陣立てだと思っただけであった。

衣服はこの国のものを着けたが、足には、彼ひとり革の靴を履いていた。藁で編んだこの国の履き物は、とても馴染めたものではない。しかし、革の靴も長い悪路を歩き通すには適さず、彼の足は、皮膚が破れ、靴の爪先に血がたまった。馬上の公子ははるか先を行き、彼は、その姿を見ることさえ叶わなかった。同行させたのは、公子の気まぐれであろう、彼を是非とも必要としているわけではない。そう、ピエトロは、思った。

それでも、公子に同行を命じられたということが、嬉しかった。たぶん、彼は何らかの方法で己を捧げたかったのだろう。身を捧げるという濃密な快楽には、阿片のように抗いがたいものがある。さしあたって、公子のほかに、彼は、献身する相手を持たなかった。公子によってその悦楽を知ったともいえる。彼が属する教団と、その神こそ、献身を求めているのに、それらには、彼は嫌悪しか抱けなかったのだ。長旅の苦痛を彼は享受した。少数ではあるが、狂信者のように熱烈な献身者と、公子を冠の飾りとしか見做さぬ多数の家臣団が公子を取り巻いている。公子の何が、小姓と呼ばれる側近の年若い者たち――公子の周囲を固める胡蝶の群れのような一団――に献身の思いを抱かせるのだろうと彼は思った。一つの理由としては、公子が重臣らに侮られているのを感じ取り、義憤が激しい愛情に変質するのか、などと考えてみる。公子は、高貴であると同時に卑賤、敬われる存在であるとともに、みじめでもあるもの。その両義性にわたしも、彼らも惹かれるのか、などと思い、どうでもいいことだ、と思い捨てた。惹かれる気持ちに理由はどうにでもつく。公子が真実どのような性情であるのか、それも彼にはわからない。己が作りあげた幻影を、愛しているのだという自覚は彼にあった。幻影であっても、何も持たぬよりははるかに好ましい。小姓たちも、それぞれに作りあげた幻の殿を愛している、彼らのほとんどは、そうとは悟っていないだろうが。

長途の半ばで、公子の命により、彼は馬を与えられた。錯覚と承知で、それを彼は公子の愛情のあらわれと思った。

固い革の鞍は、烈しく揺れ、拷問具のように彼の臀《しり》を痛めた。馬は黙々と苦行に耐え、歩む。臀の痛みに馬の呪詛《じゅそ》を彼は感じた。

徒歩の兵士たちは、馬に勝る苦痛をこらえながら歩き続けた。彼らの背の荷は、馬が負わされたものより軽いけれど、体力ははるかにひ弱い。兵士たちの呪わしげな無言の声をも彼は感じた。

軍団に置き去りにされる恐怖さえなければ、馬を殿に返し、歩くことを、彼は選んだだろう。愛されていると思う錯覚の中に強引に身を置くよりも、献身の苦痛と喜悦を味わうほうを彼は採る。

小田原から先は、関白のために道幅をひろげ整備する土木工事がなされていたので、よほど楽になった。山道を行く頭上に、蟬しぐれが降りかかり、八月五日、目的地である会津黒川城に到着した。

四囲を山々に囲まれたこの城は、近江の居城とは比べようもない貧弱な小城ではあるが、南奥羽制覇の拠点であった。先の城主蘆名《あしな》氏は、強豪伊達氏の猛攻を受け、滅亡した。その戦いを、関白は私闘禁止の命に背くものとして、伊達を厳しく罰し会津領をすでに取り上げていたのである。

黒川城にほど近い興徳寺が公子の座所にあてられ、ピエトロも、僧房の一つに身を置いた。

この地に着いた秀次が関白の命を帯してまず行ったのは、民間の武具の没収と検地であった。

数日後、関白が到着し、秀次は須賀川城に居を移した。釈迦堂川が阿武隈川に合する台地の上に建てられた小城である。関白は、わずか四日の滞在ですべての指令を行い、帰洛した。黒川城は蒲生氏に与えられた。

秀次はなおこの地に留まり検地は続行された。近江に引き上げたのは、稲田が実り秋風が薄《すすき》をそよがせる九月末であった。

翌年、しかし、秀次は、再び奥州に軍を進めねばならなかった。大規模な一揆が、各地で頻発し続けたためである。ピエトロはまたも同行した。

陣所にあてられた寺や豪農の家などに、老人や子どもが集められてくるのを、ピエトロは目にした。いずれも、みすぼらしい身なりの百姓の家族であった。一揆に加担させぬための人質だと聞かされた。そうして、おそらく、彼らの村々が、人質を取られてもなお、抵抗を続けたためであろう。皺ばんだ白髪首や、幼い子どもの首が粗末な丸木の台の上に太い竹釘で刺し止められ、曝されているのを、しばしば、彼は見なくてはならなかった。

殺戮の命令を下す者は、関白の代行者である公子であった。もちろん、殺される者一人一人の名も顔も公子は知らぬ。しかし、苗字も持たぬそれら百姓の老幼の名は、記録の係りが、役目として書き留めていた。彼には読めぬ文字であった。

残虐と悲惨は、彼の眼には特別珍しいものではなかった。彼が属しているイエズス会の布教も、また、常に血臭を帯びていた。布教はしばしば軍隊の侵攻の先駆けとなったし、その土地の宗教を絶滅するために容赦ない苛酷な手段をとった。この国にくる前、他国で彼は、その実状を見ていた。この国においても、領主を改宗させ、その命令によって、寺を破壊し、反逆者を誅戮させた。どこの国においても、どういう名目であっても、結局は、同じようなことがなされるのだ、と、彼は冷え冷えと思い、ヴィオラに弓をあてる。

ごくまれに、公子は、年若い小姓の一群に囲まれ、彼の奏する楽音に浸った。公子のために静寂なひとときをつくることは、彼の何よりの慰めであった。

満月を少し過ぎた月が中空にかかる夜、彼は、公子の座所に呼ばれた。酒宴の最中で、座は乱れていた。酒器は倒れ、畳に染みこんだ酒に、饐《す》えた吐物の臭いが混ざった。一座しているのは、側近の若者たちばかりで、公子の命で、謡い、あるいは酔ったおぼつかない足で舞っているのであった。

弾弦を、公子は彼に命じた。このような席で弾くのは、ヴィオラの美しい楽音への冒瀆であり、ひいては、公子自身の感性にたいする冒瀆である、と彼は言いたかった。しかし、それを正確に伝えるこの国の言葉を彼は知らなかった。泪、と、彼は小さく言った。初めて彼のヴィオラを聴いたとき、公子の瞼をわずかに濡らしたそれを、彼は公子に思い返してほしかったのだが、通じさせることはできなかった。

公子の手は、ひとりの小姓の手をもてあそんでいた。指の動きはさりげなく、何の意味も持たぬようだが、艶めかしい絡みあいを彼に思わせるものがあった。寵童を持つのが当然のこの国の風習に彼も無知ではなくなっていたから、寝間での濃密な関わりも察しがついた。その小姓は、美童と評判をとっており、想いを焦がすものも多いと、彼も聞いている。彼の目には、この国の美貌の基準はどうも納得がいかず、不破と呼ばれるその少年にしても、どこに魅力があるのかわからないのである。しかし、絡み合う二人の指は、彼をざわめかせた。いま、ここでヴィオラを奏でるのは、公子と彼自身の間の言いようなく、繊細な、しかし、きわめて貴重な、玻璃《はり》の糸のようなものを砕くことなのだ。そう思い、彼は、ためらった。

弾かぬのか、ほとんど冷静に聞こえる声で、公子は言い、なれば、見ておれ、と言った。不破と呼ばれる若者を促して公子は立ち、自ら謡いながら、舞った。相手も巧みに合わせ、静かに、ときに荒々しく、連れ舞い、一座のひとりが、鼓を打った。公子と不破は、すり足で寄り添い、離れ、足拍子を高らかに合わせ、袖を合わせるとみるや、つ、と離れる。

彼の目は、砕けたヴィオラの玻璃の弦を見ていた。

そうだ。見よ。

公子の意志を、彼は感じた。とくと、見よ。目をそらすな。

ひたすら、みつめる、そうして、自若とみつめられる。それもまた、愛の交歓だ。そう、彼は思いつつ、連れ舞う公子とその寵童に目を据え続けた。

座所の塀の外に曝され月光を浴びる数多い青白い首が、舞う公子に重なった。これらの殺戮は、ようやく回らぬ舌で何か喋り始めた関白の実子のためのものなのだと、ピエトロは思った。

慌ただしい使者の訪れに宴は中断された。使者は、その、関白の幼児の急逝を告げた。

その年の暮、公子は、関白の位を委譲された。もっとも、実権は、太閤をなのる先の関白秀吉の手にあることは、誰の眼にも明らかであった。〈太閤〉は、前関白に対する大陸の大国風の呼称である。地位とともに、壮厳な居邸・聚楽第も公子に譲られた。襖には金箔を塗り立て、欄間には豪壮な彫刻をほどこし、贅を尽くした建物であった。ピエトロは湖畔の城を懐かしんだ。黄金の壁は繊細な弦の音をはじきかえした。

公子の日常はますます多忙をきわめた。関白秀次の名のもとに数々の政令が出された。ピエトロの目には、公子の政治上の活動は映らなかった。太閤の重臣たちのあいだに、対立があり、公子がその一方に与《くみ》しているらしいことぐらいは察しがついたが。

公子は養父の傀儡の枠からはみだし、己の政見を持つようになっていた。ピエトロにわかるのは、そのくらいのことであった。

キリスト教の禁令はゆるやかになってきていた。宣教師追放令は撤去されたわけではないのだが、大目にみられ、聚楽第のうちに住むピエトロは、もとの仲間と接触をもつことができるようになった。彼は、いまだに宣教師たちからは棄教をよそおった諜者と信じられているのだった。

ときおり、聚楽第の広間で宴がもよおされたが、奏される楽器は、笛、鼓、笙などで、まれに琉球わたりの、蛇皮線が加わった。ヴィオラの音は、それらとそぐわない。彼は、見続けた。座の隅に彼がひっそり控えているのを、誰も気にとめなくなっていた。

4

高野山青巌寺は、太閤が、母親の追善のために建立したものである。

密集した杉の巨木の梢は空を覆い、陽光を遮られ仄暗い空間に、蟬の声ばかりが、生き生きと漲る。

大広間に、秀次の死の座は整えられつつあった。畳を裏返し白布を敷き広げる者たちに、ピエトロは、手を添えた。屈みこんで白布の端を敷く彼に、退け、と、荒い声が頭上から降った。南蛮が、どうしてここにいるのだ。

汚《けが》らわしい。その声は言った。彼の顔を見知らぬ寺の者であった。高野山には身分の高い学侶と呼ばれる学問僧のほかに、雑役に従事する行人と、巷《ちまた》に下り権化・唱道につとめる聖《ひじり》がいる。近ごろでは、聖たちは、参拝人に袖乞いをしたり仏像・物具を盗んで売り飛ばしたりする者が多く評判を落としている。公子の死の座を整えているのは、行人たちであった。

私は、秀次公に楽人として仕えるものだ、と彼は説明した。

たとえ従者であろうと、南蛮のものが手を触れてはならぬ、汚《けが》れるとその男は言いつのった。

聞き流して仕事を進めようとしたが、行人たちは、力ずくで彼を追い立てた。拳《こぶし》の乱打が彼を襲った。庭に放り出され、そのまま隅にうずくまった。

すべてを見尽くそう、彼はそう思い決していた。公子が関白の位について、わずか四年。権力の絶頂からつき落とされ、罪人として否応ない自死を迫られている。

彼には事情を計り知ることのできぬ転変であった。

薄々耳に入ったのは、奥羽支配に関しての対立が、原因のひとつになった、ということである。伊達氏から没収した会津領は、蒲生氏に与えられたのだが、当主の死後、太閤は、家老に不正があったとし、遺児に相続を許さなかった。太閤とその側近は、奥羽に不穏な勢力が温存されるのを阻止し、中央集権の強化につとめるのだが、分権を計る派があり、秀次は、そちらに加担して、太閤の命令を無効にした。

その上、太閤は、新たに実子を得ていた。

謀反の罪名が、公子に付された。それが当を得たものか、誣言《ふげん》か、ピエトロにはわかりようもない。七月三日、石田三成ら奉行の詰問を受け、八日には伏見に召還され、関白の地位を奪われた上、高野山に追放の処分を受けた。

イエズス会の上司はピエトロに戻ってくるように命じたが、彼は、無視した。そうして、今日、十五日、公子の死の座が整えられつつある。訊問から処刑まであまりに慌ただしいと、ピエトロのような状勢に疎いものにも思えた。

すでに、検使は到着していた。ピエトロは、土の上に座し、待った。

公子が控える座敷には、不破らが詰めているのだろう。彼は、一度不破に言い寄ってみたことを思い返す。主君と侍者。その関わりを越えた濃密な絆。それがどのようなものなのか知りたかった。不破は、鞘ぐるみの刀で彼の首の付け根を打ったのだった。その後何の咎めもなかったところをみると、不破は、他人には告げなかったのだろう。

蟬の声がひときわ烈しくなった。

白布を敷き詰めた座敷に人々が、静かに入ってきた。ピエトロは、歓喜に似た昂りを覚えた。

純白の練り絹の小袖を着けた公子が中央に座すと、酒盃が運び込まれた。不破を初めとする小姓たちも居流れ、盃が巡った。

この死の席にこそ、ヴィオラの音がふさわしいと彼は思ったが、小姓のひとりが横笛をとりだし、歌口を湿した。もうひとりが鼓をかまえた。

公子は立ち、不破がそれにならい、ピエトロの前に、かつて見た光景が再現された。

舞いおさめ、公子が座に戻り、盃に酒を充たさせ、口もとにはこんだとき、不破が、庭に飛び降りた。手に佩刀《はいとう》があった。

斬られるのか。彼は身をすくめた。不破は地上に座した。不破の動作が彼の目を引いた。若い不破は、諸肌を脱ぎ、左手で脇腹の肉をつかみ、皮の張った腹に鞘を払った刀の切っ先を、力まかせに押しこんだ。誰が止める暇もない素早さであった。一瞬のうちに唇まで蒼白になった顔は、公子をみつめていた。両手で柄を握りしめ、じわじわと一文字に引き斬る。傷口が開くにつれ、紅く濡れた腸が、木洩れ日に光りながら溢れた。

更に縦に切り下げようとして、呻きをもらしながら、あおのいて倒れ、身をよじって起きなおった。蟬の鳴き音にあわせるように、脈打って血が噴き上がった。

　不破は前のめりにうつぶしたが、柄を握った手は、なおも、刃を押し下げようとうごめいていた。

　公子が庭に降り立った。苦悶する寵童に近づき傍らに膝をつくと、抱擁し、ついで、その手から刀を取り、不破の首に押し当てた。公子の肘が軽く動いた。次の瞬間、全身の重みを刃にかけ、公子の軀は不破におおいかぶさった。公子が己が身をも貫いたようにも見え、人々はざわめきたったが、公子はすぐに立ち上がった。その手は、自ら断ち切ったものを抱いていた。

　座敷に戻ると、公子はそれを盤の上にそっと据えた。公子の白衣は、前面は朱を浴び、背は純白で、公子が身動きするたびに、ピエトロの眼に、朱と白が、よじれた。

　ピエトロは、地に伏した骸ににじり寄り、血を吸った土を指先ですくい口に含んだ。

*

足音が近づき、きしんだ音を立て、扉が開いた。弱い光の帯が射しこんだ。入ってきた船員はパンとミルクの壺を彼の前に置き、去った。

　どのようにしてポルトガルにわたる船に乗せられたか、そのあたりの記憶は朧だ。いや、思い浮かばないわけではない。

　人夫どもに打ち砕かれつつある聚楽第の片隅に蹲《うずくま》っているところをイエズス会士に引き渡され、長崎に連れ行かれ、船に乗せられた。だが、それらは、まるで、他人のことのような気がする。公子が己の腹に刃をつきたて、他のものに首を断ち落とされた、それが、彼の記憶の中では、不破の死と密着し、不破は消え、眼裏に在るのは、公子と彼だけだ。刃が貫通しつつあるのは、彼の肉か、公子のそれか。

物音に我にかえった。彼の手から落ちたミルクの壺が割れ砕けた音であった。

破片の鋭い切っ先が手に残った。

公子と不破は、同じ死を死に、ひとつのものとなった。彼は、公子の視野の片隅にすらいない。右手に持った破片を、ピエトロは、左の手のひらにつきたて、一文字に引いた。更に、縦に引き裂く。首すじにやわらかい息吹を感じた。弾け、と声が言った。砕けた玻璃《はり》の弦をどのように弾きましょう。

かつて、羅馬《ローマ》において、キリスト教が禁止され、奉教は死に値したとき、数多い奉教人が、殉教した。

公子と不破の死は、それらと同じ陶酔を醸しだしたにちがいない。

飢え渇きながら、決して得ることのできぬマナを求め続けるのだと、ピエトロは、この先の日々を手のひらの傷に見てとり、くちびるを寄せた。

「妖笛」あとがき

「殺生石」「二人静」「小袖曽我」「松虫」の四篇は、タイトルからおわかりのように、能に素材を得ています。ただし、物語は、能から自由に飛翔した幻想譚です。観世流の機関誌『観世』に掲載しました。編集長富永保子さんのご好意によります。貴重なページを割いてくださり、好きな物語をつくる場を与えてくださった富永さんに感謝しています。

「妖笛」に登場する吉良左兵衛に、私は特に深い思い入れがあります。吉良上野介の孫であり養子でもある吉良左兵衛は、四十七士が華々しく褒め称えられる陰で、無残な生涯を送り年若くして死んだのでした。左兵衛が流された諏訪の高島城は、天守が復元され、中は展示場になっています。左兵衛の遺品などはないのですが、不思議なほど美しく妖しいお雛様が飾られてあり、いくつもの物語の糸口を、私に贈ってくれたのでした。

今度も、読売出版局の大野周子さんと装幀の中島かほるさんのコンビが、作者には嬉しい一冊にまとめてくださいました。

一九九三年十月

皆川博子

あの紫は わらべ唄幻想

PART 2

薔薇

船のなかに
忘れた薔薇《ばら》は
誰が拾った

船のなかに
残ったものは
盲人《めくら》がひとり
鍛冶屋がひとり
鸚鵡《おうむ》が一羽

船のなかの
赤い薔薇を
拾ったものは

本のページは、そこで二、三枚千切れていた。色刷りの挿絵が一枚はいっていて、そのページだけつるつるした紙だった。

雨あがりの水溜まりに、その本は開いたまま、表紙を上に浸っていた。

表紙は赤い布貼りで、金の文字が箔《はく》押しになっていた。

神社の境内に落ちている本としては、あまりふさわしくない。

拾い上げて、ぼくは石段に腰をおろし、ランドセルをはずして、そばに置いた。

〈神社〉といかめしく呼ぶのは似合わない小さい社《やしろ》が、ひっそり建っている。地蔵小屋よりいくらかましという程度だ。

鰐口《わにぐち》の綱は千切れ、鳴らすことができない。賽銭箱は、へりが腐っていた。

参詣人の姿を見たことがない。お祭りもないし、正月の初詣にも、見捨てられている。

社務所のほうが社より大きいが、その社務所も、窓は雨戸が閉まったきりだし、出入口の引き戸も鍵がかかっている。たぶん、だれも詰めていないのだと思う。

神主はいなくても、ご神体はいるらしい。

格子戸に目をおしあてて、のぞくと、薄暗いなかに木像——だろうと思う——が、黒くうずくまっている。

濡れとおったページは、手荒にめくると破れるので、開いているところに目を投げたら、挿絵と『薔薇』というタイトル、そうして、船のなかに……の歌詞があったのだ。

詞から浮かぶイメージそのまま、盲人は白いゆったりした上着を着た老人、鍛冶屋は赤い帽子に革のチョッキ、荒々しい顔つき、鸚鵡は舳先《へさき》に止まっていた。

途中で千切れた歌は、名探偵が犯人を指摘する直前で中絶した探偵小説のようで、拾ったものがだれなのか、ぼくは、気にかかった。

容疑者は、三人しかいないのだ。盲人と鍛冶屋と鸚鵡。

でも、だれも薔薇を手にしてはいない。絵の中に薔薇は描かれていなかった。拾っただれかが、かくしているのだ。

船のなかに薔薇を忘れて去ったものはだれだろう。

置き忘れて去ったのではない。殺戮《さつりく》が、そこにはあったのだ、と、ぼくは想像した。

薔薇は、死者が残したものではないのだろうか。

人の気配がした。

目を上げると、千鈫子《ちさこ》が立っていた。

セーラー服に黒い絹のリボンを結んだ制服で、

ストッキングも黒の絹。手提げ鞄《かばん》は学校の校章がついている。

「返して」

千釵子は手を出した。

ぼくは、ちょっと言葉につまった。

千釵子はぼくより七つ年上なのだから、姉さんと呼ぶのが一番ふさわしいのだろうけれど、ぼくは千釵子を姉さんと呼んだことはなかった。

返して、と言っているのだから、千釵子が落とした本なのだろう。

返せば、もう見せてくれないのではないか、とぼくは思った。

千釵子は気まぐれでいつも不機嫌で、ねえやは、ああいうのをあまのじゃくと言うのだ、と陰で言っている。ぼくは、字引で、その言葉をしらべ、漢字で書けば、天邪鬼だと知った。

ぼくにとって千釵子とその母親の春枝の出現が突然なように、千釵子にとっても、突然、家族ができたのだから、そうして、なじみのない家に入ってきたのだから、不機嫌なのは当然だと、ぼくは思う。

ぼくは、不機嫌を態度にあらわすことができるほど強靭ではないけれど、嬉しくないのに機嫌のいい顔をつくるのも面倒なので、おとなしくしている。

「だれが、拾ったの？」

ぼくが訊《き》くと、

「頭がおかしいの？」千釵子は言った。「自分で拾っておいて」

「ちがう。薔薇のこと」

本の持主が千釵子なら、〈船のなかの赤い薔薇を　拾ったものは〉のつづきを知っているわけだ。

「薔薇なんて、落ちていないわよ」

意地悪く、千釵子はからかった。

本に書いてあるでしょうなどと真面目に説明し

ても、いっそうからかわれるばかりだと、これまでの経験からわかっている。

九つという年齢より見かけがひどく小柄なので、まわりのものは、ぼくを幼いもののようにあつかう。

生母の病室にあてられていた離れは、五年前母が死んだあと、畳を替え、襖《ふすま》や障子もはりなおし、消毒したのだけれど、千釵子が使うことになったので、もう一度、消毒しなおした。

消毒薬のにおいはそこらじゅうにしみついて、千釵子はいやがっていた。

母親がいなくても、ぼくは、べつに不自由はしていなかった。

住み込みのばあやとねえやがいたし、母の世話をしていた看護婦が、看病が不要になった後も、そのまま住み込んで、家事を手伝っていた。父とぼくと、ふたりの家族に、女手はありあまるほどだったのだ。

そのほかに、使用人は、書生と運転手がいた。運転手は家族持ちで近所の借家に住んでいるが、書生は住み込みで、夜学に通っていた。春枝と千釵子がくる前に、書生は、父の知り合いの家に移った。

書生がいなくなって、ぼくは少しほっとした。その書生は、父の前では従順だが、父の目のないところでは、別人のように態度が変わるのだった。

元看護婦とねえやと書生は、父とばあやのいないときは、あくどいふざけ方をした。

ぼくは、三人につかまるとズボンを脱がされたりするので、目につかないように逃げかくれた。

父に言おうと思わなかったのは、告げ口は卑しいと教えられていたのと、彼らがぼくにすることが、口にだすのも屈辱的なことと感じられたからだ。

こんな恥ずかしいことを父に知られるくらいな

ら、溝《どぶ》のなかにでもかくれているほうがましだ。

　ばあやは、貫禄があって、三人に押さえがきいた。

　書生がよそに移り春枝と千釵子が同居するようになって、悪ふざけはやんだけれど、ぼくは家にいるのがいっそううっとうしくなった。

　千釵子が女学校から帰るのは六時ぐらいで、ぼくのほうは、遅い日でも三時には授業が終わる。うちまで、歩いて十分とかからない。道草は禁じられているから、まず、帰宅すると、いつも、春枝とばあや、ねえや、元看護婦の四人の女が、三対一になったり二対二になったり、複雑に結んだり離れたりして、刺《とげ》のあるやりとりをしている。

　たいがいの場合は、ねえやと元看護婦が手を組んで、春枝にあてこすりやら皮肉やらを言い、ばあやは、春枝に好感はもっていないけれど、いちおう分別ある中立をまもる、というふうなのだが、ときにはねえやと元看護婦が分裂することもあり、それぞれがばあやを味方につけようとやっきになる。春枝は味方としてあまり有力ではない。つまり、家をとりしきっているのは、依然としてばあやなのだ。

　こういう混戦状態を見物しているのはおもしろくないこともないけれど、ぼくがいることに気がつくと、ねえや・元看護婦連合軍と春枝は急遽《きゅうきょ》同盟を結び、ぼくを攻撃目標にする。この場合、ばあやはやはり中立である。

　ぼくの味方をしてくれるわけではない。ぼくがぐずなのが気に入らない、と、ばあやにはっきり言われてしまった。

　子供というものは、快活で溌剌《はつらつ》としているべきなのだそうだ。病弱なら、それはそれでかまわないらしい。ただし、病身であるにもかかわらず、けなげに明るい顔をしていれば、という保留条項がつく。

　ぼくは、強健ではないにしても、べつに病弱ではない。それなのに、いるのかいないのかわからないふうに気配を殺しているのが、子供らしくないのだそうだ。

そう言われても、生まれつきの性質は変わらないし、変える気もない。

千鈫子には私室があたえられているけれど、ぼくは、自分の部屋を持たなかった。

ずいぶん広い家なのだけれど、小学生が個室を持つのはとんでもない生意気なことだ。

女たちのちくちくした意地悪をやりすごしながらおやつを食べ終えると、ぼくは、友達と約束があるというような口実で家を出る。

この日は、教師のつごうで、五時間目が切上げになったので、道草をする余裕ができたのだ。

千鈫子は、ランドセルを見ても、口やかましいことは言わなかった。

ぼくの家にくるようになって千鈫子は女学校を転校したのだけれど、ねえやたちの話によると、前の学校を、千鈫子は追い出されたのだそうだ。不良なのだと、ねえやと看護婦は言っている。

〈不良〉というのが、具体的にどういうものなのか、ぼくにはわからなかった。ぼくの通う小学校には、まだ不良と呼ばれる生徒はいなかったから。

ただ、ひどく怖いものというイメージだけがあった。

怖くて、しかも正体が知れないから、なんだか神秘的でもあった。

千鈫子とまともに顔をあわせる時間は少なかった。

ぼくは、夕食はばあやに給仕してもらってひとりで台所で食べる。それは、母が寝ついてからずっと習慣になっていることだった。父の帰宅時間が不規則だから、ぼくはおなかがすいて待ちきれず、子供一人のために茶の間に食器をととのえたり下げたりするのが、ねえやは面倒だったのだろう。春枝と千鈫子がきてからも、その習慣はつづいていた。春枝と千鶴子とぼくと三人で食べるより、これまでどおりひとりだけのほうが、ぼくはよかった。

ふたりがきてから、ぼくは、家の中に落ち着ける場所がなくなってしまった。

ぼくが居場所にしていた茶の間に、いつも春枝がいるようになったからだ。

庇髪《ひさし》に珊瑚《さんご》の玉簪《たまかんざし》をいつも挿している春枝は、ふっくらした丸顔なのだけれど、眉間《みけん》によせた縦皺《じわ》が、なんだか怖かった。

水商売だったと、これもねえやが言った。

ぼくは、大人の本はずいぶん読んでいたけれど、水商売という言葉は語彙《ごい》になくて、氷水を売る商売なのだと思ったら、カフェのことだとねえやが言った。

カフェなら、ぼくは行ったことがあった。まだ、春枝がくる前のことだ。ねえやが、ぼくを連れていったのだ。同郷の友達がそこで働いているので逢いに行ったのだが、ぼくがそこに入りたがったから寄ったのだということにさせられた。

たぶん、まだ店が始まる前だったのだろう、客はだれもいなくて、唇を真赤に塗った女の人が二、三人いるだけだった。流行歌のレコードをかけ、こんな歌を子供に聞かせちゃいけないね、と、笑ったのだった。

座敷も次の間も、応接間も、二階の来客用のいくつかの座敷も、汚れるから子供は入ってはいけないと言われているし、あとは父の書斎と、千鶴子が使う離れと、北側のねえやたちの部屋と納戸だから、ぼくは使えない。玄関脇の書生部屋は、書生がいなくなってから、春枝と千鶴子の持物を置く納戸になった。

朝の食事も、身支度ができるとすぐに台所で食べる。学校が休みの日でも、ぼくはいつものように早く起きて、先にひとりですませる。冬など、そんな時間に火の気があって暖かいのは台所だけだ。

そういうふうだから、千鉸子と面と向き合って話をかわすのは、ほとんど初めてといえた。

そうして、ぼくは気がついた。千鉸子はまだ学校がひける時間ではないはずだ。それに、電車で通学しているのだから、早退で帰宅するにしても、方向違いだ。

「ずる休みしたの？」と訊いてから、ぼくは、思わずちょっと首をすくめた。

なれなれしすぎる口をきいてしまった。こっぴどく怒られそうな気がした。でも、

「そうよ」

千鉸子が、あっさりうなずいたので、話がしやすくなった。

「よく、さぼるの？」

「きみも、今日、さぼったの？」

千鉸子は問い返した。

怖がることはなかったんだ。

小さい社の石段に腰掛けたぼくと向かい合って立った千鉸子は、家で見かけるときより親しみやすかった。

「今日は早く終わったんだ」

「道草？」

「うん」

千鉸子は鞄からノートをだし、ぼくが腰掛けている石段に置き、その上に腰を下ろした。石段は濡れているのに、ぼくはじかに坐ったので、ズボンが少し湿っていた。

もう一冊ノートを出すと、千鉸子は、ぼくに敷くように身振りで示した。

ぼくはめんくらった。千鉸子がそんなふうに気づかいをみせてくれるなんて、意外だった。

ノートなら、ぼくのもランドセルに入っているので、千鉸子のを借りなくても自分のを使えばいいのだけれど、ノートを臀《しり》の下に敷くのは、なんだかいけないことのような気がした。たぶん、教

科書は大切にあつかえと教え込まれているから、教科書の付属物であるノートにも、畏敬の念を持たされていたのだろう。教科書ばかりではない、本はすべて、またいでもいけないのだから、まして、臀に敷くなどとんでもないことだ、と、ぼくはたじろぎ、いらない、と首を振った。

千鈫子は無理強《じ》いはしないで、ノートを鞄にしまった。

他人の気づかいを受けるのに、ぼくは馴れていなかった。まして、相手が千鈫子なのだから、とんでもない親切をされたみたいに感じて、どぎまぎしていた。

「さぼって、何をしているの？」

ぼくが訊くと、千鈫子は、まじめな顔で、

「曲馬団」

と言った。

ことさら、まじめな顔をつくっているふうなので、冗談なのだと、ぼくは察した。

「この辺で、曲馬団、やってないよ」

曲馬団という言葉を口にしたとき、ぼくは、少しぞくっとした。曲馬団にさらわれる子供の話というのを、ずいぶんいろいろ読んでいたからだ。そうして、ぼくは、本物のサーカスというのを、一度も見たことがなかった。

「この辺ではやっていないわ」

「遠く？」

「遠いところ」

「学校さぼって、サーカス見ているの？」

「見に行っていたの。でも、もう、行かない」

「どうして？」

「彼がいなくなったから」

「彼、って？」

「彼は、彼よ」

そう言って、千鈫子は右手の手のひらで、ぼくの頰をかるく打った。

撫《な》でるのと変わらないくらいの、そっとした打ち方だけれど、たしかに、打ったのだった。撫でたのではなかった。

問い返したのがいけなかったのだろうか。それほど悲しくなったわけではないのに、少し涙が出た。ぼくは、弱虫ではあるけれど泣き虫ではないのに、なぜか、涙が出てしまった。恥ずかしいから、見られないように後ろを向いて素早く拳《こぶし》の背でぬぐった。

千釵子は気がつかないふりをしてくれた。そうして、

「彼は、〈横っ面をはられる彼〉よ」

と言った。

「そういう役なの。ただ、なぐられるだけ」

ぼくが黙っていると、

「なぐられるだけで芸になるのよ」

と、つづけた。

「彼は本当は、貴族なのよ」

ぼくは、眼を伏せた。でも、千釵子の顔が見たいので、上目遣いになった。ばあやは、上目遣いはいけない癖だと言う。だから、ぼくもなるべくなおすようにしていたのだけれど。

「貴族なのに、サーカスに入ったの」

ぼくは、その話を知っていた。

父の書斎は、三方の壁に沿って、書棚が作りつけになっており、おびただしい書物がならんでいた。その大部分は洋書や、何かむずかしい専門書で、ぼくには手に負えないのだが、一角に小説や戯曲の棚があって、そこの本はたいがい読みこなせた。

父の蔵書にさわってはいけないことになっていたから、持ち出したことを見抜かれないように、そうして、読んだ形跡を残さないように、苦労した。苦労し甲斐のあるおもしろさを、それらの本はあたえてくれた。

千釵子が自分の恋人のように話した〈横っ面をはられる彼〉は、どこか外国の戯曲集にのってい

た。題名も、『横っ面をはられる彼』というのだ。

千釵子なら、父の本を読んでも怒られないのだろう。そうして、千釵子は、ぼくがその戯曲を読んでいるとは思わなかったのだろう。

ぼくがべそをかいたのを千釵子は見逃してくれたのだから、ぼくも、千釵子の嘘を見逃してやった。

「どうして、そんな変な役をやったの」

ぼくは訊いた。

「貴族なんだもの。空中ブランコも、アクロバットも、短剣投げもできなくてあたりまえでしょ」

千釵子の喋《しゃべ》り方は、幼い子供に母親が言いきかせるみたいだった。千釵子も、ぼくのからだの小ささに、ごまかされているのだ。

「彼が団長に、このサーカスに入りたいと申し出たとき、団長が訊いたのよ、名前」

ぼくが相槌をうつなら、〝名前、何ていうの？〟と訊くべきだけれど、ぼくは黙っていた。話の筋を知っているのに、そこまでそらぞらしくはできない。

「名前は、棄《す》てた、と彼は言ったの。そうして、呼ぶなら、〈彼〉と呼んでくれって言ったのよ」

「きっと、〈彼〉は、上等の服を着ていたんだね。貴族だもの」

千釵子が入り込んでいる世界に、ぼくも入りたくなったので、そう言った。

「そうよ。すばらしく上等だったわ。でも、もちろん、彼は、自分の身分を明かしたりはしなかったわ。身分も、彼は棄てちゃったのよ」

千釵子はふいに、太いつくり声で言った。団長の声色なのだと気がついて、ぼくは、

「なにもできません」

できるだけ、静かな声で答えた。

戯曲のト書きにそう書いてあったのだ。静かな声で、と。

「芸無しを雇うわけにはいかんな」

「なぐられ役ならできますよ」

ぼくは言った。

「そんな芸は聞いたことがない」

「ためしに、雇ってみませんか」

「なぐられるだけの役か」

「大男に力いっぱい。このサーカスにもいるでしょう。力自慢の芸人」

せりふは、うろおぼえだ。次から次へ読みとばしているから、一つ一つのせりふまではおぼえていない。

筋も、正確にはおぼえていないのだけれど、力持ちの大男になぐられる、ただそれだけのことを、〈彼〉は、見物の拍手を得られる芸に昇華させるのだったと思う。

彼の素性が、少しずつ読者に――あるいは上演されるのであれば観客に――わかってくる。

千叙子は、立ち上がり、ぼくも、千叙子の真向かいに立った。


千叙子は右手をふりあげた。

ぼくは目をつぶりそうになったが、無理に見開いた。

〈彼〉がなぐられるのは、芸なのだ。ふつうになぐられるのなら、だれにでもできる。

どんなになぐられても、表情にさざ波ほどの動きもみせず、静かに立っていなくてはいけない。なにごともなかったかのように、ただ、立っている。大男の手にいっそう力がこもる。もちろん、彼はよろめくけれど、すぐ立ち直る。睫毛《まつげ》一筋動かさず。

千叙子の手は、ぼくの頰に触れる前に止まった。

「きみ、あんまり小さすぎるもの。本気でぶったら、泣いちゃうわ」

ぼくは一心に首を振り、大丈夫だと目で言った。

千叙子は、ぼくの肩を押すようにして、石段に坐らせた。

そのころは、千叙子も、ぼくが作り話に気がついていると悟って、自分の体験のように話すのをやめた。

「虚無的って言葉、知ってる?」

千釵子は言った。

ぼくは、知っていた。

虚無という言葉をはじめて目にしたのは、黒岩涙香の探偵小説で、虚無党という言葉がでてきたのだ。ぼくは、最初、それを虚無僧の集団だと思った。

それから、他の本で、虚無という言葉を知った。

「意味、わかる?」

ぼくは、うなずいた。

その言葉を知る前から、ぼくは、その意味は知っていた。感じていたというべきだろうか。

「〈彼〉はね、ある事情から、虚無的になって、家族を捨てて、サーカスに入ったの」

ある事情というのは、ぼくがその戯曲から読み取ったところでは、妻に裏切られたということなのだけれど、ぼくには理解も共感もできないことだった。

妻が他の男に心を移すという話は、たくさん読んでいる。でも、どの夫も、そのくらいのことで家を出てサーカスに入ってただのなぐられ役をつとめたりはしない。

ぼくが不可解だったのは、男の虚無感の深さと動機の安っぽさとの間の落差だった。

たいがいの男なら、女を殺す。あるいは、相手の男を殺す。

そういう物語であれば、別に違和感なく読み過ごす。

嫉妬なんて、そのくらいが適当だ。せいぜい殺人くらいが。

男と女なら、裏切りがあるのが普通で、それが表面化するか、かくしとおせるか、だけのちがいだ。そのていどのことは、子供にだってあるのだ。

世界は、二つある、とぼくは感じている。

座標軸でいえば、正と負《ふ》。プラスとマイナス。善と悪じゃない。単に記号をつければそうなるというだけのことだ。マイナス３がプラス３より悪いなんてことはないのだ。

　裏切りにかっとなっての殺人は、〈正〉の世界でのできごとだ。法律的には悪でも、常識で了解不能なことじゃない。

　名前もなにも、属性をいっさい棄て去って、無となって存在する。そういう在り方をえらぶのは、〈負〉の世界の住人だ。

〈彼〉は、先天的に、〈負〉の世界の住人だったのだ。

　たぶん、〈彼〉にとって、無となるきっかけは、何でもよかったのだ、と、ぼくは思い当たった。だから、ぼくは、言葉の通じない異郷に流されているものが、同国人にめぐり逢ったような親近感を、〈彼〉に、感じたのだ。ぼくは、〈負〉の世界から〈正〉の世界に流された流人だから。

〈彼〉に逢いにサーカスに行っていた、と口にした千釵子も、〈負〉の住人だ。そう、ぼくは思った。千釵子にかるく頬を打たれたとき涙がにじんだ理由が、ぼくは、やっとわかった。

　嬉しかったのだ。

　千釵子となら言葉が通じることを、あのとき、直感したのだ、ぼくは。すぐにそうと意識はしなかったけれど。

　嬉しくてにじむ涙だって、他人に見られるのは、いやだ。

　でも、千釵子は、ぼくのように、自分が流人とは感じていないように見える。

　千釵子のいる場所は、そのまま、〈負〉の世界になるのだろう。千釵子の方がぼくより勁《つよ》い。

〈正〉と〈負〉は、明と暗でもない。

　本当の光は、あまりに遠くて、〈正〉からも〈負〉からもほとんど等距離にある彼方から射す。

　そうして、無限の彼方の光を、狂的なまでに求めるのも、〈負〉族だ。

〈正〉族は、肉眼に見える光で満足しているから、求めても得られない光を渇望することはない。

「よし、きみを雇おう」

千叙子は言い、ぼくをうながして、石段をのぼり、社の格子戸を少し開いた。

細い隙間《すきま》から、ぼくと千叙子は中にからだをすべりこませた。

洞窟のように、中は暗く冷たく湿っていた。

祭壇の上に置かれた木像らしいものは、黒い塊にしか見えず、得体が知れなかった。

千叙子は、ぼくの頬を少し強く叩いた。

両手でかわるがわる、右を叩き、左を叩き、リズミカルに少しずつ強さを増した。

なぐられる役も一つの芸だけれど、なぐる役も芸なのかもしれない。強さの増し具合が、わずかずつであるせいか、ぼくは痛みは感じなかった。

徐々に痛みに狎《な》れていくからだろうか。


なぜか、千叙子は、四拍子で叩いた。

四拍目は、一呼吸おいた。一、二、三、休み。一、二、三、休み。というふうに。

戯曲の中で〈彼〉をなぐる役をつとめるのは大男で、もっと力いっぱいなぐるのだけれど、千叙子の叩き方は、蝶々がたわむれているように感じられた。

でも、かなり強く打っていたのだということは、千叙子が手を止めたときにわかった。

頬の内側を舌の先でさわったら、発熱したときのように熱かった。

「〈彼〉は、どうしていなくなっちゃったの」

彼がいなくなったから、サーカスにはもう行かないと千叙子が言ったのを思い出して、訊いた。

「知らない」

そっけなく、千叙子は突き放した。

戯曲の〈彼〉は、曲馬団の女の子を助けるために、死ぬんじゃなかったかな。

このストーリーは、まったく、ぼくの気に入らなかった。

〈負〉の人間には、そんな献身的なドラマが生じるわけはないのだ。

でも、助けることが、〈彼〉にとってほんとに楽しいことだったら、やったかもしれない、と、ぼくは思いなおした。

「〈彼〉は、もっとたくさん、打たれた？」

「そりゃ、そうよ。人に見せてお金をとるんだから、ふつうなら死んじゃうくらい、ひどく打たれたのよ」

「打って、いいよ」

ぼくは言った。

「〈横っ面をはられる彼〉みたいに」

暗がりの中で、千鈫子の眼が、ちょっとの間、活き活きした。

しかし、すぐに、

「きみのような小っちゃい子、そんなにひどくぶてないわ」

と、首をふった。

「お父さまのかわりだと思って、打っていいよ」

ぼくは、言った。

「お父さま、嫌いでしょ」

夜になると、春枝が離れに千鈫子を呼びにゆく。千鈫子は、二階にあがる。父が階段の途中まで迎えにくることもある。父の寝室は二階にある。

あんな女学生を後妻にするなんて、旦那さまも……。

そう、ねえやたちが話しているのを、ぼくは聞いている。

まだ、子供じゃないさ。ねえ。

お春さんの方なら、年はつりあうけれど、あれじゃ、旦那さまの気に入るわけもないよね。

階段の下の薄暗がりにたたずんでいると、やめて、と、千鈫子の悲鳴が二階から聞こえたりもする。

「嫌いよ」

剃刀《かみそり》のような声で、千叡子は言った。

「大嫌いよ」

そうして、手をふりあげた。

その手で、ぼくを抱きしめた。

「大嫌いよ」

ぼくのからだは、千叡子の腕の中で、藁稭《わらしべ》のように細くたよりなかった。

仔猫の首をしめたときの感触を、ぼくは思い重ねた。

あまり小さくて弱々しいので、ためしに首の回りに手をまわしてみたのだった。

ふわふわした毛のなかの首は細くて、ぼくの指の輪はいくらでも縮まった。

もう一息力をいれたら死ぬ、その寸前で、ぼくは手をはなした。仔猫はぼくの手に顔をすりよせ、舐《な》めた。卸金《おろしがね》のような舌だった。

千叡子は、ぼくのからだの細さをたしかめるように、抱きしめた腕に力を込め、腕の輪を縮めた。

まもなく、ぼくは胸の骨が折れて息が止まった。

千叡子は鞄の蓋をあけ、筆箱から切出しナイフを出し、自分の手首を切った。

床に置いた本の赤い表紙の上に、もっと赤く、血がしたたった。

ぼくを抱いたまま、

「赤い薔薇を拾ったものは」

千叡子はつぶやいた。

……………
見ていたものは
青空ばかり
――西条八十――

百八燈

百八燈　百八燈
兄《あに》さは川を越えなれも
兄さは川を越えなれも
兄さは舟に乗りなれも

また、呼ばれたような気がした。

兄さん、川を越えておいで。
兄さん、舟に乗っておいで。

＊

何年前だったか。真夏ではなかったか。

兄さは川を越えなれも

しんとした歌声を幻聴に聴いた。

ひそやかな節回しは、ペルゴレージの哀切な『スタバト・マーテル』であった。それは、たしかだ。

日本の土俗的な魂送りの歌と、十八世紀中葉、二十六歳で夭逝したイタリアの作曲家が死の直前に完成した聖母哀傷の曲に、何の共通点もあるわけはないのだが、当初は去勢歌手によって歌われたにちがいない哀しみの歌を重ね合わせたのは、彼自身だった。

思わず、足がとまったのではなかったか。

人の流れにさからったので、後ろからきた通行人が突き当たりかけ、不機嫌な目を彼に投げて通り過ぎたのではなかったか。

アスファルトの路面は陽光をはねかえし、そのとき、体内の水気がことごとく汗になって流れ落ち、彼は熱砂をゆく孤独な行商人のように喘《あえ》いでいたのではなかったか。

彼は、孤独ではなかったはずだ。地下鉄に乗り、中野のアパートに帰ると、そこに五人の仲間が待っていたのではなかったか。

畳の上にビールの空き缶と空になった発泡スチロールの丼が散乱し、丼の底には汁を吸ってふやけたインスタントラーメンがこびりついていた。

「どうだった」

いくぶんの期待と、失望の予感とをまじえた声を投げたのは、Sだったか。

「半分は、出すと言った」

彼が告げると、

「それじゃ、成功の部類じゃないか」

「あと、半分は自分たちで工面しろと言うんだ。できるか」

沈黙がつづいたのではなかったか。

どう控えめに見積もっても、一億はかかる。その半額。

冷蔵庫から新しい缶ビールを出してきて彼に手渡したのは、Kではなかったか。

黙々と、紙切れに線を引きはじめたのは、シナリオを書いた高田朔次《さくじ》だった。それは、たしかだ。縦に五本。そうして、横線をでたらめに引いていた。

「何のアミダだ？」

「当たり屋」

高田は答えた。

いつも無口な高田が、珍しく、他のものをさしおいてそう言った。のばしていた鬚《ひげ》を剃ったので、頬から顎《あご》が青白かった。

「監督のぜにの交渉がうまくいかなかったら、当たり屋で一発と、相談がまとまっていた」

高田朔次は、高校を卒業すると、就職のあてもないのにふらりと上京してきた。彼が撮ったピンクを見て、〝すごくよかったから〟と、自分から望んで彼のスタッフになった。彼より二つ年下なだけなのだが、彼に心服しているふうで、シナリオを書きながら、彼の助監もつとめていた。口の重い、従順な、それでいて、ひどく強情な一面もある男だった。この映画製作に、高田はほとんど彼以上に打ち込んでいた。

「監督は、仲間はずれだよ。監督に死なれたら、映画はできない」

おどけた声でそう言ったのは、Kだったか。

「死んだって、加害者から五千万むしりとるのはむずかしい」

「相手をえらぶさ。スキャンダルはぜったい困るってやつ」

アミダの筋が縦横に書かれた紙を、彼はひったくり、丸めた。

冗談とわかっていても、ちょっとしたはずみで本気になりかねない殺気だった空気だった。

「メッツもけちくさいな。全額ぽんと出しゃあいいのに」

「片手とか片足で五千万はむりかな」

「五人で公平に一千万ずつ負担するか。眼とか、手とか、足とか」

「そううまくいくか」

「片眼、片足、片手、おれが三千万つくる」

高田が言った。

「ばか、やめろ」

彼はさえぎったが、他のものはかえってむきになった。

「とにかく、五千万、メッツは出すって話になったんでしょ。あと五千万つくらなくちゃ、パーでしょ」

「女、いないのか。五千万、気前よく出してくれるような女。これだけ男前がそろっていてさ。ただ巻き上げようっていうんじゃないんだから。映画があたったら、何倍にもして返してやる」
「監督こそ、いないんですか。貢がせる女にことかかないと、いつも豪語してるでしょ」

＊

火種は、いつも、在《あ》った。度重なる落胆が、厚い灰の層となって、火種を覆っていた。企画書を映画会社に持ち込んでは、はねられてきた。

彼の机の抽斗《ひきだし》には、没になった企画書が時とともに、厚みをました。

ポルノを撮りつづけるつもりなら、仕事は絶え間なくあった。

彼の父親がピンク映画専門の監督だったので、彼は子供のころから撮影現場になじんでいた。父親の乱脈な女関係に、母親は愛想をつかしたとみえ彼をおいて家を出、彼は、学校が終わると父親の現場にいって遊んでいた。

撮影そのものは、六つ七つの子供にとってはたいして面白いものではなかったが、助監督をこきつかい、女優俳優に高飛車に命令する父親がずいぶん偉そうに見えた。

事実、父親がごく若いころ——彼がまだ生まれる前の一時期——に撮った数本のピンク映画は、その暴力性と画面処理の美しさと、それにくわえ、いまではわからなくなった何か特別な魅力のゆえに神話的に有名で、だれかれの口にのぼることがあった。劇場映画ではないからフィルムは保管されておらず、ヴィデオもないころだった。観たものの記憶の中にしか存在せず、口伝《づ》てにつたわるあいだに、語るもののイメージが加わり、いっそう神秘化されていた。

父に訊《き》いても、その魅力の根源はわからない。評価は、父の意図を越えていたからだ。

小学校の高学年になったころから、彼は、気恥ずかしくて現場を離れた。女のからだに興味をもつ自分を自覚したから、なお、近づけなかった。

高校に進んだとき、父親の知人でやはりピンクの監督をしている男にアルバイトにこないかと誘われた。

すでに女を知り図太くもなっていたから、誘いにのった。

サードのさらに下という使い走りのような仕事だが、その場でバイト料をもらえた。監督のポケットマネーから出ていたらしい。

もう一つ、役目があった。

劇場映画のように予算をとった映画ではない。金をかけず、短期間で撮りあげねばならないので、一々セットを組んではいられない。路上での撮影も、使用許可をとる暇がないから、無断で決行する。警察官に見咎《みとが》められたら、だれかが応対の役をひきうけ、すったもんだしているあいだに撮影をすませ、逃げる。応対役は警察署に引っぱられ、時には豚箱入りにもなる。彼はしばしばその役をつとめた。警察の取締りの裏をかく痛快さを、彼はおぼえた。

高校は退学になり、ピンク映画助手のアルバイトはいつか本職になった。

二十をいくつもすぎないうちに、ポルノの監督をまかせられるようになった。

高田朔次が彼のアシスタントについたのは、そのころからだ。

父親は、彼が二十四歳の誕生日をむかえた夏、再婚した。いろんな女がしじゅう出たり入ったりしていたが、正式に籍を入れたのは彼の生母について、二度目だった。妊娠させたためだ。後妻は、十八だった。

美容師になるつもりで北陸から上京し、美容学校に入ったが、遊ぶ味を先におぼえ、学校はさぼり新宿のスナックのアルバイトで稼いでいたところを、彼の父親が目をつけ、映画に出演させたのだと、累子《るいこ》の口から聞いた。

後になってわかったことだが、累子は、どうでもいいような小さい嘘をつくのが好きなのだった。だから、この身の上話も、どこまで本当なのかわからないと彼は思うようになった。

「わたし、損しちゃったかな」

入籍してから、父親が彼を引き合わせると、累子はあけっぴろげな口調でそう言った。

ゆったりした男物のセーターが、少しせりだした累子の腹をかくしていた。

冬だったが、石油ストーブの暖房がききすぎ、まくった袖からのびた累子の浅黒い腕はしっとり湿りけを帯びていた。

「おれのほうが若くていい男だろ」

彼が言うと、

「でも、やっぱり、カントクのほうが、貫禄あって頼もしいわね」

「おれだって、監督だよ」

「カントク・Aと、カントク・Bか。エーカンとビーカンね」

「エーカンは、栄冠だな。当然、おれがエーカンだな」と、父親が口をはさんだ。

「わたし、ビーカンの映画にも出たいな」

「そのおなかで？　おれ、悪趣味なのは撮らない。おやじなら、腹の裂けそうな妊婦の強姦なんてのも、嬉しがって撮るけれど」

「嬉しがって商売するほどおれは初《うぶ》じゃない」

父親は言った。

六つ年下の義母を、彼は呼びようがなく、〝おっかあ〟とたわむれに呼んだのが累子の気に入って、それが呼称になった。

ナデシコも、舌足らずに喋《しゃべ》りはじめると、彼にならって、おっかあと呼び、累子は、ナデシコにはママと呼びなおさせた。

子供にナデシコと奇妙な名をつけたのは、父だ。「かさねとは八重撫子《なでしこ》の名なるべし。曾良の句だ。累子の累は、訓でよめば、〝かさね〟だ」

父は、雑学はあった。

「芭蕉が、曾良を供に奥の細道の旅の最中に、愛らしい小娘に出会った。名前を訊くと、〝かさね〟と答えた。やさしい名だと感じ入った芭蕉は、『いく春をかさねがさねの花ごろも　皺よるまでの老いも見るべく』の一首を詠み、曾良は、『かさねとは……』の句を詠んだ。曾良の句のほうが、師匠の歌よりはるかにいいな」

「累《かさね》って、お岩みたいに顔がこうなる女じゃなかったっけ」

半顔腫《は》れただれたさまを示して、彼が言うと、

「情容赦も夏の霜、消ゆる姿の八重撫子、これや累の名なるべし」

酔っている父は、上機嫌で、口ずさんだのだった。

「曾良の句を、清元にとりいれたのだな」

ポップスしか興味がない累子はきょとんとしていた。

『色彩間苅豆《いろもようちょっとかりまめ》』の一節だと父は言った。


そうして、その前の部分から、さらにうたった。

のう情けなや恨めしや、身は煩悩のきづなにて、恋路に迷い親々の、仇なる人と知らずして、因果はめぐる面影の、変わり果てにし恥ずかしさ……人の報いのあるものか無きものか、思い知れやとすっくと立ち、振り乱したる黒髪は、この世からなる鬼女のありさま、摑みかかれば与右衛門も、鎌取りなおし土橋の上、襟髪つかんで一えぐり、情容赦も夏の霜。

「何だかよく意味がわからないけれど、あまり気持のいい話じゃないみたい」

「四谷怪談のお岩なら知っているだろう。累という女も、親の因果で顔がお岩のようにくずれる。それで、夫に斬り殺され、亡霊となって夫を苦しめる。累子のルイは、累《かさね》と同じ字だ。消ゆる姿の八重撫子、これや累の名なるべし。累の子だから、ナデシコ。いい命名だ」

彼は口をはさまなかった。

まもなく彼は家を出て、アパートの一室を借りた。累子は子供をつれて、しじゅう遊びにきた。彼が仕事をしている現場にもきたし、夜、アパートにもきた。

知らないものは彼のかみさんかと思った。

「おれが子持ちとまちがえられたら、かわいそうじゃないの」

「こんないい女房と娘なら、いいじゃないの」

累子はけろりとした顔で言う。

「いい子がぐずっている」

「眠いのよ」

膝枕させ、累子はけだるい声で、

百八燈　百八燈

兄さは川を越えなれも

口ずさんだ。

歌は子供を夢に引きいれ、累子はいっしょに夢のなかにいるような声で歌っていた。

単調なメロディと歌詞だが、彼は、何か身震いした。

闇の中に列をなす小さい灯。

「死者迎えの歌？」

「うちのほうの田舎でね、お盆に。わたしがときどき歌うので、ナデコもおぼえちゃって。ナデコ、この歌、好きみたい。歌ってやると、寝つくの」

長い名がめんどうなのだろう、いつか訛《なま》ってナデコと累子は呼んでいる。

「ふつうは」と、累子は言った。

「じじさは川を越えなれも、ばばさは舟に乗りなれも、って歌うの。魂迎えするご先祖さんて、じいさん、ばあさんだものね。この火の明かりでござれ、ござれ。でも、わたしは〝兄さは川を越えなれも〟」

「兄さん、いたの？」

「いたの。ビーカンより二つ年下。バイクで事故って。東京に出てきて、暴走族やってたから」

だからさ、と、累子は、笑顔をみせた。

「ほんとはね、ビーカンみたいな若い男だと、近親相姦みたいな気がしちゃってさ。エーカンなら大丈夫だからさ」

＊

「五千万、出すやつ、いないかな」

つい、口からこぼれた。

冗談のつもりで……いや、切実なのだけれど、累子を相手に話しても、どうしようもないことだ。

赤茶けた畳に寝ころがって、〝五千万〟などとほざいていた。

累子は、買物のついでだと、スーパーマーケットの袋をさげていた。

ナデシコは学校にいっている昼間だった。

「食べる？」

袋から桃を出し、累子は手のひらの上ではずませる。

累子が彼の継母になってからの十年という時間は、赤ん坊を小学校五年生の女の子に変えた。

そうして、累子の腰を、少し太くした。

二十八。独身で仕事を持っている女なら、まだ充分に緊張感のある姿勢を保ち、みなりにも過剰なくらい気をつかう年齢なのだろうが、累子は、洗い晒してロゴマークも薄れたTシャツにだらりとしたスカート、そそけた髪の根を安っぽい飾りゴムでくくり、つっかけサンダルで立ち寄る。

十代の女の子ならラフを魅力のひとつにもできるが、累子の年になると、だらしなさが目立つ。

彼は三十半ばになってもまだ日常の軛《くびき》に縛られないせいか、どうかすると学生にまちがえられる貫禄のなさで、若く見られるのを嬉しがってもいられないと思いもする。

「そんなに借金あるの？」ちょっとおびえたような目を、累子はむけた。

「マージャン？」

「五千万も負けるか」

「借金の利子がかさんだのかと思った」

「信用ないな」

「とうぜん」顎と語尾をいっしょにあげる。「荒いもんね、ビーカンの博奕《ばくち》。父子でさ、丼あいだにおいて、万札バシッ、バシッとはってチンチロリンだもんね。あれって、見ていると、おかしいよ。ビーカン、冷静ぶっているけれど、負けがこむと目がすわるから、かっかしてるの、わかっちゃう。エーカンはくちびるこう曲げて、煙草横っちょにくわえて薄笑いね。どっちも素寒貧なくせに、万札むしりあって、変な親子だよ」

まともな話なんだよ、と応えるかわりに、彼はCDをケースから出した。

曲がはじまると、累子が引きこまれる気配がわかった。

一時間近い演奏がおわるまで、無言だった。

「何て曲？」

最後の音の余韻が消えてから、ひっそり訊いた。

「ペルゴレージのスタバト・マーテル。聖母哀傷」

「スタバト・マーテルなら、聴いたことがあるけれど、ぜんぜん違っていたわ」

「おっかあの知ってるのは、スカルラッティかヴィヴァルディのだろ。これは、ペルゴレージ」

「いろんなのがあるんだ」

「そう。スタバト・マーテルというのは、十三世紀にヤコポーネ・ダ・トーディって修道士が作詩したんだって。いい詩句だから、いろんな音楽家が作曲せずにはいられなかったわけ」

悲しみに沈める聖母は涙にむせびて
御子の懸り給える
十字架のもとにたたずみ給えり
フランス語で歌われている歌詞の訳がCDのパンフレットに載っているのを、彼は読んでやった。

嘆き愁い悲しめるその御魂は
鋭き刃もて
貫かれ給えり

「歌っているの、男？　女？　男にこんな高い声が出るわけはないわね。でも、低い部分はテナーのようだし……」

「ＣＴ」

「何？　それ」

「カウンターテナー。男だよ」

「ほんと」

累子は、感嘆符と疑問符がいっしょになったような声をあげた。

「あっちの盤だ。日本では、ナポリ・スカルラッティ管弦楽団の演奏にソプラノとアルト、二人の女声のしか、発売されていない。ＣＴのは手に入らないんだ。これは、知り合いのカメラマンがロンドンで買ってきたやつだ。凄いぞって、聴かせてくれた。気に入ったから、取り上げちゃった。いいだろ」

「いい」

吐息まじりに累子は言った。

「テノールが、コロラテュラソプラノに滑らかに移ってゆくとき、ぞくぞくっとするわ」

「魔性の声なんだ、歌舞伎の女形の毒性と通底している。極度の緊張をたもって、極限の不自然な力を持ちこたえなくちゃ、本来の性がむきだしになる」

「女の声域にまで侵入しているのね。でも、女の声とはまるで異質ね。鳥肌がたつ」

と言ってから、

「不愉快でじゃないのよ。その逆。凄くて」

「苦痛のもたらす美なんだ」

「聖母哀傷というんだったら、宗教音楽でしょ。それが、こんな悪魔的な声でいいの？　昔は、女が歌っていたの？」

「逆。昔は、こういう声だけだったの。〈女は教会にては黙すべし〉。聖書に禁止条項が書いてあるんだってさ。だから、女声の参加を許されなかった」

高音域は、ボーイソプラノと成人男子の裏声《ファルセット》によって歌われた。

十六世紀後半、変声前に、去勢することによって美しい高声をたもたせる方法がとられるようになった。

去勢歌手の魔性ともいえる歌声は、やがて、教会からあふれ、巷《ちまた》のオペラを席巻した。

十六世紀といえば、啓蒙期、ルネッサンスであるのに、非人道的な去勢歌手は、この時代に生まれたのだった。

近代にいたり、歌手の去勢は禁止され、ファルセットの唱法が復活した。

カウンターテナーあるいはCTと呼ばれる彼らは、かつての去勢歌手にくらべれば、肉体の一部の欠如がないぶん、その魔性は薄められているのだろうけれど、それでもなお、女声のソプラノが味気なく感じられるほどの、毒の魅力をたたえた声であった。

「そのCTの映画を撮りたいの?」

「そうじゃない。前に、おっかあから聞いた歌があっただろ」

百八燈　百八燈、と、彼は口にした。

彼を見つめて、累子は、直感したように、

「重なったのね」

イメージが彼のなかで溶け合ったその感覚を言い当てた。

「まるきり、無関係なんだよね。だけど、シーンが浮かんで、動かしようもなくなっちゃった。夜、バイクをとばす若い男、そのバックにスタバト・マーテルが流れる。高田に」

と言いかけて、彼は言葉を切った。

累子が、いつも高田朔次を故意に無視するような態度をとることに気がついていたからだ。

高田は累子を見ると座をはずすというふうだった。

高田に、と、彼は、切った言葉をつづけた。

「この曲を聴かせて、イメージを説明したら、それを基に物語を前後発展させて、いい台本を書いたんだ。高田の田舎も、お盆に迎え火を焚いて同じ歌を歌うって言っていた。〃百八燈　百八燈　兄さんは川を越えなれも　兄さは舟に乗りなれも〃

「この火の明かりで　ござれ　ござれ」

累子は口ずさんだ。

「小さい迎え火がいくつも……。妹が、迎え火を焚いて、百八燈と歌っているシーンと、交互に「バイクをとばしているのが、兄?」

「そう」

「わたしね、迎え火を焚いている妹は」

「そういうわけじゃないけど……まあ、そうかな」

「五千万じゃ、映画作れないでしょ」

「予算は一億。あちこち話を持ち込んだら、半額出資するっていうところが見つかった。こっちが先《ま》ず五千万つくったら、残りを出すって」

「アパートの家賃払うのに悲鳴あげている人が、五千万つくるのね」

「スタッフのだれかが当たり屋をやるっていうところまで話がいったんだけれど、やめさせた」

「作りたいのね、その映画」

彼は起き直った。

「当てがあるのか」

そう期待させる累子の口ぶりだった。

「わたしの友だちの友だちで、もと農家でさ、親が土地成金というのがいるの」

そう言って、累子は、口笛をふくようにくちびるをとがらせた。ほうと小さい吐息をついただけだった。

そうして、

「ビーカンは、わたしの兄貴ってわけじゃないのよね」

声の底にあるものを聞き取るまいと、

「そっちは、おれの〃おっかあ〃だろ」

彼は言った。

「変な気分。年上の男がおっかあだって。あ、気持ち悪い」

桃、剝《む》こうか、と、累子は声を明るくした。

彼は、シナリオと企画書のコピーを累子の手におしつけた。累子の右手は桃、左手はナイフでふさがっていた。累子の左手からナイフをとり、あいた手に彼は紙の束をしっかり持たせせた。

＊

百八燈　百八燈
兄さは……
また、呼ばれたような気がした。
絽《ろ》の浴衣《ゆかた》に赤いしごきを結んだ妹が、
「兄さん、川を越えておいで」
その歌声にひかれて、バイクをとばしている。

＊

だめになった。

アパートにきて累子がそう告げたとき、彼はシナリオの高田朔次と花札をめくっていた。

耳をうたがった。

「オーケーしたって言ったじゃないか」

「うん、だけど……」

「だけど、何だよ」

拳からかばうように、累子は顔のまえに手をかざし、

「ナデコがね」

と言った。

「ナデコ、五年生なのよね」

そう、累子はつづけた。

「いやがるのよね。学校で、父親の職業の話になると、ナデコ、つらいのよね」

「だから、何なんだよ。それとこれと、どう関係が」

言いかけて、あ、と気づいた。

「まさか、親父……」

「前から、エーカンも、言うことは言ってたのよね。ふつうの劇場映画を撮らなくちゃって」

からだのなかに殺気だった力がたぎった。

それはないだろう、と詰《なじ》りかけ、

——詰る相手は累子ではない、親父だ。

「親父、家にいるか」

「あのね、資金を出すって人……野沢っていうんだけど、その人がね、シナリオを読みくらべたのね。エーカンのほうのが当たるって。そう思ったの」

「おれのでは、こけるっていうのか」

「だから、エーカンを責めても、もう、だめなの。決めちゃったんだから、野沢さんが」

殴りつけたくなる手をおさえるのが精一杯で、彼は言葉がでない。

親父も、シナリオを書きためていたのか。

声にならない彼の言葉を聞き取ったように、累子はうなずいた。

「親父、五千万で撮るつもりか。野沢ってのが出すのは五千万だろう。そんなはした金で映画一本撮れると思っているのか。おれには、メッツが、残り五千万出すってそう言ってるんだ。実現性があるんだ。配給のルートも、めどがついている」

おまえ、と、彼は累子を呼んだ。

「映画作るのに、ふつういくらかかるかわかってるのか。ピンクじゃない、劇場映画を作るのに。大量の観客動員できるような大がかりなやつなら、何十億だぞ。世界をひとつ、フィルムの中に作りあげるんだ。しかも、いまは映画は落ち目で」

「そんなこと、言われなくたって知ってる。エーカンだって、知ってるよ」

累子の声は少し甲走った。

「おまえじゃだめだ。親父と話をつける」

「もう、話はついてるって言ったでしょ」

累子のスカートは腿の上のほうまでめくれていた。

誘っているのか。抱けば、話をもとにもどすというのか。

これまで、何かの拍子にむき出しの肌がふれあったりしても、それで自制できなくなるほど彼は幼くはなかったし、累子も彼に性の欲望をあらわに見せはしなかった。

日常の平穏を破る激しい衝動の予感をおぼえれば、彼は、それを避けた。破るのはたやすいが、それにつづくうっとうしさが見通せる。倫理観に縛られているわけではない、わずらわしいことは避けようというだけのことだった。

綱渡りのような危うさだと、彼は認めていた。

ビーカンぐらいの年の男だと、近親相姦みたいな気がしちゃってさ。累子が自分をおさえるための言葉だったのだろう。凌辱だの淫行だの暴行だの、性にまみれた映画を撮りつづけている。性の哀しさもいとおしさもよく承知している。それだけに、取引の具に性を使う卑しさは不愉快だ。不愉快なのに、いま、累子を殴れば、その手はたちまち凌辱の手にかわると、わかっていた。

累子は、彼の視線にはじめて気づいたのか、スカートをちょっと引っぱった。

「ナデコが……」

と、累子はつぶやいた。

「あいつの名をだせば何でもとおると思っているのかよ」

「ほんと、学校でいじめられるのよ」

「あんた、親父の職業、承知でかみさんになったんだろ。おれがガキのころ、学校で平気だったと思ってるのか」

「ナデコ、女の子だもの」

累子を相手に怒るのは、徒労だ。

彼は口をつぐんだ。怒りは心にためこんで、正当な相手にむかって爆発させねばならない。

「親父、いま、どこにいる。家か」

「やめてね、喧嘩。喧嘩になったら、エーカン、かなわない」

「あいつは、剃刀《かみそり》使いの名人だ」

「やめて」

「おれは、素手でやるよ」

「やめて。ねえ、とめて」

累子は高田の膝に手をかけてゆすぶった。浅黒い肌がしっとりうるおいを帯びた。

高田は、目をそらせた。

部屋を出る彼の目の隅に、高田の膝に顔を伏せる累子が映った。

＊

「汚ねえやり方するな」

「むこうが、おれに出すと言うんだから、しかたあるまい」

父親は動じなかった。

「おれのほうが先口だ」

「バスの順番待ちをしているばばあみたいなことを言うな」

「手、ひけよ」

激して、彼は吃《ども》った。

「おれが手をひいても、おまえには銭はわたらない。金主がおまえのシナリオでは客は呼べないと見切りをつけたんだから」

「親父が吹き込んだんだろう」

「手前の拙さを棚にあげるな」

「客を呼べるか呼べないか、作る前からわかるか」

「わかる」

平然と父親は言う。

「五千万で、何を作る気なんだ」

「野沢さんは、おれのなら一億出資すると言った」

「えげつない脚本を書いたんだろう」

「ナデシコが泣くようなのは書かない」

「ガキの名を出すな。ガキをつかって泣き落としにかけるなんて、最低だ」

「まあ、落ちつけ」

と言われて、彼は逆にかっとなった。

胸倉をとって引き寄せ、相手のからだが軽いと感じ、怒りに陰鬱なうっとうしさがくわわった。

電話のベルにさまたげられなければ、骨折ぐらいさせていたかもしれない。

「兄さんが」

と、累子は言った。

「やったわ」

＊

百八燈　百八燈
兄さは川を越えなれも
また、呼ばれた。
兄さは川を越えなれも
兄さは舟に乗りなれも
兄さん、川を越えておいで。
兄さん、舟に乗っておいで。
何年前だったか。真夏ではなかったか。

兄さは川を越えなれも

しんとした歌声を幻聴に聴いた。

いや、ちがう、これは、おれの記憶ではない。監督の記憶だ。

死者の記憶は、他者のそれをも吸い取る。

監督の記憶であったにしても、ひそやかな節回しがペルゴレージの哀切な『スタバト・マーテル』であったことは、たしかだ。

アスファルトの路面は陽光をはねかえし、そのとき、体内の水気がことごとく汗になって流れ落ち、熱砂をゆく孤独な行商人のように喘いでいたのは、それは、監督だ。おれではない。

中野のアパートでは、おれをふくめて五人の仲間が監督を待っていたのではなかったか。

畳の上に、ビールの空き缶と空になった発泡スチロールの丼が散乱し、丼の底には汁を吸ってふやけたインスタントラーメンがこびりついていた。

黙々と、紙切れに線を引きはじめたのは、おれだった。それは、たしかだ。

縦に五本。そうして、横線をでたらめに引いていた。

「何のアミダだ？」

「当たり屋」

おれは答えた。

「監督のぜにの交渉がうまくいかなかったら、当たり屋で一発と、相談がまとまっていた」

「監督は、仲間はずれだよ。監督に死なれたら、映画はできない」

「死んだって、加害者から五千万むしりとるのはむずかしい」

「相手をえらぶさ。スキャンダルはぜったい困るってやつ」

…………

相手をえらぶ暇はなかった。

おれは、とにかく、やった。

やれ、と、けしかけたのは、妹——累子——だ。

監督とその親父が決闘せざるを得ないように追いつめたのも、おれが、車の前にからだを投げ出さずにはいられないように仕向けるためだったのだろう。

監督のために、おれは片手か片足で補償金をせしめるつもりだったけれど、慣れない当たり屋は失敗した。

あどけない少女だった累子を、一度、抱いてしまったおれへの仕返しではない。そのとき、累子は素肌に絽の浴衣をまとい、赤いしごきを結んでいた。おれが高校の二年の夏だった。赤いしごきの誘いから遠のくために、郷里をはなれたのだけれど、そのくらいの距離では、赤いしごきを断ち切ることはできなかった。

おれの後を追って上京した累子は、おれが名を変えてピンクのシナリオを書き助監もつとめているのを知ると、監督の親父と結婚した。おれが断とうとした絆を、目に見えない形で繋いだ。

迎え火を焚いておれを呼びたいと、いつから累子は望むようになったのか。

累子が監督に語る兄は、〝死人〟だった。おれはまだ死んではいなかったのに。

運びこまれた救急病院に駆けつけた監督は、おれが死ぬとき涙をこぼしたが、累子は泣きながら喜んでもいたと思う。


兄さん、川を越えておいで。

兄さん、舟に乗っておいで。


死者をどれほど恋い慕ったからといって、インセストの汚名を着せられることはない。

百八燈　百八燈

小さい迎え火がいくつも、おれをまねく。

おれは、バイクをとばす。

累子が、絽の浴衣に赤いしごきの幼い姿で、歌っている。

この火の明かりで
ござれ　ござれ

具足の袂に

具足の袂《たもと》に矢を受けて
　兄から貰うた笙《しょう》の笛
　姉から貰うた小　刀《ちいしゃがたな》
姉御のお部屋に置いたれば
　継母《ままはは》さんから探されて
　おお腹立ちや腹立ちや

＊

把手《とって》を押し下げると、赤錆《さび》色に染まった金巾《カナキン》の袋がはちきれんばかりにふくらんで、清冽《せいれつ》な水がどっと迸《ほとばし》る。

強い陽に焙《あぶ》りつけられ、つんつるてんの白絣《がすり》は汗まみれで、背中にはりついている。

麦わら帽子ぐらいでは陽射しはさえぎりきれない。

地面に臀《しり》をついて足を投げ出し、絵を描いていたのだが、頭がぼうっとなってきた。

白い紙が陽光を照りかえし、クレヨンの色が紙の上で動き出すような気がし、手をとめた。喉《のど》も乾いていた。

画帳とクレヨンの箱を地べたに置き、井戸水を飲もうとしたのだ。

流れる水がとまらないうちにと、蛇口にかがみこんで口にふくもうとしたその瞬間、あ、と思った。

はじけるように滾《たぎ》り落ちる水に、ひとすじ、錦の色が、よじれてうねった。そう、見えたのだ。

朱やら金やら、一瞬、見えた極彩色だった。

朱金の鱗《うろこ》をもつ蛇が、水といっしょに地の底から吸い上げられて、ポンプの口から流れ出たのか。ばかげたことを思ったものだ、と気がつく。

金巾の袋で、口は閉ざされているのだ。布目を通り抜けられる蛇がいるものか。

ポンプを押す手をとめたから、水は、もう出ていない。

立ち眩《くら》みしかけた眼の錯覚だろうか。

そうして、思いつく。立葵《あおい》の紅が、迸る水に映ったのではないか。

伯母の好みなのだろう。裏庭は、夏の花が賑やかだ。

座敷の前は、たいして広くはないが、池だの植え込みだの築山だの、整然と造園され、庭とかるがるしく呼ぶより、庭園というおもむきで、野放図に草花を植えるわけにはいかない。

伯母は、洗濯場をかねた井戸やら物干しやら納屋やらで雑然とした裏庭を自分の領域ときめ、花樹や草花でいっそう雑然とさせている。

全体の景観は念頭になく、手当たり次第に植えたという感じだ。

陽射しの強い真夏の今、敷石の間に松葉牡丹がはびこって、折紙をちぎってばらまいたようだ。

松葉牡丹の色は、単純だ。無邪気な中年女のように。

それでも、愛らしいだけ、まだましだ。彼が嫌いなのは百日草で、この繊細さを欠いた色と形は、名のとおり、枯れることを知らぬげに、恥知らずに咲き続けている。

その鈍感な日保《も》ちのよさのせいだろう、仏前や墓前の供花にこの花が多いのは。

百日草を見ると、彼は、線香のにおいを条件反射のように連想し、母の死に顔がそれにつづいて浮かぶ。

百日草は萩の根方にむらがっている。

花をつけていない夏の萩は、ぼうぼうと枝をのばした茂みにすぎない。萩の花の一ひら二ひらは、あえかに儚《はかな》いけれど、傍若無人な茂みは、無頼の物乞いのようにしつっこい。

……と、裏庭のほとんどすべての花々に彼が悪態をつくのは、この家にたいする彼の敵意が投影されているのだろう。

立葵は、萩をかきわけて、ぬうと立っている。紅い花に目を投げる。彼は、この花も、好きになれない。

花の中心から突き出たむき出しの蘂《めしべ》が、なにやら毒々しい。花弁は人工的で、やさしさに欠ける。

蔵の白壁を、紅やら紫やら白やらの花が、すらすらと這《は》いのぼるように見えた。

目をこらすと、地上から逆流する錦の滝のような色は、蔵の二階の窓の中に消えた。

めずらしく、蔵の窓が開いている。いつも、重々しく扉をとざしていた窓だ。見上げても、中は見えはしない。彼は、二歩、三歩、蔵に近づいた。

かすかな唄声が耳にとどいた……ような気がした。

「兄から貰うた笙の笛」

「何よ、これ」

背後から、声をかけられた。

ふりむくと、百合子が、彼の画帳をひらひらさせている。

いそいでひったくろうとしたが、腕をいっぱいにのばした百合子の手の先には、爪先立っても手がとどかない。

「こんな絵ならさア、なにも、庭に出て描かなくたっていいじゃないさ」

部屋にこもっていると、伯母が、外で遊べとうるさくてならないから、干渉されないですむ裏庭に出ていたのだ。

午前中の診察を終え、茶の間で昼食をとっていた伯父にも、「男の子は、うちにとじこもってい るものじゃない。外で遊びなさい」と命じられた。

伯父は産科の開業医で、病院と自宅が同じ敷地内にある。二つの棟は渡り廊下で繋がれ、庭は表も裏も竹垣で仕切られている。

伯父の次女の百合子は、地元の女学校の二年生。八歳の彼の目には、一人前の大人に見える。返してよ、と、声もでなくて、彼は、恥ずかしさに泣きそうになる。

他人に見られていい絵ではなかった。

その絵を見られたら、彼が禁断の書をかくれ読みしていることまでばれてしまう。

伯父の家にあずけられて以来、彼は、百合子の兄、肇《はじめ》の部屋を、あてがわれている。

母屋から鉤《かぎ》の手につきだした離れの四畳半で、肇は入院中とかいうことだ。

肇の顔も、彼は知らない。

彼は東京で育ったが、親類縁者は東京にはひとりもおらず、会ったこともなかった。母が結核で死んだとき、葬儀ではじめて伯父に会った。女手がなくなったので、父がきちんとした家柄の女性と再婚するまで、伊豆M市の伯父の家で彼の面倒を見ると話が決まった。

ちょうど夏休みなので、二学期から伯父の地元の小学校にかようことになり、彼は、宿題もなく、友達もいない夏を、未知の土地ですごしている。

肇はちょうど夏休みがはじまるころ入院したという。

肇が使っていた文机《ふづくえ》を、彼は使うことをゆるされた。

三尺の押入の下段が、彼の寝具の仕舞い場所にされ、着替えと教科書などささやかな所持品は行李《こうり》におさめて、部屋の隅においた。

それだけが、彼が自由にできるもので、押入の上段や本棚には、肇の持物が残っているが、伯母に言われるまでもなく、他人のものは、さわるどころか、覗き見すらしてはならぬと、わきまえている。

肇は読書家とみえ、岩波文庫や改造社文庫が本棚にずらりと並んでいた。それらのほとんどはルビが少ないから彼には読みこなせないのだが、鴨居にとりつけた棚の上の分厚い全集に気がついたのは、きよやのおかげだ。

病院の使用人と別に、自宅の方にはねえやが三人住み込んでいる。そのひとり、きよやが、彼の部屋の掃除と布団の上げ下ろしを受け持った。蚊帳《かや》を吊ったり畳んだりするのもきよやの役目で、彼が母屋の茶の間で伯母たちと窮屈な夕飯をとり、部屋に戻ると、布団が敷かれ、蚊帳が吊ってあるのだった。彼の布団が増えたので蚊帳は押入には入らず、きよやは朝晩、母屋からはこび、また母屋に戻す。

夕食の時間は伯父の往診やら急患やらの都合で一定しない。家族――伯母と百合子と彼は、八時をすぎても伯父が帰らないときはさきにすませる。ときには、伯父が早くすみ、六時ごろに食事をとれることもある。

晩酌をたしなむ伯父の食事は時間がかかる。でっぷりした体軀の伯父は、素面《しらふ》でも赤ら顔なのだが、酒がはいると、鼻の頭まで艶が増す。しかし、陽気な酒ではなく、いつも、太い眉根を気難しくしかめ、苦い薬でものんでいるような顔つきなので、彼は気づまりで目を伏せがちになる。それも伯父や伯母の気に入らず、男の子は前かがみになるな、どんなときも胸をはっていろ、と、叱られるのだった。

伯母は小肥りなからだを終始こまめにうごかし、きんきんと高い声で、口早に喋《しゃべ》る。

すらりと細身で眉のきりっと濃い百合子は、顔立ちもしぐさも、両親のどちらにも似ていなかった。無口なところが伯父に似ていると言えるかもしれない。両親に反抗的な態度をとるわけではないのだが、うちとけた会話もかわさず、淡々と食べ、終わるとさっさと箸《はし》をおき、二階の自室に去る。かたづけはねえやの仕事になっている。彼は、食べ終わっても、いつ座を立っていいのか、その度に迷った。ごちそうさま、と、立とうとすると、「男の子は、せかせかするんじゃない。もっと悠然としなさい」と叱られるし、箸をおいてからぐずぐずしていると、「すんだのなら、きちんと挨拶をして、早く勉強しなさい」と怒られた。

ある夕方、食事を早く終え部屋に戻ると、まだ布団が敷いてなかった。

じきに、きよやが入ってきた。エプロンの下に何か抱えていた。

彼の目からかくすようにしてとりだしたのは、分厚い一冊の本だった。

ちょっと背伸びして、鴨居の上の棚にそれをおいた。棚には、同じ装丁の本が並んでいた。別の一冊をきよやは取り、畳の上において、押入を開け、布団をひきずりだし、敷きのべた。

畳の上の本の頁を、彼はなにげなくめくった。総ルビつきなので、すらすら読める。

「だめですよ」

きよやは、取り上げた。

「なぜ?」

「子供の読む本じゃないの。奥様に怒られますよ。こんな本にさわったら」

そう言ってから、きよやは、機嫌をとるような猫撫《ねこな》で声になって、

「きよやがここのご本を借りていることも、どなたにもおっしゃっちゃいけませんよ」

「どうして?」

「きよやが、叱られて、お暇《いとま》とらなくちゃならなくなります。きよやがいなくなったら、坊ちゃま、困るでしょ。ご自分で蚊帳を吊らなくちゃならなくなりますよ」

そうして、さらに、なだめすかすように、

「このご本ね、肇坊ちゃまのなんです。肇坊ちゃまは、きよやが読んでいいよって言ってくださったんですけれど、いま、お留守ですからね」

「入院？」

「ええ。だから、奥様や旦那様に知れると、きよやが叱られるんです。おうちの物にかってにさわってはいけないって。だから、内緒ですよ。いいですね。指切りげんまん」

むっちりした指を、きよやは彼の指にからめた。冬のあかぎれの痕《あと》が、赤く固い筋になって残っていた。

「肇兄様も結核？」

母の病名を思い出して彼が訊《き》くと、

「いいえ、肇坊ちゃまのは、ここの病気」

と、きよやは頭をさし、

「あ、これも、きよやから聞いたなんておっしゃったら、いけませんよ」

怖い目になって口止めした。

きよやが部屋を出て行ってから、彼は、文机を棚の下に動かし、その上にのって背伸びし、一冊抜き出した。

布団に入り、スタンドを蚊帳の中にひきこみ、横になった。

「娘やるまい、庄屋の家に。親のない子がまた生まる」という唄ではじまる物語は、村の庄屋の一人娘が、親も気づかなかった両性具有で、何人も下女を孕《はら》ませた上、自ら女の性を捨て、男になり、家を出てやくざになるという、彼がはじめてふれる禁断の世界であった。

それ以来、人目をはばかりつつ、暇さえあればその全集を端から読みあさるようになったのは当然である。

『鳴門秘帖』『悲願千人斬り』『落花の舞』『八ケ嶽の魔神』『神変麝香猫《じゃこうねこ》』『踊る一寸法師』『お洒落狂女』『恋愛双曲線』……題名からして禍々《まがまが》し

く、蠱惑《こわく》的な世界が、彼を包み込んだ。

　愛する少年を殺された豪勇の大男が、その供養に、千人斬りの悲願をたて、仇を斬って斬りまくり、そのあいだを狂った能楽師がうろつきまわる血みどろの世界であり、侏儒《しゅじゅ》が、恋に侮辱で応えた美女の首をかき切り放り投げて遊ぶ無残の世界であった。正気を失っている若い美しい娘が、無理無体に唇をあわせる男たちの舌を次々に噛み切り、刃を鏡がわりにしきりに化粧する世界であった。

　毒と花をもった挿絵が、悪夢の世界をさらに具象化していた。

　部屋と廊下の仕切りは襖《ふすま》一つで、鍵などもちろんないし、しんばり棒をかうこともできない作りだ。陶酔的な悪夢のなかを浮遊しながら、一方で、耳は敏感に、廊下を近づく足音をとらえなくてはならない。分厚い本だから、かくすのに苦労した。夏休みの学習帳を文机の上にひろげておき、押入の襖をひらき、その前にかがんで、読みふける。廊下の突き当たりに厠《かわや》がある。厠の行き来の音か、彼に用があって部屋にこようとしているのか、わからないから、足音がきこえたら、とにかく、本は布団のあいだにつっこみ、襖を閉め机の前にすわり、勉強をしている姿勢をとる。瞬時にやってのけないとまにあわない。足音が部屋の前をとおりすぎると、ほっとして、また本をとりだす。さいわい、まだ、失敗はしていないが、厠の帰りに伯母が顔を出し、とっさに本をつっこんだものの、押入を閉めるひまはなく、「どうしたの、顔色が悪いよ」と、見咎《みとが》められたことはあった。緊張のあまり青ざめてしまったらしい。

「暑くて……」と、彼が言ったのは、なかば、ほんとうだった。狭い部屋はさしこむ西日にむれかえり、風はそよとも入らず、本に夢中になっているときは意識にのぼらないが、現《うつつ》の世界に返れば、気が遠くなりそうに暑かった。

「気分が悪いのかい」

彼が布団をだして寝ようとしていたところだと誤解した伯母は、

「暑気あたりなら、ちょっと横になっていればなおるよ。どれ、敷いてあげようか」おせっかいに、布団をひきだそうとした。

「いいです。自分でやります」

彼は、あわてた。布団をだしたら、かくした本までころがりでる。

「そう、自分のことは、何でも、自分でやらなくちゃね。このくらいの暑さで、男の子が夏負けしていては、恥ずかしいよ。伯父様なんか、暑い中を往診してまわっていらっしゃるんだからね。だらけていると、よけい暑いのよ。少し、運動しなさい」

そんな問答があったおかげで、彼は、毎朝、近所の寺の境内で行なわれるラジオ体操に通わされることになりもしたのだった。

台の上に立って指導するのは、町会の何か役付きらしい中年の男で、「さあ、今朝も元気で」と、甲高い声をあげ、その声をきくと、彼は、ああ、一日がはじまる、と、気分が重くなった。見知らぬ子供や老人にまじって、彼は、居心地悪い思いで、感度の悪いラジオのガアガアと割れる音楽にあわせて、いいかげんに手足を動かすのだった。

そうして、真夏の陽射しのもとで、いま、彼が、眩暈《めまい》におそわれながら描いていたのは、禁断の物語の一つに触発された場面なのだった。

日本の時代物でありながら、湖中の城という場面設定が西欧の童話のようだった。記憶を失った姫が敵の手中に落ち、湖の中の城に幽閉されており、それを恋人が、数々の困難をのりこえて救い出すという通俗読物によくあるパターンなのだが、記憶喪失をあつかった物語にそのときはじめて触れ、新鮮な怖さを味わった。

過去を失った姫が、周囲を水にかこまれた城の天守で、外を眺めながら、ただひとつおぼえている手毬《てまり》唄をくちずさむ。

唄の歌詞が、彼には、奇妙に思えるのだった。

「垣根のむこうの杜若《かきつばた》」

という歌詞ではじまるその手毬唄は、物語の本筋とは関係ないのだった。しかし、唄そのものが、ひとつの物語を秘めているように、彼には思える。

「朝に萎《つぼ》んで夜ひらく」

クレヨンは、彼の脳裏にあるものを描くには、適さなかった。

色鉛筆がほしいなと、思う。先端を鋭利に尖《とが》らせた色鉛筆なら、繊細な線も、複雑な諧調の色も、自在に描けそうな気がした。

最高の画材があったところで、彼の年齢、彼の伎倆《ぎりょう》では、稚拙な絵にしかならなかったのだろうが。

画帳を高々と宙にふりかざした百合子は、返してよ、と彼が半泣きになるのをかまわず、画帳に目を投げる。

そうして、「垣根のむこうの杜若」と、口にした。

彼が描いたのは、夜の闇に花開く杜若を前景に、そびえる天守、そうして、天守から湖中に身を投げる若い鎧《よろい》武者という図柄であった。

「『湖族の秋』の手毬唄でしょ」

と、百合子は、見抜いた。

禁断の書を読んでいたことを知られた恐れと同時に、百合子もあの話を読んでいるのだ、と、ほっとした。

杜若の紫と夜の黒は、画面ではほとんどひとつになり、まして、逆さまになって水に落ちる鎧武者はむずかしすぎ、失敗作だと彼は思っていたので、何を描いたのかわかってくれたのも、嬉しかった。

「あれ、読んだの?」

と紏《ただ》す百合子の声音は、彼を咎めてはいなかったから、少し気をゆるして、彼はあいまいにうなずいた。
「垣根のむこうの杜若」
と口にする百合子と、彼はいっしょにくちずさんだ。
「朝に萎《つぼ》んで夜ひらく
門に立つのは稚児《ちご》様か
まアだ七つの稚児様が
お馬の上から飛び降りて
具足の袂《たもと》に矢を受けて」
「へえ、おぼえちゃってるの」
「うん」とうなずき、怒られはしないようなので、いくぶん得意になって、つづけた。
「兄から貰うた笙《しょう》の笛
姉から貰うた小刀《ちいしゃがたな》
姉御のお部屋に置いたれば
継母さんから探されて
おお腹立ちゃ腹立ちゃ」
途中から、百合子が、声をあわせた。
「そのよにお腹がたつならば
紙と硯《すずり》をひきよせて
思うことをば書き置いて
紫川に身を投げて
浮いて沈んでおもしろや」
「なんだか、変な唄だね」
彼が言うと、
「何が？」
百合子は、からかうような笑いをふくんだ声で問い返す。
なにやら意味ありげなのに、すっきりすじがとおらない唄だ。
月見草なら夜の花だけれど、杜若は、初夏の真昼の花のはずだ。夜のあいだだけ花ひらく杜若というのが、まず、彼には、不気味だった。
しかし、それを、うまく言葉で説明できず口ごもる。七歳の子供が、門前で馬からおりる。その具足には矢が突ったっている。戦《いくさ》から凱陣したところなのだろうか。

兄からは笛を貰い、姉からは小刀……。

笙の笛と小刀を姉の部屋に置いたら、なぜ、継母が怒ったのだろう。継母に怒られただけで、なぜ、投身自殺してしまうのだろう。

『湖族の秋』の作者は、手毬唄の意味は、何も説明してくれないのだった。

「手毬唄とか、わらべ唄って、ナンセンスなのが多いのよ。ナンセンスって、わかる?」

「うん」

「そうね。君は、お早熟《ませ》さんらしいものね。マザアグウスって、知ってる?」

「知らない」

「外国のね、わらべ唄。もっとわけのわからないのが、いっぱいあるわよ」

そう言って、百合子はアルトのきれいな声で歌ったが、異国の言葉なので、彼には何もわからなかった。

「六ペンスの唄を歌おうよ、ポケットのなかには麦いっぱい。二十四羽の黒つぐみ、パイのなかで焼かれた」と、百合子は彼にわかる言葉に訳し、

「ぜんぜん、ナンセンスでしょ」

「うん」

「『湖族の秋』、おもしろかった?」

「うん」力をこめて、彼はうなずいた。

「あそこの棚にあるの、全部、もう、読んだ?」

彼は返事をためらった。

「大丈夫よ。言いつけやしないから。どれが、一番おもしろかった?」

「みんな、おもしろいけれど……」、みんな、怖い」と、つい白状してしまい、「一寸法師が生首を放り投げるのがあるでしょう、あれ、一番怖かった。読んだあと、夢に見ちゃった」

「江戸川乱歩の『踊る一寸法師』ね。君には少し

刺激が強すぎただろうな」

百合子は彼を見下ろして、

「で、一番好きなのは？」

『湖族の秋』。百合子姉様は？」

「もう、わたしは、ああいう通俗的なのは卒業。文学作品を読んでいるの」

「文学作品て、どういうの？」

「ドストイェフスキイとかね、トゥルゲネフとか」

舌を噛みそうな名前を、百合子はあげた。

「君もね、小学校、五年ぐらいになったら、読みなさい。うちにあるから」

小学校五年生。ずいぶん先の話だ。そんなに長く、この家に居候していることになるのだろうか。生家に帰ることはないのだろうか。

心細くなる。母から聞きおぼえた童謡を、思い出す。

笛や太鼓にさそわれて
山の祭りに来てみたら
日暮れはいやいや里恋し
風吹きゃ木の葉の音ばかり
母さん恋しと泣いたれど
どうでもねんねよお泊まりよ
しくしくお背戸に出てみたら
空には赤い茜雲
雁、雁、竿になれ　鉤になれ
お迎えたのむと言うておくれ

母がまだ健やかで添い寝してくれたころ――彼は三つ四つだった――よく歌ってくれた。

子守歌にしては、歌詞もメロディも哀切すぎた。おそらく、親のもとから、むりやりにひきはなされなくてはならない事情があったのだ、この歌の子供は。お祭りはおもしろいからね、と、だまされて、山の中のたぶん遠縁か何かの家に連れて行かれ、どうしても生家には帰らせてもらえないのだ。

百合子の手にある彼の画帳に目を向ける。

黒い闇の中に濃い紫の杜若。ほとんど、黒一色に塗りこめられたよう。落ちてゆく鎧武者の、緋《ひ》縅《おどし》の色が、松葉牡丹の花びらのようにわずかに紅く点々と散っている。

『湖族の秋』だの『踊る一寸法師』だの、あの全集は、肇ちゃんとわたしとで、買い揃えたのよ。小学校のころ。お小遣いやお年玉を溜めて、一冊ずつ。悪い本だって知っていたから、内緒でね。あの部屋の押入にかくしておいたの。ふたりで、いつも、こっそり、読んでいたのよ。小学校のころは、ふたり、いっしょにあの部屋を使っていたの。でも、中学校と女学校に入ってから、大人の本も解禁になって、棚におけるようになったの。そのかわり、部屋は別々になって、わたしは二階」

百合子が兄様と呼ばず、肇ちゃんと呼ぶのに、彼は、少し違和感を持った。伯父も伯母も行儀作法の躾《しつけ》はきびしく、敬語の使い方もやかましかったからだ。

彼の不審を見通したように、百合子は、

「知らなかった?」

と、言った。

「わたしと、肇ちゃん、同い年だって」

「兄妹じゃないの?」

「兄妹よ」

「それじゃ、あの……双子?」

「そう」

「男の子と女の子の双子なの?」

「そうよ。そんな、めずらしいものを見るような顔しないで」

「暑いな」

彼は、喉から胸に流れる汗を、手の甲でぬぐった。

「絵、描くの、好きなの?」

「うん」

「肇ちゃんもわたしも、好きよ、絵。わたしたちね、油絵の道具、持ってる」

「すごい……」

「油絵がいいのはね、上に塗り重ねて、下の絵をかくしちゃうことができる。肇ちゃんがわたしの顔を描いてね、その上にわたしが肇ちゃんの顔を描いて、それから、ふたりで、その上に花の写生なんか描いちゃうの。ほかの人が見ても、わたしと肇ちゃんがその下にかくれているとはわからない」

彼の絵を眺めなおし、百合子は、

「君は、写生は好きじゃないのね。自由画が好きなの？」

「うん」

「うん、しか、言わない子ね」

「水飲んでくる」

「わたしも飲むわ。井戸、こいで」

「さっき……」

彼は、言いよどんだ。

目の錯覚だとは思う。

もう一度、水を出したら、あの色の正体がわかるかもしれない。

「井戸をこいだらね、綺麗な色が……。井戸から蛇が出たのかと思った」

「ばかね。袋がついているのに」

「ぼくも、そう気がついてね、立葵が水に映ったのかと思った。そうしたらね……あの……お蔵の壁をね、いろんな色が……あの、滝が逆さにのぼるみたいに……」

暑気あたりで頭がおかしくなったと思われはしないかと、彼は、言葉をえらびながら、少しずつ喋った。

「ああ、それは、わたしよ」

百合子は、あっさり言った。

「蔵には、帯だの着物だの、古いけれど綺麗なものがいろいろあるのよ。わたしが帯を窓から垂らして振ったんだわ。そうして、取り込んだから」

「なんだ。そうだったの。でも、どうして、帯を窓から垂らしたりしたの」

「聞きたがりやね。合図したの」

「何の合図？　ぼくに？」

「ちがうよ。肇ちゃんに」

「え？　だって……」

と言いかけて、百合子にからかわれているのだと気がついた。

蔵の壁を這いのぼる色——百合子の言葉によれば、帯——を彼が見たとき、百合子は背後から彼に声をかけたのだから。

そう彼が指摘すると、

「それなら、肇が百合子に蔵の中から合図した、って思ってもいいよ」

百合子の声が、気のせいか、少し太くなったようで、彼はぞっとした。

「ここにいるのが肇で、蔵の中にいるのが、百合子。ここにいるのが百合子で、蔵の中にいるのが、肇。どっちだって、同じことだよ」

「肇兄様は入院……」

「よその病院じゃなく、蔵の中よ。神経衰弱だから、暗い静かなところがいいの。わたしたち、しじゅう、蔵の中でいっしょ」

百合子とも肇ともつかぬ相手は、

「兄から貰うた笙の笛」

と、くちずさんだ。

「姉から貰うた小刀《ちいしゃがたな》」

かすかな声がとどいた。

蔵の窓からだろうか。

「姉御のお部屋に置いたれば」

「継母さんから探されて」

ふたりの声がいっしょになった。

「おお腹立ちや腹立ちや」

「いま、昼間だと思う？　夜だと思う？」

相手は、笑い声で、彼に言う。

陽は燦々《さんさん》と明るい。

「夜なのよ。朝は萎《つぼ》んで夜ひらく杜若《かきつばた》が咲いている、夜」

彼の目には杜若は見えない。折紙をちぎってばらまいたような松葉牡丹。伯母のようにあつかましい百日草。

「夜のほうが好きだろ」

相手が言う。

「いまは、もしかしたら、夜よ」

そうも、相手は言う。

「いまが夜とか昼とか、決められないんだよ。人間が男とか女とか簡単に決められないように」

相手の言葉に、

「娘やるまい、庄屋の家に」

気味の悪い唄が思い出され、そうして、『湖族の秋』のラストを思い重ねる。

姫が、記憶を取り戻したとき、自分が男であったことが、〈姫〉自身にも読者にもわかる仕掛けであった。

その性のどんでん返しのシーンは、格別恐ろしいことを書いているわけではない、むしろ、カタルシスをあたえるハッピーエンドなのに、彼には、何度読んでも恐ろしい逆転だった。

——そうだ、確かなものなんて、何一つないんだ、それなら、百合子姉様が肇兄様で肇兄様が百合子姉様でもある曖昧な世界の住人になってしまうほうがいいな……。

「うん。夜だ」

彼がしっかりうなずくと、井戸の水が迸り、水辺に杜若がむらがり咲いた。

桜月夜に

桜吹雪に
みえ隠れ
あの世の子らの
手毬《てまり》つき

その花折るな
枝折るな
後からおさよが
泣いてくる
泣いて涙は
どこへゆく
泣いて涙は
舟に積む
舟は白金
櫓《ろ》は黄金

桜月夜に
影ばかり
あの世の子らの
手毬唄

＊

宙に、手毬が、ただよっている。

まわりをかがった糸がほどけ、淡い五色の光彩のように、たなびき、もつれ、かがよい、たゆたう。

ぼくは、薄暗がりの中に膝をかかえてうずくまり、高窓の外に踊る手毬を見上げている。窓枠に切り取られた空の断片は、そこだけ、まばゆいほど明るい。

かすかに、歌声が聞こえる。

光に溶ける糸のような声を聞きとろうと、ぼくは息をこらす。

ぼくをからかうような歌声。何人もが、声をあわせて、歌っているのだ。

野越え山越え
谷越えて
はるばる逢いに
きたものを

そうして、別の声が歌で応える。

山は高山
野は広野原
だれがたずねて
くるものか

ぼくは、理由もなく悲しくなって、心細くもなって、胸の中に涙がたまる。

そのとき、気がつく。

野越え山越え、の歌は、ぼくが雑誌で読んだ物語にでてきたんじゃないか。祖母の部屋で見つけた古い少年雑誌だ。紙が黄ばみ、背の綴《と》じは破れた、とんでもなく古い本だ。まんがは少なくて物語が多い。何十年前の雑誌なのか。

兄が、人質として、遠国にやられる。戦国時代か何かの話だ。別れを悲しむ妹に、兄は、〈元気でいることを知らせるために、わたしは毎日、凧《たこ》をあげよう、おまえは、笹舟を流すがいい。川は、わたしの行く城の方に流れているから、きっと、便りをはこんでくれるよ〉そう言って、妹をなぐさめ、はげます。

妹は、遠い空の一点に、鳥の影のような小さい凧があがるのを見ては、兄を思い、笹の葉の小舟を川に流す。

笹舟は、もちろん、途中でひっくりかえったり沈んだりして、兄のもとにとどきはしない。兄もそれは承知だ。妹からの便りはとどかなくても、兄は、毎日、凧をあげる。

凧が、とだえた。妹は不安でならなくなる。いてもたってもいられず、兄に会いに行こうと決心する。

乳母を供に、こっそり城を抜け出し、兄が人質にとられている城にむかう。

たどり着きはしたけれど、警戒が厳しく、城内の様子は知れない。兄の安否をさぐるてだてもない。

思いあまった妹は、歌う。

野越え山越え
谷越えて
はるばる逢いに
きたものを

すると、歌声が返ってくる。

山は高山
野は広野原
だれがたずねて
くるものか

お兄様！

妹は、乳母ともども、城の番人にとらえられる。兄は、連日の凧揚げを、敵方である実家に何か内通していると疑われ、牢に閉じ込められていたのだった。

牢内に幽閉されたものの歌声が、城の外まで聞こえるはずはないので、その点、この物語は子供だましのいい加減なものだと、ぼくは思うのだけれど、それでも、兄と妹の歌の交感が、好きでたまらなくて、繰り返し読んでいる。

ああ、そうだ。これは、夢なんだ。ぼくは、夢の中にいる。

ぼくの好きな物語が、夢の中にまで、入り込んで、ぼくを惑わせるのだ。

ぼくを閉じ込めている薄闇は、〈夢〉なのだ。

物語をそのまま夢に見ているのなら、歌声は、〈野越え山越え〉と歌うのは妹であり、〈山は高山〉と歌い返すのは兄なのだから、やさしい声であるべきなのに、僕の耳にとどくのは、からかうような、意地悪い声音だ。

何だか、怖い。夢は、どんな夢でも、多かれ少なかれ、その中に閉じ込められているあいだは、怖い。楽しくて醒《さ》めたくない夢は、ぼくは、見たことがない。他人に話したって、どこが、何が、怖いのか理解できないだろう。ぼくだって、他人の夢の話は、怖くも面白くもない。

たぶん、意識の下にある不安が、不整合なまま映像化されるのだろうから、本人にだけは、言いようない不安を与えるのだ、夢は。

殺意をもったものに追われる夢や、断崖から底無しの空間に墜《お》ちる夢は、たしかに、怖い。しかし、牢獄のような薄闇に閉じ込められ、高窓にただよう手毬に目を上げているこの夢は、不安で怖くはあるけれど、かすかに、甘美でもあるような……醒めるのが惜しくもあるような……いや、やはり、怖い。早く、逃れたい。

怖い夢から醒める方法は、ただひとつ、醒めよう、と強く思うことだけだ。

ぼくは、ほっとした。呪縛されたような夢からようやく抜け出た。

しかし、めざめたぼくは、やはり、薄闇の中に膝をかかえてうずくまっていた。

高窓の外に、手毬が踊っている。まわりをかがった糸がほどけ、淡い五色の光彩のように、たなびき、もつれ、かがよい、たゆたっていた。そうして、かすかに、歌声が聞こえた。ぼくをからかうような歌声。

野越え山越え
谷越えて……

ぼくは耳をふさぐが、歌声は、消えない。

まだ、ぼくは、夢の檻《おり》の中にいる。

この先、どうなるのか、夢に身をまかせようか。

仏壇の前で眠っているからだ、と、ぼくは思い当たる。

現《うつつ》のぼくは、祖母の部屋の仏壇の前で、眠っているのだ。

そうだ、あの本をまた読みながら、眠ってしまったのだ。物語が少し歪んだ夢となってぼくを閉じ込めるのも当たり前だ。

夢の中にうずくまりながら、

――おばあちゃんの仏壇……

と、ぼくは思う。

ぼくの家には仏壇がない。祖母の部屋で、初めて、仏壇を見た。

母の実家をおとずれたのも、これが初めてであった。伯母がむかえにきて、つれてきたのだ。伯母は、母の兄の奥さんだ。


父と母とのあいだが、険悪になったのは、ぼくにとっては、たいしたことじゃなかった。

ぼくの父は内科の開業医で、家族の住いとクリニックは、同じ敷地内にあり、渡り廊下でつながっていた。

以前は、都内の公立の病院に勤務していたのだが、ぼくが生まれたのを機に、世田谷の自宅を改造し、独立開業した。資金は、母の生家がかなり援助したらしい。

母の郷里の生家も代々医者で、東海のこの小都市では、名家ということになっているらしい。いまは、母の長兄があとをついで産婦人科の病院を経営している。

以前は、いまのぼくの家のように、病院の部分と自宅がいっしょだったが、いまは、ＪＲの駅の近くに大きい病院を建て、伯父は住いから通っている。

父は東北の出で、生家はあまり裕福ではなかった。それでも、浪人もしないで国立の医大に入ったのだから、かなりの秀才だったのだろう。

もっとも、ぼくの知る父は、茫洋とした風貌で、口が重く、東京の秀才タイプとはずいぶん違う。

母と父は、医局の部長の紹介で知り合い、しばらくつきあって、結婚した。見合い半分、恋愛半分というような成り行きらしい。

こんな事情は、こっちにきてから、伯父と伯母のかわす話のはしばしから察し取ったのだ。

子供にはわからないと思って、伯父と伯母はあからさまなことを喋《しゃべ》る。

伯父たちの言葉を耳にしなくても、ぼくは、いろいろなことを、知っている。

父のクリニックには、看護婦が二人と会計係が一人いた。会計係と看護婦一人は通勤だが、ミサオさんと呼ばれる若い看護婦は、地方からでてきているので、住み込みだった。診療所の二階の小部屋を自室にしていた。

夕方、往診から帰宅すると、父は夕食をとり、しばらくテレビを見ているのだが、その後、ソファから立ち上がり、居間を出てゆく。クリニックに戻るのだ。理由は、母もぼくも承知していた。父は東洋医学にも関心が深く、ことに、鍼《はり》の効果をみとめ、療法に採り入れている。ミサオに、父は鍼を教えている最中なのだった。父は、自分のからだを稽古台にして、ミサオに鍼を打たせる。あの子は、実に呑み込みが早い、と、父は、母の前で手ばなしに褒めていた。

ミサオは、肌があさ黒く、ひらたい顔立ちで、ぼくには、美人とは思えない。動作はきびきびしているけれど、無口だった。

夕食がすんでから、父がソファから立ち上がり居間を出てゆくまでの時間が、次第に短くなった。「早くすませてやらないと」と、父は言った。「ミサオが、自分の時間が持てなくてかわいそうだからな」

その口調は、あまりに弁解がましかった。ぼくでさえ、けげんに感じたほどだ。

「そうね」と、応じた母の表情は、ほとんど平静だったけれど、ぼくは、微妙なこわばりを、声音に感じた。

「ずいぶん、ミサオには、やさしいんですね」

箸をおいてすぐにソファを立った父に母が声を投げたのは、それから数日後だ。父は、曖昧《あいまい》な声で応じただけで、居間を出ていった。

そうして、その何日後だったか、父がいつものように、ミサオに鍼を教えるためにクリニックに行った後、母は冷蔵庫から冷えた梨を出し、八つ割りにし、小さいナイフで皮をむいた。

デザートだと思い、ぼくは、すぐに手を出した。母は、ぼくの手を振り払った。

ナイフを持ったままだったので、刃先がぼくの手の甲をかすった。

糸のように血がにじんだけれど、母は目に入らないのか、

「これ、パパのところにもっていって」

と、梨を盛ったカットグラスの小皿をわたした。

血は傷口の端に小さい珠《たま》をつくった。こぼれ落ちそうなので、渡り廊下を行きながら、ぼくは、舌で舐《な》めとった。

それから、診察室のドアをノックした。

「何だ」と、父の声。

「梨、もってきました」

「お入り」

父の声はふつうだった。

ドアを開けると、父は患者用のベッドに、上半身だけ裸になってうつ伏せになり、ミサオはそのかたわらの回転椅子にこしかけていた。ミサオは、私服を着ていた。白っぽい飾りのないブラウスに、スカート。

「ママが」と、皿を見せると、

「そこに」と、父はデスクを顎《あご》で示した。

そうして、

「見ていくか」と、ぼくに言った。

ぼくは、ベッドの傍に立った。

ミサオは、細い小さい金属製の筒を人さし指と中指のあいだにはさんで、父の首筋にななめに当て、髪の毛のような細い鍼を筒にとおし、人差指で軽くたたいて打ちこんだ。

「敦夫も、やってみるか」

ぼくは、首を振った。

ハリと聞いて、ぼくは、縫針のようなものを想像していたのだけれど、鍼は、母のナイフの刃先がつけた傷より細かった。

「手をどうしたの」

ミサオが訊《き》いた。

「ちょっとね」

ぼくは言った。

「お薬、つける?」

「いらない」

「怪我したのか」と、父。

「ちょっと引っ掻《か》いただけ。何でもない」

居間に帰ると、母が、二人は何をしていたか、と、訊《たず》ねた。

ぼくは、見たままを言った。母は、ぼくの手の甲の傷に、あいかわらず、気がつかなかった。ぼくも、なるべく母の目から隠すようにしてはいた。

それから、ときどきくりかえされた会話。

「やめてもらうわ」と、母。

「先生がやめろとおっしゃるのでしたら、やめます」と、ミサオ。

「やめることは、ない。何も、ミサオがやめる理由はない」と、父。

その場にぼくがいると、とんでもない悪事をぼくがしているみたいに、父も母も、自分の部屋に行きなさい、と厳命する。

こういう状況は、テレビドラマなんかでお馴染みなので、ぼくは少しおもしろがって三人の争いを観察していた。

現実は、テレビみたいなきまり文句の応酬はない。三人とも、何だか、遠回しな言い方をしていた。

おもしろいけれど、奇妙でもあった。

——ああ、ぼくは、いま、夢の中にいるのだから、あんなことを思い出したり考えたりしなくていいのだ。

高窓に目を上げると、手毬は、やはりただよっている。

なぜ、夢の中に執拗に手毬があらわれるのか、それも、ぼくにはわかっている。

ぼくの現《うつつ》のからだがその前に横たわっている仏壇に、手毬がおいてあるのだ。

金の模様が入った黒塗りの、観音開きの扉は、祖母が、夜になると、床に就く前に開ける。そうして、朝起きると、閉める。

伯母は、祖母のその習慣が気に入らないみたいだ。

仏壇というものさえ初めて見たぼくは、そうするものなのだと思って気にならなかったのだが、伯母が言うところでは、ふつうは逆なのだという。

仏壇の扉を夜だけ開けるなんて、怖いじゃないの。そう、伯母はぼくに言った。ぼくは何が怖いのか、わからなかった。

祖母と伯母は、姑《しゅうとめ》と嫁という関係だから、テレビドラマで見るように、あまり仲はよくないようだ。ぼくは、祖母の部屋で暮らすことになった。

祖母の部屋は、母屋の敷地から少し低くなったところに建てられた離れで、六畳と四畳半の二間つづきに、小さい台所がついている。食事は、そこで、ひとりで自分の分だけ作っていた。

祖母は白内障で、視力が衰えているから、ぼくの同居は、けっこう便利らしい。

米を、これまで、祖母は一日に一合だけといで炊いていた。それに糠漬《ぬかづけ》とか梅干しとか、ほんとに少ししか食べない。ぼくがきてから、一日三合にふえた。たくさん炊いた方がおいしいと、祖母は言った。

「ぼくも、おばあちゃんも、社会的責任のない立場という点では、似たようなものだね」

ぼくは、父や母の前では、年相応に幼くふるまっているから、こんなことは決して口にしない。祖母なら、大丈夫だと思った。ぼくの勘は当たり、祖母は、小生意気だとか、ませすぎていて不気味だとか――ぼくは、ときどき、そう言われるので用心深く相手をえらぶようになっていた――言わないで、あっさり同意した。

「大人と子供っていう分類じゃなく、大人と非大人、あるいは、子供と非子供っていうふうに、分類すれば、敦夫とわたしは、同じ領域にいるということになるね」

そう、祖母は言った。

「非をつけてもつけなくても、子供と大人っていう対比とは、ちがうと思うよ」

ぼくは言った。しかし、どういう言葉で二種類をわけたらいいのか、思いつかないでいると、

「そうだね」祖母はうなずき、「日常や常識に、なじむか、なじまないか、っていう分類だな」と言った。

「あの手毬、だれの？」

ぼくが訊くと、

「わたしの」

祖母は言った。

「古いね」

「ここにあるものは、何でも古いよ」

「あっちのは」とぼくは言った。あっちというのは、伯父たちがいる母屋のことだ。「新しいね」

「新しいものも、そのうち、古くなるよ」

「古くなると、生き始めるね」

「そうだよ。よく知っているね。でも、よっぽど古くならなくちゃ、だめだよ」

「あの手毬は、生き始めることができるくらい、古い？」

「古いよ」

祖母は言い、

「もっと古くなると、目に見えなくなる。そうなったら、ほんとに生きているよ」

と、つづけた。

「じゃあ、まだ、見えているから……。あの手毬……」

「敦夫には見えるけれど、母屋の連中には、見えないよ」

「触っても」

いい？　と訊ねようとし、触らない方がいいんだ、と、思いなおした。

「芯に何が入っているの」

「何だろうね」

「いろんなことが考えられる」と、ぼくは言った。「髪の毛が入っているとか、爪が入っているとか」

「ブードゥー教の呪いだね」

と、祖母は、ぼくの想像のもとをすぐに見抜いた。「そんなのは、つまらないよ」

「猫が入っているとか」と、ぼくは言った。

「だから、よくはずむんだ」

「くだらないことを言うね」

祖母は、言った。

「中みは、外よりもっと、目に見えないよ」

そう言って、祖母は、手毬唄らしいのをくちずさんだ。

「その花折るな
枝折るな
後からおさよが
泣いてくる
泣いて涙は
どこへゆく」

歌声が返ってきた。

「泣いて涙は
舟に積む
舟へ白金
櫓は黄金」

声は、仏壇の奥から聞こえた。

澄んだ高いきれいな声だ。

そこまで思い出して、ぼくは、混乱した。

どこまでが現実にあったことで、どこから夢なのか。

仏壇の奥から歌声が聞こえたりすることは、現の世界には、あってはならないことだ。夢の中でしか、ゆるされないはずだ。

幾重にもかさなった、手毬が高窓の外をただよう夢の外側に、仏壇の前で祖母と話をかわし、仏壇の奥から歌声が聞こえる夢があるのだろうか。

「あの手毬、おばあちゃんが作ったの?」

「だれだっけか、忘れたよ」

そんな話もしたのだった。

「ひとりでにね、できていったんだろうよ」

そうも、祖母は言った。

「ぼく……」

と、唐突に、言おうと思いもしなかった言葉が口からでた。

「ミサオとキスした」

「そうかい」

祖母は言った。

ぼくは、口をとがらせ、音をさせて、

「こういうんじゃないの。ぜんぜん、ちがう……」

そう言ったら、何だか、腕や首筋に、さわさわと鳥肌がたった。

「よかったね」

と、祖母は言った。

「よくないんだと思う」

「したことは、何でも、〈よかった〉ことなんだよ」

「泥棒でも、人殺しでも？」

祖母は、ぼくの腕をすうっと撫《な》でた。

鳥肌が消えた。

ぼくは、祖母の膝に乗った。

そんなことをしても、恥ずかしい年じゃないのだ、ぼくは。

祖母の膝は、骨ばって座り心地はよくないので、すぐに下りた。

「ミサオ、嫌いだから」

ぼくは言った。

そうして、

「嫌いなのに」

と言いなおした。

嫌いなのに、ミサオにキスさせてしまった。蛞蝓《なめくじ》が口の中に入ってきたみたいだった。

「その花折るな」

と、祖母はくちずさんだ。

「枝折るな
後からおさよが
泣いてくる」

「おさよって、おばあちゃんの名前？」

「わたしの名前は、ゆりこ」

「百合の花の百合子？」

「そうだよ」

「じゃあ、後からおさよが泣いてくるって、おばあちゃんのことじゃないね」

「わたしは、泣かないもの」

「一度も、泣いたこと、ないの？」

「ないよ」

と、祖母は言った。

「生まれてから、一度も?」

「そうだよ」

「赤ちゃんのときも?」

「赤ん坊が泣くのは、喋るかわりだよ。あれは、〈泣く〉のとちがう」

「悲しいこととかって、なかったの?」

「悲しいを通り越すくらい悲しいことはあったけれどね。そのとき、どうしてか、泣かなかった。からだじゅうが痛かった。そのとき泣かなかったから、ほかのときに泣くことはできない」

「ママは、泣いたよ」

「ばかだね」

と、祖母は言った。

「ママにも、こういうこと、話したの?」

「どういうこと?」

「したことは、ぜんぶ、〈よかった〉ことだって」

「しないよ。わからない相手には、しない」

「おばあちゃんの子供でしょ、ママは。それなのに、わからないの?」

祖母はうなずいた。

「ほんとに悲しいと、からだが痛いの?」

「そうだよ」

「ぼく、からだが痛い。でも、何も、悲しいことはないよ」

「からだのほうが、わかっているんだよ」

「ぜんぶ、よかったこと、っていうの、何だか、悲しい」

「泣いて涙は
どこへゆく」

祖母が唄うと、

「泣いて涙は
舟に積む」

と、歌声が返った。

「だれが歌っているの、あそこで」

「わたしだよ」

と、祖母は言った。

「きれいな声だね」

「きれいだろう」

「いまの声と、ちがうね」

「肇ちゃんの声かもしれないね」

「肇ちゃんて、だれ？」

「わたしのお兄さん」

「あそこにいるの？　その人」

「そう」

「死んだんだね」

「見えなくなったんだよ」

「それじゃ、ほんとに生きている」

「そうだよ」

「仲よかったんだね」

「よかったよ」

「悲しかった？　その人が死んだとき」

「からだが痛くなったよ」

「ミサオが死んでも、ぼくはからだが痛くはならなかった」

「よほど、特別なときだよ、からだが痛くなるのは」

「悲しいどころじゃないときだね。おじいちゃんが死んだときも、からだ、痛くなった？」

ぼくは、祖父をまるで知らない。だいぶ前に死んだらしい。

「痛くならなかった」

と、祖母は言った。

「よっぽどのときだからね、痛くなるのは。肇ちゃんのときだけだよ」

「ママがミサオを殺したのも、〈よかった〉こと？」

「〈よくない〉ことは、ないんだよ。してしまったことには」

「からだが、痛いよ」

と、ぼくが言うと、祖母は、ぼくの腕を撫でた。

薄闇の中に、膝をかかえてうずくまり、高窓に目を投げながら、ぼくは思う。夢は幾重にも幾重にもかさなっていて、なかなか醒めることができないのだけれど、せめて、おばあちゃんと話している夢のところまで、醒めたいな。

仏壇の中から、肇ちゃんだかおばあちゃんだかわからない歌声が聞こえる夢のところまで。

夢から醒める方法は、ただひとつ、醒めよう、と強く思うことだけだ。


ぼくは、ほっとした。呪縛されたような夢からようやく抜け出た。

しかし、めざめたぼくは、やはり、薄闇の中に膝をかかえてうずくまっている。

高窓の外に、手毬が踊っている。

まわりをかがった糸がほどけ、淡い五色の光彩のように、たなびき、もつれ、かがよい、たゆたう。

ああ、あの、高窓のむこうは、仏壇の中なんだ。

そう、ぼくは、初めて思い当たった。

仏壇の中に、まぶしいほど青い無限の空がひろがっているんだ。

かすかに、歌声が聞こえる。

肇ちゃんかおばあちゃんか、だれだかわからないけれど、澄んだ、高いきれいな声。

　泣いて涙は
　どこへゆく
　泣いて涙は
　舟に積む
　舟は白金
　…………

〈付記〉冒頭の歌は、手毬唄の前後に、木水彌三郎氏の『あの世の子ら』（耆闍都館発行『幻冬抄』所載）を引用させていただきました。物語の都合上、少し変えてありますので、本来の詩を、ここに記します。

櫻吹雪に
みえ隠れ

あの世の子らの
手毬つき

＊

櫻月夜に
笛吹くか

ちゝはゝ知らぬ
童女佛

あの紫は

あの紫は
お池の杜若《かきつばた》
一つ橋渡れ
二つ橋渡れ
三つ四つ五つ
杜若の花も
六つ七つ八つ橋

あの紫は
お姉ちゃんの振袖
一つ橋渡れ
二つ橋渡れ
三つ四つ五つ
お姉ちゃんの年も
六つ七つ八つ橋

——泉鏡花——

水の面に、手が、咲いている。

一つだけ。手首が蓮の茎か何かのように少し突き出されてのび、手のひらを上に向け、指はやわらかく折り曲げられ、暮れかかった夏空の夕紅の雫《しずく》を受けとめようと。

白い細い指先がわずかに、誘うように動く。からっぽの手のひらが、何かを欲しがっている。そう、子供は思う。

沼のほとりに茎を這《は》わせた露草の、青い小さい花を摘み取り、女の手のひらに放った。儚《はかな》い青い葩《はな》は、夕映えと色が溶けあい、紫に染まりながら、水に落ちた。

一つ、また一つ、と、花を摘んでは、放る。紫の影の薄片が、水面に舞い散る。

紙より軽い葩びらは、波紋さえつくらない。

やがて沼は静かに薄闇を吐き、葩びらは影にのみこまれ、白い手のみが、しばらく暮れ残っていたが、それも夜に没した。

子供もまた、夜に浸された。それは、寂しさに侵されることでもあった。

露草が、一ひら、女の手にのったことが、蛍火ほどに、子供の心を明るませた。

夜は、仄《ほの》かな香りをともなっていた。

*

めざめたのは、機が揺れたためだったろうか。

シートベルトを、彼ははずした。ベルト着用のランプは消えていた。

小さい窓越しに、雲海が、窓が開くものなら手をのばして触れたいと思うほど間近にひろがる。

夢の中にただよい流れた香りが、現実にもただよっている。

夢から溢れたのか。

三人掛けのシートの真ん中は空席で、その向こう、通路側の席をしめた女が身じろぎすると、香りもわずかにゆらめいた。

夢は、彼がくりかえし見る同じ夢であったが、醒めても香りが残ることは、これまでなかった。

紫の総絞りの着物の袂《たもと》を膝にかさね、すらりとした喉《のど》が白く、束髪の髷《まげ》に挿した飾り玉が青い。

彼は、苦笑した。目の錯覚を笑ったのだが、相手は、

「あの、何か……？」

声をかけた。

はっきり覚醒した目にうつる女は、淡い色調の服で、肩のあたりまで長い梳《くしけず》っただけのまっすぐ

な髪も卵形の輪郭の顔立ちも少女めいているけれど、十代はとうに過ぎているようだ。化粧は薄く、服のデザインもあっさりしていて気取ったところはないのに、モーヴの絹の手袋をしているのが、近ごろでは珍しい。その指先から手首までぼかし染めたような紫の色が、半ば睡《ねむ》りのなかにあった目には、全身を染め上げたように映ったのだったろう。

「いえ、ちょっとうとうとしていたものだから」

と答えたが、飛行機で乗り合わせただけの見知らぬ男が、ふっと薄笑いを向けた理由を、それだけでは、何も説明したことにならない。

相手はさぞ不愉快だろう、薄気味悪くもあるだろう、誤解を早く解かなくてはと、あせったあまり、

「夢の中の女と重なってしまったんです」

いっそう相手に気味悪い思いを抱かせるようなことを、つい、口走った。

しかし、相手は不愉快そうな顔はせず、少し首をかしげるふうにして、微笑を見せた。

邪気のない笑顔が、彼を勇気づけた。

話しかけるきっかけを相手が待っていた……そんな気がした。

退屈しのぎか。しかし、小松空港まで、ほんの一時間足らずのフライトである。退屈する暇もないほどだ。

「金沢にお出《い》でになるんですか？」

相手のほうが先に口を切った。

一言一言、正確に喋《しゃべ》ろうと真剣になっているような感じで、喋る前にきゅっとくちびるを結ぶ、そんな仕草も、ずいぶん愛らしく見える。

彼自身も三十を過ぎているのに、二十代半ばにしか見えない、若い――というより子供っぽい印象を他人に与えるほうなので、相手も警戒心を持たなかったのかもしれない。

「そうです」

「女の人の夢を見ていらっしゃったんですか？」

たまたま同じ機に乗り合わせた初対面の男と女がかわす会話にしては、のっけからくだけすぎていたが、軽薄な感じはなかった。

「いいえ、夢の女と重なったというのは、正確ではないんです。ぼくの夢にいつもあらわれる女は、手首から先しか見せないんですから」

「手首だけ？」

と、煙るような紫の手袋におさまった指を動かした。

「そう。沼の水の上に、手だけが、こういうふうに」

「こう？」

「ああ、いい香りだな」

「きつい？」

「いいえ、ゆかしいです」

「いまは、匂い手袋は流行《はや》らないんだけど」

指先をそらせて、眺める。

「一七世紀ごろですって、匂い手袋が流行したのは」

「匂い手袋って……つまり、手袋に香水をしみこませたものでしょ？」

「まあ、そうなんだけど、昔ね、手袋といったら、鉄のものしかなかったって、ご存じですか」

「鉄の手袋？」

彼は指を鉤《かぎ》型に曲げ、

「ギーガーの絵みたいだな」

「騎士が嵌《は》めていたのね」

相手も紫の絹に包まれた指を曲げ、

「一四世紀ごろから、革のが使われるようになったんですって」

と言って、博識だなあと彼が感嘆する前に、

「わァ、わたしって、よく知ってる」

自分で褒めた。その表情も声も、いっそう、無邪気な少女めいた。

いや、ふつう、少女はこれほど無垢《むく》な無邪気な印象はあたえない、と彼は思った。このひとは、年齢はとうに少女を過ぎているのに、少女の原型というか、少女という言葉から人が思い描く根元

の形というか、そんなふうなのだ……。

「だけど、今とちがって、革製品て、すごく嫌な臭いがしたんですって」

「ああ、今でも臭いの、ありますよ。友達がね、イスラエルだったかな、どこか中東に旅行した奴からもらったっていう羊の革のコートを得意がって着ていたけれど、これが、臭いの。羊からひっぺがしたのをそのまま裏返してざくざく裁って荒っぽく縫い合わせたってふうだから、防寒にはもってこいだけど、ほんと、臭かった。あ、ごめん、話の腰を折っちゃった。一〇何世紀だっけ、鉄の手袋が革になって？」

「うん、臭いの。だから、裏側に香料をすりこんでごまかしたのが、匂い手袋の始まりで、それから、花からとった香料とか、使うようになったって」

「詳しいんだなあ」

「それでね、香料の店では、毒薬もあつかっていたんですって。だから、一七世紀の貴婦人は、夫に愛人ができると、香料といっしょに毒薬も貰って、手袋の裏にすりこんで、夫や愛人に贈ったんですって」

「その手袋は、大丈夫なの？」

「わたし、だれかの愛人じゃないから」

くっくっと笑った。

「知ってる人にもらったら嬉しくて、すぐに使いたくなっちゃって。移り香が残るからほんとは困るんだけど。でも、丸一日も手袋しないでいたら、消えますよね」

「いけないって、なぜ？」

「香を聞くのに邪魔になるんです」

「聞香《もんこう》？」

「あ、よく知ってるんですね」

相手は無邪気に目を大きく見開いた。

「そちらも、香道を知ってるんだ？」

いささか不似合いな感じだ。

「これから、聞香の席にでるところなんですか？

東京から金沢までわざわざ?」

「他のことで金沢に行くんですけど、むこうにいる知り合いの人に、ちょうどお席がありますから、ついでにどうぞって誘われていて」

「その手袋をくれた人?」

「ううん」と首をふるとき、またくちびるをきゅっとひきしめるので、頬が少しふくらむ。

「別の人なの」

「友達が多いんだ」

「うーん」と、考え込み「まあ、多いほうですね」

「ぼくも、これで、知ってる人の仲間に入れてもらえるのかな」

うん、うんと、たてつづけに相手は嬉しそうにうなずいた。そうして、

「聞香をご存じなんて、ご自分でもなさるんですか?」と訊《き》く。

「昔、母や姉たちがやっていたんです。いろんな香をたいて、種類をあてるとかいうの。こまごました道具を使って」

「いっしょになさったんですか」

「ぼくは道具に触らせてももらえなかった。子供の玩具じゃない、って叱られてね。先っぽに鳥の羽根のついた棒とか、銀の小さい匙《さじ》とか、珍しくて可愛くて、いじりたくてしかたなかったけれど。ことに、あれが欲しかった。こんな小さい、二センチ角ぐらいの……あれは雲母かな、薄い板。灰の上において、お香をその上でたくやつ」

「銀葉ね」

「ぎんよう?」

「銀の葉って書くんです」

「〝薄い板〟じゃなくて、〝銀葉〟か。きれいですね」

「お香をはさむ箸は香箸《きょうじ》とか、使った香包を刺しておく串は鶯《うぐいす》とか、ほんと、きれいな名前ね」

「あ、詳しいんだ。香のことも博識なんだ」

「香席に出るのに何も知らないと恥ずかしいから、一夜漬で香りのことを書いてある本を読んで

勉強したの。実はね、匂い手袋のことも、そのとき知ったの」

「それから欲しかったのは、小さい旗指物を将棋みたいに罫《けい》をひいた盤の上におくのあるでしょう。紅と白の旗。二組に分かれて、香をあてると、自分の旗を一こまずつ進める、あの旗が欲しくて」

「源平香ですね。わたしは実物を見たことないんです。見たいわ。きっとわたしも欲しくなっちゃう」

「でも、聞香の作法って、やたらもったいぶっていたな」

「そうですね。ほんとに、ややこしいみたいね」

「姉が、三人いてね、それに母親、それから、姉の友人たち。ちょっと華やかだったな」

「お母さまが香道のお師匠さんだったんですか」

「先生を呼んでね。母が昔習っていた先生に、出張教授を頼んでいたみたいです。ぼくはなにしろ子供だったから、記憶はあまり確かじゃないんだけど。先生というのはかなりなおじいさんだった。いま考えると、女性にかこまれて、先生はご機嫌だったろうな」

「夢に見ていた女性って、お姉様か、そのお友達のどなたかなのかな。この匂いが、香席を連想させて、それで夢に」

と言いかけて、

「あ、夢の人は手首だけでしたね。手首だけでも、女の人ってわかるんですか」

「夢だから」

「あ、そうか。夢だと、不合理なことでも通っちゃうんだ」

「その手首の女が、なぜか、紫の着物なんです。総絞りの。絞りの部分が白く色が抜けて、模様になっている」

「紫の着物？」

相手は、まじまじと彼をみつめ、その目があまりにまっすぐなので、彼のほうがちょっとまぶしくなって目をそらせた。

「手触りまで、わかってるんですか？」

「そう。おかしいね」

「縮緬《ちりめん》とか？」

「何ていうんだろ。重いずっしりした布ではなくて、紅絹《もみ》のようなきしきしした手触りで、紅絹よりもっとやわらかいの」

「手首だけしか見えないのに、着物の柄から手触りまでわかっちゃうって、すごい。夢の達人、て感じですね」

「実はね、なぜだか、その女の人は、いつも、ぼくの記憶のなかに、イメージがあるんです。いつごろからか、ずいぶん小さいころから……」

「ほんとに……」

からだを斜めにかたむけて、彼をみつめる。

「記憶って言っていいのかどうか……。だれだかわからない。絵で見た女人に、知らないうちに肉づけをしていたのだろうか……と思ったり」

「そういう人が実際にいたんじゃないんですか。紫の絞りの着物を着た人が。お姉様とか、香道の稽古にきていた女の人のなかとかに」

「そうじゃないと思うんですよ。というより、ちがうと思いたいんだ」

「なぜ？」

不思議な話を聞かされた子供のようなまっすぐな目を彼に向ける。

「手首の夢と、女の人の姿が結びつく、ということから想像をたくましくすると、ものごころつかないほど小さいときに、ぼくが、雲の着物を着た女の人が水に沈むところを目撃したのではないか、って思うこともできるでしょ。あの手の動きは、助けを求めていたのではないか……って。そうであれば、執拗にくりかえし夢にあらわれる情景と女の人の関係の説明がつくけれど、そんなこと、思いたくないですよ。なまなましい現実の死が、夢の情景をつくったのだとしたら、あまりに恐ろしいもの。溺れ死ぬ人を、ぼくは、ただ眺めていたということになるじゃないですか。いくら子供であったとしても、許せない」

「許せないって言ったって、子供なんだから」

真剣な声を、相手は出した。

「許してあげなくちゃ」

「だめですよ。許せません」

「だって、溺れているのかどうかもわからないくらい小さいときだったんでしょ。責めたらかわいそうよ」

「いやだな。まるで、ぼくが見殺しにしたと決めちゃっている」

「あ、わたし、すぐ本気になってしまう。でも、決まった夢をくりかえし見るというのは、何か、意識の深層にあるわけでしょ」

「専門医に分析してもらったら、何か浮かび上がるかな」

「過去の秘密ね。わたし、そういうの、大好き」

「フィクションならね、いいけれど、自分のこととなると、いやですよ。その夢のなかで、ぼくはいつも、幼い子供なんです」

「お姉様のなかで亡くなった方は、いらっしゃらないの」

「あれ、よくわかりますね。三人の姉の他に、ぼくが小さいときに死んだのがもう一人いて、それは、顔も写真でしか知らない。どうしてわかったの?」

「そのお姉様の記憶が残っているのではないかと思ったの。写真のお姉様が、紫の着物を着ていらっしゃったとか」

「写真は洋服だったな。それに、溺死とは聞いていない」

あの紫は、と、彼は口にした。

「お池の杜若」

「きれいなイメージね」

と相手は、癖なのだろう、目をいっぱいに見開き、続きを聞きたいというふうに彼にその目をむける。

「一つ橋渡れ
　二つ橋渡れ
　三つ四つ五つ
　杜若の花も
　六つ七つ八つ橋」

「それ……」

「死んだ姉の遺品の手帳に書き留めてあったんです」

「わたし、その詞、知ってるような気がする……」

「知ってる人、多いと思いますよ。ぼくも最近わかったんだけど、これ、泉鏡花がつくった歌なんですって。姉はきっと気に入って、手帳に書き留めていたんですね。そういう時期ってあるでしょ、詩とか、文章とか、好きなのをちょっと書いておきたくなる」

相手は、また何度もうなずいた。それも癖なのだろう。仕草で感情をいっしょうけんめいあらわそうとするのが、なおのこと、相手を幼く見せた。

「二番もあるんです。

　あの紫は
　お姉ちゃんの振袖
　一つ橋渡れ
　二つ橋渡れ
　三つ四つ五つ
　お姉ちゃんの年も
　六つ七つ八つ橋」

「曲は？」

「曲ってないいんじゃないかな。詞だけ」

「もう一度、聞かせて」

と相手は言い、彼がくりかえすと、

「あの紫は」と、後について相手も口にしたが、そのとき、メロディがついていた。

少し驚いている彼に、

「わたし、作曲、仕事なの」

小さい声で言った。

「その歌、知ってるような気がするって言いましたけど、気がしただけ。初めてだわ。知らない歌だった。だけど、聞いているうちに、自然に曲がついて」

「いいな」

「好き?」

「とっても」

「ほんとに?」

「リップサービスじゃないって、わかるでしょ」

「わかります」

そう言って、相手は、足もとのバッグから大判のノートを出してひろげた。

五線紙であった。ハミングしながら、音符をすらすらと書いてゆく紫の指に、彼は見惚れた。

短い歌だからだろう、ものの数分もかからず書き終えて、ノートをしまった。

「浮かんだときに、すぐに書いておかないと逃げちゃうの。この詞、鏡花がつくったのだったら、著作権とかありますね。だれに言えばいいんだろう。あ、いいや、マネージャーに頼もう、そっちは」

「そうか、ミュージシャンなのか。どっかちがうと思った」

「ちがいませんよ、どっこも」

「名前聞いたら知ってるね、きっと」

「わたしは、わりあいマイナーなの」

「アルバムとか、出しているの?」

うん、うんと、何度もうなずく。

「お名前と住所、教えてくださったら、CD贈ります。サインつきで。東京に帰ってから」

「ほんとに?」

「ほんとに」

名刺を、彼は持っていなかった。編集の仕事をしたくて出版社を受けたがすべて落ち、アルバイトや雑文書きで食いつなぎ、社員が数人という小さな出版社にようやく就職したが、編集長と喧嘩してくびになったばかりだ。

郷里は小倉で、大学のときに上京した。九州男児にしては華奢《きゃしゃ》なからだつきで、顔立ちもやさしく、子供っぽく見られるけれど、ひどく強情で喧嘩早いのを自覚してもいる。

前からのコネでときたま雑文書きの仕事にありつき、かっこうよく言えばフリーライターだけれど、潜在的失業者といささか自嘲ぎみに思う。

彼のためらいに、相手は、

「わたし、押しつけがましいことを言っちゃったな」

申しわけないという顔をした。

「プレゼントって、贈られて迷惑ってこと、ありますよね。気に入らなくてもお礼言わなくちゃならないし」

「珍しい人だな」

「どうして？」

「ふつう、もっと積極的に宣伝するでしょ」

「そうなんだけど……、わたし、だめなの。わたしのつくった歌を聞いて、気に入ってくれる人がいたら嬉しいけれど、それは、無理に押しつけるんじゃなくて、ふっと耳にしてね、あ、いいなあ、って思って好きになってくれて……、そういうのって、ほんとに好きってことでしょ」

「でも、それじゃ、聞くチャンスを持たないで、知らないままの人だって大勢いるかもしれない」

「ラジオでね、ときどきリクエストがあるし、音楽が好きな人なら、聞くことあると思うの」

「欲がないんだな」

「ありますよ。なるべく沢山の人に好きになってほしいなって。キャンペーンだって、ちゃんとまわってる」

他の客の耳をはばかってだろう、相手は、小さい声で、あの紫は、とくちずさんだ。

彼が、くすっと笑いをこぼしたので、相手は、何？　と目で問いかけた。

「その歌、ＣＤにいれるでしょ？」

「新しいアルバム、いつ出せるかわからないけど、いれたいわ」

「いま、名前も何もきかないでおいてね、ある日、ラジオか有線か何かで、それが流れているのをぼくがふと聞いて、そのとき、歌っているミュージシャンの名を初めて知る、なんて、ちょっと感激じゃないかな、って思った」

「すごいドラマティックですね」

「あまりてれくさいことを思いついちゃったから、つい、笑ってしまった。こっちはそのとき失業者で、みじめに町を歩いていて、とか」

「そんな湿っぽいの、いやだな」

「金沢も、仕事?」

「ほとんど、遊びね」

「聞香したり」

「足がしびれそうね」

「ぼくが金沢に行ってみようという気になったのは、近代文学館てあるんでしょ、金沢に」

「ええ、ありますね。わたしは行ってみたことないけれど」

「そこに、鏡花のこの歌が飾ってあるって聞いたからなんです」

「金沢、初めて?」

「初めてです」

「歌が飾ってあるからって、ただ、それを見るために、わざわざ?」

「暇なんだな」

「鏡花の自筆?」

「あ、それを確かめてなかった。自筆って思い込んじゃったんだけど。ちがうのかな」

鏡花の歌があると知ったとき、たまたま、雑文で少し稿料が入った。見たからといって何が変わるわけでもないのに、

「何だか、むやみになつかしくなって」

「そうですね。どうしてかなあ、この歌って、わたしも、とてもなつかしい気がする」

そう言って、相手はまた自分の気持ちをせい

いっぱいあらわしたいと言うふうに、力をこめてうなずいた。

「その歌のせいじゃないのかしら。女の人のイメージが記憶の中にあるのって。不思議な歌ね。〈あの紫は、お姉ちゃんの振袖〉って、それだけしか言っていないのに、色の白い、ほっそりした、きれいな女の人が眼に浮かぶわ」

「姉の手帳でその歌を知る前から、紫の着物の女、ぼくの記憶の中にあったように思える」

「亡くなったお姉様、幾つぐらい年上なの？」

「十六」

「ずいぶん、ちがうんだ」

「十七か八で死んだんだから、ぼくが顔もおぼえていないのは当然でしょ。ぼくだけ、姉たちとはとびぬけて年がはなれているんです。一番年の近いのだって、ぼくより十二も上ですからね。もう三人とも、いい年のおばさんだ」

「可愛がられたんですね、きっと」

「おもちゃにされてましたよ。ぼくは小さいとき、わりあい女の子みたいだったので、着せ替え人形のかわりにされたりね。父親がそれを見ると、怒りましたよ。男の子にそんな恰好をさせるなって。でも倒錯趣味には、全然、なりませんでした。ナルシストでもないし。揺れますね、この機」

「気流が悪いのね、きっと」

シートベルトをおつけくださいと、アナウンスが流れた。

相手の手が、彼の手をさぐり、触れた。

「気分悪い？」

絹のひやりとした感触をとおして、血のぬくもりも感じられた。

積極的に男の手に触れるようなタイプには見えなかったから、彼は少し驚いて、乗り物酔いかと思ったのだ。

「いいえ、大丈夫」

はっとしたように、相手は手をひいた。無意識の仕草だったのかもしれないと彼は思った。

そうして、唐突に言った。

「あなたのこと、いろいろ聞いたから、わたしのことも話すわね。わたしね、小さいときから、よく、ひとりでお話をつくってそれに歌をつけて、ピアノを弾いていたの」

「天才なんだ」

「そんなすごいのじゃないの。ただ、好きだったのね、そういうことが。それでね、そのころから――今もだけれど、ピアノを弾いていると、〈時間〉てことが、なぜだか、心に浮かぶの。〈時間〉って、とても奇妙だと思いませんか?」

「あんまり考えたことがないけれど。奇妙かな」

「こう流れていると思う?」

手をのべ、左から右に水平に動かした。

「それとも、こう?」

と、手を上から下におろす。

そのたびに、紫の色が彼の目の前でゆらめいた。


「どっちだろう……」

「蠟燭《ろうそく》時計とか、水時計とかってあるでしょ。あれは、上から下。時を垂直にとらえているでしょ。だけど、時が矢のようにとびさるとか、時が流れるとかいう言い方は、水平でしょ」

「そうだね……」

「でも、今のふつうの時計だと、時が循環している。十二時から一時になり、二時になり、三時、四時とうつって、また、十二時にもどる」

「デジタルだと、数字が示す瞬間しか見えない」

彼は腕時計に目をやった。

小さい枠の中の数字が、現在の瞬間をしめした。数字が変わった。一瞬前の数字は消えた。

「蠟燭時計は怖いわね。蠟燭が燃えつきたときは、時間が終わる。世界の終焉」

「〈時間〉ていうと、水平か垂直か、とにかく動いているけれど、〈時〉っていうと」

彼が何気なく思いついたことを口にすると、

「あ」と、相手は嬉しそうに小さい声をあげた。

「そうなの。〈時〉と〈時間〉とは、ちがうって、わたしも思うの。すごく、そう思っちゃうの」

「ちがうって、ぼくも今感じたんだけど、言葉でうまく言えないな」

「もしかしたらね、〈時〉は、刹那《せつな》だし、永遠でもあるの。そうじゃない？」

「ああ、言葉で言えば、そういうことか」

「だからね、一瞬間が、実は、無限なの。始めも終わりもなくて、そうして、過去とか現在とか未来とかも、ないの。飛行機に乗っていると、ことに、そう感じる」

「自分の位置がわからなくなるからかな」

「この飛行機の外の空間にね、過去も現在も未来も、存在するの。永遠て、そういうことだと思う。過去の〈時〉は、過ぎちゃったことではなくて、今、ここに在るの。未来の〈時〉も、今、ここに在るの。飛行機の中は、〈刹那〉なの。一瞬なの」


言葉で説明できないことを、何とか言いあらわそうというふうに、相手は、語句の一つ一つに力をこめた。

シートベルトが、前のめりになるからだにくいこむ。

「わたしの見る夢はね」

相手は言う。

「わたしが、水の底に横たわっているの。それってね、苦しくはないの。ぼうっとしているの。目の上の水がわずかにゆれて、青い小さい花が落ちてくるの。わたしは手をのばすの。手のひらに、花は、風のように触れるわ」

手袋を、相手はぬいだ。

手のひらに、花の雫のように、青い小さいしみがあった。

「たぶんね、百年も昔である〝今〟、あなたは、水に沈むわたしを見ていたのね。紫の振袖のわたしが、水に足を踏み入れ、静かに歩んで、深みに入ってゆくのを」

「男の子を、あなたは見たんだろうか」

「たぶん、見るわ」

「見てくれる？」

「見るわ」

乗客の悲鳴、怒号、スチュワーデスの声、それらは、ふたりの耳を素通りする。

「百年の過去は、今のこの瞬間と同時に存在するわ」

「どうして、百年の過去のあなたは、入水したんだろう」

「今のこの瞬間のわたしにはわからないわ。夢は教えてくれなかった」

でも、と、相手は言った。

「じきに、わかるわね」

雲海が、窓いっぱいにひろがり、せりあがる。

永遠の時のなかを、無限に、機は落下する。

あの紫は、と、女が歌い、彼も声をあわせる。

一つ橋渡れ
二つ橋渡れ
三つ四つ五つ

青いしみのある手と彼の手が結びあう。

最後のときを楽しくするために、女が夢の作り話をしたのだろうか、と、ちらと彼は思い、いや、手首の話はしたけれど、露草を放ったことは、話してはいなかったな、と気づいた。

お姉ちゃんの年も
六つ七つ……

女の手のひらの青いしるしに、彼はくちびるを触れた。

やわらかく折り曲げられた指が、彼の頰を撫《な》ぜた。

落日に紫に染まった水が、ふたりを包んだ。

水は、はげしく逆巻いた。

花折りに

杉木立のあいだの、天にむかって迫《せ》り上がる険しい高い石段を、幼女が登ってゆく。
袖口のすりきれたメリンスの着物に黄色い兵児《へこ》帯。帯の端の房が、踊る。
梢の隙間《すきま》にのぞく空は、おそろしく青い。
幼女の歌声。あどけなく。

花折りに行かんか
何の花　折りに
彼岸花　折りに

端のくずれた石段を登る幼女の足元のクローズアップ。素足に紅い鼻緒の木履《ぼっくり》。

一段のぼれば　父の墓
二段のぼれば　母の墓
三段四段は　血の涙

石段の両側は、咲き乱れる曼珠沙華《まんじゅしゃげ》。
まるでよじのぼるような恰好で、幼女は両手を段の上につき、からだをもちあげ、小さい足をはこぶ。

一段のぼれば　父の墓
二段のぼれば　母の墓

前面に、少年の後ろ姿。
少年も、石段を登りはじめる。

少年は、右手に火のついた線香の束、左手に水をたたえた閼伽《あか》桶。
揺れる水の面に空が映っている。

三段四段は　血の涙

登りつめたところは、一面、曼珠沙華が咲き狂う墓地。
古い墓石は、彫り込んだ文字が薄れ、欠けたり倒れたりしている。
歌声。

花折りに行かんか
何の花　折りに
彼岸花　折りに

曼珠沙華を手折《たお》る幼女に、少年が手をそえる。
桶と線香は地に置く。

ふたりは踊るようなみぶりになって……

一本折っては　腰にさし
二本折っては　笠にさし
三本目に　日が暮れて

翳《かげ》る空。
大粒の雨が、曼珠沙華を叩く。
降り始める。
地に置いた閼伽桶の水、騒ぎ溢れる。
少年は、上着を脱いで、幼女の上にかざし、雨を避ける場所をさがす。

あっちの小屋に泊まろうか
こっちの小屋に泊まろうか

走るふたり。少年は上着で幼女をかばう。しかし、幼女の足どりは、濡れて走るのが楽しいというふうに、弾んでいる。

やがて、無人の小屋の中で、筵《むしろ》をかぶり、身を寄せあうふたり。

顔を見合わせて、幼女の無邪気な笑顔。少年もやさしい笑顔を返す。

幼女の足から脱げた木履が、土間にころがっている。

濡れた鼻緒の、鮮烈な紅。

＊

相良《さがら》光彦と知り合ったとき、由比慎也は浪人中だった。

受験勉強には身が入らず、軽量のバイクをのりまわしていた。山手通りの恵比寿に近い交差点で信号待ちしていたときだ。隣にでかいバイクが並んだ。

フルフェイスのメットにかくれて顔立ちはわからないが、黒革のつなぎを着たからだはたくましく大柄だ。

「ビー・エム！」

彼の憧れの単車だ。しかし彼の伎倆では、とても乗りこなせたものではない。

憧憬と尊敬の眼を、由比はライダーにむけずにはいられなかった。

信号が青に変わったとたん、ＢＭＷは猛烈な勢いでダッシュした。

由比のバイクはたちまち後に取り残された。

次の信号で、ＢＭＷは、道の端に車体を寄せ、由比が追いつくのを待っていた。発進の速さを由比にみせつけ、嬉しがっているようすがわかった。
三、四度、それをくりかえし、ついに、相手は、
「やあ」

と声をかけてきた。

それから、喫茶店に入り、喋った。

メットをとった顔を近くで見ると、四十前後の中年の男であるとわかり、由比はちょっと驚いた。

相手は、いっそう得意そうな顔になった。限定解除を受けたばかりだと言い、幾度も試験に落ちた経験を、楽しそうに語った。

「初めは、横倒しになった車体を起こすこともできなくてさ。でかくて重いからな。あれって、コツがあるんだよな。腕力だけじゃだめなんだ」

同年輩のような気軽な口調なので、由比も口がほぐれ、目下浪人中であることなどを喋《しゃべ》った。

昼日中、どこに行くという目的もなくバイクで走り回っているのは、ふたりとも同じだ。ふつうのサラリーマンではないと思ったが、立ち入って職業を訊《たず》ねる気もなくていると、相手の方から、映画監督だと言い、相良光彦と名乗った。由比の知らない名前だった。

「いま、一本準備中でね」

「いいですね」

「何が？」

「映画監督なんて。ぼくもそういう仕事をやりたいんだ」

実体は知らず、漠然と、自由業に憧れめいた気持ちをもつだけの他愛ないものだった。

「興味があったら手伝いにこないか」

「行きます」

気軽に応じた。

その場かぎりの話だろうと思っていたら、「シナリオがあがった。撮影がはじまるから、スタジオにこいよ」と、電話で連絡してきた。

クランクインの前に送られてきたシナリオを読んで、由比は、唖然とした。

少女小説、それも、大正のころなら通用したかもしれないが、というような甘ったるいしろものだったのである。

フリーのカメラマンが白鳥の飛来を撮ろうと、網走湖畔に滞在している。〝妖精のような〟——

この形容詞だけで由比はうんざりした——美少女と知り合う。少女は中年のカメラマンに恋する。少女は不治の病にかかっており、病院を抜け出してカメラマンに逢いに行き、一夜をすごし、死ぬ。

「シナリオ、読んだか？」

とふたたび電話してきた相良に、「ひどい話ですね」とあからさまに言うのもはばかられ、

「ええ……」と煮え切らない返事をすると、

「甘いだろ」

相良は、自分から言った。

「しょうがないんだ」

会社の首脳部から天下りの企画で、相良としては反対は言えない立場であった。プロデューサーは相良と同年輩なのだが、社長の縁戚で、重役の地位にある。企画に文句をつければ相良は下ろされ、他のものに監督の座はまわされる。

脚本家と安宿に罐詰になって顔をつきあわせてシナリオを作ったんだが、と、相良は弁解がましく説明した。

「これでせいいっぱいだった」

「ロケ、網走ですか。映像の美しさで勝負はできますね」

「ああ、どのように撮っても絵になるし、さいわい、キャメラの戸松くんというのが、ベテランなんだ」

絵になりすぎるから、ますます甘くなるんじゃないかな。由比は思ったが、口には出さなかった。

「キャスティングもいいよ」

相良は言った。

「主役の少女をやる天羽《あもう》久美子、これは、オーディションで選んだ。ずぶの素人だが、初々しくていいよ。うちは九州の諫早《いさはや》だそうだ。それから、少女が恋する中年カメラマンをやるのが、筧《かけい》タカユキだ。筧タカユキ、知っているだろう？」

「いえ」

「名前も聞いたことない？　あの、筧タカユキだ

ぜ」

「有名な役者なんですか？」

　相良のおおげさな吐息が、送話口からつたわった。

「時代は変わったんだなあ。大学闘争のさかんだったころ、由比は幾つだ。六〇年代の半ばから七〇年のはじめごろ。ざっと十三、四年前……。由比は、六三年生まれか。いやんなるな。それじゃあ知らなくてもしかたないか。いや、おれはもうそのころは大学を卒業していたから、闘争とは関係ないんだが、あのころ、フォークが世を風《ふう》靡《び》していたんだ。ことに、熱いメッセージを託した歌が。筧タカユキは、フォークの歌手だったんだけど、一種、教祖みたいに祭り上げられていたな。独特のファナティックな雰囲気があって、カリスマ性のあるやつだった。闘争の時代が終焉して、フォークも下火になってからは、郷里に帰って百姓仕事をしていたとか聞いた。それを、ひっぱりだしたんだ。筧タカユキが復活したとなったら、話題になると、プロデューサーは踏んだんだな。観客動員も期待できるしな」

　実を言うと、と、相良は気負った声をだした。

「今度のは、ぼくの、監督昇進第一作でね。絶対、傑作を撮る」

　監督昇進第一作にこんな企画を与えられた相良は何とも気の毒だと、由比は思った。


　撮影所の入口付近には、テナントビルが建ち並んでいた。映画が全盛だった時代を、由比は知らない。昔はその一帯は全部撮影所の敷地だった。土地の切り売りで、映画会社は金繰りをまかなってきたということだ。

　そんな事情は、後になって由比の知ったことで、スタジオをおとずれた最初の日は、珍しい場所に足を踏み入れるというただそれだけのことで、彼は少しわくわくしていた。単純だったのだ。

スタジオの中に組立てられたセットは、主人公の少女の家の一部と病院の一部とが、背合わせにつくられてあった。

ロケは、流氷の到来にあわせねばならないので、スタジオ撮りを先にすませる。

スタジオがすぐにはわからず撮影所の中を迷い歩いたので、由比がたどりついたとき、撮影はすでにはじまっていた。

主人公の少女に、相良が演技をつけていた。

ベッドに腰掛け、手にした写真を眺めるという簡単なシーンなのだが、少女の動きは人形のようにぎごちなく、表情もこわばっていた。

オーディションで選ばれたという十四歳の天羽久美子は、〝妖精のような〟と形容するには、平凡すぎる女の子だった。

愛らしい顔立ちではある。二重瞼《まぶた》の大きい眼とか、細い鼻筋とか、小さめの唇とか、一応、美少女の条件はそつなくそろっているし、ほっそりしたからだつきも、中年の男の好みにかなうのだろうが、天羽久美子には、もう一つ何かが欠けている。そう、由比には感じられた。

迫力、といったらいいだろうか。

あるいは、スター性か。

物語の核心となるには弱い。

一貫した時間の流れのなかで役に没頭する舞台とちがい、映画は、フラグメントの集積である。役者の感情はカットごとに分断される。でくのぼうでも、監督の指導とカメラワークによって、ある程度は恰好がつく。そう由比は心得てはいるけれど、――大丈夫なのかよ。つぶやきたくなる。

たかがこれだけの場面に、なんと陰で働く人数の多いことか、と、驚きもし、膨大な無駄の集積が、数秒の画面に集約されるのだなあなどと感慨にふける。

眺めているうちに、あれは助監督、あれは照明、と、スタッフの役割ものみこめてくる。

ライトがあてられると、セットはまぶしいほどの光を浴びるが、その周囲は薄闇にとざされたままだ。

ワンカット終わると、相良は一段高く組まれたセットから下りてきて、

「遅いじゃないか。初っ端《しょぱな》から遅刻だぞ」

由比にむかってどなりつけた。

しかし、鼻のわきに、ちょっと気弱な笑いもみせていた。

由比が反撥したら、すぐに冗談にまぎらせてしまおうとしているふうがみてとれた。

相良は、スタッフに由比をひきあわせた。

スタッフの反応は冷淡だった。

中年の男に、相良は、

「筧さん、これ、おれの弟子」

と、由比を紹介した。

筧タカユキは、無表情に、顎だけ動かして、由比の挨拶に応じた。


上唇を髭《ひげ》でふちどり顎《あご》にも鬚《ひげ》を生やした、痩《や》せこけ、しおたれた男だ。

天羽久美子は、メーク係に顔をなおしてもらっていた。

次のシーンは、男が少女の部屋をおとずれるという設定らしく、筧が戸口に立つ。ブザーを鳴らす、それだけのことに、何度もリハーサルが繰り返される。

スクリプターの方になにげない目をむけた由比は、ぎょっとした。

スクリプターの脇にも、筧がいる。横に立った天羽久美子の肩に軽く手をかけている。

すぐに、見間違いだと気づいた。

痩せた貧相な体軀と髭が似ているだけで、筧よりはるかに若い。二十代の半ばというところだ。目鼻立ちも、まるで違っていた。

薄闇に輪郭が溶け入るような、影の薄い男だった。天羽久美子も、薄闇のなかにいるほうがくつ

ろいで見えた。

やがて、天羽久美子がセットの中に呼び入れられた。ブザーの音にはっとする、玄関に出てゆく……と、こまかくカット割りされた撮影がつづいた。

休憩ごとにかわされる人々の会話から、筧と見間違えた若い男が、古藤《ことう》という名だとわかった。久美子は、この男をお兄ちゃんと呼んでいた。

しかし、相良が、古藤周一は天羽久美子の叔父だと、教えた。

「久美ちゃんは、まだ、どこのプロダクションにも属していないから、叔父さんが付人をやってくれている」

苗字が違うというのは、久美子の母方の叔父にあたるわけか。母親の弟か。

他の職業を持たないで、姪の世話に専念しているのだろうか、と、由比は少し奇異な感じを持った。

諫早の出身だという久美子には地元の訛《なまり》があり、筧の台詞《せりふ》まわしには、東北の訛があった。筧は歌手であったにしては声がとおらず、聞きとりにくいのだが、相良はかつての筧の名声に遠慮があるのか、指摘も矯正もできない。陰で、あの台詞じゃあ、と難癖をつけるスタッフに、「朴訥《ぼくとつ》な感じがでて、いいじゃないか」と弁護していた。

＊

軽い気持ちで、〝ちょっと手伝いに〟顔を出したつもりの由比は、結局、撮影の間雑用にこき使われることになったのだが、受験勉強にくらべたら、珍しくもあり楽しくもあり、刺激的で、北海道ロケにも、おもしろがって付いていった。正式に雇用されたわけではないので、食費と交通費は相良が捻出してくれたけれど、バイト代もでない。

相良は、スタッフから軽んじられ、ひとり浮き上がっていた。

相良組しか知らない由比は、監督とはそういうものだと思っていたが、後に他の組の様子もみて、ふつうは、監督が絶対の権限を持ち、助監たちを顎でこき使うのだ、スタッフも監督には絶対服従なのだと知った。相良組だけが、雰囲気が違っているのだった。

　スタッフとうまくなじめない原因の一つは、相良が酒をのめない体質であることではないだろうかと、由比は推察した。酔って言いたい放題をわめくのは嫌いだと言っているが、まったくの下戸《げこ》なのだ。

　国立の一流大学の、相良は出身である。国家公務員や一流銀行などにすすむのがふつうだ。あえて、映画界に入ったのだが、毛並みのよさに、相良は、かえって引け目を感じているふうがあった。ひそかなプライドも持っているから、相良とスタッフのあいだには妙にしらじらした空気があった。

　理屈っぽくもあり、そのために、周囲からけむたがられている。

　今度の映画は、ぼくは、能の序破急でつくるつもりなんだ。起承転結ではなく。

　そんなことを相良がもらしても、スタッフはだれものってこず、こむずかしい理屈ばかり言って、と、陰で嗤《わら》っている。

　体軀はたくましく目鼻のつくりも大きく、一見豪放磊落《らいらく》だし、本人もそう見せたがっているのだが、相良は実際は小心で、他人を掌握するのが下手なのだ。そう、由比は察した。

　大広間での夕食のたびに、役者もスタッフもいっしょになって大宴会がはじまる。予算が乏しいので、食事は悪く、酒もあてがい扶持の他は、みなが自腹を切って焼酎などを買いこんでいた。

　そういうときも、相良は、おごってやるという気くばりは思いつきもしないようで、さっさと自室に引き上げる。役者とスタッフがかってにおだをあげていた。

「部屋に、久美ちゃんを引っ張りいれて、何をしているんだか、あの監督さんは」

「特訓だって言っているよ」

酔った濁声《だみごえ》が交わされたのは、ロケ宿の集団生活がはじまって何日めだったろうか。

みな、何となく荒れていた。一つには、宿の食事が、毎日決まりきった不味《まず》いものばかりだからだ。

「特訓て、何の特訓よ」

「演技と台詞、だってよ。明日のシーンの。その場で演技をつけても、呑み込みが悪くて時間ばっかりかかるから、前もって、ここはこうと教え込むんだって」

「いくら特訓したって、台詞は棒読み、演技はでくのぼう、が、簡単にうまくなるものか」

せせら笑う声。

「久美ちゃんだけ特訓したってな」

脇役のひとりが、ことさら声をひそめた。年季のはいった、達者な役者だ。まわりのものたちが忍び笑いをもらす。

それとない視線が、筧タカユキの周辺をただよう。

筧もまた役者としてはまるきり大根であることが、明らかになってしまっている。

表情もからだも動かない。茫洋とした魅力があるわけではなく、才能のない素人だから動けないだけのことだ。

しかし、相良は、筧に強い駄目出しはできないでいるのだった。

助監督にもきびきびと命令をくだせない相良に、由比でさえ、歯痒《はがゆ》さをおぼえるほどだ。

「ふたりだけでいるの？　監督の部屋に」

「兄貴がいっしょだろ」

と言ったのは、助監のサードだ。

「相手役を兄貴にやらせてるの？」

「なぜ、本物に相手役をやらせないの？」

皆の目が、また、筧に集まる。

「知るかよ、おれが。監督に訊いてよ」

「密室の三人」

と、だれかがおどけた。

「あ、そのタイトル、いいじゃない。こんどの甘ったるい脚本より、『密室の三人』のほうが、客が呼べるって」

「ちょっと淫靡《いんび》に過ぎるタイトルだ」

「ミステリーだよ。密室だぜ。三人は、被害者、犯人、探偵、だ。これ、いけるよ」

「被害者と犯人と探偵が密室の中で何をしているんだ」

「それが、謎だ」

「だいたい、兄貴がついてくるってのの、変わってるな。ふつう、母親だろ。母親いないのか、久美子って」

ひとりが話題を戻した。

話し声に耳をかたむけている由比に、

「おまえ、浪人中なんだってな」

助監のチーフが話しかけてきた。

「こんなことをしていていいのか」

「早く足洗えよ」

と、他のものが割り込む。

「珍しいし、おもしろいし、受験勉強する気、なくなりますよ」

「はじめのうちだけだ、そんなことを言っていられるのは。こき使われて、ぽいだぞ」

「いつか、監督になって、撮りたい映画を、って、おれも思っちゃうな」

そう口にした由比に、

「甘い、甘い。下働きを何年やったところで、監督に昇進するのは、いまの映画界では不可能に近いんだ」

チーフは言った。

「あの監督なんて、気の毒なんだぜ。大学を出てうちに助監督として入社したのが、ちょうど、映画が凋落しはじめた時だ。うちでは、助監督にはシナリオを書かせる制度があるんだが、いくら書いたって、日の目は見られやしない。ようやく監督になったけれど、これが、いいのか悪いのか」

「悪いってこと、ないでしょ？」

「他社は知らないが、うちの会社の制度では、監督になるってことは、即、失業者になるおそれが多分にあるんだ」

ねえ、戸松さん、と撮影技師に同意をうながす。寡黙で温厚な戸松は、苦笑を浮かべてうなずいただけだ。

「助監督のあいだは映画会社の社員ということで給料がでるけれど」

と、チーフは、説明した。

「監督になると、会社からは独立して、一本ずつ、そのたびに会社と契約する。会社から仕事がこなければ、失業だ。この、第一作があたればいいけれど、こけたら、まず、次の仕事はこないね」

「だから、相良さんも力んじゃってるけどな」

他のものが口をはさんだ。

「これは、あたらねえな。おれも長年助監をやっているけれど、こんなに、つまらない脚本《ほん》は、まず、珍しいな」

「それはないだろう」

荒い声が飛んできた。どなったのは、筧タカユキだ。

「あんたら、最初からやる気がないんだろう。だったら、なんで、こんな映画撮るのよ。陰でぐちゃぐちゃ、ぐちゃぐちゃ、言いやがって」

ゆらりと立ち上がった眼がすわっていた。

「久美ちゃんだけ特訓したってな」と脇役のひとりがあてこすったのが耳にはいり、腹が煮えたぎるのをこらえていたのだろう。

あてこすりが当を得ていると筧も内心承知だから、面とむかって怒ったら、恥の上塗りになる。屈辱と怒りは方向を変えて、助監督にむかった。

酔うと見さかいがなくなるたちなのか、よほど鬱屈が溜まっていたのか、筧は、畳の上の皿小鉢を、足でなぎ払った。

チーフが、立ちあがって、罵声を浴びせた。それでも、チーフは手は出さなかったのだが、筧がサードをなぐりつけた。反射的にサードはなぐりかえし、後は乱闘になった。

メークやスクリプターなど女性は、部屋の隅に逃げた。

由比も、なぐり合いは苦手なので、さりげなく廊下に出た。

煙草を買おうと、階段のわきの自動販売機のところに行くと、筧が階段に腰をおろしている。

また、見間違えた。久美子の兄の古藤周一だ。

経費節約のためか、この旅館は、いったいに照明が暗いのだが、古藤周一のからだの周囲は、ことさら薄闇がただよっているようにみえた。

「煙草ですか。あげましょうか」

珍しく、古藤周一は自分から声をかけてきた。

「いいですよ。買うから」

と言おうとしたが、古藤はすでにジャンパーのポケットから口をきったハイライトを出して彼のほうにさし出していた。

古藤は階段に腰をおろしたままなので、由比のほうから近寄らなくてはならない。

からだをいっそう隅に寄せ、古藤は、由比のために場所をあけた。

隣にならんで、踏み面に臀《しり》を落ちつけた。

「ありがとう」

一本抜くと、古藤は自分も一本薄い唇にはさみ、ライターをつけた。使い捨ての百円ライターだ。

由比は顔を寄せ、火をうつした。

「ずっと、ここに?」

煙をはきだしてから訊いた。

「見ていると、久美がやりにくいらしくて」

目を宙にあずけた古藤の表情を読み取るのはむずかしかった。

大広間の喧騒はここまでとどき、通りかかった宿の女中が、顔をしかめ、

「ちょっと、何やってんの、あっち。あんたたちのお仲間でしょ。喧嘩？　とめなさいよ」

「ぼくじゃ、貫禄がないから、だめ」

と言っているうちに、戸松でも仲裁に入ったのだろう、騒ぎはしずまった。

「いやだわね。ちょっと見てこよう。襖《ふすま》破ったりしてたら、弁償してもらわなくちゃ」

女中は小走りに広間の方に去った。

「ぼくの部屋にこない？」

古藤は誘った。のどの奥に声がひっかかる場所があるような、聞き取りにくい掠《かす》れた声だった。

――おれがとびはなれて年が若いので、古藤もうちとけやすいのだろう。

和室だが入口は洋風のドアで、せまい土間がついている。八畳間に、食事の前に自分たちでととのえたのか、すでに蒲団《ふとん》が二組敷き並べられてあり、由比はちょっと目のやり場に困った。さまよわせた視野に、壁に吊るした久美子の着替えが映った。

「ずいぶん、とげとげした雰囲気だね」

ひっそりした声で、古藤は言いながら、蒲団を巻いて隅におしつけ、ふたりが坐るスペースをつくった。

古藤をまねて、巻いた蒲団に背をもたせかけ脚をのばし、

「荒れてますね、みんな」

灰皿を引き寄せ、長くなった煙草の灰を落として、由比は応じた。

そうして、訊いた。

「どうして、久美子さん、おかあさんが付き添ってこないんですか」

言ってしまってから、もしかしたら、母親を亡くしているとか、そういう事情かな。悪いことを訊いたかな、と、ちょっとすまない気がしたが、

ほとんど同時に古藤が、

「明日のラブシーンは、いわばクライマックスだから、監督も気合がはいるだろうな」

と言葉を重ねた。ふたりの言葉はぶつかりあった。

母親であれば、いくら監督が演技をつけるためとはいえ、女の子を男の部屋にひとりだけやるかな。

「久美子は、ほんとうは、ぼくの妹なんだ」

唐突に、古藤はそう言った。

言葉の意味がとれず、由比は、とっさに返事がでなかった。

それから、〝なぜ母親がこないのか〟という由比の質問に、古藤が答えようとしているのだと、気がついた。

「兄妹なんですか？」

間の抜けた声で、古藤の言葉を由比は繰り返した。

なぜ、叔父・姪と称しているのか。なぜ、苗字がちがうのか。

漠然と推察がつくような気がした。その考えを由比がまとめる前に、

「苗字がちがうのは」

と、古藤は、

「ぼくが、私生児だから」

由比が返答に窮することを、さらりと口にした。

由比は居心地が悪く、他のさしさわりない話題をさがした。しかし、唐突に話を変えるのも具合が悪い。向こうは喋りたがっているのだから、こっちも、愁嘆だの思い入れだの抜きで、あっさり聞いてやればいいのだ。そうも思った。それでも、気のきいた応対はできず、

「ふうん」と、芸のない相槌を打つばかりだった。

「十四だか十五だかのときに、おれを孕《はら》んで、産んだ」

孕んだ、産んだ、その言葉が、ひどくなまなましく、由比には聞こえた。血のにおいが、一瞬鼻先をかすめて消えた。

由比はまだ、女のからだの一番奥深いところに

触れたことさえなかったが、こどものころ飼っていた犬の出産の現場を目撃し、それが記憶に刻まれていた。

「未婚の母になる毅然とした意志があったわけじゃない。ただ、無知でだらしなかっただけだ」

淡々とした口調が、言葉の内容のはげしさにそぐわない。

「母親は、二十過ぎてから別の男と結婚して、それから、久美子がうまれた。おれは祖父《じい》さん祖母《ばあ》さんの籍にいれられていたから、久美子と、形の上では、叔父と姪、実質は、異父兄妹」

それだけでは、なぜ母親がこないのかという由比の疑問への答にはなっていなかった。

「あの、おかあさんて方、いそがしいんですか」

「どうして？」

「ふつう、こういうとき、おかあさんが付き添ってくるんじゃないかと思って。でも、そうか、小さい子かなんかいれば、こられないですね」

「母親、死んだからね、こられない」

「ああ、やっぱり」

由比はうなずいたけれど、それなら、最初から一言そう言えばすむことで、何も私生児だのなんだの、内情をばらすことはないのだ、なぜ、おれに……と、いぶかしんだ。

「なぜ、こんなことを、って思う？」

彼の疑問を見抜いたように、古藤は言った。

「思う」

率直に、由比はうなずいた。

「思うよ。なぜ？　って」

「たぶんね、ロケの一行のなかで、一番からっぽだからだ」

「からっぽ……おれが？」

「そう。みんな、何かかんか、抱え込んでいるだろ。監督にしろ、筧さんにしろ、他の役者もスタッフも。由比くんだけ、あっけらかんとからっぽだろ」

「そうかなあ」

「からっぽっていうのは、いいよ。喋るこっちとしてはね。何を言おうと、そっちは、〃そうかなあ〃って、反応は、それだけじゃない。穴にむかって喋ってるみたいなもんでさ、気持ちがいい」

「別にほめられているわけじゃないよね」

「ほめてもくさしてもいないよ。事実をそのまま描写しているだけだ」

「穴は、ただ、うん、うん、て、うなずいていればいいいんだ」

「そうだよ」

と、古藤は、笑顔をみせた。

由比は、はじめて古藤の笑顔を見た。感情のこもらない笑いだった。

「理解も分析も判断もいらない。ユイは、他人にとって幸《しあわ》せな穴だよ」

そうかなあ、と言いかけて、由比は笑った。

「母親が死んだので、久美は、実家に——つまり、おれの家に、引き取られた。まだ、久美が三つ……いや、四つになっていたな」

「久美ちゃんは、知っているの？」

「兄妹だってこと？　薄々気がついているだろ。でも、叔父と姪でも兄と妹でも、たいした違いはない」

「そうかな」

「そうだよ」

古藤は断言し、

「久美は怖がりでね」

とつづけた。

「夜、おれが添い寝してやらないとだめだった。今でも」

「今でも？」

「おれの特技は、夢屋なの」

「夢屋？」

まるで鸚鵡《おうむ》のようだと、由比は苦笑した。相手の言葉を繰り返しているだけだ。穴といわれても仕方ないか。

「睡《ね》りり屋といってもいいな」

「睡り屋？」

繰り返して、とうとう、由比は声をたてて笑ってしまった。

「久美のかわりに、おれが睡ってやる。久美の悪夢を、おれがみてやる。これ、おれの、ほんと、特技なんだ。ユイは、眠れないってこと、ない？」

「まず、ないなあ。横になったら、とたんに一気眠りだ」

「久美は、眠れないたちなんだ。ひところ、それでとても困ったんだけど、おれがかわって睡ってやるようになってからは、一晩じゅう眠れなくても大丈夫になった」

「穴は、判断停止で、話を聞いていればいいんだな」

「そうだよ」

古藤はもう一度笑顔をみせた。くちもとだけではなく、今度は眼にもやさしく包み込むような笑いが浮かんだ。

そのとき、ドアがノックされ、

「もしもし」

おどけた調子は、相良の声だ。

「内鍵かけちゃってたんだ」

つぶやいて、古藤は立っていき、ドアを開けた。

「すみましたよ。久美ちゃんを返すよ」

背後に立った久美子を、おしやり、

「なんだ、由比もいるのか」

相良は、しらけたような声を出した。

〝密室の三人〟と、スタッフのだれかが言っていたのを由比は思い出し、

——四人だな、一人よけいだ、おれがよけいなのかな、でも、おれは、〝穴〟なんだから……。

「おやすみ」

と部屋を出る由比の背に、

「睡れないことがあったら、ぼくがかわりに夢をみてあげるよ」

古藤は声を投げた。相良もあがりこみはせず、

由比といっしょに外に出た。

――密室のふたり。

言葉が浮かんだ。

ドア越しに、かすかな歌声が聞こえた。

一段のぼれば　父の墓
二段のぼれば　母の墓
三段四段は　血の涙

古藤と久美子が声あわせている。

「何を聞き耳をたてているんだ」

行こう、と、相良が、由比をうながした。

「あの歌……」

「歌？」

「いい歌ですね」

「何が」

「ふたりで歌ってるでしょ」

「酔っぱらってるのか、おまえ」

と、相良は言った。

「聞こえませんか？」

「何も」

「ほら」

「空耳だろ」

廊下を歩き去るあいだ、しばらく、歌声は由比を追うように耳の底にとどいた。

花折りに行かんか
何の花　折りに
彼岸花　折りに
……

＊

前日は沖に密集していた流氷の群れが、一夜のうちに岸までつらなり、海面はうねる波がそのまま凍結したような銀白色の氷塊におおわれた。

冬の日は短いのに、カット数が思うように進まず、監督は焦りはじめている。

流氷の上に立つ筧のもとに、久美子が走り寄り、抱き合うというシーンのテストが繰り返される。

「由比、久美子が走るところを、掃け。滑る」

相良の声に、これまでにない気迫がこもった。

流氷の表面は、細かい氷片が、降り積もる雪のようだ。箒《ほうき》で払う。

氷が薄くなり、下の海の色が透けて見える箇所がある。

かがみこんで目をむけた。

杉木立のあいだの、天にむかって迫り上がる険しい高い石段を、幼女が登ってゆく。

見たおぼえのある光景だ、と思い、昨夜みた夢だ、と思いあたった。

袖口のすりきれたメリンスの着物に黄色い兵児帯。帯の端の房が、踊る。

梢の隙間にのぞく空は、おそろしく青い。


幼女の歌声があどけない。

花折りに行かんか
何の花　折りに
彼岸花　折りに

端のくずれた石段を登る幼女の足元が、視野にクローズアップされる。素足に紅い鼻緒の木履。

一段のぼれば　父の墓
二段のぼれば　母の墓
三段四段は　血の涙

石段の両側は、咲き乱れる曼珠沙華。

まるでよじのぼるような恰好で、幼女は両手を段の上につき、からだをもちあげ、小さい足をはこぶ。それは、海の底へ底へと沈み込んで行くことでもある。

一段のぼれば　父の墓
二段のぼれば　母の墓

前面に、少年の後ろ姿。

少年も、石段を登りはじめる。

少年は、右手に火のついた線香の束、左手に水をたたえた閼伽桶《あかおけ》。

揺れる水の面に、のぞきこむ由比の顔と空が映っている。空は、すでに夕暮れの色だ。

桶を持つ少年は、由比自身のようでもあり、他人のようでもある。

三段四段は　血の涙

氷の下は、一面、曼珠沙華が咲き狂う墓地だ。

古い墓石は、彫り込んだ文字が薄れ、欠けたり倒れたりしている。


曼珠沙華を手折る幼女に、少年が手をそえる。

ふたりは踊るようなみぶりになって……


翳る空。

大粒の雨が、曼珠沙華を叩く。

降り始める。

地に置いた閼伽桶の水、騒ぎ溢れる。

少年は、上着を脱いで、幼女の上にかざし、雨を避ける場所をさがす。

走るふたり。少年は上着で幼女をかばう。しかし、幼女の足どりは、濡れて走るのが楽しいというふうに、弾んでいる。

やがて、無人の小屋の中で、莚をかぶり、身を寄せあうふたり。

顔を見合わせて、幼女の無邪気な笑顔。少年もやさしい笑顔を返す。

幼女の足から脱げた木履が、土間にころがっている。

濡れた鼻緒の、鮮烈な紅。

由比は思う。

――まだ、おれは、夢の中だな。

おれの夢じゃない。古藤の夢だ。他人の夢にとりこまれてしまったのは、おれがからっぽな穴だからかな。

「白鳥！」

岸で、ざわめきが起きた。

さえぎるもののない空を、帰巣する白鳥の群れが、翼をひろげ、わたってゆく。

戸松は、急遽《きゅうきょ》、カメラを空にむけた。

だれもが、無言で空に目を投げる。

由比も見上げたが、昨夜の夢が、白鳥の群れに二重映しになった。

真紅の鼻緒がそのまま炎になって、小屋は火につつまれ、少年と幼女は焼死したのだったが。

火のなかで、ふたりとも、笑っていたのだったが。


「シナリオのラスト、変更だ」

相良が叫んだ。

「白鳥でいこう。死んだ少女を、飛ぶ白鳥に重ねよう。戸松っちゃん、頼むぜ。最高のやつ」

騒々しい声に、だれもが、眉をしかめる。

「ますます甘くなりますな」

脇役のひとりごと。

背後に、人の気配を由比は感じた。ふりかえると、古藤周一だ。

「ゆうべさ」

古藤はささやいた。

「監督、ラブシーンを、実践したって、久美子が言っていた。孕《はら》んだかな」

これも、夢の中の言葉かなと、由比は思う。

一本折っては　腰にさし
二本折っては　笠にさし
三本目に　日が暮れて……

睡り流し

1

歌声が、かすかに夢に忍び入る。
細く高い子供たちの声だ。

睡《ねむ》り流し　睡り流し
睡り流して捨て申そ

夢ともうつつともつかぬとろりとした意識のなかに、

睡り流し　睡り流し
睡り流して……

歌声は、単調にくりかえす。
睡り流して捨て申そう。何を捨てるというのか。
睡り流すというのは、どういう意味なのか。
睡ることで、何かを流れに棄《す》てるように棄て去るというのか。
それとも……と、ふと思った。
睡りを流し捨てる、と歌っているのか。
睡りは恩寵《おんちょう》であるのに、それを流し捨てるとは、酷い所業ではないか。

2

叩きつける驟雨《しゅうう》に、街路樹がざわめきたった。
真昼だというのに、凄まじく蒼黒い空だ。
雨脚に追われるように、男が急ぎ足で店に入ってきた。窓際の、私の並びのテーブルにつき、ウェイトレスがもってきたおしぼりで濡れた顔を拭い、コーヒー、と注文した。ホットで、とつけくわえた。

三十前後にみえる。上着は脱いで手に持ち、濡れたワイシャツが肌にはりついていた。

窓際の座席は、二人用の小さいティーテーブルが並んでいる。空いた椅子二つをはさんで、男と私の顔がむきあった。

目があった。いぶかしそうな表情が男の顔に浮かんだ。

記憶をたしかめるように、幾度か目をむけ、

「あの……」

男は私に声をかけようとした。

そのとき、窓ガラスをふるわせて閃光が走り、雷鳴がつづいた。

ウェイトレスのひとりが、同僚にしがみついた。

男は腰をうかし、

「そちらの席にごいっしょさせてもらってもかまいませんか」とたずねた。

「どうぞ」

うなずくと、男は私の前の空いた椅子に席を移した。

「すごい雷ですね。近くに落ちたかな」

私が微笑していると、

「子供のころを、思い出してしまったんですよ」

男は言った。

3

「俄《にわか》雨でした」と男は言った。「叩きつける驟雨に、樫《かし》の葉叢《はむら》がざわめきたっていました」

稲妻と雷鳴が少年を追い立てた。

真昼だというのに、凄まじく蒼黒い空だ。走りながら、ベルトのバックルに雷が落ちないだろう

かと、彼はおびえた。

雷鳴の襲来には早い晩春——初夏ともいえる——季節の間だ。

雨しぶきの中を少年が逃げ込んだのは、寺の本堂だった。

寺の境内は小学生のころは遊び場のひとつだったが、この春中学に進んでからは、立ち寄ることもなくなった。まして本堂の中は、足を踏み入れたことも、これまでなかった。覗く興味も持たなかったのだ。

石段の上にズックを脱ぎ、濡れてしまうなと思い直して、手にぶらさげて縁に腰かけたが、雨しぶきがかかるので、中に入った。

本堂の中は薄闇が澱《よど》んでいた。黒い巨大な仏像は、襞《ひだ》の隅々に金箔《きんぱく》の名残をとどめ、輪郭のうねった目が半ば下をむいて、彼を見下ろす。

欄間には、板の額がかかげられていた。祈願をこめた絵馬か、何かの縁起を描いたものか、絵や文字はほとんど剝《は》げ落ち、木目があらわれている。もっとも、文字は、たとえはっきり残っていても彼には読めはしない。

薄れた朱や墨は、しみや汚れとみわけがつかないが、眺めていると、一つ、くっきりきわだって形をなしているものがある。目玉だ。

ぎろ、と彼をみつめる。

彼も見返した。

彼がにらめば、板絵の目玉も鮮明さを増し、にらみ返す。

平面に描かれたにすぎない絵の目玉が、三次元に立体化するような錯覚を持ったとき、背後に人の気配を彼はおぼえ、ふりむいた。

女が立っていた。濡れそぼった浴衣《ゆかた》が肌にまといつき、乳首の形まであらわだ。

解けば踝《くるぶし》にとどくであろう長い髪をひとまとめに束ね笄《こうがい》で挿しとめた髷《まげ》が乱れ、おくれ毛が頸《くび》筋にはりついていた。

色は浅黒く、肌がひきしまり、目元に凜《りん》とした色気があり、彼は鉄火という言葉を知らなかったけれど、女の印象はそれであった。

無断で入りこんだのを咎《とが》められるかと、彼は、少し身を縮めた。

「この絵が気にいったかい」

女は伝法な声を投げた。

「坊やは目がいいのだね。よく、見えるね」

坊やと呼ばれる年ではない。

女はつづけた。

「怖いだろ」

見えないのだから、彼には何の感想もない。何が描いてあろうと、絵馬におびえるほど幼くはないのだ。

「あっちが牛頭《ごず》で、こっちが馬頭《めず》」

ゴズも、メズも、彼には異国の言葉を聞くようだ。

「頭がさ、牛じゃないか」

そう言われても、なお、彼の理解にあまる。

目が薄闇になじんだのか、絵になじんだのか、剝げちょろけ、色あいおぼろな板目の底から、絵らしいものが浮かび上がる。

掠《かす》れた朱の痕《あと》をたどれば、そこに顕《あらわ》れるのは、燃えさかり噴き上がり、渦巻く炎だ。

目玉の周囲に散る碧色片をぬりつなげると、ああ、鬼ではないか。

青黒い色も、また、鬼だ。顔はそれぞれ牛と馬の鬼が二人、炎のなかにむかいあって、槌《つち》を振り上げ打ち叩いている。

遠景に、もうひとり、角一本の小鬼がおり、これはやっとこのようなものをあやつっている。

そう、彼には見えたのだが、明瞭ではない。想像で補った部分のほうが多い。

「火を叩いているんだろうか……」

こぼれたひとりごとが耳にとまったとみえ、

「よく見てごらんな」

女の手が彼の肩にのり、息が首にふれた。

「左のほうにさ、人間がいるだろう」

鬼にくらべ、なさけないほど小さい人の姿だ。

その口から、色褪《あ》せた朱はのびひろがっている。

「わからないのかい、舌だよ」

そう言われて目をこらせば、いかにも、舌だ。

鬼たちは、それを、鉄槌で打ちひろげ、麵棒でパン種をのばすように、鉄製のものでひきのばし、縮まないように杭《くい》でとめている。彼は目を小鬼のほうにそらせた。すると、小鬼は、これも小さい人間の目を、やっとこのようなもので剞《く》りぬいているところであった。

「あちらが亭主でこちらがわたしさ」

女は牛頭と馬頭を指した。

くだらない冗談と笑い捨てればすむこととわかっていながら、彼は何か嫌な気分になった。

遠ざかろうとすると、

「迎えにきたよ」

そう、女が言ったような気がした。

彼は、本堂を出た。その背に、女のくちずさむ鼻歌がきこえた。睡り流して……と、詞が耳にとどいた。雨脚は弱まり、空はうっすら明るみはじめていた。

4

「次の日は、驟雨が埃《ほこり》を洗い流し、空は澄み切って息苦しいほどでした」

と、男はつづける。

「地にこもる熱を、しみこんだ雨は蒸発するときいっしょに吐き出し、蒸し暑い日でした」

登校した彼を、

「だんまり」

同級の角万《かどまん》が、秘密めかした声で呼び止めた。

この土地は、同姓が多い。同姓にくわえ、同名もあり、区別に困るところから、屋号が呼び名になる。角万は家業が酒屋で、その屋号で呼ばれている。

　少年の家は土地では畏敬されている医家である。彼は、三人の姉の下にようやくひとり生まれた男子であった。長姉は少し離れた都市の大学にすすみ、次姉は高校、三番目、つまり、彼のすぐ上の姉は、彼と同じ中学の最上級に在籍している。その姉は、学科の成績はトップだし、リーダーシップもあり、教師たちからさえ一目おかれている。利発さがあらわれた美貌でもあった。しかし、彼にはひどく甘いので、彼は畏怖を感じることはなかった。姉は姓にさんづけで呼ばれているのだが、彼は口重で、〃だんまり〃のあだ名で呼ばれる。

「だれにも教えるなよ」

　角万の息が彼の目にかかる。

「昨日さ、凄いもの、見ちゃったぜ、おれ」

　うっとうしくて、少し身をひくと、角万はいっそう顔を寄せた。

「〈鍛冶《かじ》小屋〉でさ、男と女が」

　ちょっと淫靡《いんび》な表情を角万はみせ、性戯を意味する仕種《しぐさ》を指でしてみせた。

　大柄な角万はすでに第二次性徴をみせ、おくてな彼は、その面皰《にきび》の散った顔に何となく不潔感をおぼえていた。

　寺の裏手の空き地に立つ小屋は、無住であった。

　昔、まだ、農具が工場で大量生産されないころ、定住した鍛冶屋のいない土地は、渡り鍛冶が数年に一度のわりで訪れた。向こう槌と二人連れである。一月か一月半ぐらいのあいだ鍛冶小屋に寝泊まりし、鍬《くわ》やら鉈《なた》やら鶴嘴《つるはし》やら鎌やらを注文に応じて鍛造し、また次の土地に移ってゆくのだった。そのころ使われた鍛冶小屋が、立ち腐れて残っている。

　彼の祖母が子供のころは、まだ、渡り鍛冶を見ることがあったという。

「すげえんだぜ、その女がさ」

と、角万の声が耳をこする。

「何の話？」

横から女生徒がわりこんだ。彼の姉だった。

角万が気後れした顔つきになったのが、彼にはおかしかった。

何でもない……と角万はもじもじし、逃げるように去った。

「何なの」

姉は彼をひきとめ、追及した。

うっすらと、汗のにおいがする。

彼は口ごもった。

小学生のころ、鍛冶小屋に立ち入ることは教師から禁止されていた。危険だからという理由である。中に入り込んで怪我《けが》をした子供がいたとかいうことだ。中学では、公に禁令はでていないが、そこがタブーの地であることは、不文律となっていた。彼は禁忌をおかすことに楽しみを見出すたちではなかったが、小屋を覗いたことは何度かある。

「何よ」

「何でもない」

「強情っぱり」

姉は、彼の頭を小突いた。わずらわしいような愛情を彼に感じさせる仕種であった。

5

「寝物語に、祖母から聞いた話を、私は思い出していました」

男はつづけた。

「いくつのときに聞いたのだったか……」

祖母は彼を溺愛し、かなり大きくなるまで、添い寝した。母はそれをきらい、ひとりで寝なさいと言うのだが、母の目をしのんで、彼は離れで寝ている祖母の蒲団にもぐりこむのだった。祖母は掛け蒲団のはしをもちあげ、彼をすべりこませた。人の気配がすると、彼は蒲団のなかに深くもぐりこみ、息をころした。祖母はときおり、そのことで母に叱られていた。

「昔、鍛冶屋が、あの小屋に住みついたことがあったっけよ」

祖母は、内緒の話をするように、声をひそめてそう言った。

「昔って、いつごろ?」

「いつだっけかね」

祖母は言葉を濁し、

「親方とね、向こう槌と、女房と……」

小屋は住まいと鍛冶場に仕切られ、鍛冶場は女人禁制だった。

彼らは、小屋に居ついた。冬から春、と季節がかわっても、動かなかったという。

「夏がはじまるころだっけか、鍛冶屋の女房が医者を呼びにうちにきたのだよ」

祖母の父は医者で、祖父も彼の父も医者だった。みな、養子である。代々女系家族で、男子は生まれても夭逝《ようせい》したと、彼は聞き知っていた。三人の女の子のあとに生まれた彼が祖母に溺愛されるのも、母がことさらきびしく躾《しつ》けようとするのも、そのせいらしかった。

住みついた鍛冶屋一家について祖母が語ったのは、それだけだった。「おばあちゃん」と、母がきびしい声で祖母を咎め、祖母は口をつぐんだ。

6

「祖母が死んだのは、それからほどないころでした」

男はつづける。

「小屋をはじめて覗いたのは、小学校の三年生くらいのときだったと思います」

小屋は、すでに、朽ちていた。浮浪者が塒《ねぐら》にし、巡査に追い立てをくっても戻ってくるし、密会の場所に使われたりするので、立入り禁止にしたのだという。何十年も放置されていたのは、取り壊しの費用を役場が出し惜しんだのか、それとものんびりしていたせいか。引き違いの二枚戸は開かないように釘で打ちつけられ、窓も板が釘付けされているが、羽目板の破れ目に眼をおしあてると、中はおぼろに見て取れた。錆びた火床にも空の桶にも鞴《ふいご》にも、厚く埃が積もっていた。

その後、何度か、彼は覗いた。

内部はほとんど変わることはなかった。

角万の言葉に、彼は久々に鍛冶小屋を覗かずにはいられなくなった。

角万が昨日盗み見た女というのは、寺で彼が雨宿りしたときに居合わせたあの女だ、と彼は直感していた。だが、絵馬の鬼を指し、あちらが亭主でこちらがわたしさ、そう女は言った……と思い返しても、晴れ渡った空の下で、昨日の雷鳴と稲妻と女の記憶は、夢と分かちがたいほど不確かになっていた。

放課後、カバンを持ったまま、寺のほうに、彼の足はむいていた。境内をよぎると、鍛冶小屋に近い。

「いっしょに行こう」

足音が追いつき、声をかけられた。

ふりむかなくても、姉だとわかった。

紺のスカートに白いブラウスの制服に通学カバンをさげた姉は、肩をならべてきた。

彼の無言の抗議を、姉は無視した。

姉といっしょに歩くのは、いやではないのだが、気恥ずかしい。

「鍛冶小屋に行くんでしょ」

「どうして……」

わかったの、と、口のなかでつぶやいたのを聞き取ったように、

「角万から聞いたよ、だれか、入りこんでるんだって」

「……もう、いないかも……」

「それを、たしかめに行くんでしょ」

「そういうわけじゃないんだけど」

「シュウって、ぐずねえ。はっきり、ものを言いなさいよ。子供もいるって？」

その問いには、

「知らない」

きっぱり首をふることができた。

「角万がそう言ってたよ。子供連れの夫婦だって。女の子だって。聞いたでしょ、シュウも」

彼が角万から聞いたのは、もっと露骨なことなので、とっさに返事ができないでいると、

「ぐず」

姉は彼の頭を軽くはたいた。

「渡り鍛冶かな」

彼は、つぶやいた。

「もう、いまどき、渡り鍛冶なんて、いないと思うよ」姉は言ったが、「でも、もしかしたらね」

そう、つづけた。「いるかもしれないね」

「昨日……」

姉に告げるつもりのなかったことが、口をついていた。ちょうど、寺の本堂の前をよぎろうとしていた。

「変な女が……」

と、彼は、本堂を指した。

そうして、口をすべらせたのを、ちょっと後悔した。

「何よ。はっきり言いなさいよ」

「いたんだよ」

「お寺に？　シュウは、何だって、お寺に用があったの？」

「雨宿り」

「変なって、どんな？」

「どんなって……。変なんだよ」

言ってから、彼は少し笑った。

変な。どんな？

どんな？　変な。

歌になってら。

「鍛冶小屋、覗いたことあるでしょ」

姉はきめつけた。

うなずきかけ、

「そっちも、あるんだろ」

彼は言い返した。

「あたりまえでしょ。入ってはいけないって言われたら、入るさ」

「入ったの？　どうやって」

「シュウは、入ったことないの？」

軽蔑したように姉は言った。

「釘なんて、ひっこぬけるんだよ」

そうして、

「殺風景な光景って、詩的な魅力があるんだよ」

と、彼には、感じてはいても、とてもきまりわるくて口にできないような言葉を、姉はさらりと投げた。

「シュウなんて、そういうところに捨てられたんだから、もっと詩的でいいのにな」

「捨てられた？」

彼は聞き咎めた。

「あんた、捨て子だったのよ」

そんなショックな顔しないでよ、と、姉は笑いだし、

「聞いたことなかったの？　知ってるとばっかり思ってた」

言葉を失っている彼の背を、姉は笑いながらどやしつけ、

「捨て子の拾われっ子」

囃《はや》すように言う。

ひそかな歌声が、耳の底をかすめたような気がした。

睡り流して捨て申そ

歌は、声はそう聞こえた。

「睡り流しって、何？」

姉に問うと、

「何よ、それ」

問い返された。

「いま、歌った……」

「わたし、何も歌ってないよ。睡り流しって、何？」

「わからないから、聞いたんだ」

「変な子」

鍛冶小屋が、目の前にあった。

7

「金属的な鋭い音が響いていていました」

男はつづけた。

「濁りがない音色のためか、快く聴こえたのでした」

引き戸は閉まり、窓も閉ざされたままだ。

「どっか開けられないか、見てくるね。ここにいなさいよ」

姉は言い、小屋の壁に沿って裏に回っていった。

彼は羽目板の破れ目に眼をおしつけた。

細い隙間《すきま》から熱い風がまともに、吹きつけた。

焼入れ炉には火が燃え、小屋全体が熱気を発し、ふくれあがっていた。

熱気流のためか、ものの姿がすべて、陽炎《かげろう》のむこうにあるようにゆらめき、彼は眩暈《めまい》をおぼえた。

ようやく、ものの形がさだまった。

炎と熱の渦が凝ったように、火炉の両側に、人の姿が明らかになった。

白熱した鉄塊を、二人は交互に打ち叩き、叩きのばし、そのリズムが彼の全身に響く。

火炉のある土間の右手の梁の上に、神棚が祀《まつ》られ、真新しい御幣《ごへい》の白紙に火影がゆれている。

左手は、床が一段高く、そこは居室にあてられているようで、隅に蒲団がくるりと巻いて片づけてある。

絵本が目に入った。それから、背をまるめ、本を読みふけっている女の子が、彼の目にくっきりした。

女の子は、小さくくちびるを動かして、文字をたどっているふうだ。

くちびるの形を、彼は読み取ろうと目をこらした。

ね、む、り、な、が、し
ねむりながし
そう、くちびるは動いていると、彼には見えた。

睡り流して……

捨て……

「捨て子。捨て子の拾われっ子」

笑いをふくんだ声が、耳朶を打った。

また、姉が意地の悪いことを、と、顔をむけると、昨日遇った女だ。

女は、俯《うつむ》いて絵本を読んでいる女の子を指さし、

「あれが、おまえだよ。おまえは、あれだよ」

そう言った。

え？　彼は聞き返した。

「生まれ損ない」

そうささやいた女の声に、彼はなつかしいようなやさしさを感じた。

「迎えにきたよ」

そう、女はさらに言った。

そのとき、

「どこも閉まってる」

と言いながら、姉がもどってきた。

「このひとが、ぼくを迎えにきたんだって」

「シュウを、連れて行くの？」

護《まも》るように、彼の肩に姉は手をかけた。

「それじゃ、あんたたち、あのときの、鍛冶……？」

姉は、彼の前に立ち、後手に彼をかばった。そうして、じりじり後に下がり、彼の手を握りしめると、走りだした。

転びそうになりながら、彼はつられて走った。二人の手のあいだに汗がたまった。彼の手は姉の手の中ですべり、はなれかける。姉はいそいで握りなおす。彼も爪をたてるほどきつく姉の手を握らずにはいられなかった。

寺の境内をつっきろうとしたとき、転んだのは、姉だった。

足首が痛い、と姉は顔をしかめた。

「そこで休もう」

彼は言い、本堂の石段に腰かけさせ、自分も並んだ。

汗がいっそうはげしく吹き出した。

「足首、挫《くじ》いた？」

「挫いてはいないと思う」

「冷やそうか。あたためたほうがいいのかな」

ハンカチを濡らそうと見まわしたが、水はない。庫裏に行って頼もうか。

「早くうちに帰ったほうがいいんだけど」

姉は言った。

「でも、歩ける？」

立ち上がろうとして、姉は、小さい悲鳴を上げ、腰を落とした。

「そんなわけ、ないのよね」

姉は息をしずめながら言った。

「あのときの鍛冶屋が来たなんて。そんなわけ、ないわ」

「さっきのあれがさ、昨日ここにいた変な女」

彼は、本堂を指した。

「変な、って、あの女か」

姉はうなずいた。

「絵馬があるの、知ってる？」

「地獄の牛頭・馬頭でしょ」

姉のほうが知識があった。

「自分のことをさ、あれの片一方だって言ったよ。もうひとつのが、亭主だって」

「からかわれたんだよ」

姉は言った。

「そのときも、迎えにきたって、そう言った。いましがたも、おなじことを言った」

「迎えにきた、って?」

「そう」

「そんなはず、ない。シュウは何か、聞き違えたのよ」

姉は語気を荒くした。

「あれが、あの鍛冶屋なわけはないんだし、たとえそうだったとしたって、シュウを連れて行く権利なんか、ない」

そう言って、姉は彼をみつめた。

「あんた、怖がってないの?　連れて行かれるの、いやじゃないの?」

「何だか、よく、わけがわからないもの」

「わけがわからなくたって、よ、知らない人が、それも、女の人が、迎えにきた、なんて言ったら、人攫《さら》いか、とか思って、おびえるものよ。シュウは、行くのがいやじゃないんだ。だから、平気な顔をしているんだ」

黙っている彼に、

「うちを出るの、平気なんでしょ、シュウは」

姉はしつっこくくりかえす。

「考えたこと、ないよ」

「じゃ、いま、考えなさいよ」

「たぶん、うちを出るの、平気じゃないと思う」

「たぶん、じゃ、だめ」

「だって、出たことないもの。出てみなくちゃ、平気かどうかわからない」

「ぐずのくせに、理屈ばっかり言うんだから。それじゃ、出なさいよ」

姉は、何か言いかけて口をつぐんだ。

捨て子の拾われっ子と、また悪口を言おうとしたらしい。

あの鍛冶小屋に捨てられていたのを拾われたと言うのだろうか。

〝迎えにきたよ〟

女がそう言っていた。空耳でなければ。

少しも怖くはないし、不愉快でもない。

しかし、姉を問い詰めようという気にならないのは、冗談だよ、と笑い捨てられそうな気もしたからだ。

嘘、冗談、と、明らかになってはつまらない。

そうかといって、祖母や両親や姉たちとはまったく血のつながりのない他人、というのが事実であるのも、嬉しくはない。彼らの血族でありたい。

矛盾した、奇妙な願望のために、彼は曖昧《あいまい》な靄のなかに、強いて立ち止まろうとしていた。

「もう、歩けそう」

姉は、彼の肩に手をおいて立ち上がった。

からだの重みを彼に半ばあずけ、ゆっくりと片足をかばいながら歩きだした。

翌朝、洗面所の鏡の前で髪を梳《と》かしている姉に、彼は、洗った顔をタオルで拭きながら、

「鍛冶小屋、今日も、行く？」

たずねた。

姉はけげんそうに、

「何だってあんなところに行くのよ」

と聞き返した。

「昨日、覗きに行ったじゃないか」

「知らないわよ」

鏡の中の姉は、ちょっとくちびるをとがらせた。

夢だったのかな、と彼はいぶかしんだ。

夢と現実が地続きで境界がおぼろなのは、よくあることだから、彼は、それ以上こだわらず、茶の間に行った。

卓袱台《ちゃぶだい》の上に用意された飯と味噌汁の朝食をかっこんでいると、姉が入ってきて、トースターでパンを焼きはじめた。

8

「もちろん、その日も放課後、私は小屋に行ってみずにはおれませんでした」

男はつづけた。コーヒーカップは空になっていた。手をあげてウェイトレスをよび、男は追加を注文した。

「寺の境内を通り抜け、小屋の前に行きました」

迎えにきたよ。そう言った女が、彼をどこかに連れ去るのであれば、それでもかまわない、という気持ちになっていた。

小屋は、この日は静かで、閉ざされた引き戸の前に、女の子がしゃがみこみ、木切れで地面に何か描いていた。

彼もしゃがんだ。

「何描いてるの」

小さい声でたずねると、女の子は描いたものをいそいで手のひらで消そうとした。

その手を、彼はおさえた。彼の手の下で、女の子の手はもがいた。

意地悪から消そうとしたのではない、稚拙な絵をきまりわるがっているのだと、彼はわかった。

少し消えたが、波のような数本の線と、ゆがんだ四角が地面に残っていた。

謎のような絵を解読しようとみつめていると、女の子は、立ち上がり、ばたばたと小屋の陰に走って行った。

戻ってきたとき、絵本を持っていた。

9

「女の子がひらいたページに描かれているのは、川の上を流れてゆく、紙の灯籠《とうろう》でした」

男は言い、片手の指をさらさらと動かして、川の流れをしめした。
「暗い夜の川を、灯をともした灯籠が、いくつも
流れてゆくのです」

小さい命とも、ひそやかな祈りとも見える灯
が、闇に吸い込まれてゆく。
説明の文章は、ひらがなで〈ねむりながし〉。
ねむりながし。
彼が声に出して読むと、
「睡り流して、捨て申そ」
女の子はつづけた。
とろりと眠くなるような、単調な節回しであっ
た。

ねむりながし　ねむりながし
ねむりながして　すてもうそ

すると、彼は、いつか夢のなかで、女の子の姿
であった。
歌声が、かすかに夢に忍び入る。
細く高い子供たちの声だ。

ねむりながし　ねむりながし
ねむりながして　すてもうそ

夢ともうつつともつかぬとろりとした意識のな
かに、

ねむりながし　ねむりながし
ねむりながして……

歌声は、単調にくりかえす。
睡り流して捨て申そう。何を捨てるというのか。
睡り流すというのは、どういう意味なのか。
睡ることで、何かを流れに棄てるように棄て去
るというのか。

それとも……と、ふと思う。

睡りを流し捨てる、と歌っているのか。

睡りは恩寵であるのに、それを流し捨てるとは、酷い所業ではないか。

からだはおさない女の子なのに、大人の女の意識で、彼は、そう思っている。

10

「鍛冶屋の四人そのものが、夢ともうつつともつかない存在でした。姉は、わたしといっしょに小屋を覗きに行ったことはないと言うのですから、すべてが夢だったのかもしれません。でも、夢というものは、決して、無ではないのです」

男はそう言い、

「あなたには、言うまでもないことですよね」

と、私をみつめた。

「夢は、〈在る〉のです」


存在するのです。と、男は言葉を重ねた。その声は、何か、ゆるやかな旋律をもった歌に似ていた。

「いま、あなたと私が雨に降り込められて喫茶店で逢っているということが、夢なのかもしれませんわね」私は、応えた。

「ずっと、後になってから」と、男は言葉をついだ。

「祭の一つに、〈ねぶながし〉というのがあると、知りました。ぼくは、小さい出版社の経理を担当しています。編集や製作とは関係ないのですが、他の職場よりは、書物を目にする機会は多いのです。日本の祭を集めた写真集でした。〈ねぶながし〉は、東北の祭です。例のねぶたの源流だとも言われているそうです。夏の眠気ざましの祭と言われますが、不運、不幸を、眠りといっしょに捨てて流す祭だという説もあるそうです。〈ねぶ〉は、その地方では、眠りの意味なんですね」

でも、と、男は言葉をつづけようとした。

「雨が……」

と、私は窓に目をむけた。

驟雨は通り過ぎ、晴れ渡っていた。強い陽が赫と照りつけ、地熱は大気を靄だたせ、街路樹をゆらめかせる。

「でも」

と、男はつづけた。

「ぼくの聞いた〈睡り流し〉は、〈ねぶながし〉でも〈ねぶた〉でもないのです。ねぶたは、あまりに有名ですから、言うまでもないのですが、ねぶながしの灯籠も、ねぶたに負けず、巨大なのです。人の背丈の数倍はありそうな、城郭をかたどった灯籠に提灯をつらね、お囃子の音もにぎやかに、引綱を引いて通りを練り歩き、それこそ、眠気もさめよう、厄払いにもなろう、というものです」

ぼくの〈ねむりながし〉は、と男は、大切な宝物のようにその言葉を口にし、

「睡りという舟に、何かを、そっとのせるのです。日本の祭についてしるされた書物を、ぼくはずいぶんしらべてみました。しかし、睡り流しという祭には行き当たりませんでした」

「〈ねぶながし〉という写真を見たために、過去の記憶が作りあげられた、というふうにはお考えにならないの？」

私は言った。

「〈ねぶながし〉からの連想で、睡り流しという言葉が生じ、子供のころに、家の近くにあった古い鍛冶小屋と結びつき……というふうに」

私は言ってみた。

男は自分の言葉をつづけた。

「さっきも言ったと思いますが、ぼくの家は女系で、男は短命」

「うかがったわ」

「だから、ぼくが生まれたとき、大人たちは、何とか生き延びさせたい、成人させたい、そう切望

した」

「成功したのね。あなた、成人して、職業について」

「医家のあとをつがせたいという周囲の希望はかないませんでしたが」

「医学部にすすまなかったのね」

「理数に弱くてね。姉が養子をとりました。つまり、ぼくは早世したのと同じ結果になった」

「違うでしょ」

私は笑って言った。

「あなた、生きているもの。早世しなかったでしょ」

「どうかな」

男も微笑した。

「生きているのかな。実感が希薄で」

しなやかで細い指がテーブルの上で少し恥ずかしそうに動いた。

「捨て子にしたと、祖母は、たぶん、まだ物心もつかないぼくに、話してきかせたんじゃないかな。何もわかりはしないと思って。もちろん、わかりはしなかった。でも、言葉は記憶の底にきざまれた。捨てて拾うと丈夫に育つというのは、祖母が信じた迷信だった。祖母にそれを教えたのは、鍛冶小屋に珍しく棲《す》みついた渡り鍛冶の女房です」

鍛冶屋の向こう槌が怪我をして、女房が往診をたのみにきた。手当てがよかったので、傷はすぐに癒えた。女房は彼の家に礼にきた。向こう槌が怪我をしたのは、鍛冶屋が酔って乱暴したためであった。

11

「いまになって思うんですけど」

と、男は言った。

「鍛冶屋は、向こう槌と女房の間を疑ったのかもしれませんね。向こう槌を怪我させた理由としては、もっともありふれた、つまり、もっともありそうなことでしょう」

警察沙汰にせずおさめたのを、鍛冶屋の女房はたいそう恩に着て、礼を言いに来た。彼の母は彼をみごもっており、出産の予定日が近づいていた。鍛冶屋の女房も、身重だった。

「男が生まれるといいのだけれど」

祖母はこぼした。

「でも、うちは男は育たなくてねえ」

「お気の毒ですが、奥さんのおなかにいるのは、お嬢さんですよ」

とりかえてさしあげますよ。そう、女房は言った。

「わたしの胎にいるのは男です。とりかえてさしあげますよ」

まさか、よその女の生んだ子ととりかえるなど。祖母がいささか不気味な思いを持つと、

「いいえ、おなかのなかにいるあいだに、性別だけをとりかえるのですから」

女房はそう言った。

「かならず、坊ちゃんがお生まれになります。うちは、女が生まれます。でも、ひ弱ではいけませんから、丈夫なお子に育つよう、いったん、お捨てなさいませ。お七夜に、鍛冶小屋にお連れなさい。そうしてお捨てになれば、うちの亭主がすぐに拾って、お宅にお連れします」

形だけ捨て子にすると、丈夫な子に育つという迷信は、古くからあり、祖母は聞き知っていた。

父や母はあまり乗り気ではなかったが、男子が生まれてみると、迷信にすがってでも、健やかに育ってほしいという気になり、父が鍛冶小屋に連れて行った。

驟雨烈《はげ》しい暮方であった。雨合羽でくるみ、父は、鍛冶小屋の軒下に、そっと赤ん坊を置いた。置き去りにするのは気がかりで、物陰でみつめて

いた。すぐに引き戸が開き、鍛冶屋が赤ん坊を抱き上げた。いったん、中に入り、また出てきた。父をみとめ、

「こんな子を拾いました。育ててくれるうちはないものでしょうか」

訛《なまり》の強い口調で言った。

父は赤ん坊を攫いとり、家に走り帰った。

12

「鍛冶屋というものは、昔は、不思議な力を持つとみなされていたそうです。漂泊の人間は、定住者には、異様なものと映るんですね。西欧では、ジプシーがそうだ」

男は言い、

「どうして、あなたは、そんなに詳しく知っていらっしゃるの」

私は訊《き》いた。

「おうちの方から教えられたの？」

「だれに教えられたおぼえもないけれど、ぼくの記憶にしっかりきざまれているのです」

男はそう言った。

「まるで、第三者としてその場に立ち会っていたとでもいうふうに、いまのぼくには、情景が目にみえます。当然でしょう。人間にとって、自分の生誕ということくらい、強烈な体験はないし、それにつづく出来事からも、ことごとく、鮮烈な印象を受けるはずです。記憶の底に残らないはずはないのです。表現する言葉を知らないだけです」

「あなたは、大人になってから、出生にまつわるできごとを聞いた。その知識が、あなたに、さまざまな夢をみさせた。そう思うのがふつうでしょうね」

「でも、あなたは、そう思わないでしょう」

と、男は私をみつめて言った。

「あなたとぼくは、いま、生まれる前の混沌の夢のなかにいるのだし、あなたはぼく、ぼくはあな

たとして生まれるのだし」

　男はやさしい微笑を私にむけ、手をさしのべた。

　指先がふれあっただけで、私たちは手をはなした。

　一瞬の触れ合いに、無限の時が交流した。

　まだしめりけの残る上着を片手に、男は席を立った。

「お先に」

　挨拶してレジのほうに行く男に、私は軽い会釈を返した。

　　睡り流し　睡り流し
　　睡り流して捨て申そ

　細く高い子供たちの歌声を、私も、毎夜聴いている。

　夢ともうつつともつかぬとろりとした意識のなかに、

　　睡り流し　睡り流し
　　睡り流して……

　歌声は、単調にくりかえすのだ。

　睡り流して捨て申そう。何を捨てるというのか。

　睡り流すというのは、どういう意味なのか。

　睡ることで、何かを流れに棄てるように棄て去るというのか。

　それとも……と、ふと思った。

　睡りは恩寵であるのに、それを流し捨てるとは、酷い所業ではないか。

　いいえ、睡りのなかで流し捨てられるのは、私だ。私は、あの男の夢のなかに、そうして、彼は私の夢のなかに、流し捨てられて、やがてめざめる。陽光のなかに、生誕する。私は彼として、彼は、私として。

雪花散らんせ

雪花散らんせ
空に花咲かんせ
薄刃腰にさして
　きりりっと
　　舞わんせ

1

　一休みして珈琲でもいれようかと、ワープロのスイッチを切って立ち上がったとき、足もとに、封書が落ちているのに気がついた。

　白い小振りの洋封筒で宛先にわたしの名が記されているのだが、奇妙なことに、住所の記載もなく、切手も貼ってないのだった。

　封筒の右下に、atelier RENA と印刷されてあった。

　裏返すと、糊づけされた封じ目に、ちょっと気取った感じの銀の封蠟。天野玲奈と、淡いモーヴのインキの署名。未知の画家の個展の案内だろうか。そんな印象を持った。

　それにしても、こちらの住所が書かれてないのに、どうして届いたのか。この近辺についでがあり、直接郵便受けに入れていったのだろうか。

　今日の郵便物はまだとってきていない。昨日の分からこぼれ落ちたのだろうか。

　封を切りながら、そんなことを考えていた。

　四つに折りたたまれた便箋をひらいた一瞬、奇妙な時空に迷い入ったような錯覚にとらわれた。

　ワープロで書かれた文面に、〈沙羅さゆめ〉という名をみとめたのである。

「突然お手紙をさしあげる失礼をお許しくださ い」という挨拶で、手紙ははじまり、私が毎週一回学芸文化欄にエッセイをのせている新聞の名をあげていた。「――新聞で、『雪花散らんせ』というエッセイを拝読したのですが……」

『雪花散らんせ』というのは、次のようなものである。


（略）花の季節になると、私は、一葉の絵を思い出す。その絵を見たのは、七つか八つ――小学校の二、三年ごろだったと思う。

納戸に入りこむのが、幼い私のひそかな楽しみの一つだった。少しばかりうしろめたさを伴っていた。ことさら禁じられてはいなかったけれど、閉ざされた仄暗い部屋にこもるにおいは、大人が眉をひそめる不健康さにつらなると直感していたからだろう。


もらったけれど一度も使わない、桐の箱に入ったものものしい花瓶とか、いかにも趣味の悪い置物とか、不要な品々が収納されていた。赤茶けた色の焼物が、鼠から猪まで、十二支揃っていた。虎も鼠も体長五十センチはあり、虎と同じ大きさの鼠というのはずいぶん不気味であった。たぶん、毎年贈ってくれる人がいて、捨てるに捨てられず、納戸入りしたものなのだろう。床の間に飾られているのを見たことがなかった。

古い長持があり、その蓋を開けるとき、タブーをおかすような気がした。私が生まれるよりはるか以前に他界した祖母の遺品が納められているのだと、いつ教えられたとなく承知していた。

千代紙を貼った手箱だのアルバムだの、細々したものが、長持には納められてあった。手箱の中身は、手紙の束だった。そのころの私には読めない崩し字で書かれていた。

祖母が愛読したのだろう、手ずれした雑誌や単行本もあり、いま思えばそれらは大正のころの出版物だったようだ。家を改築するとき、両親が処分してしまったが、稀覯本もまじっていたのではないかと惜しい気がする。

そのなかに、一葉の木版画があったのだ。浮世絵の技法を使っているが、画風はモダンで、大正期の作品ではないかと思える。

記憶に残るその絵を、いま思い返せば、ビアズレーの悪魔的な美と国貞の錦絵と融合させたような画風であった。

媚薬のような頽廃的な気配にからめとられ、私はぼうっとなった。子供であっても、いや、子供だからいっそう、その妖しい美しさに敏感に反応したのだろう。

満開の桜の下の立ち姿である。男とも女ともわからない。女にしては凛々しく、男であるなら優雅にすぎる。

しどけなくまとった曙染めの大振袖の衣裳は、右肩から半ば滑り落ち、ふくらみのない胸から右腕にかけて肌があらわになっている。

その右腕は、肘から先がなかった。

左の肩にかろうじてかかる衣の袖は、だらりと垂れている。つまり、左の腕もないのである。

極彩色だった。

金泥をぼかした背景に、散り舞う桜は渦を巻いていた。（略）

芝居に関する雑話を書いた、ごく短いエッセイである。〈さゆめ〉という署名があったことを記し、成人してからあの絵は江戸末期の役者澤村田之助を描いたものではなかったか、と思い当たったという言葉を結びとしたのだった。

未知の人からの手紙は、さらに続いていた。

「〈さゆめ〉という記名は、私の祖父、沙羅さゆめ（本名・天野由蔵）ではないかと存じます。祖父は日本画をまなびましたが、昭和の初めの一時期、挿絵画家を生業としておりました。ビアズレーの悪魔的な美と国貞の錦絵とを融合させたような画風とお書きになっておられましたが、当時、祖父の絵はまさにそう評されていたようです。

すでに故人となった祖父の絵をご存じとあればまことになつかしく、一度お目にかかれたら、どれほど嬉しいことかと、お手紙をさしあげました。……」

2

降りしきる葩《はな》びらは、一枚の幕のように、わたしの視野を占めていた。

あの版画を目にして以来、しばしば見るようになった夢の情景である。

葩……なのだが、雪でもある。

夢は、くっきりしているくせに、歯がゆいほど朧《おぼろ》げだ。

ねえやに手をひかれ、墓地を歩いている。

ねえや……。私の子供のころ、ねえやなど家にいはしなかった。

ねえやという言葉が消え、お手伝いと呼び名は変わり、そのお手伝いも、わたしの家にはいなかったのだが、夢の中でわたしの手をひいているのは、なぜか、〈ねえや〉だ。

花のさかり、ふだんは寂しいであろう墓地は光あふれ、墓石の上に降り積もった葩びらの淡い紅が風に舞い上がって空も見えぬほどだ。その情景と、薄墨色の翳《かげ》が雪をおぼめかし、静かにもの凄まじく雪に埋もれた墓石が、力をうちに秘めたけものめいてうずくまっている情景が、夢の中では一つに重なりあっている。

そうして、ねえやは、歌っている。

雪花散らんせ
空に花咲かんせ

舞う雪を花にたとえているのだから、冬の歌にちがいないのだけれど、二度くりかえされる〈花〉が、夢の中に、絢爛《けんらん》とした春景色を顕現させてしまうのか。

雪花散らんせ
空に花咲かんせ

雪花か花吹雪か、しきりに散り舞う中に、男が立っている。いや、女か。
腕を切り落とされた切り口から紅い糸がよじれるように血がしたたる。

薄刃腰にさして

と、ねえやが歌う。

きりりっと
舞わんせ

わたしの手は、いつか、ねえやからはなれている。
ねえやの手にあるのは、刃か。

3

天野玲奈の手紙には電話番号が記されてあった。かけてみると留守番電話になっていたので、こちらの名前を告げ、手紙を読んだこと、わたしもぜひお会いしたく思っていることと、あわせて、こちらの都合のよい日時と電話番号も吹き込んだ。時間は二時ごろ、と指定した。
天野玲奈からあらためて連絡がきたのは、翌日である。いきちがって、今度はわたしが家にいなかった。外出するとき、わたしは電話をＦＡＸに切り換えることにしている。ワープロの文字で天野玲奈からのＦＡＸがとどいていた。

〈渋谷の『榅漣』という喫茶店をご存じでしょうか。地図をお送りします。そこでお迎えします〉

〝お迎え〟という言葉に、わたしはふととまどった。冥土《めいど》から、お迎えに……という言葉が一瞬浮かび、もちろん、すぐに、気がついた。待ち合わせて、自宅にでも誘うつもりなのだろう。沙羅さゆめはすでに故人と手紙にはあった。そのために、おかしなことを思ってしまったのだ。

留守番電話とＦＡＸだから、互いに意は充分につたわらないところがある。その舌足らずなやりとりから生じる曖昧《あいまい》さが、わたしには少し楽しかった。

相手の性別さえ、わたしにはさだかではないのだった。

玲奈という名前は、どちらかといえば女性を思わせるけれど、男性ということもあり得る。

年齢も特徴も、まるでわからない。

かろうじて推察できるのは、atelier RENA と印刷された封筒と、封蠟で封緘した気取ったやり方から、画家かデザイナーか、そんな職種の人だろうということぐらいだ。年齢も、大正期か昭和初期の画家の孫といっても、さゆめが何歳であの絵を描いたのかわからないから、正確な逆算はできない。

相手は、わたしについてどのくらい知っているのだろう。わたしの筆名、桂木馨《かおる》もまた、性別が判然としない。顔写真を公にしたことはほとんどないし、ましてテレビに素顔をさらすような気恥ずかしいことはしていない。どうやってお互いに相手を見分けるのだろう。

天野玲奈からの手紙が、住所もなくてわたしの足元に落ちていたことを、わたしは思った。

4

天野玲奈に会う日、わたしは、土谷峰生を誘った。土谷は『妖』という発行部数はきわめて少ない不定期刊の雑誌の編集長である。誌名からもわかるように、妖異耽美の傾向のものばかりをテーマに取り上げ、紹介したり論評したりしている。たとえば、〈人形愛〉。たとえば、〈フリークス〉。たとえば、〈両性具有〉。

土谷は三代目澤村田之助に魅了されたひとりで、『妖』で田之助特集を組んだことがある。わたしも田之助を主人公にした小説を書いているので、土谷との対談をたのまれた。アンダーグラウンド演劇が全盛だったころ、寺山修司の舞台の裏方をつとめたこともあるという土谷は、前髪やサイドは刈上げているのに、後ろは背にかかる長髪をうなじで一つに結び、垂らしている。六〇年代半ばから七〇年にかけてのあの熱気の名残を、後ろ髪に残しているふうだった。わたしもまた、ＡＴＧの映画にかよいつめ、テント芝居を観るために何時間も行列するのをいとわなかった時期を経ている。共通の言葉で話せる相手が身近にいなくて、失語症のような状態にあったわたしは、共感をわかちあえる相手を土谷にみつけた。話がはずんだ。そのときからつきあいが続いている。

澤村田之助は、幕末のころ、人気絶頂にあった若い美貌の女形である。明治維新以後、演劇改良などで、芝居から江戸歌舞伎の頽廃美残虐美が追放された時期、壊疽《えそ》をわずらい、両腕両足を切断、それでもなお舞台に立った。

明治十一年に自殺しているのだから、いまではもちろんだれひとり彼の舞台を見た人はいないのだけれど、その凄まじい生涯は、いまなお、土谷とわたしを含む何人かの人に甘美華麗な毒を与え続けている。

子供のころ、田之助を描いたのではないかと思われる木版画を見たということは、対談の際話題にし、土谷はたいそう興味を持ったのだった。

渋谷の駅に近い喫茶店でまず土谷と落ち合い、方向感覚が欠如しているわたしは、天野玲奈がＦＡＸで送ってくれた地図を土谷に渡して、店探しをまかせた。

「住所のない、切手も貼ってない手紙が、ふと気がついたら足元に落ちていた、というのが、何とも不思議だな」

と、道玄坂をのぼりながら、土谷は嬉しくてたまらないふうに言う。

「それは、もう、理由がわかったの」

わたしが説明しようとすると、

「待って。推理するから」

土谷はさえぎった。

「超常現象じゃなかったわけね？」

「推理は無理よ。データが足りない」

「必要なデータを教えて」

「一つ。わたしは、きわめてだらしない」

「知ってる。このくらいつきあっていると、ひしひしと、それ、感じるよ。それから？」

「第二項を言うと、簡単にわかっちゃうな。エッセイの掲載紙が、毎週、新聞社から送られてくる」

「わかったよ」土谷は苦笑した。「掲載紙は、大型封筒にいれて送ってくるんでしょ？」

「そう」

「手紙は、二重封筒で新聞社に送られてきた。桂木さんに送ってくれという添え書といっしょに。担当編集者は、それを掲載紙といっしょの封筒に入れて転送した。だらしのない桂木馨は、封を切ったとき、手紙が落ちたのを気がつかないで、掃除もめったにしないから、ほったらかしになっていた。わかっちゃうと、索然とするな」

「そんなものですよ、現実は」

「いやに醒めた言い方だなあ。〈三つ子の魂、死ぬまで浪漫〉が、桂木馨のキャッチフレーズじゃなかったの」

「そう。おん年三歳にして、ハウプトマンの浪漫劇『沈鐘』にのめりこんだ桂木馨。六歳にして、ピランデルロの戯曲に溺れ、アヴァンギャルド演劇にめざめた桂木馨ですから」

「それって、すごい、自慢にきこえる」

「自慢してます。四歳にして、ビアズレーとギュスターヴ・モローに陶酔し、七歳にして澤村田之助の頽廃美にめざめ、長じてはベルメールの虜《とりこ》になり」

「ビアズレーに溺れ、モローに酔っても、桂木馨は、ベルメールにはなれなかった」

　他人の名でしか自慢できない、という意味のことを言う土谷の声には意地悪さはなく、泣いている子をいたわるようなやさしさが含まれていた。

「ここを曲がるんだ」

　と、土谷は角の店と地図を見くらべた。

「筋金入りの浪漫派だい。桂木馨、別名を〈灰色のバロック真珠〉と言う」

　土谷を相手だと、わたしは安心して羽目をはずせる。

「真昼間から、からまないでほしい」

　土谷が言うのを聞き流し、

「バロックの語源、知ってる？」

「知ってますよ。ゆがんだ真珠。だから、バロック真珠と言うのは、言葉が重なってるんだ。古《いにしえ》の昔の武士の侍が、ってやつだ、馬から落ちて落馬して」

「陳腐なことは言わないでほしい」

「その筋金浪漫が、だらしがなくて同封の手紙を落っことして気がつかなかったなんて、つまらないオチをつけないでほしい」

「事実だからしょうがない」

「忽然《こつぜん》とさあ、無から出現した、っていうふうに思っていたかった」

「歌はね、忽然と、だよ」

「歌？」

「全然知らない歌が、夢の中に忽然とあらわれたの」

雪花散らんせ、空に花咲かんせ、とわたしはくちずさんだ。

「何？　それ」

「話さなかった？」

「聞いてないよ」

「さゆめの絵を見てからね」

わたしは、夢を語った。

「知らない歌よ。でも、夢の中でねえやが歌ってるの。何度も同じ夢を見るから、節もおぼえちゃった」

小声で、私は歌った。

雪花散らんせ
空に花咲かんせ
薄刃腰にさして
きりりっと
舞わんせ

「メロディも歌詞も、桂木さんの潜在意識がつくったわけだ」

「まあね」

「いいメロディだ」

「でしょ」

「シンガーソングライターの素質があるって褒めてほしいんだ」

「ほしい」

「このごろ、桂木さん、実にあつかましくなった。ここだ」

ゆがんだ小さい文字で椏漣と記された、オーク材らしい扉の前で、土谷は立ち止まり、

「いかにも、いかにも、って店だな」

「何が、いかにも？」

「珈琲の味にうるさい常連が屯《たむろ》しそうな店。名前にしたって、何て読むんだろう。アランか、アレンか」

「どっちだっていいよ。こういうの、字面の感覚

だけでいいの」

「きざ」

「きざと浪漫は、コインの裏表」

約束の時間より十分早かった。

5

間口はごく狭く、L字型のカウンターが奥にむかって細長くのびている。

店内はファン・アイクなどの泰西名画のような暗いやに色で、カウンターの反対側の壁に、三点の絵ががかかっている。茶のコンテによる全紙大のデッサンだが、捩《よじ》れ流れる線描が何をあらわしているのか、さだかでない。目をこらすと、渦の間から裸体の男の後ろ姿が、顕われてくる。うずくまったのが二点、立ったものが一点。見るものを何となく不安にさせる絵だと、わたしは思った。男はどれもひどく痩せていて曲がった脊柱が佝僂《くる》を思わせた。うずくまった一人は肩に埋まった顔が少し振りむき、ぎろりとした視線を客に据えていた。

その何となく気にかかる、いや、不愉快でさえある絵をのぞけば、カウンターの背後の棚にならんだカップといい、白いシャツに珈琲と同じ色の前掛けをしたマスターといい、ごくありきたりな珈琲店だった。カップのかわりにボトルを棚に置けば、そのまま小体《こてい》な酒場の雰囲気になりそうだ。

一番奥のスツールにひとり、ジーンズの上着をひっかけた男が腰をおろしていた。なでつけた長髪を後ろで束ねた髪型は、土谷のような未練髪ではない、当節の、少し癖のある人種のあいだでの流行の一つだ。年も三十前後、あの時代には無関心か反感をもつかの世代だ。土谷とわたしが入口に近いスツールに腰をおろしても、まんが雑誌に向けた眼を上げもしないので、待ち合わせの相手ではないことがわかる。

このようにこぢんまりした、客の少ない店なら、たしかに、顔を知らぬもの同士の待ち合わせでも、気配でたがいにわかるだろう。

もっとも、わたしが土谷をともなったことを知らない相手は、一人客を目安にするだろうから、わたしの方で気をくばっていなくてはならない。

暗紅色の革張りに金箔をおした表紙のメニューを、マスターはさしだした。細い爪に無色のマニキュアがぬられていた。

中の文字はペンの手書きだった。

「コロンビア」と土谷は言い、わたしはブルーマウンテンをオーダーした。

土谷は小型の鞄《かばん》からピースの罐入りを出し、一本抜いた。

豆をはかっていたマスターは手ぎわよく燐寸《マッチ》をすり、炎を近づけた。

「よっぽど、ヘヴィ・スモーカーなんですか。罐入りを持ち歩くなんて」

「そう」と、土谷は、細く煙を宙に流し、マスターに上向けた手をのべた。にこっと笑ってマスターは燐寸の薄い箱をてのひらにのせた。黒地に金の細字で、椏漣と書かれてあった。ひっくりかえして、

「アランじゃなくて、アレンなんだな」記されたローマ字を、土谷は読んだ。

「ずいぶん頑丈そうな鞄ですね」マスターが言う。

縦横が三十センチと五十センチぐらい、厚みは十センチほどのこの鞄を、土谷は愛用している。

「中国製。安いんだ。いくらだと思う」

わたしと初対面のときも、鞄の値段が話題になったのだった。安くて頑丈なのが、土谷の自慢だ。

「中国に旅行なさったんですか」

「買ったのは、横浜」

マスターは豆を挽《ひ》きにかかった。

「よっぽど客が少ないんだね」

「わかります？」

「いまは、家庭でだって電動で豆は挽くもんな」

「このほうが、のどかでいいわ」

ハンドルを手でまわすマスターの手元にわたしは目を投げて言った。

「電動は、うるさいですからね」

とマスターは微笑した。

先客は立ち上がった。大きい紙挟みをさげたのは、画学生かデザイナーの卵なのか。

この店にはレジスターも置いてなく、マスターはカウンターの引出しからお釣を出し、店の外まで客を送って出た。

すぐにカウンターの中にもどり、珈琲をいれにかかる。

腕時計にわたしは目をやった。二時七分。

土谷は燐寸の箱をもてあそんでいる。

わたしにむけた土谷の目が、笑いをふくんだ。

わたしは土谷の手から燐寸の箱をとった。

表と裏を眺めなおしてるわたしの前に、マスターがカップを置いた。香りがただよった。

「『椏漣』で、迎えてくださってるんですね。ありがとうございます、天野玲奈さん」

箱の裏にローマ字で書かれたARENが、RENAのアナグラムであることに、ようやく、わたしも気がついたのだった。

6

「さっき、本日休業のプレートを出しましたから、もう他の客はきません。ごゆっくり、どうぞ」

マスターと思っていたけれど、ミストレスなのかもしれない。透明なマニキュアをほどこした繊細な指の動きに、わたしはそう思った。

少しかすれ気味の声は、男とも女ともつかない。

「忘れ去られたと思っていた祖父の名が、突然目に入ったときは、驚きました」

天野玲奈は、また口元に微笑を見せた。

「二人連れできたのに、よく、わたしが桂木とおわかりになりましたね」

「お写真を見ています」

語尾は、微笑をともなう。

「どの写真かしら……。わたしは、ほとんど顔写真を出したことはないんですけれど」

「そちらとの」と、天野玲奈は土谷をさした。「対談は、お写真も。土谷さんのお写真もいっしょに」

『妖』の読者ですか！　嬉しいな」

土谷は声を上げた。

『妖』のような雑誌がなかったら、わたしは干からびてしまう。現実と日常のレベルの記事ばかりですもの。雑誌は」

「感激です」と言って、土谷は身をのりだした。

「不定期でしょ、『妖』は」

と、天野玲奈は、

「いつ出るかわからないというのが、また、楽しみで」

「桂木さんもね、同じことを言ってくれましたよ。桂木さんが書いた本を読んで、ぼくは澤村田之助フリークになっちゃったんです。それが嵩《こう》じて田之助の特集をやることになり――何しろ、僕の個人誌に近い雑誌ですから、好きなことができる――桂木さんに対談の相手をおねがいして、そのとき、桂木さんも言ってくれたんですよ。ほんと、ぴったり同じ言葉だった。『妖』でも読まなくちゃ干からびちゃう、って。創刊号から読んでくれていたんですって。そうだ、あのときの写真、本職のカメラマンじゃなくて、うちのアシの子がとったから、ずいぶんぴんぼけで。あんな写真で、よくわかったな。でも、あれを読んだとき、すぐに連絡してくだされば よかったのに。そうすれば、いっしょに田之助の絵の話もできたよね、あのとき」

と、土谷は、最後の言葉をわたしに向けた。

「でも、その画家が〈さゆめ〉という名だとは、対談の記事にはなかったんです」天野玲奈は言った。

「そうだ。ぼくも、そちらからお手紙がきたということを桂木さんから聞いたとき、画家の名がさゆめということを知らされたんだった」

「図柄から言って、たぶん……とは思いました。新聞のエッセイには祖父の名があったので結びついたんです」

　お見せしましょうか、と、天野玲奈は言った。

「あるんですか！」

　わたしと土谷は、ほとんど同時に声を上げた。

「そのつもりで、お招きしたんです。ただね、子供のころごらんになったという版画と同じものは残ってはいません。戦災にあっていますから、戦前祖父が描いたものはほとんど焼失してしまいました。残っているのは、ほんとうにわずかです」

　天野玲奈は半紙大の畳紙《たとう》をカウンターに置いた。『牡丹燈籠画譜　沙羅さゆめ作』と記した題簽《だいせん》が添付されていた。畳紙は黄昏《たそがれ》の空のような青で、くすんだ金で秋草をあしらい、題簽は海棠《かいどう》色。

　九葉の木版画がおさめられてあった。

　題簽にあるように、牡丹燈籠の物語にそって、お露が乳母お米とともに新三郎のもとをたずねてくる場面から新三郎がとり殺されるまでが、黒白のトーンで描かれていて、わたしが幼いころに見た絵とは別物だったけれど、絵がもたらす戦慄的な力は、ひとしかった。

　三人の姿態は流れて闇に溶けいるような曲線のからみあいで表現され、不自然にゆがみ、

「バロック真珠ね」

　わたしは思わずつぶやいていた。

　パンフレットがそえられ、それによると、商売気のないさゆめを、ファンが発起人となり督励して版画集を制作させ、頒布会を持ったもので、それら発起人の賛辞ものっていた。発行は昭和十四年とある。その中には江戸川乱歩の名もあり、

「……ビアズレーに国貞の衣裳を着せてと、ふと感じました」と乱歩は書いていた。

「そうなのよね、ビアズレーで国貞なのよね」

　わたしは吐息をついた。

「これが、最後の花だったようです。その後は描いたものが発禁になったりして、筆を折ってしまったと聞きました」

わたしと土谷は、グロテスクでなまめかしい九葉の版画を、飽かず眺めた。

「発禁になった絵というのは、残っていないんですか」

「押収されたんじゃないでしょうか。わたしなんかまだ生まれていないころの話で、父たちは、祖父の仕事を恥ずかしいもののように思っていたみたいで、くわしいことは教えてくれませんでした。父もわたしの兄二人も、ごく堅いサラリーマンで……絵描きでは食べていけないと、祖父は見て思ったんでしょうね。わたしだけが、規格はずれです」

「これは、あなた?」

背後の絵を、土谷はさした。

「ええ」

「atelier RENAと封筒にありました。画家でいらっしゃる?」

と言ってから、私は、土谷の問いは二つの意味を持つと気がついた。

〈あなたが描いたのか〉、あるいは、〈あなたがモデルなのか〉。

天野玲奈の「ええ」は、どちらの問いに対する肯定なのだろう。

正確な答えを、わたしはほしがらなくなっていた。

いろいろなことが、曖昧なままだった、天野玲奈の性別をはじめ。

問えば、答えはあたえられるのだった、初対面のわたしを、どうして見分けられたのか、という問いに対する答えのように。

しかし、曖昧なままであることが、わたしには快くなり始めていた。

背後の絵にも、もはや、不快感をおぼえはしなかった。むしろ、心地好い。渦だの流れだのがひきだす眩暈《めまい》は、恍惚感に通底していた。

「新聞のエッセイ……」

と、天野玲奈は、口元の微笑とともに、言った。

「『雪花散らんせ』というタイトルでしたね。読者から質問がきませんでしたか。タイトルの意味。花の絵なのに、なぜ、雪花という言葉をタイトルに使ったのか、って」

「夢の中の歌を、つい……。編集者に聞かれました。なぜ雪花なのか。変更している時間の余裕がなかったので、そのままになりましたけれど」

「夢の中の歌……ですか」

「エッセイには、枚数が少なくて、書けなかったけれど……それに、大事にしておきたいことなので、書くつもりもなかったけれど……」

「ここでなら、いいんだろ」

土谷が言い、

「雪花散らんせ」

と、歌った。

さっき一度聞かせただけだから、音程が少し違っていた。

それを訂正するように、

「雪花散らんせ」

天野玲奈が歌った。

「空に花咲かんせ」

「ご存じなの！」

「わたしも夢でおぼえたんです」

そう、天野玲奈は言い、カウンターから外に出、戸口の方に行った。

そのとき、わたしは初めて気づいた。

扉のきわの壁に、何か立てかけてあるのだった。二つ折りの屛風《びょうぶ》であった。狭い空間で、天野玲奈は、注意深い手つきで屛風をひろげた。

外の通りに面した扉から壁を塞《ふさ》ぐように、屛風はひろげられた。

「焼け残った祖父の遺品です。これだけは、祖父が、戦争中疎開させてあったので、火をまぬがれた。わたしの両親はこの絵を嫌って、納戸にしまいこんでいました。子供のときにこの絵を見て以来、わたしは、オブセッションのように、一つの夢を見るようになりました」

わたしが見た版画と同じ図柄が、等身大の、肉筆の屏風絵として、いま、眼前にあった。

満開の桜の下の立ち姿。男とも女ともわからない。女にしては凜々《りり》しく、男であるなら優雅にすぎる。しどけなくまとった曙染めの大振袖の衣裳は、右肩から半ば滑り落ち、ふくらみのない胸から右腕にかけて肌があらわになっている。その右腕は、肘から先がない。左の肩にかろうじてかかる衣の袖は、だらりと垂れている。極彩色。金泥をぼかした背景に、散り舞う桜は渦を巻く。

「降りしきるのは、葩のようでもあり、雪のようでもあり……。ねえやに手をひかれて、墓地を歩いていているんです。そうして、ねえやが歌っている」

天野玲奈が語る夢は、わたしの夢でもある。

「わたしの祖母……つまり、沙羅さゆめの妻ですけれど……腕がなかったそうです」

と、天野玲奈は言った。

「わたしが屏風絵に魅せられてしまったのを知って、わたしの両親は、屏風を焼きました」

「だって……」

かまわず、天野玲奈はつづけた。

「そうして、わたしに明かしました。祖父は澤村田之助の最後のころの舞台を見たことがあるのだそうです。田之助に魅了された祖父は、弟子をモデルに屏風絵を描きました。その弟子は、祖父のために、腕を断ち落とすことをいといませんでした。祖母は、弟子から祖父を奪い返すために、自分も同じ姿になったのだそうです」

わたしは、と、天野玲奈はつづけた。

「目に焼きついた絵を復活させるために、画業をまなびました。両親の気に入らないことでしたから、わたしは家を出なくてはなりませんでした。

らしは何とか」

パトロンがついて、店を出させてくれたので、暮らしは何とか」

　パトロンの意味に、性的なものを、わたしは察した。

「祖父の遺品と言いましたが」

　と、天野玲奈は言った。

「実は、これは、わたしが描いたのです。記憶をたどって」

「この絵は、あなたが」

「ええ、さゆめの贋《にせ》物です。それでも、あなたたちを迎える力ぐらいは持てた」

「ぼくも」と、土谷が割り込んだ。

「一役買っていますよ。二人の夢にあらわれる〈ねえや〉は、おそらく、ぼくなんだ。二人を結びつける媒体として、ぼくは、存在する」

　扉を塞いだ屏風は、索漠とした外界を遮断し、カウンターだの棚だの珈琲カップだのは、わずかずつゆがみはじめ、そのなかで、三人の歌声が、捩《ね》じれ流れる。

　雪花散らんせ
　空に花咲かんせ
　薄刃腰にさして
　きりりっと
　舞わんせ

　閉ざされた空間で、わたしたちは、静かに腐乱してゆく。

〈参考資料〉

○『わらべうた』(町田嘉章・浅野建二編、岩波書店)

○『鬼の宇宙誌』(倉本四郎著、講談社)

その他

〈付記〉158ページに引用した詩は、『赤い鳥』(大正7年9月)に掲載された西條八十の作品です。207ページの詩は、北原白秋の原作です。

あやかし幻想奇譚

PART 3

黒《こく》縄《じょう》

1

足が、宙を踏み抜いた。

悠介は、とっさに、からだを丸め、その中に雪江を抱き入れた。

そのまま、闇を落下した。

踏み出した足をささえてくれるはずの階段が、なかったのだ。

床に激突してころがったが、そのときも、雪江を抱きかかえていた。

立ち上がろうとすると、右の足首に激痛が走った。

高さは三メートルはある。

昨夜のゲネプロでは、すべてうまくいった。大道具の裏にもうけられた急傾斜の階段を走り下りた。そうして、袖に走り込むのに、なんの支障も起きなかった。

暗転中の舞台は暗い。その裏は、まして、真の闇に近い。

ほんの一瞬、階段をとりつけるのが遅れたのだ。

彼のひっこみのほうが、早すぎたのか。

大道具方が、階段を押しはこんできて、大道具の裏に密着させ、あわただしく去った。

呼び止めるひまもなかった。

数人いる大道具方の、だれひとり、彼と人形がすでに落下したことには気がつかなかった。

ひとりでは、歩くどころか、立つこともできない。

しかし、裏で声をだせば、すぐ舞台にひびく。

闇にうずくまり、人形を抱きしめたまま、彼は言葉を喉《のど》の奥におしこめた。

回り舞台、セリの上げ下げと、大道具の転換の多い舞台である。

だれもが、殺気だっている。

ひとつ手順が狂えば、舞台はこわれる。

カーテンコールまで、彼の出番はもうない。

階段と大道具の間の空間にうずくまり、終幕まで痛みをこらえるほかはないと、覚悟した。

ここなら、人の出入りの邪魔にはならない。

足に重みをかけなければ、がまんできない痛さではなかった。

――おれは、がまんできるけれど、雪さん、おまえ、大丈夫かえ。

彼は、人形を手でさぐった。

布で作られた雪江は、布の感触しか与えてはくれない。あたたかくも冷たくもなかった。

大道具越しに、役者のせりふが聞こえる。なにを喋《しゃべ》っているのかは聞き取れない。

板一枚のむこうは、舞台という幻想空間だ。

そのさらにむこうに、深い河のような客席がある。

客席もまた、舞台から投げられる幻想の、薄紅の闇につつみこまれている。

袖の陰は、雑然とした現実が闊歩《かっぽ》している。

次の出番の役者が、実から幻影へ足を踏み出すきっかけを待っている。

モニターが、舞台の様子を映し出し、裏方があわただしく動きまわる。

そこには、夢のかけらもありはしない。

裏方が冷静に、現実を把握していなくては、舞台の夢はあらわれない。

彼がいるのは、奇妙な暗黒の空間だ。

夢でも現《うつつ》でもない、存在していながら、非在である、そんな場所であった。

階段の上の壁は、客席から見れば紗幕《しゃまく》の背景で、照明によって、不透明な壁になったり、透明になったりする。

大事な初日。せっかくの代役。

彼が代役をつとめることになったので、姉が見に来ている。

チケットは完売の状態で、補助席も立ち見も売り切れ、スタッフが予備に確保している券も、余分がなかった。

表立って顔を見せない人形遣いだし、師匠の代役ではあるけれど、いわば、彼の初舞台だ。

楽屋口から姉を招き入れ、袖の陰の、出入りの邪魔にならないところにスツールを置いた。スタッフが好意的に便宜をはかってくれたのだった。

いま、小さな声でもあげれば、袖にいる姉は気づいてくれるだろうか。

無理だろうとあきらめる。

姉にとどく前に舞台にひびいてしまう。

本来は、雪江を制作した人形師、東馬多火雄《とうまたかお》が人形遣いもつとめるはずであった。

前評判が高く、早々にチケットが売り切れたのも、題材が刺激的なせいもあるけれど、一つには、舞台俳優にまじって、東馬多火雄が自作の人形を舞台で操るという趣向が評判を呼んだのであった。

東馬の人形は、妖艶と古怪のないまざった特異な雰囲気で人気が高いが、制作の点数は少なく、まして舞台に立つのは、数年に一度である。今度の舞台も七年ぶりである。

悠介が弟子入りしてからは、はじめてのことであった。

2

師匠、弟子といっても、手をとって人形作りを教えてくれるわけではなかった。

彼のほうが押しかけ弟子なのである。

七年前、悠介がまだ高校生だったころ、東馬多火雄の人形展が、彼の住む市の画廊で催された。

画廊は書店の三階の一郭にあった。ふだんは立ち寄ることのない場所だが、入口に飾られたポスターにひかれて、なにげなく入ってみた。

彼はそのときまで、東馬多火雄の名も知らなかった。

黒いカーテンでしきられた会場は、仄《ほの》暗かった。薄闇のなかに、十数体の人形が、蒼白《あおじろ》いスポットライトを受け浮かび上がっていた。

古びた緋縮緬《ひちりめん》やら友禅やらを綴《つづ》りあわせた衣裳の、襟から白くのびた首の上に、美しいというにはあまりに異様な顔がのっていた。

邦楽とも洋楽ともつかぬ音楽がバックに流れ、悠介はそのとき、荒れ野にただひとり立ち、人形たちにかこまれていると感じた。

人形たちのあいだを縫って歩きながら、動いているのは人形たちであり、彼自身はただ茫然《ぼうぜん》と立っている、そんな錯覚を持った。

そうして、事実、人形のひとつが、動き始めたのだ。

そのころ、彼は、白い衣裳の人形が何をあらわしているのか知らなかったが、後に得た知識に照らし合わせると鷺娘《さぎむすめ》をモチーフにしたものであったらしい。

舞台の所作事とは、ずいぶん違ったものではあったが。

時間をさだめて、日に一回だけ、東馬がみずから人形を操る、そのときにいきあわせたのだ。

東馬は、はじめ、黒衣姿であった。

背景の闇に東馬の姿は見え隠れし、人形が命を得て、ひとり動くような錯覚を、少年の悠介は持ちもした。

〈一樹のうちに恐ろしや、地獄のありさま、ことごとく、罪をただして閻王《えんおう》の……〉

というような歌詞も、そのときは正確にはききとれず、白い儚《はかな》い人形が、なにか責め苛《さいな》まれているとのみ、感じたのだった。

閻魔堂をかたどった大道具の縁《ふち》に人形を座らせ、扉をあけて黒衣は堂の中に入った。

すぐに出てきたが、そのときは、黒地に金の縫い取りをした四天のような衣裳に、火炎隈《かえんぐま》の顔をさらしていた。

獅子《しし》頭のような白髪であった。

黒い縄をふところから繰り出し、人形の全身を縛り上げ、縄の一端を堂の梁《はり》にかけ、逆吊りに吊るし上げた。

人形は、逆立って宙に踊り、乱れた長い髪が、苦しげに弧を描いた。

〈獄卒四方にむらがりて、鉄杖ふり上げ、鉄の牙《きば》かみならし、ぼっ立てぼっ立て……〉と、テープの長唄にあわせ、火炎隈の人形師は、逆吊りの人形を打擲《ちょうちゃく》した。

実際には、杖《つえ》をあてるわけではなく、優雅な型を見せただけであったが、リアルな演技よりよほど恐ろしく、悠介には感じられた。

焔熱《えんねつ》によって苦を受ける八種の地獄があるという。すなわち等活、黒縄《こくじょう》、衆合、叫喚、大叫喚、焦熱、大焦熱、無間《むげん》。

八大地獄の第二である黒縄地獄に落ちたものは、灼熱した鉄の縄で縛られ、その縄目に沿って、熱鉄の斧《おの》で切り裂かれる。

そんな知識も、後に得た。

白い儚い女を縛り上げた縄は、地獄の黒縄なのであろう。

そうして、人形師は獄卒。

しかし、打つ男、打たれる人形は、恋のよろこびをかわしていると彼の目にはうつった。

演出も、それを意図したものであったのだろう。しかし、彼はそのとき、演出者——人形師がそれを兼ねているのだ——の意のままにあやつられる素直な自分を、客観的に見て苦笑するほど、大人ではなかった。

人形の制作から、鷺娘をもとにした操りの構成、演出、出演、すべて、一人の意志に統一されている。

その意志がつくる世界に、彼は、溺《おぼ》れ切った。照明が真紅にかわり、人形も人形遣いも、炎の中にあった。

胸から腰、裾と、縛り上げた黒縄は、灼熱の鉄鎖と、彼には視《み》えた。

それが操りの終わりで、一瞬、場内は暗黒になった。

会場がしらじらと明るくなったとき、彼は、日常の感覚にすぐにはもどれず、しばらく床にうずくまっていた。

会場の外に、日常があるのが不思議だった。

書店の中を通り抜けるときはまだよかったが、車の排気音が騒々しい表通りに出ると、酸素の濃度がからだにあわない場所にいるようで、息苦しくなった。

会期は一週間あったが、彼は、もう一度入ってみようとは思わなかった。

度重なれば、最初の激越な感覚は失われると、予感していた。

後になって思い返せば、めったにない至福のときを与えられたのだった。

彼は、他の同年輩のものにくらべて、きわだった感性の持主というわけではなかった。

それまでの日常は、凡庸といえた。

たかが、人形。布や木をもちいて、人が作った無機質のもの。

そう冷静に突き放すには、彼は、年が若すぎただけのことなのかもしれない。

森羅万象を、自分を中心にしかとらえられない年頃であった。

上の空で、日々を過ごした。

これまでと同じように、学校に行き、姉と食事をしたが、そんなことをしている自分は抜け殻で、ただ惰性で動いているだけだという気がした。

これ以上、日常の中では呼吸できないと感じ、図書館に行き、人名録で東馬の住所をしらべた。人形師になると固い決意をもったわけではない。人形の身近にいたい。

自分の気持ちを客観視すれば、ただそれだけだったように思える。

姉を承知させるのに、一苦労するだろう、場合によっては、喧嘩別れになるかもしれないとさえ、彼は思ったのだが、姉は思いのほかあっさり許した。

彼が中学にはいるころから、姉が母親がわりだった。

彼の世話をするために、姉は高校を中退した。親の遺産としてアパートがあり、その家賃が入ってくるので、贅沢《ぜいたく》を望まなければ、姉と弟、ふたりだけの暮らしはどうにかなった。

ローンの返済と毎年とられる固定資産税があるから、つましく暮らさなければならなかったが。

姉弟の父親は小さい不動産会社を親の代からひきついで経営していたが、不意に縊死《いし》した。その前に、母親は家を出ている。男がいたということだが、彼は詳しいことは知らない。

大人には大人の事情があるのだろうと、あきらめることにしていた。

両親がいなくなったら、とげとげしい雰囲気も消え、彼は居心地がよくなった。

遺産を整理した後、まだローンの残っているアパートが、二人のものになった。

姉は、母のように眉間《みけん》に青筋をたてることもなく、父のように怒鳴りちらすこともなく、笑顔で彼の世話をしてくれた。

「悠がそうしたいなら、すればいいんだわ」

鏡の前で姉は髪を梳《す》きながら言った。

人形師の内弟子になると、打ち明けたときだ。

姉は、髪をとかすのが好きだ。

ふだんはうなじにまとめているのだが、ほどくと足首にとどくほど長い。

椅子に腰掛けて梳くから、畳の上にまで流れる。

髪の毛の先端までは、姉の意志はとどかない。からだの一部なのに、痛覚もない。

彼はときどき、髪のはしを切るのを手伝った。

相続税をはらうために、それまで住んでいた家は売ったので、アパートの一部を二人の住まいにしていた。六畳と四畳半に、ダイニングキチン(名前だけで、実は、ただの台所)、ウォータークロゼット、という間取りだ。六畳が彼の部屋、姉は四畳半。姉の部屋は、鏡台と箪笥《たんす》をおいたので、一人分の蒲団《ふとん》をようやく敷くぐらいの余地しかなかった。

「なんだか、ようすがおかしいと思っていた。恋愛中かと思っちゃった」

「ばか」

「人形に恋したのかな。それとも、人形師さんに恋しちゃったの?」

「ばか。姉といえば、親も同然、弟といえば、子も同然だろ」彼は聞き覚えた落語の一節をもじってふざけた。「親が、そんな不健康なこと、子供の前で口にしていいのかよ」

「『ろくでなしの恋』っていうの、乱歩にあったわね。あれ、横溝だっけ。人形に恋して」

「それを言うなら、『人でなしの恋』」

「人形に恋するのって、人でなしなのかなあ。わりあい、ふつうの感覚だよね」

「そうかなあ」

「そうだよ。きみは、健全、人形を、物としか感じられない人の方が、不健全」

どこまで本気かわからない口調で、姉は言った。

引き止められたらむきになるのだが、茶化され、奨励され、彼はいささか勝手が違った。

「おれが家を出ちゃって、平気なの?」

「助かるよ。早起きして御飯の支度しなくてすむし、夕飯も、食べるか食べないかわからないのに、用意して待っていなくていいんだし」

「あれ、おれって、まるで、御亭主みたいじゃない」

「それも、ぜんぜんサラリーなんかいれてくれない亭主ね」

「ああ、おれ、傷つく」

「わたし、その、人形師さんのところに、挨拶になんか行かないからね。そういうめんどくさいの、大嫌いなんだから。悠が、一人でことをはこぶんだよ」

「とうぜん」

冗談の応酬の中に、かすかな苦みを彼は感じて、姉の本心のありようを手探りした。

「結婚したい相手がいるの？　おれ、長々お邪魔をしちゃってたのかな」

「せっかく世話のやける同居人がいなくなるんだもの。一人で、のんびりする」

ああ、天国だ、と、姉ははしゃいだ。

東馬の住まいは、都内の、屋敷町であった。

表通りは高層マンションがならんでいるのに、その一郭だけ、奇蹟的に古いたたずまいが残っていた。

大正か昭和初期に建てられたものだろう、古びてはいるが造作がしっかりしていた。

黒瓦が重々しい和風の母屋の玄関の脇に、青い釉薬《ゆうやく》をかけた洋瓦、煉瓦《れんが》の壁の洋館が突き出した和洋折衷のつくりである。

弟子などとったことはない、と断られたけれど、強引に住み込んでしまった。

悠介としては、ずいぶん、思い切った行動であった。

そのとき、自分が物語のなかの人物の生をなぞっているような気がした。よくある話だ、弟子にしてくれるまで動かないと門前に居座るというようなことは。

東馬に言わせれば、いつのまにか、鼠《ねずみ》みたいに住み着いていたということになる。

いつから、住み込んだか、おぼえていないよ。

弟子にすると言いもしないのに、気がついたら、まわりをちょろちょろしていた。

そんなふうに、師匠は、他人には言う。

素顔の東馬は、その制作する人形の古怪なおもざしには似つかわしくない、ロックの歌手と言っても通用するような姿であり顔立ちである。

肌の艶は、せいぜい四十代にしか見えないのだが、髪が、若い顔と不釣り合いに異様に白かった。人形を操ったときの白髪は、鬘《かつら》ではなかったのだ。

人形に命を吸いとられるからだろうか、と、悠介は思った。

東馬自身は、なにも語らない。

出生の年や場所も経歴も、公表していなかった。

別に、秘密にせねばならぬことがあるわけではなく、人形が語ること以外に、他人に語るようなことは何もないと、ごく自然にそう思っているようだった。

洋館は応接間として設計されたものらしいが、東馬がこれまでに作った人形の置き場になっていた。

置き場というのは、殺風景な言い方だが、陳列室と呼べるような整然としたものではなかった。

人形たちは、無造作に棚に置かれ、椅子や床の上まであふれだしていた。

大半は、望まれるままに人にゆずったということで、東馬の経歴にくらべれば、人形の数は、むしろ少ないくらいであった。

二階の二間つづきの和室を、あいだの襖《ふすま》をとりはらって、東馬は仕事場にしていた。悠介が住み込むようになって一月もすると、通いで来ていた家政婦が来なくなった。

炊事洗濯掃除といった家事は、ごく自然に悠介にまかされた。

東馬は口うるさくはないが、何も言われなくても、気に入っているかいないか、悠介は感じられるようになった。

掃除は、隅々を念入りにした。洗濯物は、東馬のものと自分のものは、別々に洗濯機に入れた。風呂場には、古い洗濯板と盥《たらい》があった。東馬が毎日とりかえる肌着は、洗濯板にこすりつけ、盥で洗った。

家政婦がそうしているのを、見ていた。

炊事は簡単だった。東馬は口がおごってはおらず、野菜炒《いた》めだの焼肉だのといった、料理ともいえない惣菜ですんだ。

仕事場は、東馬が掃除した。ちらかった布の小片は、それなりに秩序があって、他人にはいじらせない。

人形を作っているときは、外から声をかけることもゆるされない。

完成された人形を手にとって見ることができるのが、唯一の、そうして、悠介としてはそれ以上望みもしない、内弟子の特権であった。

洋間に置かれた人形たちと、彼は、ひとつの時間を共有することができた。

飾るだけのものと、手遣いのできるものがある。等身大のものから、手のひらに乗る小さいものもある。

手遣いの人形は、背丈およそ三尺ほど。背後に手を入れる穴があり、首や手を操ることができる。

悠介は、こっそり扱ってみた。

左手で胴の心棒をささえ、たかだかとかかげ、背中の穴から差入れた右手で、首を動かし、手を動かす。

人形は思いのほか重く、悠介のほうがふりまわされた。

おまえなどの気ままにはならないよと、人形たちは嗤《わら》う。

征服しようとつとめたが、冷笑されているような気がした。

3

舞台公演の話がもちこまれたのは、半年ほど前のことだ。

彼が居候するようになって七年ほどたっていた。彼は高校生から青年に変貌していた。

自分ではいっこう変わったつもりもないが、鏡の中に見る顔は、ふと気がつくと、やわらかみを失っていた。

東馬はほとんど変わらなかった。

成人しきったものに、歳月がきざむ鑿《のみ》はゆるやかだ。

はじめて悠介が会ったときから、髪はこれ以上白くはなれないというほど白かった。そうして、頰の色艶は、いっこう衰えないのだった。

日常、人形たちと接していると、はじめのころの鮮烈な感覚は薄れた。

それを、悠介は、惜しんだ。

東馬も、彼にとって、神秘的な超人ではなくなった。

白髪と顔立ちの不釣り合いなことから、見かけは異様だが、奇矯な行動をとるわけでもなく、酒乱癖もなく、寡黙ではあるが、鬱屈《うっくつ》しているふうではない。

仕事にかかると、部屋に立ち入らせないが、そのくらいは、創作にたずさわるものとしては当たり前だ。

気軽に冗談口をたたきもする。

俗なことも望む。

そのことに、彼は、苛《いら》立《だ》ちを感じるようになっていた。

世の凡俗の理解を超えた、奇人変人であってほしいと、贅沢なことを、彼はひそかに願っているのだった。

　姉は、月に一度、おとずれた。

　アパートの家賃から、彼の分をとどけてくれるのだった。

　銀行に振り込めばすむことなのだが、それを口実に、ようすを見たいのだろうと、彼は思った。

　以前はセーターやTシャツにブルージーンといったラフなかっこうをしていたのに、和服でくることが多くなった。

「人形に影響されちゃったんだ」

　彼が言うと、姉は意味のない笑顔をかえした。

　ときたま、彼は、いつでも入ることをゆるされている洋間に姉をとおし、着物をたたむときに使う渋紙の帖紙《たとう》を床に敷き、その上に姉を座らせ、髪を解いて梳いてやった。

　そうして、好みの人形の髪型に似せて結い上げてやったりもした。

　そんなとき、姉は、身動きせず、彼の手にからだをまかせきって、目を閉じていた。

「ここにきて、いっしょに住んだら？」

　彼は誘ってみることがあった。

　彼が家を出たあと、姉は結婚するようすもなく、一人で過ごしていたからだ。

「家主っていうのは、けっこう、いろいろ用事があるのよ」

　姉は言うのだった。

「あたしまで家を出るわけにはいかないわ」

　姉が去った後、帖紙の上には、長い抜毛が残った。

　彼はそれを拾い集めた。

　よりあわせ、一端を自分の指にむすび、もう一方の端を人形の髪にまじりこませたりして遊んだ。

　彼は、なんとなく不満だった。

　東馬の人形たちをはじめて見、そうして東馬が操る一場を見たときの陶酔にまさる感覚を、ついに得られないままだ。

静かに、少しずつ、彼は幻滅感に腐蝕《ふしょく》されつつあった。

そんなとき、舞台の話が東馬のもとにきたのだった。

出演の依頼とともに、台本が東馬にわたされた。まだ決定稿は完成していなかったが、初稿からおよそのイメージを得て、東馬は制作にかかった。

台本をよむことをゆるされ、眼を通して、なるほど、人形を使うというのは、止《や》むを得ない、それと同時に、舞台をいたずらに嗜虐《しぎゃく》的、煽《せん》情《じょう》的にしない、美しい工夫だと、悠介は感心した。

雪江の役を、生身の役者が演じることは、不可能だ。

SMショーではない。演劇なのである。


絵描きの妻であり、同時にモデルとして、逆吊りにされ苛《さいな》まれる雪江の役に、東馬多火雄の人形は、これ以上ない適役だ。

「こういう絵描きの話、ありましたよね」

悠介は東馬に話しかけた。

「女房を逆さに吊るして、それをモデルに絵を描いた……」

東馬多火雄の蔵書には、江戸、明治、大正と、古い本がおびただしくあり、悠介はときどき見せてもらっている。

大正ごろの書物に、『火あぶり』という戯曲集があった。

彼が話題にしたのは、その表題作である。

逆吊りばかりではない、最後には妻を火責めにするというすさまじいもので、妻が、弟子の一人と姦通していることを知った画家が、責めぬくのである。

「舞台でほんとうに逆吊りの火責めをやったか

ら、それを目当てに客がおしよせ、大入りだったというよ」

東馬は気軽にそんなことを言った。

「ごらんになったんですか。そんなわけないか」

東馬は苦笑を返した。

「絵描きも実在したのだよ。それをモデルに、劇作家が戯曲を書いたのだ。画家と劇作家は友人同士だったが、それが原因で仲違いしたという。この台本は、それを下敷きにしている」

「くわしいんだな」

つい親しい口調になり、悠介は自戒した。

師との間には、距離をおかねばならぬ。

師がそれをもとめるのではなく、悠介が、友人めいたつきあいを望まなかった。

手のとどかぬ、不可解な高みに、君臨していてほしかった。

彼のような凡人には理解できない感覚と思考をたもっていてほしかった。

実際、悠介は、東馬多火雄の作るような人形は、決して作れず、その顔や姿態を、できあがるまでは想像することもできず、それゆえ、師は彼の思いも及ばぬ高みにいるのに、彼はなお、不満であったのだ。

すべての点で、驚愕《きょうがく》させてほしい、圧倒してほしい、凡庸な素顔のはしも見たくない。

そう願うなら、内弟子などやめて、遠くから眺めていればいいのだった。

しかし、すでに、彼は足を踏み入れてしまっていた。

聖域であるべき場所の垣を、みずからこわしてしまったのだ。

決定稿があがってくるころ、人形も完成した。

これまでの人形たちにくらべて、特別傑出しているわけではなかった。

手慣れた手法で、手慣れた人形を作っている。

そうとしか、彼には感じられなかった。

八百屋お七のような緋鹿子《ひかのこ》の手絡《てがら》をかけたその人形の髪に、彼は、そっと姉の髪の毛をないまぜてみた。

なにも、かわりはしない。

劇場の上の階にある稽古場《けいこ》に、彼は師匠の付人として通い、人形を遣うさまを、見て盗んだ。

よく見ておけと、言われてもいた。

反り身になって、東馬は、腰で人形を遣っていた。

暇をみては、ひとりで稽古にはげんだ。師匠は口では教えてくれない。

ときおりおとずれる姉に、

「先生なら言うことをきくのに、おれだと動いてくれない」

彼は焦《じ》れて訴えた。

「でもね、先生でも、あの鷺娘のときのような動きにはならないんだよ」

姉は、あのときの操りを見ていないのだから、共感をわかつことはできない。

少し困った顔で、「そうなの」と、なだめるように言うだけだ。

「悠、もしかしたら、照明とか舞台装置とか、そういうのがちゃんとしたら、よく見えるんじゃないかしら」

「ちがうよ。そんないろんなものの助けをかりないでも、あのとき、人形は生きていた」

そのうち、姉は、ひんぱんに顔を見せるようになった。

彼が外出から帰ると、姉と師匠が洋間で話し込んでいることもしばしばあった。

4

風邪をひきこんだのか、ゲネプロの当日、東馬多火雄は高熱を出し、初日から、彼に、代役のチャンスがまわってきた。

それなのに、どじをしてしまった。

師匠は病、おれは怪我《けが》。

なにか、祟《たた》られているのだろうか、この公演は。

雪ちゃん、おまえの祟りかい。

なにが気に入らない？

逆吊りにされるのが、いやなのかい。

闇の中で、雪江の髪をなでる。

長く伸びた小袖の裾の下に、足はないので、操り師の足腰が、人形の動きをささえる。

彼と人形は、血の脈でつながっていた。

彼の意思は人形の意思であった。

少しのすきまも、なかった。

憑《つ》くという言葉をもちいるなら、人形が彼に憑いたのではない、彼が、無機物である人形に憑依《ひょうい》したのだった。

だが……と、うずくまった彼は思い当たった。

逆吊りにされたそのとき、人形は、操り師の手を離れなくてはならなかった。

血の脈が、その瞬間、断ち切られた。

憑依した彼が、人形から離れた。

そのとき、人形は、空白状態となった。

吊り下げられた人形に、誰かの悪意が憑依した。

——おれが怪我をしたのは、そのせいじゃないのか？

彼は抱きかかえた雪江に問いかける。

だれだ、おまえに取り憑いたのは。

出演中の役者？

主役は画家と、その妻、そうして妻の情人の三人。そのほかに端役が数人。

妻の雪江の役は、逆吊り火責めの場以外は、人間の役者がつとめる。

そのだれひとりとして、彼は、悪意をもたれるおぼえはなかった。

稽古中でも、ほとんど言葉をかわしたこともない。

観客の中にも、人形に憑くほどの悪意を彼にもつものがいるとは思えないし……。

もっとも身近な姉をすぐに思いつかなかったのは、姉が彼に悪意をもつなど、考えられなかったからだ。

彼は、がく然とした。

瞼《まぶた》の裏に、紅《あか》い影がゆらめいた。

まだ、出番は残っているじゃないか。

やはり、ひっこみが早すぎたのだ。

雪江は、吊るされるだけじゃない、焼き殺されるのだ。

見上げると、透明になった紗幕に深紅の照明があたり、めらめらと燃える炎をあらわしている。

まだ、上にいなくてはいけなかったのだ。

とんでもないしくじりをしてしまった。

熱い、と、彼はふいに感じた。

逆吊りになった黒い影が、炎の中に揺れている。

姉だ、と思ったとき、周囲の闇が、昼間の明るさになった。


おびただしい人形が、彼をみつめている。

彼のかたわらに、人がたおれている。床に流れているのは、血だ。

東馬の洋間だと、思いあたった。

そのとき、頭の中にたちこめていた靄《もや》が晴れるように、すべてを思い出した。

この洋間で、人形たちにかこまれて、姉と師匠が、彼がこんりんざい見たくない姿態をとっているのを、見たのだ。

彼は、鋏《はさみ》で二人を刺し、姉を逆吊りにし、火責めにした。

熱いのも当然だ。

彼がライターでつけた火は、カーテンを燃え上がらせ、人形たちに燃えつき、ひろがりはじめている。

もうじき、ゲネプロのはじまる時刻じゃないか。

劇場に行かなくては。

彼は、雪江を抱き上げた。

師匠は、これでは行かれないから、俺が代役をつとめなくては。

大丈夫だ。

ゲネプロは、うまくいくのだ。

初日の舞台も、うまくいく。

ひっこみを間違えたりはしない。

「姉さん、行ってくるからね」

宙に逆吊りになり揺れている姉に、彼は声を投げた。

「舞台、見てもらおうと思ったんだけど、残念だね。でも、うまくやるからね。ひっこみをとちったりはしないから」

うまくやろうね、と、腕の中の雪江に、ささやいた。

足首に、強い痛みが走った。

「それは、人じゃなかったんですわ」

芳乃《よしの》の両手の指には、霜焼けでくずれた痕《あと》が残っている。夏をすぎ、やがて秋が深まれば、また赤くふくれ、関節の肉がはじけて割れるのだろう。

女中部屋は、膝《ひざ》がふれあうほど狭い。三畳間のうち半畳分は掃出窓《はきだしまど》の上に宙吊りの押入が張り出している。布団《ふとん》は主家からの借物で、塗りの剝《は》げた小さい姫鏡台だけが、芳乃の持物だ。

「はい、お茶。ぬるすぎました？」

「いい案配だよ」

「玉露を入れるのって、むずかしくって。いつも、熱すぎる、ぬるすぎるって、奥様に叱られます」

「ぼくは、いつだって、番茶のでがらしだから、こんな上等のお茶の味はわからない。猫になんとかだよ」

「かつぶしですか」

「反対だよ、それじゃ」

「わたし、馬鹿だから」

芳乃は、目を伏せた。彼はうろたえてしまう。

「そんなふうに言っちゃあいけない。芳乃ちゃんは賢いよ」

「賢かァありません。先生のおっしゃること、ちっともわからないんですもの」

「先生はやめてくれよ」

「だって、奥様の先生ですもの」

「荻野さん、でいいんだよ。芳乃ちゃんに先生と呼ばれると、こそばゆくていけない」

ようやく二十を一つこえたばかりの若輩であ

る。しかし芳乃はさらに四つ五つ年下なので、画家ときいただけで敬意を抱き、その上、雑誌の挿絵を描いていることや、個展をひらいたことを知り、ますます尊敬しているようだ。

　芳乃の〈奥様〉である有光子爵夫人は、彼を先生と呼びはしない。呼びつけるのは、彼から日本画をまなぶというのが表向きの口実ではあったが。

「人じゃなかったら、なんなの」

「精です。樹の」

「アニミズムの信奉者なのかい、芳乃ちゃんは」

「先生のおっしゃることは、むずかしくって、芳乃にはわかりません」

「人間や動物以外の、なんにでも、命がある、霊魂が宿っている、って信じるのが、アニミズムだよ」

「わたし、そんな迷信家じゃありませんよ」

　芳乃は、心外そうな顔をした。

「でも、あの樹には精がいるんです」

「伐《き》られてしまったのに？」

「枯れたわけじゃありませんもの。みんなで養っています」

「庭に出てみない？」

「お庭は、奥様がいらっしゃいます。じきに行くから、お二階のお画室で待っているように、って奥様、おっしゃったんですから、勝手にお庭に出たりしたら、叱られます。先生、早く、お二階のお座敷に坐っててください。女中部屋でお茶をおだししたなんて奥様に知れたら、わたし……」

　まだ、男を知らないのだろうなと、彼は感じた。だから、かえって、若い男を部屋にいれて平気なのだろう。彼にしたところで女のあつかいに慣れているわけではない。年上の友人にむりやり連れ出され、商売女を買ったことはあるが、からだの中のうっとうしいものを吐き出してすっきりするだけで、手管《てくだ》も何もあったものではなかった。

　幼いころから、きれいな女にはかぞえきれないほど片思いした。しかし、むこうから積極的に言い寄ってくる女は、暑苦しくて不愉快だった。

「寒くなったら霜焼けによく効く油薬をもってきてあげよう」

そう言いながら、芳乃の右手をそっと自分のたなごころにのせた。人差指の先の痕が、ことさら赤く、痣《あざ》か火傷《やけど》の痕のようにさえ見える。芳乃はすばやく手をひきぬき、後ろにかくした。

「いりません。霜焼けじゃありません」

では、やはり痣だったのか。悪いことを言ってしまった。指の先に痣があるのは珍しい。


有光夫人との初対面は、この年の春、百貨店の画廊でおこなわれた展覧会の会場で、女にしては大柄なのが、季節にはいささか暑苦しい銀狐《ぎんぎつね》の襟巻きに顎《あご》を埋め、目鼻立ちも華やかで、入口で記帳しているときから、ひときわ目立った。

悪びれず、さらさらと記名したが、顔見知りの招待客ではない。買物のついでに立ち寄ったというふうであった。お供をつれていた。制帽を庇目《ひさしま》深《ぶか》にかぶり、ホテルマンのような制服を着た、たくましい長身の男で、後にわかったのだが、おかかえの運転手であった。運転手は、常に、夫人の背後にいた。

初日は招待客でにぎわったが、三日目となると、義理でくる客は減る。まばらな客のかげに、新吉は身をかくすようにしていた。人前に出るのがどうにも苦手なたちだ。世紀末の頽廃的《たいはいてき》な雰囲気を特徴とする西欧画家の画風を日本画にもちこみ、幕末の浮世絵の頽廃と重ねあわせた新吉の絵は、一般の好みにはあわないが、一部に熱心なファンがいて、そのなかの、これもやはり頽廃的、悪魔的などと形容詞をつけられる小説家や劇作家などが、彼を挿絵に起用した。まだ画学生の身だから、その若さがちょっと話題になりもした。

後援者たちのお膳立てで、小さい画廊で個展をひらいたところ、裸婦と怪魚がもつれあう絵の、女の姿態と表情があまりに煽情的《せんじょう》だと、官憲から撤去を命じられた。満州事変がはじまり、風紀のしめつけがきびしくなってきていた。

秘画を描いたわけでもないのになぜ咎《とが》められるのか、彼にはわからなかった。西欧の画集を繰れば、この程度の艶冶《えんや》はいくらもある。

彼は放胆な気質ではない。むしろ、小心で、御上《おかみ》から叱責《しっせき》されるのは怖くてならない。挿絵を描くにも、用心するようになったが、彼を起用してくれる小説家にしろ劇作家にしろ、発禁すれすれのところできわどい勝負をしている人たちばかりだった。

小説家たちは、彼をけしかけた。費用はみなで支援するから、思う存分、好きな画題で描け、もう一度、個展をひらけ、と彼らはすすめた。

彼の絵を贔屓《ひいき》にしてくれる者のなかに、日本舞踊の師匠がいて、舞台衣裳の意匠をひきうけることがあった。そのつてで、個展の会場は百貨店の画廊にきまった。

しかし、場所柄、後援者たちの意図に反した個展にならざるを得なかった。

また官憲の手入れなどがあったら、百貨店も踊りの師匠もたいへんな迷惑をこうむると、異様な絵を描くくせに、そのあたりの常識はわきまえている。過激な画題は自粛した。

彼は、親元をはなれ、東北の在からひとりで上京し、下宿して画学校に通っていた。

五人きょうだいの末の彼が、ひとりだけ病弱で学校も休みがちなのを、親は哀れがり、どのみち、農作業もつとめもできまい、人並みに職をもつことはできそうもないからと、彼が家にこもって本を読み絵を描くほかはなにもしないのを放っておいた。彼の兄たちは、青物だの根菜だのを荷車に積んで一里ほどはなれた県庁のある市に行き、得意先に売りまわり、泥の濡《ぬ》れぐあいもみずみずしいのを安くさばくから重宝がられていた。

得意先に裕福な医家があって、院長が、新吉の絵に目をとめた。描いてしまえば、丁寧に保存する気もない作品は、野菜を包むのに、使い捨てられていたのである。

「才能がある」と断言した院長は、美術の鑑賞眼にすぐれているわけではなかった。まったくの素人《しろうと》だから、本物みたいに描けているというだけで、いたく感心してしまったにすぎない。いずれ名をなし、郷土の誇りになるにちがいない、などと、かってに期待をふくらませ、パトロンとなることを申し出、上京をすすめた。

親はありがたがって、虚弱な息子を都会に送り出した。たちまち院展などに入選し画壇の寵児《ちょうじ》になると単純に医師は思ったらしいが、そんな奇蹟は起こり得べくもない。医師の熱意は、じきにさめた。月々の手当てだけは、惰性のように送られてくるが、都会の暮らしにとても足りはしない。増額をたのめるわけはなく、通俗読物雑誌の挿絵を描くようになった。名は変えた。学校の教師にも学生仲間にも内緒の仕事だったのである。挿絵にたいする評価は、不当に低かった。

東京にきてから、彼は、西欧の悪魔的なエロティシズムを描く画家たちの画集を見ることができ、影響をうけ、挿絵の画風がさだまった。この暮らしがよほど性に合っていたとみえ、いくらか健やかになりさえした。郷里にいたころ病気がちだったのは、生活と気質の乖離《かいり》がひどすぎたためか。

最初の個展で官憲に咎められたことは、さいわい、郷里には知られなかった。知れたら、パトロンからの手当てなど打ち切られてしまう。親きょうだいも、近所に顔向けできなくなるところだ。身内の者が御上の咎めをうけたというだけで、村八分にされかねない土地柄であった。

だから、二度目の、この百貨店での個展に展示する作品には、慎重にならざるを得なかった。しかし、凡庸な画題では、彼の作品を気に入ってくれている後援者たちを満足させられないし、彼自身もあきたりない。

彼は、展示する全作品の画題を花に限定した。銀泥の地を、牡丹《ぼたん》で埋め、薔薇《ばら》で埋めた。菖蒲《しょうぶ》の群れが描かれ、桜が描かれた。それらは、ほとんど、黒の濃淡で表現され、わずかに朱を点じ、一刷毛《ひとはけ》の青をおいた。

妖《あや》しい美しさをかもしだしたつもりであったが、初日におとずれた後援者たちの間では、不評だった。意図はわからないではないが、それだけの効果はあげていない、と酷評された。きみは、やはり、女を描かなくてはだめだよ。美術評論家からは、無視された。

銀狐の夫人は、ゆるやかな足どりで、一点ずつ立ち止まり、近づき、離れ、行きかけてまたすでに見た絵の前にもどり、一通り見終わった後も去りがたいようにもう一度眺め直した。

画廊の主任が歩み寄って、「よほどお気に入りましたか」とうやうやしく声をかけたのは、買い上げてくれそうだと目星をつけたのだろう。そうして、彼をひきあわせたのだった。その場で、彼を師に、夫人は絵を習うと言ったのである。

「ぼくは、まだ、学生です。人に教えるどころじゃありません」

「あなたが、学校で教わったことを、私に教えてくだされぱいいんだわ。なにも、むずかしいことはないじゃありませんか」

毎月一度、別荘に行くことになった。列車とバスを使うから、片道だけで半日つぶれる。別荘に一泊して、翌日帰京する。すべて、夫人が独断で決めた。

二階の座敷の、籐《とう》の安楽椅子《いす》とテーブルをおいた広縁の窓から見渡せるのは、海と空ばかりだ。岬の突端に建つ別邸に、有光子爵が命名したのは清雅荘で、玄関の扁額《へんがく》にもそうしるされているが、夫人は青蛾荘の字をあてている。

夫である子爵は、東京の自邸にいるということで、別荘に姿を見せたことはなかった。

最初のときは、駅まで自家用車が迎えにきた。運転手は無口で、彼は少し怖かった。

式台つきの表玄関の厳《いかめ》しさに、彼は足がすくんだ。

和風の造りだが、玄関の取次の間は西洋風のロビーで、傾斜のゆるやかな広い階段の、刻をほどこした手すりが曲線を描いてなだらかに上下を結んでいた。

海際にぎりぎりまで寄せて母屋があるので、崖《がけ》とのあいだの敷地は狭い。一樹だけ植えてある藤の蔓《つる》が、棚からあふれて野放図にのび、二階の広縁の手すりにまでからみついていた。反対側には、宏大《こうだい》な庭がひろがっているのだが。これでは、雨戸が閉められないだろうと彼は思った。

「悪い絵を描いて頂戴《ちょうだい》ね」

夫人は、彼に言った。

「だれにも見せられないような絵を描いて頂戴」

十畳の座敷に緋毛氈《ひもうせん》が敷きのべられ、その上に、全紙大の画仙紙がおかれてあった。

「奥様が描かれるのでしょう」

「お手本にするのよ」

あなたの絵を見たとき、一目でわかったわ、と夫人は言った。

「悪い絵が描きたい人よ、あなた」

素人に絵を教えるのは初めてのことで、どうしたらよいものかわからず、水墨で蘭でも描き、模写させてみようか、などと思っていたのである。

「悪い絵って……」

「あなたが、一番描きたい絵」

答えにならないことを、夫人は言った。

秘画を描けと言うのだろうと察して、みだらな図柄を描いた。ごくありきたりの交合の絵であったが、白紙の上をのびのびと筆は走った。

一月経《た》って二度目の訪問のときは、車の迎えはこず、芳乃が駅で出迎え、バスにいっしょにのって道案内した。

停留所をおりてから別荘までは一時間ちかく歩かねばならず、それでも、芳乃とふたりで歩くのは苦にならなかった。

敷地は三百坪はあるだろうか、建物も七、八十坪はある。その邸宅に、夫人のほかは奉公人が三人いるだけなので、夏でも寒々しかった。奉公人は、芳乃と運転手の岩本、それに庭番の老爺《ろうや》である。外回りは老爺が掃除するが、家の中は芳乃ひとりにまかされているのだから、手が荒れるのもむりはない。

「大きなお屋敷だね」彼が感嘆して言うと、

「東京のご本宅は、もっと大きくて立派よ」芳乃は、自分のことのように自慢した。「小石川なの。お大名のお屋敷だったんですもの。お庭なんか、迷子になるくらいよ」

夫人はひどくはしゃいでいた。抱きつかんばかりに彼を迎えた。

階段をのぼるときは、実際、彼の肩に手をおき、からだの重みをあずけた。

彼は困惑した。誘っているのか、彼を子供扱いしているのか、わからなかった。

「もう、私、息切れしてどうしようもないのよ」

夫人の言葉も、ただ彼をからかっているだけのようにも思えた。いっこう、息をはずませてはいなかったのだ。

広縁の安楽椅子に、夫人はからだを投げ出すように腰をおろした。藤が、重い花房をつけていた。淡い紫の濃淡が、海の波を背後に、幾重にもかさなって、沖にひき、打ち寄せる波頭のリズムにあわせて、座敷にまで押し寄せるような錯覚を彼はおぼえもした。手すりにからまった太い蔓はさらにのびて広縁を横切り柱にからまり、これも花房をつけていた。

「この前の絵、とても悪くて、よかったわ、あなた。今日も描いてね。もっともっと悪い絵を」

　そう言いながら、夫人は、銀糸をあみこんだ帯締をほどき、畳に投げ出した。海の面が照り返して投げ出す陽光が、畳の目を針のようにかがやかした。

　白地の帯は、たまたま、油彩で藤を描いたものであったから、庭の藤と一つにつらなって、外が中に侵入してきたとも、外の藤を、夫人が中に引き入れたとも見えた。

　青い伊達締《だてじめ》、朱の腰紐《こしひも》と、夫人は次々に投げ出した。畳の上にそれらはとぐろをまき、のたうった。

　色彩は地味な大島紬《つむぎ》の、両前を翼のようにひろげると、襦袢《じゅばん》の裏の白があざやかだ。

　足袋《たび》は最初からはいておらず、素足だ。その指先が素早く動くと、これも白の縮緬《ちりめん》の蹴出《けだ》しが、すらすらと、落ちた。紐で締めず、上前の端を下前にはさんでとめてあったのだ。端を足の指ではさんでひいたと見えるが、そのようなはしたない動きは、彼の目にはとまらなかった。

　蹴出しを紐で締めないのは、色里のならいと知っている。玄人《くろうと》あがりなのだろうか、と思う彼の目の前に、女の裸身があった。

　窓からの光は、女の肌を藤の色に染め上げ、緋毛氈の上の画仙紙に翳《かげ》を落とした。

「悪い絵を描いて頂戴。この前よりもっと、ずっと悪い絵を。男と女の絵ね。兄妹よ」

　あなたも、脱ぐのよ、と夫人は命じた。

「シャツに筒袖《つつそで》なんて、野暮ったくっていけないわ」

　昼光が燦々《さんさん》とそそぐ真昼の座敷で肋骨《ろっこつ》のういた素肌をさらすのは、彼には恥ずかしくてならなかった。

「お脱ぎなさいってば」

　夫人の手は、強引に、彼の兵児帯《へこおび》の結び目にかかった。

「脱いだら描けません」

「どうして」

不思議そうにみはる目が無邪気だ。

「気が散ります」

「窮屈じゃなくて、いいと思ったのだけれど」

夫人は思いのほかすなおに譲歩した。

兄と妹が禁断のたわむれにふける絵を、彼は描かされた。

さまざまな姿態を描くことに、彼は没入した。

白紙に落ちる薄紫の翳がのびた。


三回目の迎えはこなかった。彼はひとりで長い道を歩いた。

芳乃が二階に案内した。広縁の手すりにからまった蔓が、古びた牛蒡《ごぼう》のようにひからびているのが、まず、目に入った。

手すりから身をのりだして下を見ると、崖とのあいだの狭い庭に、切株だけが残っていた。手すりの蔓は、根との繋がりを断ち切られて、ぶらさがっていた。

「どうして……どうして、伐ってしまわれたんですか……」

「わたしが伐るわけないでしょ。伐られちゃったのよ」

「だれが……」

「他人事でしょ、あなたにとっては」

そっけなく、夫人は突き放した。

「胸が痛いような顔をつくらなくていいのよ」

ぐったりと文机《ふづくえ》にもたれてそう言う声に、精気がなかった。

いいえ、ほんとに、胸が痛いです。こんな、酷《むご》い……。

口下手な彼は、言葉にだせず、心の中だけで言った。

「斬《き》られたのは、わたしよ。ざっくり、胸の肉をそがれたわ。腕を断ち切られたわ。血を噴いているでしょう」

夫人は向きなおった。

「あなた、見たでしょ、さかりの藤」

「はい」

「ここまでのびて」

「ええ」

「わたしのほうに、慕い寄ってきていたわ。夜、わたしは、抱かれたのよ」

夫人はつぶやいた。

新吉は、目に見える思いがした。

花房をたわわにつけた藤の蔓に巻きつかれた裸身が、目の前の夫人に重なった。

夫人は文箱の蓋《ふた》をとり、薄刃の小刀をとった。そうして、自分の腕をすっと割いた。にじみ出る血の粒を、舌の先でなめた。

「ミイラになりながら、手すりをつかんでいるわ」

「藤が……ですか」

新吉が問うと、わかりきったことをとあざけるように、夫人は笑った。

藤の絵を描けば、夫人の傷心をなぐさめることができるかと思ったが、その日、夫人は絵を描けとは言わなかった。

からだのなかに燃えさかる炎に、魂をまかせているような、奇妙に静かな表情になり、文机の前に座ったままですごした。そのかたわらに新吉はひかえていた。藤と交合する女の絵は、悪い絵になるだろうか、と、彼は思った。藤の蔓に女はつらぬかれ、臓腑《ぞうふ》はすべて花房でみたされるだろう。


七月、ヤスムと、電報がきた。彼の下宿には、電話がなかった。


そうして、翌八月、日にちを指定した電報が、もう一度とどいた。

土用の海は荒れていた。ねっとりと海の色は濃くなり、波頭が高く盛り上がって、なだれ落ちた。

眺めているるとめまいがおきた。

夫人は、少しやつれたように見えた。

「後光のある女を描いて頂戴」

「悪い絵でなくていいんですか」

「たいそう悪いと、後光がさすのよ」

夫人は言った。そうして、命じた。

「血みどろの絵を描いて頂戴よ」

そう言って、夫人は彼を押し倒したので、絵筆をおろす前に、画仙紙は皺《しわ》になった。

皺だらけの紙に、彼は、首を断ち切られた男の絵を描いてみた。男の手は、頭髪をつかんで、自分の首をぶらさげていた。

「もっと、悪い絵」と、夫人は言った。「絵の具の赤なんて、たいしたことはないのね」

明石のちぢみの袖口からのぞく夫人の腕には、赤い細い筋が交錯していた。

手洗いを借りに彼が階下におりたとき、芳乃がいた。

芳乃は、なにか沈みがちだった。立ち入ったことはきけず、鬱屈《うっくつ》に気がつかないふりをしていた。

「わたし、お暇をいただくかもしれません」

芳乃はぽつりともらした。

「きみがやめたら、ここにくるのが……」つまらなくなっちまう、と言いたかったが、語尾をのみこんだ。

「今日は、庭師のお爺《じい》さんを見かけないけど」

「あの人はいません」

芳乃は言い、笑い声をあげた。

「なにがおかしいの」

「なにもおかしいことなんか、ありません」

「笑うのだもの」

「わたし、笑ってなんかいません」

晩夏の陽を麦藁帽《むぎわらぼう》のつばでよけ、仕上げた挿絵をとどけに、市電に乗って出版社に行ったとき、編集者に、「有光さんという華族さんの屋敷がこの近くにないですか」と訊《き》いてみた。出版社も小石川だったのである。

あの屋敷なら、と、編集者は道を教えたが、「なんだって、君みたいな無産者が、華族の家に用があるんだい」からかうように言った。

練塀《ねりべい》がどこまでもつづいていた。鉄の鋲《びょう》をうった門扉をとざした四脚門は厳《いかめ》しく、この中に人が息づいているとも思えないほどであった。

新吉に悪い絵を描かせるときのほかは、夫人はここで暮らしているわけか。このなかに、いま、芳乃も運転手もいるのだろうか。

潜戸《くぐりど》のそばに立ち、そんなことを思っていると、巡査に見咎められた。

「奥様に絵を教えている者です」と言ったが、「おまえのような若僧が」と、いっそう怪しまれた。

留置場にとめおかれ、そのあいだに、子爵家に問いあわせ、夫人は病気で、三か月ほど前から、別荘で静養中との返事を得た。

「その、別荘で、お教えしているんです」

と言いながら、新吉は脅《おび》えた。描いた絵を官憲が見たら、風紀紊乱《びんらん》と罪名をつけて投獄するだろう。

「別荘で教えている者が、なぜ、ご本宅を窺《うかが》ったのだ」追及は執拗《しつよう》だった。人を見ればアカの手先と見なすのが、近ごろの官憲だ。「ここが、あの奥様の家か、と思って見ていただけです」

釈放されたのは、別荘にも問いあわせ、新吉の言葉が噓《うそ》ではないことがわかったからだが、「以後、用もないのに、うろうろするな」と、脅しつけられた。

三か月前といえば、藤の蔓が無惨に断ち切られたあのころだ。

からだはどこも病んでいるようには見えなかった。魂の病だろうか。

藤を伐られて病んだのか。その以前からだろうか。

アリミツの名で日にちを知らせてくる電報を待ちかねた。

九月。玄関に出迎えたのは、芳乃だった。会うたびに、色が白くきれいになると、彼は思った。

反対に、別荘はなんだか荒れてきたように感じられ、雑草がのびているからだと気がついた。

「庭師のお爺さん、怠けているな」

「いないんですもの」

芳乃は答えた。

「しかたないの。年寄りだったから」

「死んだんですか」

「ええ」

「岩本さんに、草むしりも頼んだらいいのに」

運転手の名を、あげた。

「あの人、動けないいから」

「怪我《けが》したの？」

あいまいに、芳乃はうなずいた。

「奥様、ご病気だって？」

「どうして？」

「そう、聞いたよ」

「だれに？」

「ぼくのことで、警察から問いあわせがきただろ」

「びっくりしたわ。でも、大丈夫だったでしょ」

「ちゃんと証明してもらったから」

「藤を伐ったの、だれなんだい」

「お爺さんよ」

「庭師の？」

「ええ」

「どうして……」

「早く、お画室に行ってください。奥様、待っておいでだわ」

芳乃の、〈お画室〉という呼びかたに、彼はなじめない。

夫人は、精気をとりもどしていなかった。

藤がさかりを誇ったあの日の昂揚《こうよう》とは別人のよ

うで、いまだに、樹木を伐られた衝撃から立ち直っていないのだろうか、病気というのは気鬱《きうつ》の病なのだろうか、と彼は思った。

　この日も、彼は、のびのびと、好きな絵を描き、夫人は静かな微笑でそれを見ていた。

　いつものように、一泊した。寝所は、階下の八畳間をあたえられている。

　夜中に目覚めた。床の間の鴨居《かもい》のかげに小さい電灯がついている。深夜、手洗いなどに行くのに困らないようにとの配慮だ。

　黒々とした、人の横顔が、床の間にあった。起き上がり、天井の電灯のスイッチをひねった。

　横顔の正体は、床の間に飾った菊の盛り花であった。シルエットが、錯覚をおこさせたのだ。

　幽霊なんて、こんなものだ。苦笑して床についたが、寝そびれた。

　おかげで、翌朝、芳乃が雨戸をあけたとき、彼は目がしょぼしょぼした。

　朝食は、芳乃の給仕で、茶の間でとる。夫人は、二階の画室のほかでは、彼と会わない。彼に悪い絵を描かせてたわむれるときのほかの夫人を、彼は知らなかった。

　朝の光の中で白いエプロンをかけた芳乃は、たいそう可憐《かれん》に見えた。

　玄関で見送るのも芳乃ひとりだ。

「来月も、またきてくださいね」

「もちろんだよ」

「わたし、もう、ずうっと、ずうっと、ここにいることになりましたから、きてくださらないと、淋《さび》しいんです」

「くるさ」

　彼が、小指をだすと、芳乃は恥ずかしそうに、霜焼けの痕の残る小指をのべた。

　扉がとざされてから、彼は海側の庭に通じる木戸をあけた。あまりに草が繁《しげ》っているから、ちょっと抜いてやろうと思ったのだ。

わざわざことわるのも恩きせがましい。さりげない行為のつもりであった。

藤の切株のそばに人影を見たのは、そのときだった。

そうして十月、芳乃のために、彼の絵ののった雑誌と、小さい贈り物の包みを用意して、電報で告げてきた日に、おとずれたのである。

「奥様、いま、お庭に出ておいでです」

芳乃は告げた。

「お画室でお待ちになっていてください」

「きみの部屋でちょっとやすんじゃいけないかな」

「小さくて汚いんです」

「そのほうが、ぼくは気が落ちつくんだよ」

三畳の女中部屋にとおされ、

「きみに、お土産《みやげ》があるんだよ」

渡すと、芳乃は、信じられないというように、彼をみつめ、包みを抱きしめた。彼は胸の底があたたかくなった。

「この前、庭でね」と、人影を見た話をすると、

「それは、人じゃなかったんですわ」

芳乃はそう言ったのだ。

古臭い迷信家と笑われたと思ったのか、芳乃はむきになった。

「精って言うとおかしければ、幽霊。それなら、ふつうでしょう」

「よけい、おかしいよ。幽霊なんて、目の迷いにきまっている」

いったん後ろにかくした指を、芳乃は彼の目の前に突き出した。

「あの方に、私の血をあげて養っているんです。その痕だわ。霜焼けじゃないんです」

「あの方って、幽霊だか精だかのこと？　わが国には、吸血鬼はいないんだよ」

「でも、お爺さんはそうやって死んだんですもの」

「お話つくりなら、ぼくのほうがうまい。ぼくが

見たのは、奥様の情人だった。ちがう？」

芳乃は眼を丸くした。

「どうして、ご存じなんですか」

「ここに、かくれて逢いにきていたとき、急な病気か怪我で死んだ。そうじゃない？」

「千里眼みたい」

「公にできないから、こっそり、藤の根本に埋めた」

「ちがいます。埋めてから、藤の苗を植えたんです」

「子爵がそれを知ったんだね。爺やさんに命令して藤を伐らせてしまった」

「ええ」

「それで、奥様は気鬱がひどくなって、ここにしばらく」

「死ぬまでです」

芳乃は言った。

「先生は千里眼だけど、また一つ、まちがえたわ。旦那様が藤を伐らせたので、奥様は旦那様を殺そうとしたんです。でも、うまくいかなかったの。それで、ここに幽閉されているんです」

「きみと、岩本さんが見張り……？」

「いいえ、見張りなんてついていないけど、外にかってに出たら、警察に言って、ほんとの牢屋に入れるのですって」

でも、と、芳乃は彼があたえた雑誌を嬉《うれ》しそうにめくりながら、

「みんなで、養っていますから、いまに、また花が咲きます。もう、どこにも出ていかなくたって、奥様、いいんです」

「きみは、よかァないだろ」

「先生、きてくださったし。いいんです」

「ぼくは、でも、たった一晩だけ」

「いいえ、いてくださるでしょ。ずっと。あなた、会ってしまったんですもの、あの方に」

ちょっと大人びた口調に、芳乃はなった。

「あ、奥様だわ」

芳乃は腰を浮かせた。

カンナあの紅

カンナあの紅食ひなばいのち灼け死なん
——三橋鷹女——

1

「見ると、あなたは死にます」

それでも、なお、見たいかと尼に念を押され、夏雄は気圧《けお》され、死んでもいいほど見たいか、と自問する。

昨夜見た夢だ。

ソーアンの尼さんは、お腹《なか》に目があると、彼に教えたのは、姉だった。水晶玉のような目玉をぎろりと見開く。そう、聞かされた。

だから、あんな夢を見てしまった。


日が落ちると、遊びをやめて、家に帰らねばならない。一日に終わりがあり、太陽が西に沈んで夜がくるのも、ソーアンの尼さんのせいだ。そう彼に教えたのも、姉だ。

彼の家に遊びにくる姉の友達は、常連が七、八人、いた。

「**さん、遊びましょ」

庭にまわってきて、声を合わせ、姉の名を呼ぶ。玄関の前からでは、子供の声は家の中にとどかない。

二階の屋根裏に、板敷きの広い子供部屋があった。八畳間を二つ合わせたくらいの広さで、彼と姉の共有の部屋なのだが、彼の名を呼んで遊びにくる友達はまだいなかったから、部屋は姉とその一党に占有された。

庭にもブランコと砂場があったが、子供部屋で遊ぶほうを姉たちは好んだ。

兄は中学生なので、そんな遊具は卒業し、部屋も、離れの一室をあたえられていた。

室内滑り台とシーソー。木馬。壁に黒板。コルク製の大型の積木。ままごとの道具。シーソーは、三日月形の枠の両端に座席をとりつけたもので、大きくゆらすと、床を滑り動き、ひっくり返った。両親が二人の子供のためにととのえた遊具はそのくらいだが、そのほかに、子供部屋には、手回し蓄音機とレコードがあり、さらに、姉と友人たちは、古着を持ち込み、たくわえていた。

母や叔母たちの、色褪《あ》せたショールだの、流行遅れでとても着られなくなったワンピースだの、擦り切れた帯だの、破れかけたスカーフだの、襟《えり》垢《あか》をベンジンで拭《ふ》いたあとが残る半襟や、ほころびた緋《ひ》色の長襦袢《じゅばん》もあった。

ぼろに近いそれら布切れの山は、十歳にみたない姉たちを、異国の王女だの悪漢だのに、変貌《へんぼう》させた。虫がくって使い物にならない狐《きつね》の襟巻きは、権高な女王の、なくてはならないコスチュームだ。化粧道具まで、部屋にはかくされていた。水白粉《みずおしろい》の瓶は、残り少なくなったのに、水を足したものだし、刷毛《はけ》も使い古されてちびていた。金《きん》箔《ぱく》を塗った貝殻の中の紅。小さい紅刷毛。粉白粉の丸い箱は、蓋《ふた》に泰西名画の写しが印刷され、貴族だか娼婦《しょうふ》だか彼にはわからない、豊満な胸を見せた女の輪郭に沿って少し凸凹があり、チョコレエトの函《はこ》を思わせた。ふわふわしたパフの柄を持って、姉たちは白粉を顔に刷いた。学齢前の夏雄の顔にも、粉がはたかれ、眉《まゆ》が引かれ、唇に紅が塗られた。

そうして、レコードの音楽にあわせ、即席の踊りや芝居がはじまるのだった。

姉たちのお気に入りの曲はツィゴイネルワイゼンで、ヴァイオリンの哀切なメロディにあわせ、姉たちは、ジプシーになった。彼は、姉たちの気分によって、さらわれた子供にされたり、奴隷《どれい》にされたりした。ジプシーの話が、いつのまにか、トルコのサルタンの物語に変わっているのだった。シーソーや滑り台は、適宜、舞台装置のかわりになった。

そのうち、姉たちは、夏雄に意地の悪いたくらみをするようになった。

一枚のレコードが元凶だった。童謡集である。子供の歌手が甲高い声でうたう歌と、大人の声楽家がうたうものとまじっているが、曲目は、子供向けの童謡ばかりだ。

そのなかの一つを聞くと夏雄が錯乱しかねないほど怯《おび》えると知って、姉たちはわざと、くり返し、かけるようになったのだ。


「てんてん手ん毬《まり》、てん手毬、てんてん手毬の手がそれて」「金襴緞子《きんらんどんす》の帯しめながら……」「叱られて、叱られて、あの子は町までお使いに……」「お山の大将、おれひとり、後からくるもの突き落とせ……」「カラスなぜ鳴くの……」「夕焼け小焼けの赤とんぼ……」と、歌が進む。

そのあたりは、平気で聴いていられる。姉たちに振りまわされながら、でたらめのダンスの相手もする。しかし、「ぎんぎんぎらぎら夕日が沈む」と子供たちのコーラスがはじまると、彼は、ぞっとする。その次にうたわれる歌がわかっているからだ。歌——と言えるだろうか。

「やめて、やめて。レコード、とめて」

夏雄は身をよじる。

姉たちは、笑うだけだ。悪意のこもった笑いだ。

「まっかっかっか、空の雲、みんなのお顔もまっかっか」

容赦なく、歌は進む。

そうして、「ぎんぎんぎらぎら日が沈む」最後のフレーズになり、「蛙《かえる》が鳴くからかーえろ」子供たちのせりふだ。

「いや、いやだ」彼は泣き声になり、耳をふさぐ。姉たちは、残酷にその手を引きはがす。ぴイーと、笛の音が聞こえる。そうして、こつ、こつ、とゆっくりした足音。

「子供さんたちや」

男の声が呼びかける。

「なにをしているのだね」

「うちに帰るところ」

「もう少し遊んでおいき」

「叱られるから、だめ」

次の質問をしちゃ、いけない。彼は、子供の口をふさぎたくなる。でも、レコードの中に閉じ込められた子供に、どうしたら、こちらの意思をつうじさせることができる。

子供の一人が、なにげなく、聞いてしまう。

「小父《おじ》さん、だれなの？」

夏雄は鳥肌がたつ。それを、聞いちゃいけない。おどろおどろしい効果音がして、

「かくれ、かくれ、隠れ座頭」

抑揚は、幽霊が〈うらめしや〉と言うのと似ていた。

それから話がどう進むのか、彼は知らない。

「隠れ座頭」と名乗りをあげたとたん、大泣きに泣きわめき、部屋をとびだそうとする。弟をいじめて泣かせたとなると、親たちに叱られるし、泣き声はうるさいしで、姉たちも辟易《へきえき》してレコードをとめざるを得なくなるからだ。

話の先を知らないのに、黒い奇妙な形の頭巾《ずきん》をかぶった盲目の座頭が、人さらいだと、なぜか、わかっている。

人さらいは、たいがい、さらった子供を曲馬団に売るのだけれど、隠れ座頭が子供を連れ込むのは、えたいの知れない闇《やみ》の奥だ。

さらわれて曲馬団に売られる子供の話は、怖いけれど性《しょう》が知れている。その恐怖は、肉体の痛みにかかわる恐怖だ。鞭《むち》で打たれ、食事を抜かれ、不可能としか思えない芸を仕込まれる。骨をやわらかくするために、酢《す》を飲まされもすると聞いている。親から引き離される悲しさ。でも、それらの、怖さは、想像がつく。ふだん感じる痛みや悲しみを増幅させ拡大させたものなのだから。

しかし、隠れ座頭にさらわれて、闇の中に連れ込まれたら、その後、どうなるのだろう。座頭は、なんのために、子供をさらうのだろう。

子供をさらって曲馬団に売る人さらいは、実在するけれど、隠れ座頭はレコードの中から声を聞かせるだけだ。

「こわがり」「いくじなし」

からかわれ、ときにはいじめられても、夏雄は姉とその友達のしっぽにくっついてまわる。

華やかなそうして秘密めいた雰囲気が、姉の一団にはあった。

姉はその一団の統率者というふうだが、もう一人、頭だったのがいた。カケイさん、と呼ばれていた。

ほかの子はみな、名字や名前のはじめの一字に〈ちゃん〉をつけたり、〈お〉をつけたりして呼ばれる。アヤちゃん、おタカというように。カケイだけが、さんづけで呼ばれる。一目おかれていたのだろう。大柄だった。夏雄の姉もカケイを上回るくらい背が高いが、カケイは、肉づきもよく、胸のあたりはふっくらと曲線を描き、大人びた雰囲気をもっていた。〈カケイ〉は名字なのだろうが、下の名前を、夏雄は知らない。

西洋人形のような顔だちをしていた。髪が赤みを帯びすこしくせ毛なのも、西洋人形のようだった。

グループの中でも、姉とカケイはきわだって仲がよかった。たがいに、相手を認めていたのだろう。カケイと姉は、いつも、級長と副級長に、交替で選ばれていた。

夏雄は、カケイが少し怖かった。からだが大きいぶん、力もずばぬけて強かったためだ。姉のような手荒なことは、カケイは夏雄にしたことはなかった。姉は、夏雄にはすぐに暴力をふるった。ほかの友達が調子にのって夏雄に手を出すことは、姉はゆるさなかった。

カケイの眼は、右と左、別々の動きをした。左は上下左右、自在に動くのだが、右は、常に一点を凝視していた。

それが不思議で、夏雄は、カケイをみつめてばかりいた。カケイは、一度だけ、右の眼をとり出して、夏雄に見せたことがあった。夏雄の前で、カケイは、とり出した目を口に入れた。空の手を夏雄に見せた。

「目、どうしたの」

「食べちゃった」

「困らないの」

「また、生えるから大丈夫」

そうして、次に会ったとき、目はちゃんと眼窩《がんか》にあった。

夏雄は、カケイを尊敬した。だれも、そんな奇跡を見せる者はいはしない。

夏休みに遊びにきたカケイは、少しやせていた。一学期の終わりごろ、重い病気をしたのだという。

2

「見ますか」

夢の中で、ソーアンの尼さんは、言う。

死ぬのは、いやだ、と夏雄は思う。

しかし、死ぬということが、どうなることなのか、夏雄にははっきりわからない。

尼さんを姉たちがはじめて発見したのは、夏休みの最後の日だった。

長い夏の休み、遊ぶ時間がたっぷりあった。ありすぎて、姉たちは退屈していた。さしこむ夏の陽は、子供部屋がいつも発揮する変形《へんぎょう》の力を失わせたようで、古着はただの着古しのままであり、化粧道具も、かさかさと粉っぽかった。

学校ごっこに欠かせない黒板は、いたずら描きでうずまっていたし、シーソーも滑り台も、子供たちの活気を注入されないと、ただの場所ふさぎだ。

「衛戍《えいじゅ》病院に慰問に行こう」

退屈したときは、だれかが、そう言いだす。負傷したり病気になったりした兵隊を収容している衛戍病院（陸軍病院）まで、夏雄の家から子供の足で二十分ほどかかる。

慰問に行ったというと、姉たちは学校で教師に褒《ほ》められるらしい。でも、夏雄には、善行をしているとは感じられなかった。殺風景な木造の病院は、兵舎と似ていた。傷病兵は退屈していた。そこへ、退屈した子供たちが押しかけて、下手くそな歌をうたったり、遊戯を見せたりし、兵士のなかでも気のいいのが、お義理に手を叩いてくれる。しかし、迷惑だという顔を露骨に見せる傷病兵も大勢いたのである。傷病兵のあいだでは、絽《ろ》刺《ざ》しがはやっていた。木の枠に絽織の布を張り、織地の透き目を、金糸や銀糸、色とりどりの糸を刺して刺繡《ししゅう》するのである。将棋や碁に興ずる者もいたが、女の手仕事のような絽刺しをしている者が一番多かった。

川沿いに、川上にのぼると、土手がくずれ、道は雑木林を迂回《うかい》して人家の間の道に出る。さらに歩いて駄菓子屋や雑貨屋のならぶバス通りを突っ切った先に、衛戍病院はあるのだけれど、

「衛戍病院はいやだな」

そう言ったのはカケイだった。それにつづいて、

「川のあっちのほう、探検しよう」

言いだしたのは、姉だったのか。カケイだったのか。

二人、言わず語らず、一致したのだった。

くずれ抉《えぐ》れた箇所は、子供たちは通行を禁止されていた。遠回りすれば、上流のほうにむかう道はあるのだろうが、姉たちはまだ行ったことがなかった。くずれた土手の斜面を渡って、道のない川沿いに、上流を探検しようというのだ。

夏雄は怖かった。子供の重さをささえきれない砂利まじりの土が、足の下で流れる。手を引いてくれそうな者はいない。

さいわい、夏雄は、その日、歯医者に行くことになっていたので、姉たちと別れた。

歯医者は通いなれているのでひとりで行ける。歯医者を、夏雄は嫌いではなかった。器具で削られるのはいやだけれど、待合室が、物語の宝庫であったのだ。患者の退屈しのぎに、大人の読物雑誌や本がたくさん備えてあり、待ち時間の長いほど、夏雄には都合がよかった。家には、このような刺激の強い読物はおいてなかったし、読んでいるところを見つかれば怒られとりあげられるにきまっている。振り仮名をたどれば、物語はほとんど理解できた。

その日は、新しい本が入っていた。

外国の短編集で、少年を主人公にした物語を見つけ、夢中になって読んだ。イタリアの話だった。父親の友人が、為政者に抵抗する団体に入っている。官憲に追われ少年の父親を頼って逃げ込んでくる。父親はあいにく留守だった。少年は、納屋に男をかくしてやる。官憲が捜索にくる。少年はしらをきる。「この家に逃げ込んだのはわかっているのだ」と、官憲は少年をおどしたりすかしたりし、それから、金時計を見せびらかす。居所を教えれば、これをやる、と言われ、少年は、誘惑に勝てなくなる。指でそっと納屋をさす。官憲は、かくれていた男を引きずりだし、縄をかける。そこに、父親が帰ってくる。男は、父親に、「裏切り者」と、軽蔑《けいべつ》した言葉を投げ、引かれていく。父親は、少年がかくし持っていた金時計を見つける。

そこで、彼の治療の番がきた。歯のうしろを削り薬をつめられる間、話のつづきが気になっていた。「これで、終わり。もう、こなくていいよ」歯医者の宣告は、彼をがっかりさせた。「また虫歯をつくらないように、寝る前に、かならず歯を磨くんだよ」待合室にもどると、だれもその本を読んでいなかった。夏雄は、シャツの下に本をしのばせた。

夕飯まで、部屋にこもって読みふけった。

父親は、少年を墓地に連れていき、十字架の前にひざまずかせ、神に祈れと命じた。少年は、言われたとおりにした。父親は、猟銃をかまえ、少年を撃ち殺した。

夕食の時になっても、姉は帰宅しなかった。

産婦人科の病院の院長である父は、夕食を家族とともにすることはほとんどない。病院は母屋と同じ敷地の中にあり、渡り廊下でつながっている。母屋と病院の間の空き地は、病室の洗濯物の干し場につかわれていて、患者のシーツだの蒲団《ふとん》カバーだの寝巻だのが、天気のいい日は、いつも干してある。幾重にも干されたシーツの間を縫って歩くと、濡《ぬ》れた布のにおいと太陽のにおいがまじって、目の前は水をふくんだ幕ばかりで、ちょっと不思議な気分になるのだけれど、看護婦に見つかると、子供の遊び場ではないと、叱られる。

夕食には、母と兄と姉と彼、四人の顔はかならずそろわねばならなかった。中学生の兄の帰宅は、六時と決められた食事時に間にあわないことがあったが、帰るまで、姉と彼は、箸《はし》をとるのを待たされた。この家で、父についで権威のあるのが兄であり、彼はみそっかすだった。

兄が膳についたのに、姉がまだ戻らないので、母の機嫌が悪くなった。

「夏雄、お姉様は、どこへ行ったの」

「知らない」

「知りません、でしょう」

言葉づかいを正され、言いなおす。

三十分もおくれて帰宅した姉は、母の叱責《しっせき》に、「ごめんなさい」ふてくされたように答えた。姉の手足は引っかき傷だらけで、服の裾《すそ》には泥もついていた。

「どこへ行っていたんです」

「衛戍病院」

「あそこは、面会は四時までのはずですよ。その後、どこへ行ったの」

姉は黙りこんだ。

こういう時、姉は、たいそう強情になる。母がなにを言おうと返事をしない。母は、手をあげて折檻《せっかん》はしないが、叱責はしつっこい。

「仏間にいらっしゃい」語尾がきんと高くなる。

仏壇の前にすわらされ、お説教を食うのは、姉が一番多い。

なぜか、重々しく叱られる場所は、仏壇の前と決まっている。母は、ご先祖様の威光を背に負って教えさとしているつもりらしいのだが、姉には通用しない。

早いところあやまってしまえばすむものを、何時間でも押し黙って一点を見据えているから、母が根負けし、この次から気をつけなさい、と言って釈放になる。

このときは、母と根くらべになった。

仏間と次の間の境の襖《ふすま》があいていたので、夏雄は、絵本を読んでいるふりをしながら、一部始終を見聞きした。両親があたえてくれるのは、こんな他愛ない絵本ばかりだ。

あきらかに姉は嘘《うそ》をついている。母はいらだち、不安も持ったようだ。親に言えないようなところに行っていたのか。正直に言いなさい。叱らないから、とにかく、言いなさい。不良になってもいいのか。警察に連れていかれるようなことになったらどうするのか。

お父様に申し上げますよ。

これは、かなり効き目のあるおどしで、夏雄は父の名をもちだされると、恐怖でふるえてしまうのだが、姉は黙りとおした。

「そこにいなさい」と、姉は仏壇の前に正座したまま、放置された。往診から帰宅した父に、母はうったえ、「食事が先だ」と父は言うのに、母は聞きいれず、空腹と疲労から、父の機嫌はおそろしく悪くなった。手をあげることだけはしないのが、家風だった。そのかわり、声に迫力があった。仁王立ちになり、姉の名を呼びつけ、「嘘をつくな」と、父はどなった。

「お父様は、いつも、約束は守れとおっしゃいます」

姉は、反論した。

「言わないと約束したのか」

「そうです」

「だれと」

「それも、言いません。約束しました」

父の困惑した表情を、夏雄ははじめて見た。

約束を守れ。嘘をつくな。ふたつの教訓の二律背反。

「親には嘘をついてはいけない」父は、強調すべき一方を選択した。「約束といっても、いい約束もあれば、悪い約束もある。悪い約束は、守る必要はない。いいか悪いかは、お父さんが決める。言いなさい」

その夜、姉は食事を抜かされ、仏壇の前に正座させられた。

子供部屋の隣りの六畳の和室が、姉と夏雄の寝室にあてられている。蒲団は、夕食をとっている間に、ねえやが敷きのべておいてくれる。ねえやは二人いて、子供部屋の蒲団を敷くのは、年下のほうだ。

　夏雄の就寝時間は八時と決められている。姉が部屋に戻ってきたのは、九時ごろだった。ずっと仏壇の前で正座させられ、明日、二学期の始業式があるからと、やっと釈放になったのだという。

　掛け蒲団のかげにスタンドを引きよせ、本に読みふけっていた夏雄は、いそいで本をかくしたが、あっさり見破られた。

「本のこと、お母さまに内緒にしてあげるから、お台所からなにか食べるものとってきて」

　姉はそうささやいた。

「叱られる」

　決められた食事とおやつのほかのつまみぐいも、厳禁されている条項の一つだ。

「寝てから本を読むのだって、叱られるわよ。歯医者さんの本でしょ、それ」

　姉は見抜いた。

「どうして、知ってるの」

「昨日、わたし、行ったとき、あったもの」

　姉も同じ歯医者に通っている。

　二つの禁を、夏雄はこのとき、おかしていた。扉に、歯医者の蔵書印が押してある。盗みは、もちろん、許しがたい大罪悪だ。

　父に撃ち殺される子供の話を、くり返し読みたかった。貸してくださいと歯医者に頼むことを、夏雄は思いつかなかった。待合室にそなえつけられた本は、絶対持ち出し禁止。そう思い込んでいたのだ。さらに、歯医者に頼めば、歯医者の口から、夏雄が大人の本を読んでいることが両親の耳に入りかねない。絵本以外の大人の本は、子供が手にしてもいけないものだった。内容が年齢にふさわしくないという理由で。歯医者にこっそり行って返しておけばいい。盗《と》るんじゃない。断らないで借りるだけだ。そう、自分に言いわけしたけれど、大人の論理ではこれは盗みになるとわかっていた。

「お姉様も、『マテオ・ファルコーネ』読んだ？」

話のタイトルであり、息子を撃ち殺した父親の名前でもある。

「読んだわよ。その本、全部、読んだ。『盲目のジェロニモとその兄』読んだ？」

「まだ」

「話してあげるから、食べるもの、早く。そうっとね」

「自分で読むから、話してくれなくていい」

「今日、行ったところのこと教えてあげるから、早くったら」

姉の手が強引に本をとりあげた。

台所ではかたづけの終わったねえやが、父が往診に使う車の運転手とひそひそ声で話し込んでいた。運転手は家族持ちで、すぐ近くに住んでいる。ねえやと仲がよいので、どちらかに暇を出さなくてはと、母が父に話しているのを、夏雄は聞いている。

「お水を飲みにきたの」

困って、夏雄は言った。二人の目をぬすんで、蠅帳《はえちょう》の前をうろうろしていると、ねえやは、心得顔でにぎり飯をのせた小皿を夏雄に渡した。「奥様に内緒ですよ。お嬢様、なにも召し上ってないんでしょ」

いつもは、お喋《しゃべ》りで少しうっとうしいねえやに、夏雄は感謝した。

寝巻の下に片手で小皿をかくし、片手に水の入ったコップを持って、母がいる茶の間の前を足音をころして通り、二階にもどった。

腹のみちたりた姉は、父と母には内緒の話を教えてくれた。

川べりの崖《がけ》くずれは、進むほどにひどくなり、ほとんど絶壁みたいになったと、姉は言った。地面から露出した木の根っこにつかまり、すべらないようにズックの先を崖の赤土にくいこませて進んだ。

その先に、繁茂したヤブカラシのからまった木柵が、川べりすれすれにのびていた。

木柵を乗り越えようと、姉とカケイは、うなずき合った。

そう、姉が言うのを聞いて、二人がこうと決めたら、ほかの仲間はあらがえない、と、夏雄は思った。

「ひどいの。ヤブカラシのかげにね、鉄条網がはってあった」

それで、傷だらけなのか。

「乗り越えたら、牛小屋があったの」

牛糞《ふん》を踏んでべそをかいた子もいた。

「汚くてね、すごく、臭いの」

「牛、いた？」

「いたわよ。毛がはげた、汚い牛」

夏雄の家のあるあたりは、住宅街で、牛だの馬だのを見かけることはないけれど、少し離れると、畑が多くなる。しかし、牛は耕作にもちいるのではなく、牛糞を肥料にするために飼育しているのだと、姉は教えた。姉がどこからそんな知識を仕入れるのか、夏雄にはわからない。

牛小屋の周囲の敷地は柵でかこってあった。小さい木戸のかけがねをはずして、外に出た。道のむこうに、樹木にこんもりおおわれた小さい丘があり、その裾から中腹にかけ石段があり、上のほうは木立のなかにかくれていた。

石段をのぼりかけたら、途中から、細い坂道が、石段とは別に、寺が見えたので、雑木の間をくねっていた。石段の先には、なにがあるのかわからない坂道をのぼることにした。

「探検したの？」

「そうよ。そしたらね、ソーアンの尼さんがいたの」

「ソーアンの尼さんって、だれ」

「知らないわよ。はじめてだもの、見たの」

「ソーアンって名前？」

「名前知るわけないじゃない。草庵《そうあん》に住んでるの、尼さんは」

「ソーアンって何？」

「尼さんのうちのこと」

そう言って、姉は声をひそめた。

「隠れ座頭のお姉さんなのよ、ソーアンの尼さんは」

小さい悲鳴をあげて、夏雄は蒲団を引っかぶった。しかし、蒲団の中の闇は、恐怖をいっそうかきたてたので、首を出した。スタンドの小さい灯が頼もしかった。

「尼さんは、隠れ座頭のために、お日様を沈ませるの。お日様のある間は、隠れ座頭、出てこられないから。真っ暗闇になってしまっても、だめなの」

「真っ暗闇だと、隠れ座頭、出られないの？」

闇のなかで猛威をふるうのは、魔王なのだと、姉は言った。太陽が地平に沈んだ後、名残の薄明かりをただよわす。隠れ座頭が、子供をさらう力を持つのは、その間だけなのだ、と姉は説明した。

「尼さん、お腹に目があるよ」

そう、姉はつけくわえた。「水晶玉のような目玉がぎろり」

それだけ言うと、姉は、反対側をむき、寝息をたてはじめた。

姉の言葉が、瞼《まぶた》の裏で実体になるのが怖くて、夏雄は、本のページをくった。物語の中に逃げ込もうと、姉が口にした『盲目のジェロニモとその兄』という話をさがした。

孤児の兄弟は、酒場などでバイオリンをひき、歌をうたい、酔客からわずかな銭をもらって暮らしている。

客のひとりが、盲目の弟に耳打ちする。おまえの兄さんにおれが、金貨をやった。でも兄さんは独り占めするつもりだから、だまされるなよ。金貨にさわらせてくれ、と弟は兄に頼む。兄は当惑する。金貨などもらっていないよ。弟は信じない。二人のあいだの信頼感は、酔客のたちの悪い一言で断ち切られた。弟は兄をののしる。兄は、決心する。

そのあたりで、夏雄は眠った。徹夜して本を読みふけるには幼すぎた。

翌朝、目が覚めたとき、夏雄は本のことは忘れていた。明るい光のなかで服を着替えていると、尼さんのことも、盲目の弟とその兄のことも、遠い夢のように脳裏から薄れる。

幼稚園の夏休みが終わるのは、小学校よりおそいし、はじまっても、夏雄は行くつもりはない。夏休みの前も、ずっと休んでいた。一年中、休みのようなものだ。父も母もむりに通えとは言わなかった。朝食がすみ、姉が学校に行ってしまうと、ひとりで遊ぶほかはない。つづきを読もうと思い出し、本がないのに気がついた。

蒲団をたたんでくれたのは、ねえやだ。訊《き》くのが、怖い。歯医者の印が押してある。一目で持ち出したことがわかってしまう。借りたと嘘をついても、大人の本を読んだというだけで叱られる。

ねえやは、お母様に言いつけただろうか。心配で、うろうろと、ねえやの後をついて歩いた。

「どうしたんですか、坊っちゃま」

「本……」

おそるおそる、夏雄は口にした。

「本、なかった？」

「どこにですか？」

「蒲団たたむとき」

「なにもありませんでしたよ」

つっけんどんにねえやは応じた。

朝はねえやはいそがしいから、邪魔をすると機嫌が悪くなる。

爽《さわ》やかな日だった。空が晴れ渡り、風が涼しくて、黄昏《たそがれ》の薄気味悪さは、霧散してしまう。

本がなくなったことは、胸の底に重いしこりになっていた。叱責されるのが怖い。それと同じくらい、ジェロニモの兄がどういう決心をしたのか、話のつづきがわからないままなのが、気にかかる。

父は病院の診察がはじまり、母は着物を着替えて外出した。兄も姉も、学校に行った。

夏雄は、ねえやに告げず、家を出た。

川べりをひとりで歩く。土手がくずれ抉れたところをめざした。あのむこうに渡れば、変な尼さんに会える。とても、渡る勇気はないけれど。

夏雄は、足をとめた。くずれたところのへりに腰をおろした人の姿があった。足は、崖の中途でぶらぶらしている。カケイであった。

始業式、行かないんだろうか。

見つからないうちに、逃げようか。

カケイは、いつもとずいぶん違ったふうに見えた。

からだの中から力が消えて、形だけがそこにあるみたいだ。

カケイはふりむいた。大きくからだをねじった。動かない目は、いつものように静かだが、動くほうの目は、瞼が腫《は》れて赤らんでいた。

夏雄に気づくと、ちょっと表情が変わった。知らぬふりをしようか、と迷ったようにも、夏雄には感じられた。カケイは手の先を動かした。手招いているのだと察し、近寄った。

隣に腰をおろすように、仕草でカケイはしめした。足元はくずれた土手で、へりの側に立つだけで、嫌な感覚がすうっと背中に走る。

カケイは、夏雄をみつめ、それから、夏雄の手首をにぎり、掌を上むきにさせた。右の眼をはずして、夏雄の手にのせた。陽の光が虹彩《こうさい》に反射した。足元の川面もさざ波がちらちらして目眩《めまい》をさそう。

「あげる」

「だって……」

「もう、いらないから」

3

その夜、家の中は、なんだかざわめいていた。母はあちらこちら電話をかけ、往診から帰宅した父に、母が昂《たかぶ》りをおし殺したような声で何か喋りまくり、父が姉を仏間に連れ込んだ。

翌日、姉は学校を休んだ。部屋にこもって、本を読んでいた。歯医者の印のある本だ。

「もう、それ、全部読んだんでしょ。ぼく、読みたい」

「うるさい」

「お姉様、待合室に返してくれる？　ぼく、黙って持ってきちゃったの」

姉になら、言えた。

「いいよ」姉はあっさり言った。


その次の日、学校に行く姉に、母が着る服を指図していた。

「ほかのお友達、どんなのを着ていくって？　喪服なんて、子供だからだれも持ってないでしょ」

「いつものでいいです」

「私立なら制服があるから、こういうとき、困らないんだけどねえ。真っ白いブラウスと黒っぽいスカート……。夏だから、黒いスカートなんて、ないわね」

「これで、いい」

「いけませんよ。きちんとしないと。級長でしょ。みっともない恰好したら」

「いつも、これで行ってます」

「今日は、〈いつも〉と違うでしょう。ほかのお母さんたちは、どうなさるって？」

「行ってきます」

「髪をとかして、そんなくちゃくちゃのブラウス着替えて」

姉が出かけ、昼ちかくなると、母は絽の黒い着物に着替え、帯も帯締めも帯揚げも黒いのにし、黒い草履に黒いハンドバッグを持って、家を出ていった。

ふたりのねえやは、玄関の式台に膝《ひざ》をついて見送り、それからちょっと顔を見合わせた。

「坊っちゃま、知ってますか。お母様、お葬式においでになるんですよ」

夏雄は生返事した。

「お嬢様のお友達で、眼の悪い人、いたでしょ。カケイさん。亡くなったんですよ。知らなかったでしょ」

「川の、土手がくずれたところあるでしょ。あそこから、足を滑らせて、落ちたみたいなんですよ。坊っちゃま、ひとりで川の方にいらしっちゃいけませんよ。ことに、奥様がお留守のときは、絶対にね」

しかし、ねえやが台所でお喋りに夢中になっている間に、夏雄は、表に出た。

ねえやたちの話の断片が、耳をかすめている。

「ほんとに、自殺なんだろか」

若いきみやが言う。

「あんな子供が、自殺なんてする？」

「ませてたもの、あの子。胸だって、こっちが羨《うらや》ましいくらい」

年上のよしやが答えている。

「男、目、つけるかもね、あれなら」

「あの子ね、もう、あれ、あったわよ。スカート汚れているのに自分で気がつかないから、かわいそうで、手当てしてやったことがある」

「あそこんち、親がかまわないらしいから」

「相手、衛戍病院のだれかだって、ほんとかしら」

「お医者？　まさか、兵隊ってこと、ないよね。そんな勝手なことできないよね、兵隊は」

「ソーハじゃ間にあわなくて、どうしようもなくて、切って、赤ん坊、出したっていうよ。六月ごろだったか。もちろん、死産よ」

よしやはいっそう声をひそめ、

「うちのお嬢様もさ、なにか、関係あるらしいよ。奥様が旦那様に言ってるの、聞こえたわ」

「ほんと？　どんな関係？」

「くわしいこと、わからないのよ。ちらっと耳にはさんだだけだから。立ち聞きなんかしたらお暇だされちゃうもの。だけどね、ほら、手術、あれ、うちの先生がしたんだって」

「ほんと？　うちに入院していたの？　ちっとも知らなかった」

「秘密にしていたからね。だけど、うちのお嬢様、知っちゃったのね。死ぬ前の日、傷をね、友達が見ちゃって、お嬢様が、わけをみんなに教えたんだって」

衛戍病院も兵隊も、カケイの死には関係ないと、夏雄は知っている。だって、あの日もその前の日も、カケイさんは衛戍病院には行っていないもの。

あの日、右の眼を夏雄にくれてから、「見てる？」とカケイは聞いた。うなずくと、「おみやげ三つ」と夏雄の背中をかるく叩き、くずれた崖を滑るようにして下りていった。途中でふりむいて、「見ててくれると、とても嬉《うれ》しい」と言った。

カケイを喜ばせるのは、はじめてだった。滑り落ちそうで怖いのをこらえ、崖のへりに腰かけ、見ていた。

一気に、カケイは滑り落ちた。そのとき、もう行けというふうに手を振ったので、夏雄は立ち去った。

その崖のへりに、夏雄は、また、立っている。ポケットに、ビー玉といっしょに、カケイからもらった眼が入っている。夏雄のシャツの前がふくらんでいるのは、歯医者の本がかくされているからだ。

カケイがくれたものは、カケイにとって、とても大事なものにちがいなかった。だから、夏雄も、大事なものをカケイにあげようと思った。カケイのからだは、棺桶《かんおけ》に入って、葬式の会場にあるのだろうけれど、ここにも、カケイはいるような気がした。

本を、川に放った。力がたりなくて、崖の裾のほうに落ちた。それから、滑り落ちて、紅《あか》に金の文字を記した表紙が水にすこしずつひたりながら、流れにのった。早く沈んでほしいと、夏雄は願った。人に見つかったら拾われてしまう。

ジェロニモの兄がどんな決心をしたのか、知らないままだ。全部読みおえたら、本は、夏雄にとってかけがえのない大事なものではなくなってしまう。だから、知りたい欲望を、カケイのために、こらえた。

歯医者に返すこともできなくなった。泥棒になってしまった。カケイさんは、とても大事なことをぼくにさせてくれたのだから、ぼくも、泥棒になるくらいのお返しはしなくちゃ。

じわりじわりと本は水をふくみ沈みはじめた。

赤土の崖を、夏雄は渡りはじめた。だれも、助けてくれる者はいない。それでも、渡れる？ 自問する。姉たちがいても怖くて足がすくみ先に進めなかったところだ。ひとりのほうが渡れるような気がした。お姉様たちが見ていると、だめなんだ。

川べりの崖くずれは、進むほどにひどくなり、ほとんど絶壁みたいになった。姉の言ったとおりだ。

姉の言葉を思い出し、地面から露出した木の根っこにつかまり、滑らないようにズックの先を崖の赤土にくいこませて進んだ。

その先に、繁茂したヤブカラシのからまった木柵が、川べりすれすれにのびているのも、姉の言葉のとおりだ。

〈ひどいの。ヤブカラシのかげにね、鉄条網がはってあった〉

巻き鬚《ひげ》が柵に巻きつき、黄緑色の小さい花と繁《しげ》った葉が鉄条網をかくしている。

これを乗り越えるとき、カケイのスカートはめくれただろうな、と夏雄は思う。

見ると、あなたは死にます。

見られると、わたしは死にます。

柵の頭に手をかけ、夏雄はまたぎ越えようとした。短い足は、またぎきれず、鉄条網のするどい刺《とげ》が腿《もも》を引き裂いた。

手のひらにも刺がささった。ヤブカラシの巻き鬚がちぎれ、ねばねばした臭い汁が手を濡らした。姉が、習字の宿題をしていたときを、夏雄は思い出した。墨をするのが面倒なので、姉は、この巻き鬚のちぎったのを、いっしょにすった。墨が早くどろりとなるのだという。

柵は、ぐらぐらした。ここまできてしまったのだから、越えるほかはない。ソーアンの尼さんに会うほかはない。

つかんだ杭《くい》がぐらりと手前にかしいだ。後ろに落ちたら川の中だ。いそいで重心を前にかけたら、頭からのめり落ちた。首のつけ根がぐきりと音をたてて折れた。

はじめて、姉の言葉とちがう光景を見た。汚い臭い牛小屋なんか、なかった。

真紅のカンナが一面まっさかりだ。

どこまでも、火の波のようにつづいて、そのまんなかに、尼さんがいた。尼さんじゃない、カケイさんだ。

カケイさんは、死なないで、尼さんになったんだ。

お姉様が言っていた。ソーアンの尼さんは、隠れ座頭のお姉さんだ、って。

それなら、ぼくは、隠れ座頭になりたい。

ぼくは、隠れ座頭だ。尼さんの弟だ。

「お姉様」と呼んだら、カケイさんは、片方の眼に活《い》き活きした笑いを見せ、「日が落ちたら、子供をさらってきてね」と言った。

「ずいぶん遠い日に見た芝居だと思うんです。うろおぼえなんですが、舞台には、男と女の二人だけ」

相手は、指で額をたたいた。そんな仕草が、脳を刺激して古い記憶をよみがえらせるとも思えないのだが。

「舞台装置は何もない。背景はホリゾント」

「お金がなかったのね」

「そうでしょうね。小屋をかりるだけで精一杯の。装置や衣裳にお金をかけられなかったんでしょうね。で、男が言うんです。

『貝の口を開けたら、目玉が入っていた』

『人の?』女が応じます。

『猫の』男が応えます。

『目玉だけが、入っていたの？　それとも、貝の肉の中に埋まっていたの？』

『どっちにしよう』

あなたなら、どっちにします？」

「肉の間から、目玉がのぞいていたほうが、迫力があるわ」

「そうなんです。舞台でも、女がそう言っていた。

『肉の間から、目玉がのぞいていたほうが、迫力があるわ』」

「目玉の視線の先に、禽舎《きんしゃ》の金網」

わたしはつづけた。

「そうでした。そういうせりふだった、たしか。

『目玉の視線の先に、禽舎の金網』って、男が言った。だけど、禽舎も金網も、なにもないんですよ。せりふだけ。よほど、製作費を切り詰めていたんだな。せりふだけの芝居」

「せりふだけでイメージを喚起させる手法、って思わなかった？」

「思わなかったな。役者が下手《へた》くそだったんだ。見たこと、あるんですか、あの芝居」

相手の問いに、わたしはちょっと笑った。

「あなた、ひょっとして……あのときの女優さん？」

「いい線いってるわね」

「そうだ、あなたでしたね。せりふ、おぼえているわけだ」

「金網のクローズアップ」と、わたしはせりふをつづけた。

「網目の一つが画面一杯になって、禽舎の中。地面に赤いひとひら」

なにもない、白い部屋。


いるのは、女と男、二人だけ。

「鶏冠《とさか》だわ。そぎ取られたトサカ」

「羽毛ひとすじ散っていないのに、鶏冠だけが一片、残されていた」

男が言う。

「卵から、鶏冠が生まれたのよ」

「卵の殻は」

「鶏冠が食べた。あなたは、貝の中の目玉を箸《はし》でつまみ、食べる」

「食べようとする。蓴菜《じゅんさい》みたいにつるんとして、箸の先から落ちる」

「それは、鯛《たい》の目玉よ。落とさないで、さっさと食べちゃいなさい」

「猫のは食いたくない。やはり、人の目玉にしよう」

「目玉と鶏冠と、どっちが美味《おい》しいかしら」

「鶏冠も食うのか」

「どこかの国の料理にあるんじゃない、鶏冠の揚げ物とか煮物とか」

「どこにでもあるさ。ごく、普通の料理だ」

「わたしだけが、知らなかったのね」

「きみの知らない食べ物のほうが、多い」

「わたしは、ほんとに、無知ね」

「おそろしく、無知だ」

女の髪を、男はもてあそぶ。白茶けて、もとの色は何色だったのかわからない。指にからめて引っ張ると、他愛なく抜ける。痛みも感じないようで、眉《まゆ》をしかめもしない。眼窩《がんか》の上の隆起が、眉のあるべきところだが、ほとんど毛がないので、能面に似る。

「退屈?」

「たぶん、退屈って言うんだわね、この気分」

「外に出る?」

「外は、もっと退屈だし」

「退屈じゃないふりをしよう」

「どうやって?」

「一番刺激的なことは、何だった?」

「殺人かな」

「それを、やろう。加害者と被害者と、どっちが、刺激的?」

「つまらない。前にもやったじゃない。わたしが加害者。あなたが被害者。その反対。どっちも、やったわ」

「社会正義に燃えてみよう」

「どうやって?」

「飢《う》えた民を救え」

「わたし、飢えていたわ」

「だから、救う側をやってみる」

「めんどくさいわ」

「子供を迫害するやつ。これは、許せない」

「あなたじゃないの、幼女売買をやったのは」

「糾弾してごらん」

「いまさら、めんどくさい」

「戦争」

「うんざり」

「自殺」

「やっちゃったわ」

「手がつけられない。現状を改革しよう」

「どうぞ」

「死者を救え」

「だれにアピールしてるの」

「全生者にむかって」

「生きてる者は無力よ」

「死人よりはましだろ。この無限の退屈から、死者を救え」

「無駄よ」

「お盆の迎え火はやめてくれ」

「やめろ、やめろ、みんなやめろ」

「自棄《やけ》っぱちな歌だな。生きているやつらは少なくとも、未来の希望ってのがある」

「希望、ね」

「いやな薄笑い」

「希望の結果が、わたしたちじゃないさ」

「死者には、少なくとも、過去がある」

「もう、何度も追憶にひたったから、厭《あ》きちゃった。最初は、胸迫るって感じだったみたいね。あの初々《ういうい》しい感覚、忘れちゃったけれど」

「しじゅう、思い出していないと、みんな忘れてしまうよ。未来だけじゃない、過去まで亡くしてしまったら、亡霊みたいな情けない存在に落ちぶれる」

「わたしは、亡霊です。あなたも亡霊です」

「過去は大事にしましょう」

「資源は大事にしましょう、みたいな標語ね」

「過去は亡霊の豊かな財産です。放置すれば、失われますが、運用によっては、さらに豊かなみのりをもたらします。あなたの財産の保全と利殖に、当機関をご利用ください」

「そうやって、あなた、だまし取ったのよね、他人のお金。詐欺《さぎ》の常習犯」

「死者を笞打《むち》つべからず」

「打たれるの、いや？」

「どうでもいい」

「打ってあげましょうか」

「さっき、糾弾してごらん、って言ったら、めんどくさいって、言ったくせに」

「やれと言われれば、やりたくなくなる。やらないで、と言われれば、やりたくなる」

「根性の悪さは、死んでも変わらない」

「詐欺の常習により、懲役《ちょうえき》……何年だっけ」

「忘れた」

「出所後、幼女売買で、ふたたび懲役……何年だっけ」

「忘れた」

「過去は大事にしましょう」

「資源は大事にしましょう、みたいな標語だね」

「過去は亡霊の豊かな財産です。放置すれば、失われますが、運用によっては、さらに豊かなみのりをもたらします。あなたの財産の保全と利殖に、当機関をご利用ください」

「そうやって、きみは、だまし取ったんだね、他人のお金。詐欺の常習犯」

「飢えていましたから」


「二人は死人なんですか」

「そうよ」私は応えた。「おぼえてないの？」

「こまかいところは、忘れました。あ、ぱくったんですね」

「ぱくった？　なにを」

「状況設定。サルトルの〈出口なし〉じゃなかったかな。あまり昔の話なんで、よくおぼえていませんけど、たぶん、一つの部屋に、何人もの人が入れられているんだったと思う。また、一人、入ってくる。入れられちゃうんです。だれに入れられたんだか、わからないが。いったん入ると、出ることの出来ない部屋」

「そこで、なにが起きた？」

「忘れました。ぱくりの芝居では、なにも起きなかった。いつまでも、二人の無意味なやりとりが、延々とつづいていた。ああいうの、流行《はや》っていたんですね。〈ゴドーを待ちながら〉が原型なんだろうな。無意味に待つ。ただ、待つ。ぼくが見た芝居は、待つという意識さえなかった」

「だって、死人だもの。生者は、待つわ。どんなに無であっても、生者は、ただ一つ、待つものを持っている」

「〈死〉ですね」

「死者は、〈死〉さえ奪われてしまっている」

「ぼく、小さい劇団をやっているんです。だけど、このごろ、経営がむずかしいんですよね。客が入らない。何をやったらいいのか、わからない。ぼくが脚本を書いて、演出もして、ついでに主演もするんですが、書きたい、やりたいっていうテーマがないんです。昔はよかったな」

「それは、年寄りのせりふ」

「ぶちこわす対象があったじゃないですか。旧劇を否定すべく新劇があらわれる。新劇に異議申し立てして、アンダーグラウンド演劇が、嵐をまき起こす」

「ノーという以外に、新しいものの存在意義はないの？」

追及したら、相手は、話題を変えた。

「男女二人の死人だけじゃ、もたなかったんですね。もう一人、登場しました」

「初々しい死人がね」

「自分が死んだって、わかっていないやつですね」

「おなかがすいているんですか」同情にあふれて、新来の初々しい死人は言った。

「飢えていたって、いま、小耳にはさんだんですが。備え付けの冷蔵庫を見てごらんになったら？」

「冷蔵庫？　どこにあるの」

「冷蔵庫、おいてないんですか。めずらしいです
ね。それじゃ、ルームサービス。ルームサービス
のほうが、いいですね。冷蔵庫は、ビールやミニ
ボトルしかないですものね。おつまみのチーズぐ
らいじゃ、おなかはいっぱいになりませんね。
ルームサービスも、午前二時で終わりとか、深夜
十二時で打切るところもある。ここは、大丈夫か
な。電話はどこだろ。ないな。あの、ぼく、お邪
魔でしたか」
「大歓迎よ」
「もちろん、邪魔だよ」
「でも、そちらの女の方が、大歓迎だ、って」
「おれは、邪魔だと言ってるんだ」
「あなた、ひょっとして、この方を無理に連れこ
んだんですか。そうですね。夕飯も御馳走《ごちそう》しない
で、いきなり、やろうとしたんですね。よかった
ら、ぼく、人を呼んで、とめさせますけれど」
「どうぞ」
「よくない」
「お二人の意見がわかれました。ぼくは、呼ぶほ
うに賛成ですから、二対一で、呼ぶほうに決定で
す」
「多数決は、もう、古い、いまや、少数民族自決
の時代」
「いろいろ、変わったわねえ」女は慨嘆する。「皇
国の興廃この一戦にあり。鬼畜米英。進め、一億
火の玉だ」
「なんですか、それ」
「だんだん、知ってるのになるから、少しお待
ち、坊や。欲しがりません、勝つまでは。過ちは
二度と繰り返しません。絶対無抵抗平和主義、暴
力絶対不可。ガンジーに学べ。自衛権放棄。再軍
備反対。非武装中立は時代遅れの夢想論」
「で、あなたの立場は」
「あなたまかせ」
「あなたって、おれ?」男が訊《き》く。

「あなたを待てば、雨が」

「カラオケボックスなんですか、この部屋」

「カラオケボックスって、なに？」

「え、知らないんですか。そうだろな。ずいぶん、年みたいだもんな」


「あの芝居を見たころ、カラオケボックス、なかったと思うな。だから、そういうせりふは、なかったはずです」

「せっかくのってるのに、我に返らせないで。瑣《さ》末《まっ》な誤謬《ごびゅう》は無視しよう」

「失礼ですが、お幾つ」

「失礼だと自覚していることを敢えてする気」

「失礼しました」

「まだ、してない」

「あの……」

「なに」

「あの芝居は、せっかく三人いるのに、三角関係にもなりませんでしたね」

「美男と美女、それに色悪、とそろわなくちゃ、成立しない」

「そういえば、老婆と醜男《ぶおとこ》と、若い美青年だったな、あの舞台は」

「老婆ア？」

「あれは、恋愛物じゃなくて、観念不条理演劇だったらしいから、老婆でもぶすでもいいけど、恋愛劇にするのは、無理でしたね。ぼくは、どんな時代であっても、恋愛は、不変の素材だと思うんですけど、客も役者も、しらけるんですよ、近ごろ。ラブシーンやると」

「役者が、ぶすばかりだからだろ」

「美女は、モデルとか、タレントとか金になるほうにいっちゃいますから」

「かつての新劇がそうだった。うまいけどぶすい女優の扮するヒロインを、あれは絶世の美女と、翻訳しながら見なくちゃならないから、しんどかった」

「いま、しらけるのは、恋愛の先行きを、みんな、わかっちゃってるからですよ。世紀の大恋愛だって、結婚したらどうなるか、経験する前にわかっている。どんな美女も、結婚したら口やかましい小うるさい中年女になるだけです。夫のことなんかどうでもいい。自分の欲望にのみ忠実な。そして、結婚相手を手に入れたら、次は、不倫願望です」

「男だって、そうだろ」

「男は昔から、特権的に、そうです」

「あんた、恋したこと、ないの」

「あります」と、相手はきっぱり。

「初恋は、幼稚園の先生でした」

「そんな陳腐なのしか、ないのかよ」

「年のわりに、言葉が悪いですね。昔の人って、おしとやかなんじゃないですか。ございますわね、とか、ごめんあそばせ、とか。ほとんどギャグだけど」

「相手によって、使いわけるの。おまえみたいなちんぴら相手に、ございますわね、の上等語が使えるか」

「かなり、自棄になってますね。酔っぱらってるんですか」

「この部屋のどこに、酒があるのよ」

「なんにもないですね。真っ白い壁。冷蔵庫もないんだな。それじゃ、ルームサービス。ルームサービスのほうが、いいですね。冷蔵庫は、ビールやミニボトルしか……。あれ、きいたようなせりふだ。芝居のなかで、新入りが言うんでしたね」

「初々しい死者がね。てめえが死んでることもわからないで。おつまみのチーズぐらいじゃ、おなかはいっぱいになりませんね。ルームサービスも、午前二時で終わりとか、深夜十二時で打切るところもある。ここは、大丈夫かな。電話はどこだろ。ないな。あの、ぼく、お邪魔でしたか」

「そこは、もうすみました。とばしましょう。カラオケボックスって、なに？　から、もう一度」

「演出家か、おまえ」

「言ったじゃないですか。演出もやっていたって。作・演出・主演、です」

「制作・美術もかねる」

「制作は、人を頼みます。あれが一番大変なんだ」

「一々まじめに答えなくていいよ」

「まじめに答えるほうが楽なんです。ところで、新来の男が、『カラオケボックスなんですか、この部屋』と訊き、『カラオケボックスって、なに？』女が言う。芝居はその先、どうなるんでしたっけ。そこに男もいるんでしたね。三角関係にもならず、舞台は進行する。ちっとも進行しない感じですね。それというのも、三人の、生きていたときの状況ってのが、なにも語られないからだと思うんです。男は詐欺の常習犯で、幼女売買。女は飢えていて自殺。それだけしか、わからないじゃありませんか。そこを、具体的にリアリティをもたせて」

「興味ないの」

「は？」

「詐欺なんて、似たり寄ったりでしょう」

「は？」

「幼女売買。あ、そうですか、ってなもんでしょう」

「あ、そうですか」

「飢える。あたりまえでしょう」

「めずらしいと思います」

「食べ物がなけりゃ、飢えるの。お金がなけりゃ、買えないの。生きているのがかったるくなったから、自殺。どうってことないでしょう」

「はア」

「問題は、その先」

「そうですか」

「延々とつづく虚無を、どうするか」

「観念的ですね。どうするんですか」

「観念的で悪いか」

「流行りません」

「あんたのリアリティってやつを、聞かせてもらおう」

「ぼくのなにを知りたいんですか」

「ここにくる前、なにをしていたの」

「話したじゃありませんか。小さい劇団の主宰者です。作・演出・主演」

「制作・美術もかねる」

「制作は、人を頼みます。あれが一番大変なんだ」

「一々まじめに答えなくていいよ」

「まじめに答えるほうが楽なんです。あ、堂々巡りです。さっきも、同じことを喋《しゃべ》りました」

「あんたの話にリアリティがないからだよ。観念的ですらない。表層の事実を述べているだけだ。小さな劇団の主宰。そんなの、ざらにいるよ。どうして、芝居やる気になったの」

「大学の演劇部に、なんとなく入っちゃって……」

「かわいい女の子に勧誘されたとか」

「まあ、そんなところです」

「まるで、ドラマがないね」

「一つ、あります。いっしょに旗揚げした友人が、交通事故で怪我《けが》をしました」

「それで？」

「それだけですが」

「大事件？」

「ぼくにとっては」

「わたしにとっては、どうでもいいことだな」

「明日が初日っていうときでした。腕を一本、だめにしちゃいました」

「片腕だって、芝居はできるだろう」

「そいつ、腕が三本あったんです」

「じゃ、ちょうどいいじゃないか」

「からだのバランスがとれなくなったんです。生まれたときから、三本の腕でバランスをとっていましたから」

「ちょっと待った。ぱくったな」

「わかりましたか」

「ムロジェクぐらい、読んでいる」

「わりあいマイナーな作家でしたが」

「ポーランドのね」

「ポーランド語、読めるんですか」

「翻訳。当然」

「ぼくも、翻訳で読んだんですが」

「訳者が苦労しているのが、よくわかった。我が国では使用禁止となっている言葉が続出だから。〈本書に収録された作品の中には、原文の性質上、一部に差別語と言えるものが含まれていますが、その内容や文体などとの関連で、やむをえず使用したものであることをお断りしておきます〉。言論統制がきびしいなか、風刺と皮肉と抵抗とブラックユーモアをこめて書かれた、旧東欧の作家の作品の翻訳に、言論の自由を謳《うた》う国で、この断り書きをつけねばならないという、奇妙な状況」

「その問題は、深入りしないでください」

「ムロジェクの、まんがも載っていたでしょ。ピアノの演奏会。司会者が、『みなさま、〈万人に平等のチャンスを〉運動の一貫といたしまして……』ピアノの前に、猿が座っている」

「友人は、実は、死にました」

「もうひとつ。『シンメトリーは好かん』と、男が、自分の足をかたっぽ、斧《おの》で断ち切る」

「友人は、実は、死んだんです」

「それで？」

「もう少し、深刻な顔をしてもらえませんか」

「めんどくさい。あ、その前だってあるでしょ。生まれていきなり大学の演劇部じゃないでしょ」

「身上調査ですか」

「暇つぶしよ」

「父親、会社勤めです」

「どこの」

「ごくありふれた……」

「そうでしょ。お母さんは、パート」

「ファスナーにヨーグルトをこぼしたこと、ありますか」

「へ？」

「錆《さ》びるんです」

「いまのファスナーは錆びないだろ」

「金属製のごっついやつでした、ズボンの」

「それが、どうした」

「幼稚園で、弁当の時間にヨーグルトが出て、それは、希望者が前もって月極《ぎ》めでたのんでおくんです。もちろん、母親が、たのむんですが。よけいなことをしてくれたおかげで、ぼくは、毎日ヨーグルトでした。それも、アロエ入りです。プラスティックのスプーンが、ヨーグルトについてくるんです。使い捨てなんですが、それを集めるのが流行って、柄の模様が、テレビのキャラクターで、七種類あって、だけど、なかなか、七種類ぜんぶ集まらないようになっているんです。ケマルが、極端に少ないから」

「ケマルってなんだよ」

「知らないんですか。テレビ、見なかったんですか」

「それとファスナーがどういう関係があるの」

「だから、こぼしたら、とたんに、錆びたんです。おしっこに行ったら、ファスナーが開かない」

「おまえ、幾つだ」

「三年保育の年長さんでしたから、五つだか六つだか」

「いまの年だよ。いい年して、おしっこなんて言うな。小便と言え」

「そういう、露骨な言葉は言いにくいです。スカトロジー愛好は、精神的に未熟な幼児性のしからし……」

「出がらしだ、おまえは」

「しからしむる」

「しむるな。先の読める話をするな」

「だって、父の職業も母のパートも、陳腐なんでしょ。少しは特異な体験を話そうと思って」

「くだらなすぎて、声も出ない」

「その深刻さは、どんな悲劇にも劣りません。初恋の人の前で、ズボンを濡《ぬ》らせますか。ＯＬと上役の不倫なんてのより、十倍も純粋な悲劇です」

「なんという軟弱」

「多少、軟弱かもしれません。きょうだいは、女・女・男。姉二人の下の末っ子でしたから、いいように玩具にされていたそうです。ぼくは、おぼえていませんが。鏡を見るのが好きで、泣くときも、鏡の前でポーズと表情を研究しながら泣いたそうです。おぼえていませんが」

「悲劇というのはね、きみ、宿命を敢然とひきうけて滅亡する状況を言うのだよ」

「オセロの、どこが宿命ですか。ハンカチ一枚にひっかかるなんて、あまりに単細胞だ。ハムレットは、決断力のないのが、うじうじ悩むだけでしょ」

「シェイクスピアしか知らないの、きみ」

「きみ、って言うの、やめてください。きみは、さァ、なんて、テレビドラマでしか言いません。あとは、明治、大正、昭和も一桁《けた》までです」

「君の行く道は、はてしなく遠い、ってやってたのは、昭和二桁だぞ」

「なんですか、その歌」

「だのに、なぜ、歯をくいしばり、君は行くのか、そんなにしてまで」

「歯くいしばったりしませんよ」

「カルシューム不足だからなァ、おまえたちは。食いしばったら、欠けちゃうだろうな」

「失礼ですけど」

「失礼だと思ったら、言うな」

「歯が欠けてるのは、あなただと……」

「最小限必要な歯は、残ってるの。嚙《か》み千切るための前歯、上下二本ずつ。すりつぶすためのの小臼歯《きゅうし》、上下二本ずつ。それで充分」

「負け惜しみの駄弁ですね。数が足りないものは足りないと認めたほうが」

「足らぬ足らぬは工夫が足らぬ。――いたぶってやろうと思ってるのに、いささか、形勢不利かな」

「いたぶりたいんですか。ぼく、いたぶられるのは、わりあい、平気ですから、どうぞ」

「居直られると、やりにくい」

「どうぞ」

「だいぶあつかましくなったわね」

「初々しい若い死者も、こんなふうにいたぶられたんでしょうか」

「暇つぶしにね」

「人生すれっからしの男と女、二人がかりで、かよわい若者を？」

「男は、あまり役に立たない。いたぶるのは、女だけだ」

「それは、あなたのやり方が下手だった。男をけしかけるためには、女が、若い男をかわいがらなくては」

「嫉妬《しっと》をあおろうっていうの」

「そうです」

「あいにくねえ」

「そうですねえ。この作戦は、女が美女であるという必要条件がありますね」

「ここで、わたしが激昂《げっこう》するというような陳腐な展開を期待するのは、愚かだ」

「あなたのことを言っているんじゃありません。芝居の女」

「それを、わたしがやったんだもの」

「で、男はどうしたんでしたっけ」

「忘れた？」

「遠い昔のことで」

「わたしが、新入りいびりに専念しだしたから、つまらなくなって、消えた」

「消える、って手があるんですか」

「ドアを開けて、出ていった」

「ドアなんて、ありましたっけ」

「見てごらん」

「この部屋には、ないですね。壁も白、天井も白、床も白。扉はない。窓もない」

「男は、扉を運んでくる」

「どこから」

「こうやって、運んでくる。おまえ、そっちの端を持て。一人じゃ重い。ほら、しっかりかつげ」

「あ、ぱくりましたね。それも、二つも」

「わかったか」

「見えないものを、さも、ありげに運ぶのは、竹内銃一郎の〈あの大鴉、さえも〉です。あれは、板ガラスを運んでいた。扉だけ運んできて、開けるのは、寺山修司です」

「扉を開けて、男は出ていった」

「せっかく三人になってドラマがはじまると思ったら、また、二人ですか」

「三人のドラマは、カルメンで書きつくされている」

「あれ、四人でしょ」

「小娘は、勘定に入れなくてよろしい」

「あの芝居の台本書いたの、だれですか」

「わたし」

「どうりで」

「なにが、どうりで？」

「女が書くと、自然に、男二人、女一人の物語になる。一人の女を中心に、二人の男の争奪戦。女の潜在願望ですね。男が書けば、一人の男を二人の女が争う」

「メリメは、女か」

「は？」

「プロスペル・メリメは、女かよ」

「例外も、あります」

「男と女がいたら、恋愛ドラマしか、起きないの？」

「それは、女が美女であらねばなりませんが」

「男は醜男でもいいの？」

「いいらしいですね」

「ともあれ」

「は？」

「あんたとわたしだけが、残ってしまった」

「どこに？」

「舞台の上に」

「ぼくは、観客でした」

「そうはいかない。初々しい死人として登場するのは、おまえだもの」

「ぼくは、観客でした」

「いつまでも、観客ではいられないんだよ」

「アンガージュなんての、流行りません」

「サルトル死すとも、だれしも永遠に傍観者ではいられないという真実には変わりはないの」

「ぼくは、参加したくない。見ているだけで充分です」

「〈死〉は、かならず、参加せねばならない。どんなにおまえがボンクラでも、死の舞踏を踊らないですむやつはいないんだよ」

「期限延期ぐらいはできるんでしょう」

「もう、登場しちゃったんだから、いまさら、遅い」

「こっちの了解もとらないで」

「前もって言ったら、了解するか」

「できるだけ、のばしてもらいます」

「みれん」

「あの……芝居の話ですよね」

「そうだよ」

「あなたの書いた芝居の舞台に、ぼくが登場したってことですね」

「台本なしの、出たとこ勝負。わたしだってね、もうちょっと、ましなやつに出てほしかった。よりによって、ヨーグルトでファスナーが錆びたくらいの事件しかないガキ」

「友人が交通事故で死んだ、ってのもあります。バイクをとばしてたんです。あ、とばしてたんだか、のろのろ走ってたんだか、本人、即死なんで、わからないんですが。そいつが生きていたら、演劇状況も変わったんじゃないかと思うくらい、才能がありました」

「天逝者《ようせいしゃ》はつねに、天才」

「あの、森茉莉さんは、熟逝なさいましたが、あの方も、天才の一種では」

「バイクをとばそうと、のろのろだろうと、劇的な死だろうと、喉《のど》に餅《もち》つめて窒息したのだろうと、結果は一つ。〈死〉」

「だれだっけ、咽になにかつまんない物つめて死んだ人、いませんでしたか、小説家で」

「久保田万太郎師匠……だったと思う。ちがったかな。パーティの席で、喉に食べ物がつまった。なにがつまったんだか、忘れた。タコだったかな。人前で吐き出すのは醜いから、手洗場におもむいた。とちゅうで、お果てなされた。まあ、どうでもいい」

「で、ぼくは、アドリブで、舞台をつとめたんですか」

「いまも、つとめてるじゃないか」

「この部屋……。これが、舞台？」

「舞台と呼びたけりゃ、そう呼びな」

「べつに、呼びたいわけじゃ……」

「冥府《めいふ》と呼んだってかまわないのよ、坊や。出口なしの、白い部屋」

「ぼくは、いつから」

「あのときから。退屈しきった二人の死人のところに、あんたがきた。初々しい若い死人。男は、扉のむこうに消えた。残ったのは、あんたとわたし。二人だけ。無意味な会話をつづけるの」

「貝の口を開けたら、目玉が入っていた」

「そう、そういうふうに。人の？」

「猫の」

「目玉だけが、入っていたの？　それとも、貝の肉の中に埋まっていたの？」

「どっちにしよう」

「肉の間から、目玉がのぞいていたほうが、迫力があるわ」

「目玉の視線の先に、禽舎の金網」

「金網のクローズアップ」

「網目の一つが画面一杯になって、禽舎の中。地面に赤いひとひら」

「鶏冠だわ。そぎ取られたトサカ」

「羽毛ひとすじ散っていないのに、鶏冠だけが一片、残されていた」

「卵から、鶏冠が生まれたのよ」

「卵の殻は」

「鶏冠が食べた。あなたは、貝の中の目玉を箸でつまみ、食べる」

「食べようとする。蓴菜みたいにつるんとして、箸の先から落ちる」

「それは、鯛の目玉よ。落とさないで、さっさと食べちゃいなさい」

「猫のは食いたくない。やはり、人の目玉にしよう」

「目玉と鶏冠と、どっちが美味しいかしら」

「鶏冠も食うのか。ああ、何度も何度も、同じ会話をくりかえしてきたような気がする」

「何度も、何度も、よ。平和、戦争、平和、戦争」

「ぼくは、いつまで、ここに……。ああ、扉を開けて出ていけばいいんだ」

「扉は、どこ？」

「ない。あの人は見つけたのに」

「ぱくっておいで」

「……鶏冠。地面に赤いひとひら。トサカじゃない。あれは、椿」

「椿？」

「あれは、あなた。老いてなお、真紅のドレスを着て踊るあなた」
最後のぱくり。

　老いながら椿となって踊りけり

——三橋鷹女——

ない扉が開いて、風が吹き込んだ。ひとひらの真紅の老婆をさらった。ない扉は閉ざされた。

初々しさも失《う》せた、かつては若かった死者は、床も天井も壁も白い部屋に、一人、残った。

「貝の口を開けたら、目玉が入っていた」

人の？　と問う相手はいない。

猫、とつぶやいてみる。

ネコ、コダマ、マカロニ、ニホン、ン、ンですよ。ネコ、コナイヒト、トオイキオク、クサッタタマゴ、ゴリンジュウ…………

長々とつづくクレジット・タイトルが終わらないうちに席を立った。座席のあいだの狭い通路をぬけながら、コートを羽織った。喪服《もふく》は、昼の街にふさわしくない。真紅のコートは、闇《やみ》の中では黒とかわらないけれど、外に出れば、本来の色彩をあらわすだろう。真紅と黒のリバーシブルである。葬儀のあいだは、黒を表にしていた。

通路に段差があり、つまずきかけて、椅子《いす》の背に手をかけ、ささえた。はずみで、椅子に腰掛けている観客の肩をこづいた。固い肩だと思った。木のような感触だ。失礼しました。相手は返事をしなかった。

ロビーに出ると、ここも薄ら闇だ。窓の外は、激しい雨になっていた。窓めがけて叩きつけられる拳《こぶし》のような水の塊は、どっとくずれて、章魚《たこ》の足のようにガラスにひろがる。

人の気配が感じられないのがこころよくて、長椅子に腰をおろした。上映中、ずっとここにいればよかったのだ、人の中にいるのがいやなら。じきに、クレジット・タイトルは終わり、場内は明るくなり、静寂は破られるだろう。

朝から重い鈍い空ではあったけれど、傘をもっていなかった。葬儀の始まる時刻が早く、自宅からではまにあわないので、昨夜、斎場に近いホテルに泊まった。そのときは、雨の気配もなかったのだ。

いまにも降りだしそうなので、出棺まで見送らず、受付にあずけておいた荷物を受け取って、帰途につくことにした。「お先に」と言うと、血族親族がいっせいに、非難の声をもらした。斎場の一郭にある火葬場まで同行し、肉体が焼きつくされ骨になるまでのあいだ、斎場につづく座敷で手持ち無沙汰《ぶさた》な時を、血族親類のだれかれと、嘆いたり追憶にふけったり近況を報告しあったり、話題によってはかるい笑い声をあげいそいで哀しみの顔に切り換えたりしてつぶし、骨を拾って壺におさめるところまで同席するのが当然なのだろう。

憎悪に近い視線の矢を背に受けながら、着替えの服の包みと、昨夜ホテルで目を通した原稿の束が入ったバッグ、そしてコートも受け取り、斎場の門を出てから、真紅を表にして羽織った。哀傷の、嗟嘆《さたん》の、悲歌の、そして偽善の世間体の葬儀の黒、は、下に着た喪服と密着した。

血紅色の服は似合わないと承知しているけれど、緋縅《ひおどし》の鎧《よろい》ほどには、心を護《まも》る。柩《ひつぎ》の中の顔を消すのに、真紅はうってつけではないかと、儚《はかな》い期待をもったのだ。

地下鉄に乗り、私鉄への乗換駅で下り、地下の連絡通路はないので、いったん外に出たら、水滴が顔に当たった。真昼なのに、ビルのあいだの空は波立ち騒ぐ黒い海をかろうじてせきとめるビニールの膜だ。破れ目から、黒い水がふくれあがってはじけ、噴き出した。

手近な雑居ビルの細い階段をのぼって、雨宿りした。舗装道路は、無数に降りかかる槍《やり》の穂先のような雨足を頑強にはねかえし、そのために、道路の上数十センチは、躍り上がる水、襲いかかる水の、修羅《しゅら》の戦場となっていた。時折、ざばと音をたてて、飛沫《しぶき》は階段を濡《ぬ》らした。岩にうち当たる波頭のようだった。

満ち潮だった。引いては寄せ返すたびに、雨は上の段に達した。佇《たたず》んでいるとくずれた波が靴を濡らすので、一段一段、追い上げられ、踊り場にまで追い詰められた。コートの裾《すそ》はすでにぐっしょり水を含んでいた。

踊り場から方向をかえて、また階段をのぼると、右手が少し広がり、壁に、カウンターを持った小さい窓があって、只今お座りになれますと記したボードがカウンターに立てかけてあった。

窓の上の壁にタイムテーブルが貼ってあるようだが、どうせ雨宿りだ、たしかめもせず、黒いバッグから財布を出し、札と引換えにチケットを受け取った。窓は小さく、売手は手先しか見えなかった。指のあいだに水搔《みずか》きがあるように見えたのは、もちろん、一瞬の錯覚で、あまりに激しい雨からの連想だった。

こちらがチケットを引いても、相手は端を押さえたままなので、半分にちぎれた。そのまま入れというふうに、指先が左をさし、ひらひら動いた。チケット売りはもぎりをかねているのだとわかった。人件費を節約するためだろう。

長椅子をおいた狭いロビーに扉が二つあり、その一つをあけて、中に入った。出入りの際にすでに席についている観客のさまたげにならないようにとの配慮だろう、ビロードの手触りのカーテンが視野をさえぎった。手で搔きわけたとき、一瞬、カーテンにくるみこまれた。なにか引っかかったのだろうが、少しうろたえた。

映写は始まっており、館内は暗黒だった。手さぐりで空席をさがし、通路ぎわの席に座った。目はいつまでも闇になじまず、暗黒の中で、スクリーンだけが、別世界への窓を開く。

いつごろ制作されたものなのか、モノクロームなのだが、全体にセピアがかかって、部分的に着色してあった。

暖房も冷房もいらない季節だ。館内も、エアコンディショニングは切ってあるようだった。観客はまばらなのに、密閉された空間に体温がみちるためか、蒸し暑さをおぼえ、コートを脱いだ。

喪服の黒は闇にまぎれ、他の人の居心地悪くさせることはないと思うが、裾の湿りが、不愉快だった。

不自然な着方をしているので、裾前が気になる。昨日ホテルに泊まるときから喪服というわけにもいかず、白いセーターに白いパンツ、上にリバーシブルのコートの赤いほうをだして羽織るというかっこうで、喪服はいつだか着たあとクリーニングにだしたのを、そのまま折り丸めてバッグにいれ持参した。

スカートとブラウス、膝丈《ひざたけ》の上着というスリーピースなのだが、今朝、着替えようとしてうろたえた。スカートを持ってきていなかった。黒いスカートを、喪のときのほかに使って、別にしまったのを忘れていたのだと、そのときになって思いだした。ふだん愛用している黒いパンツを着用していれば、ごまかせたものを、葬儀に関わりない前後の時間は思いきり喪からはなれた色をと思い、白の上下にしたのだった。いえ、白も喪の色ではあるけれど、上下黒と白では、まるで鯨幕《くじらまく》だ。

フロントに電話して、針箱をもってきてもらった。前にボタンのない、かるく羽織るべき上着の前をむりやり深く打ちあわせ、黒糸で何箇所も縫い留めた。ファッションに目の肥えた人が見たら、ずいぶんおかしなスタイルなのだけれど、それに気がつく者は、列席者の中にはいないと思った。柩の中の叔母が、もし生きていたら、笑ったかもしれないけれど。

針箱はいまどき珍しい、ピンクの厚手のセルロイドで、独特のにおいがした。プラスティックの製品にはないにおいだ。握り鋏《ばさみ》には可憐《かれん》な鈴がついていたが、ひどく頑丈で、糸のはしを切るのに、力をこめて握りしめなくてはならなかった。

そんなことを思い返しているうちに、映画は終わり、クレジット・タイトルが流れはじめた。長々とつづくので終わらないうちに席を立ったのだった。

腰をおろしたソファは、本来は何色だったのか、布地は白茶け、角がすり切れている。

雨は窓を叩きつけるが、音はガラスに吸われる。このはるか下を、地下鉄が走っていると、ふと思った。大勢の人をのせた車輛が地下を走り抜けていく。それだけのことだ。気がついたからといって何かが変わるわけでもない。

観客が出てきてざわめく前にとソファを立ち、階段をおりかけたけれど、この降りでは、外に出られないではないか。

もう一度入場料をはらって同じ映画を見る気にもならない。踊り場までおりてくると、行きには気がつかなかった通路が右手にのびていた。

喫茶店でもないかと、通路をすすんだ。すぐ、もう一つの階段につきあたった。裏階段なのか、そこは、壁にかこまれて吹き抜けになっており螺《ら》旋《せん》階段が上下にのびていた。

湿ったコンクリートのにおいをふくんだ風が、下からかすかに吹き上げる気配だ。踏板は滑り止めの凸凹をつけた鉄板で、靴で踏むと、鈍い音をたてた。

螺旋階段をのぼることもできた。下にむかって足を踏みだしたのは、上がるよりは下りるほうが楽だという、ただそれだけの理由にすぎない。

映画は、どこの国のものだったのだろう。ヨーロッパらしいが、少なくとも、英語、フランス語、ドイツ語、イタリア語ではなかった。英語なら、字幕を見なくてもほとんど聞き取れる。仏独伊は、内容はわからなくてもその国の言葉だと察するぐらいのことはできる。

柩は、いまはもう、灰になったのだろうか。そして、親族が箸《はし》で骨をはさんで壺におさめるという、不気味な儀式もすんだのだろうか。

　どんな儀式であろうと、死者にまつわるものは、こころよくはない。死者というより、死体にまつわる儀式は。

　生者の儀式にしたところで、同じようなもので、結婚式の司会者が、次は新郎新婦の入場でございます、みなさま、拍手でお迎えくださいというのと、葬儀屋が、これより、ご親族様のご焼香でございます、おひとりずつ、などと取り仕切るのと、たいした変わりはありはしない。弔電《ちょうでん》をいただいておりますので、読み上げます。祝電をいただいておりますので、読み上げます。

　婚礼の祝宴と終末の儀式のあいだにある距離は、密着している。爪先《つまさき》の半回転で、生は死に移行する。そのあいだが、五年であろうと五十年であろうと、たいして変わりはない。そう、叔母の声が、頭の中で言った。生前の叔母には似合わない言葉であったから、わたしの潜在意識のしわざだろう。

　叔母の葬儀に、親族以外の列席者は数人しかいなかった。その数人のために、葬儀屋は、焼香の台を、もうひとりに手伝わせて、入口近くに移した。親族と他人の、わずかな差異を演出するのだろう。所定の時間の半分にもならないうちに焼香が終わり、僧侶《そうりょ》の読経《どきょう》ばかりがつづいた。葬儀屋は、台をもとの位置になおした。そして、親族にもう一度焼香するよう指図した。テレビのディレクター同様、空白の時間が生じるのをきらうのだろう。二度目の焼香は、なんともそらぞらしかった。

　骸《むくろ》を、叔母は、みなの目にさらしたくはなかっただろうと思う。死んだら、水になって溶けてしまうのが一番いい。

　腐敗というのは、細胞が溶けていく過程なのだろうけれど、すべて腐汁《ふじゅう》になるには時間がかかりすぎるし、悪臭も耐えがたい。

露と答えて消えなましものを。死んだら、残るのは、一雫《ひとしずく》の露。それも、朝の光を浴びれば、濡れた跡もなく消え失《う》せ、生の痕跡はさらさら残さない。

　叔母にしたところで、生涯に二度も火に焼かれるのは、望むところではなかっただろう。そして、あの下手な化粧。葬儀屋がやったのだろうが、ミイラに紅白粉《べにおしろい》して、どうするのだ。いくら菊で埋め、蘭《らん》まで飾ったって、ミイラ顔がいっそう毒々しくなるばかりだ。せめて柩の蓋《ふた》は、しめたまま、写真の笑顔だけを生者の目に残すようにすればいいものを、最後のご対面だの何だのと、指図がましい。

　葬儀に列席したものは、みな、老いていた。叔母の長兄夫婦は老齢でこられず、その長男夫婦が代理で出席したのだが、これが叔母とあまり変わらない年だ。ほかの伯父伯母やそのつれあいも、老耄《ろうもう》して、背をかがめ、杖《つえ》にすがってよろよろする。よろめきながら柩の中のミイラを菊でうずめていく様はいささか凄《すさ》まじく、四十代のわたしが一番若かった。

　この人たちが、これから、次々に死んでいく。そのたびに、同じような葬儀がおこなわれるのだろう。その数をこころの中でかぞえあげた。

　わたしの兄や姉はひとりもこなかった。それまで、冠婚葬祭、親類づきあいだの、両親の世話だの、すべて身を引いていたので、あんたは叔母さんに一番かわいがられたのだから、うちの代表で出なさいと、長姉に厳命されたのだった。

　年の順でいけば、兄や姉やそのつれあいの葬儀にも、わたしは出なくてはならないわけで、伯父伯母、従兄《いとこ》姉たちもかぞえれば、こちらが死ぬまでに、二十回三十回となろう。

　そう思うと、喪服の人々はすでに死の翳《かげ》と重なりあっているようで、次は、今日列席もできなかった老耄の、叔母の長兄か、あるいはそのつれあいか。そして、次兄がつづくのか、と、花を手にした背に目を投げた。

祭壇の写真は、三十年も前のもので、それでも四十に近い年だが、笑顔が愛らしかった。

小学校に入ったときから、この叔母に英語を教わっていた。叔母が三十代から四十そこそこというころだ。毎週土曜日、家からバスで二十分ほどの叔母の家にかよった。そのおかげで、中学にすむころは、ポオの詩ぐらい原書で読みこなせるようになっていた。日夏耿之介の訳詩より原文のほうがわかりやすかった。

ほかにも何人か生徒をとって、一人、あるいは数人のグループにわけ、レッスンをしていた。おもに、中学生や高校生で、小学生はほかにはいなかったようだ。

そのころは、英会話のテープは売りだされていなかったが、叔母は数枚の英語のレコードをもっていた。ＬＰが普及していたが、叔母のそのレコードは、古いＳＰだった。叔母が女学生のころから、大事にしていたもので、叔母もそのレコードによって、発音を身につけたという。津田英学塾を、叔母は出ていた。

骨董品《こっとうひん》のような手回しの蓄音器に、レッスンの終わりに、叔母はかならず、そのレコードをかけた。英国の俳優の朗読による『不思議の国のアリス』と、これもイギリス人の歌手たちによる童謡集であった。後で、歌詞はマザーグースによるものだと知った。

童謡のレコードをかけると、そろそろレッスンが終わるとみて、努《つとむ》が襖《ふすま》をあけ、のぞく。努を、叔母はトムと呼んだ。レッスンのあいだは、叔母をアリスと、わたしは呼ばされた。叔母の名前は阿里子だが、敗戦後まもないころ、占領軍キャンプの通訳をしているとき、米兵たちからそう呼ばれたのだそうだ。トムもアリスも、欧米への同一化を願うみじめな憧憬《しょうけい》のあらわれと、わたしは感じたのだった。

努は叔母のひとり息子だから、従弟《いとこ》にあたるのだが、実はわたしの弟だと、知っていた。

叔母のすぐ上の兄が、わたしの父である。叔母は末っ子で、上にわたしの父をふくめ、五人、兄姉がいた。

東北の寒村の出身なのだが、長兄ができがよくて、東京の国立大学の医学部を出、医院を開業した。その父親——わたしには祖父にあたる人は、村の役場につとめていたが、長男の収入が安定すると退職し、一家揃《そろ》って上京した。結婚していた長男は、自分の家族のほかに、両親弟妹の生計も面倒をみることになった。わたしの父も、長兄に学資をだしてもらって東京の大学を出ている。

叔母は、英学塾に在学中に見合い結婚をした。戦争中、夫は出征し、敗戦後も中国に抑留されなかなか帰還せず、叔母は英語の能力を生かして、占領軍の通訳をつとめ、生活費をかせいだ。それとともに、恵比寿《えびす》にあった米軍キャンプの近くで米兵相手のみやげ物屋を始めた。わたしはその時代の叔母は知らないが、かなり儲《もう》かったということだ。地価がまだ安かったから、叔母は店を土地ぐるみ自分の名義で買った。

やがて夫が帰国し、会社につとめるようになったので、通訳はやめ、自宅で生徒をとり英語を教え、乏しい月給の補いにした。キャンプが閉ざされた後は、店をとりこわし小さい貸しビルにし、その家賃も家計の助けになった。

いちおう、外見は落ちついた暮らしだったが、子供ができないのを、叔母の両親——わたしの祖父——や長兄——わたしの伯父——がひどく気にした。妊娠《にんしん》しないのは、叔母の夫が戦地で性病にかかったためということで、夫の実家はなにも言わないが、祖父と伯父が厳命して、わたしの母が産んだ末の子供を叔母に養子にとらせた。

わたしの上に兄と姉が二人ずついた。わたしは五番目で、もう子供はたくさんだと、両親はしばしば口にした。だから六人目の子は、よそにやるほうが生活も楽になっていいと、祖父や伯父は考えたのだ。

戸籍の上でも叔母の実子とした。しかし、母の腹が日ごとに丸みをおび、立ち居も苦しいほどになるのを、わたしは見ていた。数日、母が家をあけ、帰宅したら、ふくれた腹部が細くなったのも、その後しばらく、ときどき涙ぐんでいたのも、見ていた。

叔母が努を養子にしたのは、わたしが小学校三年のときで、わたしは少し嫉妬《しっと》した。子供のいない叔母の家にくると、湖の底にいるように静かで、心地よくくつろげた。ここには、ひとりだけですごせる空間があった。叔母の子供になりたいのは、わたしだった。

レッスンが終わって叔母が夕飯の支度にかかるころ、叔母の夫が会社から帰ってくるのだった。

叔母の親類のあいだでは、この人物は、悪口以外の評をされたことがない。顔は貧乏公卿《くげ》、口を開けば千三つ、大風呂敷をひろげるだけの役立たず。しじゅう耳にするのはそんな言葉だった。

中学に入ってから、叔母から個人授業をうけることはしなくなった。

叔母がいそがしくなったからだが、そのあたりの事情は、後になって知った。叔母の夫がつとめていたセメント会社が倒産し、叔母は家庭教師の収入だけでは暮らしが成り立たないので、外人観光客のガイドとして外に出て働くようになった。資格は、戦前、英学塾に在学中に取得していた。おそらく、この仕事の草分けの一人だろう。米兵の通訳できたえてあるから、たちまちベテランとして重用されたようだ。

その後の叔母の家の事情と叔母の活躍ぶりは、まわりの大人たちの口からわたしの耳にもつたわった。

叔母の夫は、自分で事業を始め、肩書は社長になった。前につとめていた会社の人脈を利用した、セメント受注の取次ぎ業である。大手は直接取引だから、小さい工務店などにわたりをつけ、仲介する。そのわずかなマージンによりかかった会社である。

まわりの大人たちの言葉によれば、叔母の夫は、いまにも大儲けして大会社にのしあがるような大言壮語を吐くばかりで、実際は、創業資本の借金が、日ごとにふくれあがり、倒産は最初から目に見えていたということだ。

夫の事業の失敗をみこして、叔母は蓄財にはげんだ。物欲の乏しい人で、自分の身を飾るものは何一つ欲しがらなかったが、努のために、恒産を残そうとした。

恵比寿の貸しビルを担保に借金し、ビルをさらにふやした。それぞれ小さい建物ではあるけれど、最盛時は三つのビルを所有していた。ツーリスト・ガイドの仕事は、あい変わらずつづけていた。

郊外に、四十坪ほどの家を新築したのも、叔母の経済力によるものだった。新築披露に血族縁者がまねかれ、わたしも行った。広い居間や努の部屋を、嬉々《きき》として叔母は案内してまわった。叔母自身の仕事場は、わずか三畳ほどのスペースだった。そこで叔母は、外人観光客をガイドするための資料を読んだり、後輩のガイドの指導要綱をつくったりするのだと言った。贅沢《ぜいたく》しちゃった、と叔母はちょっと肩をすくめ、ばつの悪いような顔をした。自分の部屋をもつということに、まるで罪悪感をおぼえているようだった。壁には、クリスマスカードだの手紙だの絵葉書だのが、幾重にもかさなってピンでとめてあった。どれも、Dear Alice の呼びかけで始まる英文だった。案内したお客さんたちからの礼状だと、叔母は言った。あなたの、心のこもった機知に富んだガイドのおかげで、私たちは旅を十分に楽しみました。感謝します。どれも、そういう意味の文章だった。まだ、貼りきれない分がこんなにあるのよ。嬉《うれ》しそうに、チョコレートの空き缶の蓋をあけた。Dear Aliceの手紙やカードがあふれた。

わたしは知らなかったが、わたしの高校、大学の学費も、叔母から出ていた。わたしの父は、あまり業績の上がらない会社につとめていたのだが、叔母の夫が、新しい事業を始めるにあたり、引き抜いて経理を担当させた。しかし、会社の地盤そのものがあぶなっかしいのだから、月給はたびたび遅配となり、ボーナスもろくに出ない。叔母はそれをすまながって、自分の事業のほうから、わたしの学費をだしていたのだった。

在学中に、ツーリスト・ガイドの資格をとるよう、わたしにすすめたのも、叔母だった。資格試験は合格したが、叔母のような忍耐力をもたないわたしは、なるべく他人と顔をあわせないですむ翻訳の仕事をえらんだ。ゼミの教授の紹介で下訳の仕事をもらい、少しずつ、名前をだしての仕事ももらえるようになってきていた。はじめてわたし一人の名前の翻訳書が出たとき、叔母にだけ贈った。叔母は喜びの言葉のあふれたカードをそえた花束を贈ってくれた。そのころは、わたしはまだひとりだけの部屋をもっていなかったので、花はしばらくのあいだ玄関にかざられ、萎《しぼ》んで捨てられた。萎む前に花びらを一枚辞書のあいだにはさんだ。感傷的な行為だと、苦笑しながら。

やがて、家を出て、わたしはアパートに移った。兄や姉たちは結婚し、社宅や公団住宅に入り、次姉は、社宅はないのに公団の抽選にはずれ、不運を嘆きながら、狭さは同じで家賃ばかり高い民間アパートに入り、それぞれ、芋づるのように家族をふやしていた。長兄の一家は両親と同居していた。

叔母のところでは、やがて、努が大学を卒業した。叔母は安全な大企業に就職させたがったが、夫は自分の事業をひきつがせると主張した。借金におしつぶされながら、細々と会社はつづき、息子の助力を、叔母の夫は期待していた。副社長の肩書が、大学を出たての努にあたえられた。部長か何かの肩書であるわたしの父は、母にずいぶん愚痴《ぐち》をこぼしていたようだ。

血族からの電話は、ろくな話ではなかった。姉のひとりは、夫がほかの女と遊んでいるらしいと涙声で言い、長兄は両親の面倒を見に少しは帰ってこいと言い、母は、早く結婚しろとせっつき、わたしは上の空で相槌《あいづち》をうちながら、締切りの迫った原稿のために、眼は辞書を追うのだった。電話が切れたあとは、しばらく、ねっとりした藻にまといつかれるような不快感に悩まされた。

十数年前になるか、ファクシミリをいれたので、編集者に会うことも少なくなり、叔母の夫の会社が倒産したのは、そのころだった。努は結婚して、叔母たちと同居していた。

長姉がまず、電話で知らせてきて、叔母さんにお金を貸したりはしていないわね、とたしかめた。人に貸す余裕なんかないわ。それならいいんだけどね、と長姉はほかの兄姉たちの名をあげ、みんな、叔母さんに迷惑をかけられたのよ、と告げた。夫の事業を拡大するために資金を借りるのだが、資産があることを金主に確認させ信用を得なくてはならない。その見せ金に、債券や通帳を貸してくれと、叔母に頼まれたというのであった。ほんの一週間とかいって。名義がちがうから、役に立ちませんと言ったら、税金対策に他人名義にしておくことはよくあるから、大丈夫だって。うちは、困ります、主人に叱られます、でつっぱねたんだけど、ほかは、馬鹿ねえ、貸しちゃったのよ。母さんなんか、努ちゃんの役に立つならって、なけなしのお金、保険の証書だの、通帳だの、あらいざらい、わたしちゃったのよ。

そのすぐ後、倒産して、何もかも、債権者におさえられちゃったの。もう、みんな、真っ青よ。裁判か何かになるみたい。

　債権者が暴力団か何かやとって、おしかけてきたんだって。叔母さん夫婦と努ちゃん夫婦と、本家の伯父さんの車庫に逃げ込んで夜明かししたんだって。本家の伯父というのは、父の長兄をさす。それも、夜遅くでしょう、伯父さんたちを起こすわけにもいかなくて、車庫にかくれて。みじめだわねえ。叔母さんも馬鹿なのよ。ビルとか、自宅とか、自分の財産もっていたでしょう。それを、全部、ダンナの借金の担保にしていたんだって。だから、いっさいがっさい、なくしちゃったのよ。あの家も。

　離婚していればよかったのにね、とわたしは言った。あんなに生活力あるんだから、一人なら、悠々と暮らせたのに。

　昔の人だからねえ、離婚って、とんでもない悪いことだと思っていたのね。それに、親が離婚したら努がかわいそうだからって。

　その後、兄姉たちからも、次々に電話が入った。母も電話をかけてきたが、努が……と泣くばかりであった。

　父は失業した。就職口を探す意欲もなく、そのまま隠棲《いんせい》し、両親の生計は長兄夫婦の肩にかかった。

　その少し前から、叔母の精神状態はおかしくなっていたようだ。アルツハイマーだろう。ツーリスト・ガイドの仕事は、とうにこなくなっていた。

　家は債権者にとられ、二間だけのアパートに移った。努はかろうじて仕事をみつけた。

　ぼけちゃったのよ、と、姉たちは電話でつたえてきた。ふだん、ぼうっとしているくせに、ときどき、債権者がくる、早く逃げなくては、と騒ぎまわって、隣近所の人に迷惑をかけているんだって。

努の妻は子供を連れて実家に帰った。

家事は叔母がしていたが、大変、と母が電話で告げてきたのは、五年ほど前だ。叔母さん、火事をおこしたの。努ちゃんが仕事に出ているあいだに、揚げ物の油を火にかけたまま、忘れちゃって。叔父さんは、ひとりで逃げたわ。

焼け落ちた木材の下敷きになって、叔母は左半身火傷《やけど》を負い、左腕の肘《ひじ》から先と左脚の膝から下を切断した。

二ヵ月ほど入院し、退院したときは、完全に痴呆状態になっていて、努の手には負えず、特別養護老人ホームに入所させた。

叔母の夫は、折り畳んだ提灯《ちょうちん》のように縮んだものの、老化のほかはかくべつ持病もなく努と暮らしている。努の一生は、アパート焼失の弁済にあてられそうだ。

わたしは、叔母に会いには行かず、毎年クリスマスに花束とカードを送った。叔母に教わった英語で、Dear Alice と記した。楽しいクリスマスを。そして、わたしの名前をローマ字で記した。

一昨年だったか、母から、一冊のパンフレットが送られてきた。叔母が入所している特別養護老人ホームでだしているもので、入所者の家族とホームのスタッフを読者対象としている。

スタッフのエッセイや入所者の近況をしるした記事のひとつに、インタビューがのっていた。取材されているのは、叔母である。かつて、通訳、ガイドとして華々しく活躍した女性として、紹介されていた。しかし、叔母は、女性インタビュアーをレッスンにきた生徒と思い込んでいるので、会話はちぐはぐだった。惚《ほう》けているが、英語を口にすると、がぜん滑らかになると、インタビュアーはその点をいっしょうけんめい、感動したように書いていた。これこそ泣かせどころ、と、思ったらしい。

ツアーでお世話したかたたちから、まだ、毎年クリスマスカードがくるのよ。ほら、Dear Aliceと書いてあるでしょう。アリスって、わたしのことなの。

叔母の腕と足の欠損については、礼儀正しく、言及を避けていた。

果てしなく、地の底にむかう螺旋階段は、つきていた。

濡れたコンクリートのにおいが強く鼻をついた。かすかな地響き。地下鉄が壁の向こうを走りすぎたのだろう。

階段を下りきったところの細長いスペースは、書店であった。壁に作りつけられたワニスを塗った木製の棚にも中央の平台にも、洋書、それも古書ばかりがならんでいた。

古びた書物のなつかしいにおいが、狭い空間にみちていた。ほかに客はだれひとりおらず、店員の姿も見えない。

正面の棚と棚のあいだに、奥への入口だろう、厚ぼったいビロードのカーテンがおりている。もとは真紅だったらしいが、褪色《たいしょく》して何色ともつかない。

平台の絵本を一冊手にとってページをひらいた。絵に楽譜がついている。文字は何語なのか読めないが、音譜をたどって、それがマザーグースの『スリー・ブラインド・マウス』だとわかった。『ハンプティ・ダンプティ』があり、『オールド・キング・コール』があった。わざと稚拙《ちせつ》な絵で子供らしさを強調する日本の絵本と違って、細密なタッチが不気味な雰囲気をにじませる。

さらに、ほかの本をアトランダムにぬきだして、めくってみる。一文字一文字は見なれたローマ字なのだが、単語が読めない。英、仏、独、どこの国の言葉でもない。ロシア語特有の文字はない。語尾に母音がつく単語が多いが、イタリア語ともスペイン語ともことなる。となると、バルカンのどこかの国か、それとも、スラヴか。

棚の前の平台にある、大判の本が目についた。

表紙は濃いグレイの布貼りで、縦七センチ横十センチほどの枠押ししたなかに写真が貼りつけてある。抜身の剣を左手に持ったヨーロッパの若い女の七分身である。やや斜めに腰掛け、顔だけが挑発的に前を見すえている。一部にレースをあしらった、乳首が透けて見える薄い、古風な衣装をまとっている。セピアがかったモノクロームで、剣の先だけ、真紅に着色してあった。タイトルらしい文字は何もない。背景は雲のかさなりとも森ともつかないが、よく見ると、壁に描いたものだとわかる。左の上部にカーテンの襞《ひだ》がのぞいていた。
二、三枚目のページをひらくと、見開きいっぱいに、十五、六人の男女が少しルーズなポーズで整列した写真だ。女は髪に花輪をかざり、男はスーツにネクタイをしめ、セピア色のところどころに着色してある。スタジオで撮ったものだ。
Wedding と、これは英語で下のほうに記されていた。

真ん中のあたりに立つ頬を赤く着色された女の子が、花嫁なのだろう。裾の短い黒いワンピースに真珠のネックレスと正装だが、靴下は黒と白の横縞《よこじま》というのが、キッチュだ。

ほかのものの服装も、どこかおかしい。花婿《はなむこ》にあたる青年のシャツは、茶と白の縞だし、三人ほど帽子を手にした女がいるが、どれも毛皮のショールに麦藁帽《むぎわらぼう》だ。まじめくさってふざけている。

次のページをめくって、ひとり、笑い声をあげずにはいられなかった。前のページの人々が同じポーズをとっているのだが、素裸だ。脱ぎ捨てた衣装が足元にとぐろを巻いている。そして、全員、女なのだった。

ほかのページには、ボーイスカウトの制服を着た八人の若者が並んでいる。これは、次のページではやはり全裸となり、男女がまじっていることがわかる。

バレエのシーンもある。女は上半身だけ衣装をつけ、下はむきだしであり、パートナーの男性は全裸だ。

どれも、滑稽《こっけい》だったり猥雑《わいざつ》だったりまじめくさったりしながら、撮るほうも撮られるほうも嬉々として楽しんでいる。

手書きの文字で文章も書かれているのだが、これがほかの書物と同じで、まったく読めない。小さい文字で英語の説明がついた写真がいくつかある。

美女、美男もいれば、極度の肥満女、小人、巨漢、猿のような醜男《ぶおとこ》、西洋梨《なし》のような臀《しり》をもった女、と、モデルはバラエティにとんでいる。

そのうちの七、八人はとりわけしばしば登場し、あたかも、この写真の撮影者を中心にした一家族というふうだ。サーカスや見世物の一座が、一つの家族をなすという意味において。

なかでも、よくあらわれるのは、サラという女だ。Sarah goes strong. と記された一枚は、両の上《じょう》膊《はく》に力瘤《ちからこぶ》をつくり、闘士のようなポーズをとっている。解剖図のように筋肉が浮きだし、腹の肉がげっそりへこみ、それでも、骨ばった中性的な顔だちは、なかなか魅力的ではある。

肉感的な女も登場する。この美女とサラが、男を一人交えて遊ぶ三枚つづきがある。猥褻《わいせつ》なプレイの写真だが、あっけらかんと楽しい。最初の一枚は女たちが男にサービスしているが、二枚目で、男はふたりの女の椅子がわりになり、三枚目はつぶれた男と、去っていくサラの脚だけが見えている。

子供っぽい悪戯《いたずら》気分と性を知りつくした大人の

目が溶け合った写真家なのだろう。

見るものが吹きだすのを、写真家もモデルたちも待ちかまえているふうだ。

ずいぶん長い年月をかけて一冊にまとめたのだとわかるのは、十四年と英語で記した二枚の写真からだ。三十代の男が金髪の、三つぐらいの幼女を抱いている。幼女はすっぽんぽん、男も上半身裸だ。そして、男は半白髪の初老となり、赤ん坊は美しいティーンの少女に成長して、同じポーズ、同じヌードで、カメラにおさまっている。

少年と少女の写真を、数年ごとに四回、同じポーズによって撮影した組写真がある。五つ六つの子供時代から、十歳ぐらい、そして十五、六。最後は二十歳。のどかなヌード写真集だ。

どのモデルも、どこかで見たおぼえがあると思い、映画に出ていたのだったと思い当たった。

途中から見たので、ストーリーはわからず、筋を追って理解しようともせず、漫然と見ていたのだが、写真家がモデルを使って、さまざまな写真を撮る場面が連続していたと思う。同じモデルを、数年おきに撮ってもいた。映画そのものが、十五、六年かけて撮影されたのだろうか。映画の中の写真家は、少女とならんだこの初老の男だ。いかにも悪戯好きで女好きで、という顔つきだ。

さらに一枚めくって、声をあげた。

はじめてあらわれたモデルだ。映画にも出ていなかった。

全裸の美少女が、布でおおった箱に腰掛け、右手にもった手鏡に映る自分の顔を眺めている。十二、三歳だろう。誇らしさが、くちびるのはしのわずかな笑みになっている。

英語で書かれたタイトルは、Alice, The Pretty Girl I Loved.

少女の左腕は肘で断ち切られ、先端は細くなって皺《しわ》ばみ、すりこ木のようだ。左の脇腹から股《もも》のつけ根にかけ、火傷のあとが酷《むご》たらしく、傷を縫合した痕《あと》が、赤い筋を腹に走らせている。

無造作に投げ出された左脚は、板や布のようなものを巻き付けられ、その一部は青や赤に着色され、足首から先は、木で作られている。足元に、脱ぎ捨てた服がうねっている。黒い服で、ところどころ見える裏地は赤く着色してある。

欠損がなければ、ただの、ちょっとかわいい女の子だ。とほうもない傷は、少女を輝くばかりに魅力的に美しく変貌《へんぼう》させている。

鏡に見とれる少女に、わたしは見とれた。

人の気配がした。目を上げると、サラが立っていた。わたしに微笑を投げた。指でカーテンをさし、誘うように動かす。

ついていった。カーテンをくぐると、奥の部屋は写真集と映画で見なれたスタジオで、白髪の写真家が、悪戯っぽくウインクして笑いかけた。顔なじみになったモデルたちも揃っていた。美女。美男。極度の肥満女。小人。巨漢。猿のような醜男。梨のような臀をもった女。十五年かけてそのときどきの裸身を印画紙に残した娘と若者。そのほか大勢の登場人物たち。

服をお脱ぎ、と写真家が言った。英語ではないのに、フランス語でもドイツ語でもイタリア語でもないのに、意味はわかった。

ためらっていると、サラが自分の服を脱いで、筋肉のもりあがった裸身をさらした。そして、わたしのコートを脱がせ、ピンクのセルロイドの針箱から鋏をだし、上着の打ち合わせを縫い留めた黒い木綿糸を断ち切った。そのあとは、わたしは自分から脱いだ。

スタジオの正面の壁は、油絵具で、森とも雲ともつかぬ色彩がぬたくられていた。その前に、モデルたちは、箱をすえ、布をかけた。写真家は、楽しくてたまらないという顔で、位置を指図する。

わたしを腰かけさせ、サラが手鏡を右手にもたせる。写真家が手の位置をきめ、「かわいい。かわいいよ、アリス」と言う。

鏡にわたしの顔が映っている。角度を少し変えると、肘が断ち切られ、先端が細くなって皺ばみ、すりこ木のような左腕、左の脇腹から股のつけ根にかけて焦げ縮んだ火傷のあと、傷を縫合した赤い筋、そして、義足を固定した板や布が映る。

ふと、前を見ると、暗い室内で、観客がスタジオを見つめている。その中に、真紅のコートを羽織った女がいる。

Pretty pretty Alice.

写真家が言い、仲間がみなで声を揃える。Pretty pretty Alice.

二度と、火に焼かれることはないよ。一度で十分だ。これからは、楽しいことだけ。

楽しいことだけ。サラが言う。

楽しいことだけ。モデルたちが声を揃える。

エッセイコレクション

PART 4

深夜の長電話

深夜、友人と長電話をする。相手は決まっている。話が軽業のようにはずむのは、彼女相手のときだけで、ワオ、の一声で、互いに相手の状態がわかる。

ワオ。ワオ？　ワオワオ。ワー。ひとがきいたら、頭がおかしいと思うだろうな。ひとしきり、ワオ語で話す。

それから、うっぷんばらし。気にくわないことをぶちまけあう。彼女は昼は会社づとめだから、昼は眠っていて夕方起き出す私より、ストレスは溜まりに溜まっている。

やりたいことをやるために、プロダクションを作ろうなどと、とほうもない話になる。

アイディアだけは、二人のあいだで、山積している。資金と時間が、徹底的に欠如している。

そのうちに、話は、二人以外には通じないでたらめと駄洒落のゆききになる。

電話線のなかには電話虫が棲んでおり、これは、かわいそうに、二人の溜息に、溺死しかけている。

我が家には、パコというアホな犬がいる（正確に言うと、いた。最近、家出した）。

パコに悪知恵をつけにくるのは、彼女の家の雀《すずめ》である。家出をそそのかしたのも、雀だ。

この犬は、庭を丸く走りまわり、円型の溝を掘るしか能がなかった。新宿のスナックのママが飼っている犬は、叱られると庭に穴を掘り、顔をつっこんで哭《な》くそうだ。うちのは、アホだから、そういうチャップリンのようなことはやってくれない。いくじなしのくせに、深夜、脱出し、いまだに帰ってこない。二人で電話で検討した。私が奴のためこんだ毛玉をちょん切ったせいだと、結論が出た。長毛種だから、すぐに毛玉を製造する。耳のうしろのを切るとき、皮もちょっぴり切ってしまった。というようなアホなことを喋っていると、三時間ぐらい忽ちたってしまうのだ。

(「小説ＣＬＵＢ」85年8月号)

手書きとワープロ

原稿は、ワープロですか、手書きですか。

ときどき、聞かれる。話題がとぎれ、何となく間がもてないというようなとき、よく持ち出される。あまり深刻な問題ではないし、人を傷つけもしないし、時間つぶしには適当な話題なのだろう。

どっちだっていいじゃない、とはぐらかすこともできるが、あっさり言ってしまえば、私は手書き、それも、鉛筆、トンボのモノのBと決めている。

ワープロで書く――書くとは言わないか――人は、急速に増えているようだ。消したり書き込んだりするのに便利だとききき、ちょっと心が動いたのだが、ひらがなで打って漢字に転換するときいて、やめた。転換作業をやっているあいだに、頭のなかの文章が霧散してしまう。

でも、あと数年もするうちには、原稿はワープロが常識になり、手書きは少数派になるのかもしれない。すると、原稿用紙は需要が減るから生産も減り、したがって高価になり、いまみたいに、二、三字書いてはくしゃくしゃ、ぽい、とはできなくなる。編集者も、手書きの文字になじめず、ワープロ原稿でなくては受けとれません、なんて言いだす。

ワープロで書く文章は、短い、ひらがなの多いものになる。そうなったら、私はいっそ、和紙に筆で書こうかしら。テレビも嫌い、ヴィデオも無関心、漢字の美しさに惹かれている私としましては。

（「国づくりと研修」86年7月号）

古城

地獄のとば口をのぞいた、などと言えばあまりに大袈裟すぎるし、過ぎ去ってしまえば、ほんの一過性、こちらの気のせい、と笑い捨てもするのだけれど、そのとば口に通じる道の更に入口に立って踏みとどまった、という気もする。

事の起りは、単純な不眠症であった。

十数年、夜昼逆さまの生活で、不如意なこともなく過してきた。困るのは、取材などで日中行動をせざるを得ないとき、はじめの一日二日は、海外旅行の時差ぼけのような状態になることぐらいだったのだが、ここ二年ほど、仕事の量が急増したせいか、寝つきが極端に悪くなった。朝六時に就寝するはずが、七時になっても八時になっても、ついには午後の一時、二時を過ぎても、眠れず、といって、頭はぼうっとしているから仕事もできず、という日が続き、ついに、三日三晩、目が覚めっ放しという恐ろしい状態になった。

とろりと眠いあの快い気分から見放されてしまったのである。頭の中に脳のかわりに金属製の空洞が在るとでもいおうか。不眠の不快な状態など精密に描写しても読者も書き手もうっとうしいばかりだからはしょるけれど、とにかく、本人にとっては、地獄のとば口に立った、と言いたいほどであった。

止むを得ず、年内の仕事をほとんどキャンセルし、旅に出た。

ウィーンからミュンヘン、中世の雰囲気を残した独逸の古都をめぐり、最後は、ＢＡ機を使う都合から、ロンドンに渡る。ついでにスコットランドに足をのばし、エディンバラに二泊した。

二週間の旅を今思い返して、何よりも印象に強いのは、エディンバラの郊外に建つ、廃墟と化した城である。城そのものも、修復の手をほとんど加えず、朽ちたままにしてあるから好ましかったが、息を呑んだのは、地下への入口であった。

タクシーの運転手に、いわゆる観光名所は興味がない、どこでもいいから、静かな田舎道を走ってほしい、両側から樹々の枝がアーチをなしたような道なら申し分ない、と頼んだのである。

希望どおりの道をドライブし、ここは気に入るだろう、と運転手が車を停めたのが、小高い丘の上に建つその古城であった。火災に遭って屋根も天井も焼け落ち、外壁だけが残っている。もとは大広間だったという部屋に佇って仰ぐと、頭上に空がひろがっていた。

中庭を囲む回廊型の建物の四隅に螺旋階段を持った塔がそびえる。螺旋階段は、上に向ってのびると共に、地下にも通じている。

その、地下への道をのぞいて、立ちすくんだ。ふつう、明るみから暗闇への移行は、裾濃《すそご》の染めもののように、次第に暗さを増し、いつとなく闇に溶けこんでゆくものではないだろうか。

角のすり減った螺旋の石段を、三、四段下りると、いきなり、黒い沼のような闇が足もとにあった。

かつて、アンダーグラウンド演劇が盛んだったころ、地下の小劇場は、消防条例を無視して照明を全部消し、真の闇を出現させていた。しかし、その闇は、蔭に何か華やぎをひそめ、恐怖感よりも期待を与えるものであった。

古城が地下に抱え持つ闇は、陰惨であり、いっさいの情緒を排除したものだった。闇は、つまりは無であるにもかかわらず、この暗黒の沼に軀を浸したら、とほうもない圧迫感、稠密なものに生理的に圧しつぶされ、気が狂いそうな恐怖をおぼえるに違いない。

その予感だけで、足が進まなくなった。

視ているだけでも恐ろしく、早々にそこを離れた。

そうして、気づいた。城は、今は機能していないけれど、かつて、多くの人々がここで暮らし、城は、生きていた。そのときも、地下にこの闇を抱えこんでいたのだ、と。

十五世紀に建てられた城である。当時の照明は、炬火や蠟燭を灯した燭台。その光は、ほんのわずか、手もと足もとを明るませるばかりであったろう。

入口で買ったパンフレットの図面によると、地下にはワイン・セラーと牢獄、及び牢番の部屋があったようだ。地下の闇に囚人は繋がれ、その上の大広間で王たちの宴がもよおされるさまを私は思い描いた。

極度の不眠の最中に私を捉えた暗黒の空白をこのとき思い重ねた。ふだんは忘れているけれど、意識の底に、想像もつかぬ闇のひろがりがひそんでいる。

広間に戻ると、翼の白い鳥が窓から舞い入り、天井のない空に翔び去った。

（「中央公論」89年1月号）

飲まずに酔う

ゴールデン街の入口に近いところにある飲屋に、私のボトルがおいてある。白いサインペンで、猫の絵が描いてある。新しいボトルに変るごとに、絵も、ひよこになったり犬になったり雀になったりする。雀はぶっとく肥っており、ブースズメの愛称がある。描くのはボトルを共有する友人、邑野《むらの》まつりで、ボトルを豪快に空にするのも、彼女である。

この店のママの渾名《あだな》を、ウサギという。

かつてジャズ歌手だったママは、エラ・フィッツジェラルドばりのゆたかなボディの持主なのだが、エラに似ていると言われると憤然とする。エラは嫌いなんだそうだ。

兎には少しも似ていない。

以前、ママは兎を飼っていた。

すばらしい豊満な体軀《たいく》になった。ママは兎を散歩に連れ出す。犬のように首輪をつけ、紐《ひも》でつないで歩かせる。おなかが地面をこする兎は、跳ねとぶには軀《からだ》が重すぎ、悠然と歩く。

その話を聞いてから、〝ウサギに行こう〟が、邑野まつりと私が飲むときの合言葉になった。

飲むといっても、私のグラスにママが注いでくれるのは、ウーロン茶である。

私の父親は、強固な意志と闊達《かったつ》な気性を持った楽天家なのだが、そのけっこうな気質を、私はまったく受けつがなかった。遺伝されたのは、お猪口《ちょこ》一杯の酒で息苦しくなるという、つまらない体質だけである。

それでも、ウサギをはじめ、行きつけの飲屋のママやマスターは、飲めない私でも友達として対応してくれるので、たいそう居心地がよい。

友達は、女でも酒豪ばかりだ。

何年前だったたか、強烈に落ち込んだときがあった。

九州に住む友人から、電話がかかってきた。かくべつな用事ではなかった。向うも鬱屈《うっくつ》のたねを抱えている。

元気？　と訊かれ、
元気じゃないよ。その声を聞いただけで、彼女はこっちの状態を察してくれた。

こっちまで出ておいで。すぐに。わたしは東京まで行かれないから。

翌日、私は飛行機に乗った。

その夜、彼女とその友人と、三人でスナックに行った。

私は水割を少しずつ舐めていたのだけれど、突然、のど越しの味が何ともいえずおいしくなり、一気に飲んだ。たてつづけに濃いのを三杯飲んだら、人格が変った。わいわい騒いで夜明かしし、落ち込みはふっとんでしまった。

それ以来、しばらく、東京でも深夜の御乱行が続き、われながら、酒への晩《お》くてなめざめだなと呆《あき》れたのだが、最近はつつしんでいる。やはり軀に合わないとみえ、快く酔っぱらう前にぶっ倒れてしまうことが多い。飲まない方がたのしく酔えると自覚した。よほどのり易いたちなのだろう。もっとも、まわりがたのしい雰囲気でなくてはだめという、他力本願の酔いなのだけれど。

昨年の秋、悪質の睡眠障害にとりつかれ、あちらこちらから寝酒をすすめられた。効果ゼロ。酒はやはり、たのしい仲間とたのしい酒場で飲むのがいい。

（「オール読物」89年2月号　文藝春秋『酒との出逢い』所収）

出無精の旅

新しい年をむかえての号に載るエッセイなのだから、一九九九年の抱負でも記せばふさわしいのだろうが、書いている現時点は一九九八年の年の暮れ、つい、一年をふりかえってしまう。後ろ向きでよくないか。

ずいぶん、いそがしい年だった。出無精なのに、異国への旅がかさなった。中世のヨーロッパと、時代はいつと限定しないが未来の南米を舞台にした、我ながらとんでもない大風呂敷をひろげる物語の連載を季刊の小説誌に一九九九年の夏から始めるその取材と、目下『小説現代』誌に連載中の物語の取材のためで、まことにめまぐるしく動きまわった。こんなことは一生に一度だけだろう。

取材などというのはおこがましい。幾つかの国々のうわっつらをかすめて走り過ぎたにすぎない。何も見ないよりはましというだけのことだけれど、見たことによって、書物から得た知識にいくらか実感がともなうようにはなった。

書くのも恥ずかしいが、廃城、地下牢などときくと、それだけで嬉しくなってしまうたちだ。浪漫偏愛と笑わば笑え。中世のおもかげの残る街をおとずれ、古城を経巡《へめぐ》った。

異なる土地をおとずれるたびに、その国の言葉が読めたら、喋れたら、とつくづく思った。現地でガイドさんについてもらいはしたのだが、資料の大半はその国の言葉で記されている。――あたりまえだ。

取材のメインは異端カタリ派である。フランス語ができないのに、まったく何が取材だかと自嘲する羽目になった。

中世都市を丁寧に復元したカルカソンヌの城内には、観光客のために、カタリ派に関する多種多様の書物が取りそろえられている。邦訳で読んだものも二、三あるけれど、それに数倍する書物を手軽に買える。図書館に足を運ぶまでもなく、主要な資料はここで揃うらしいのだが、読めない。くやしい。宝の山に入りながら手をむなしくして帰る悲哀をいやというほど、味わった。読める人に訳してもらうつもりで数冊買ったが、ああ、自分で読めれば……。

これまで、習得する時間がなかったわけではないのに。もはや間に合わない。若いとき何をしていたんだ、と、己の怠惰をなじっても追いつかないのであった。

資料を読めない補いになりはしないが、よく歩いた。旧市街といえば、どこも甃《いしだたみ》の坂道をひたすら歩くほかはない。

歩くのは子供のころから嫌いだった。歩くことに限らず、からだを動かすのが嫌いなのは、ぼうっと夢想のなかにただよっている時間を現実によって浸食されるからだ。歩きながら食べながら料理をしながら常に目前に活字をおいていたのも、嫌いなことをしているのを忘れられるからだ。昨今は視力おとろえ、歩き読みはできなくなった。歩かないから足は弱くなり、歩くたびに苦痛をおぼえ、ますます歩くのが嫌いになるという悪循環だが、古城や旧市街を歩きまわるのは、活字の世界に身をおきながら歩くのにひとしく、くたびれはしたけれど楽しい疲労であった。

旅のおかげで自分自身について認識したことが二つある。まず、かなりの高所恐怖症だ。ふだんの生活には高い危険な所にのぼることなどないから、気がつかなかった。もうひとつは、むやみに牢獄が好きということだ。長旅も終わりに近くスペインのグラナダに到着したときは疲労困憊、ぶったおれてしまい、アルハンブラ見物は辞退したいほどだったのだが、城の庭で、ガイドさんが、これが地下牢の入口ですと言ったとたんに、「皆川さん、活き活きと走り寄りましたよ」と、同行の編集者があきれていた。

どこよりも気に入ったのは朽ちた修道院の一室で、ここにワープロをおいたらさぞ仕事がはかどるだろうと思ったことだった。編集者諸氏よ、皆川をカンヅメにするなら古い修道院に。

（「現代」99年2月号）

嫌ひなものは嫌ひなり

「夏痩《や》せて嫌ひなものは嫌ひなり」

三橋鷹女のこの一句に出会ったとき、胸のすく思いがした。

己の我が儘《まま》を我が儘と自覚もしない者は、ことさらに「嫌いなものは嫌い」と言挙げはすまい。むしろ、自分はこれほど我慢しているのにと、被害者意識を言い立てもしよう。

嫌いなものを嫌いと言い切って捨てれば他を傷つける。傷つけたと意識するから、自分も傷つく。それゆえ、嫌いと言いかけた言葉は呑《の》み込む。

鷹女は句集で知るのみだから、どういう気性であったか、どのような暮らしであったのか、日常は知らない。写真で見るかぎりでは、神経の鋭そうな人であり、おそらく、好き嫌いも激しかったのではないかと思われる。好きなものを好きと言い、嫌いなものを嫌いといって、傷つきもしたことだろう。言葉を呑んだこともあるだろう。

鈍感な我が儘者が「嫌いなものは嫌い」と言うのであれば、「夏痩せて」の語は浮かばない。

嫌いなものは嫌い。私自身がそう言い切れるのは、みずから紡ぐ物語の中のみだ。あとは黙すほかはない時間が長かったけれど、近頃《ちかごろ》は、好きなものの中——つまりは物語紡ぎの中——に息づく時間をがむしゃらに確保するようになってきた。

そのためには、堅固な壁を周囲に築かねばならない。壁は私の血肉を材としているから、嫌いといって他を傷つけるたびに、自分も傷ついている。

酷暑の中で、痩せ細る。それでも、嫌いなものを好きと言い、言わないまでも嫌いの素振りは見せずにいれば、いっそう痩せよう。
嫌いの一語は、たやすくは言えない。呑み込み、耐え、妥協し、笑顔でかわし、身内を刃で削られ、ぎりぎりで声にする。〝嫌い〟である。それもときには哀《かな》しい微笑といっしょの、人の耳にはとどかない呟《つぶや》きであったりもするのだけれど。

（「朝日新聞」99年8月17日付）

最新設備

清水義範《しみずよしのり》さんの短編に、親孝行な息子が独り住まいの老いた母親のために家を新築してやる話があった。

心配性の息子はあらゆる場合を想定して、どんな事態にも母親が困らないように、至れり尽くせりの最新の便利な設備をととのえてやる。しかし、慣れない操作に老母はおろおろするばかり。風呂に湯を張ろうとすると警報機が鳴る、エアコンをつけようとすると窓の自動シャッターがおりてしまう……、と、だいぶ前に雑誌に掲載されたのを一度読んだだけなので細部はおぼえておらず、いい加減なのだが、現代の世情に則した秀逸な落語の趣があった。

で、私の体験話になるが、二十一世紀まで生き長らえるとは、予想もしていなかった。家の寿命より住人であるこっちの寿命のほうが先に尽きるだろうと思い、家の手入れをまるでしなかった。

流しの足元にじわじわ水が溜《た》まるようになり、排水管の故障だろうと思ったが、どこに修理を頼んだらいいのかわからないままに放っておいた。

物語紡ぎに没頭している身には、日常にかかわるのが煩わしくてならないという事情もあった。要するに無精なのだが。

水漏れは徐々にひどくなって、ふと気がついたら、根太が腐ったらしく床が傾き、使用に耐えない状態になっていた。

居間の扉のノブが、ネジが緩んで抜け落ちそうになり、あまつさえ、玄関のノブがまったく動かなくなった。扉が開かなくなってしまったのである。

勝手口の扉も、たてつけが悪くなって、開けると閉まらず、いったん閉めたらなかなか開かない。致し方なく、庭に面したガラス戸を出入口にした。これは、外から鍵をかけられない。

不用心きわまりないのだけれど、泥棒が入っても、雑多な本が山を作り崩れ落ち足の踏み場もないほどに散らかっているばかりで目ぼしいものなど何一つないのだから、骨折り損を嘆くだけだろう。

宅配だの書留だのが届くと、一々庭から門にまわらねばならないから、不便ではあった。水を流せない流しは使い物にならず、洗い桶《おけ》の汚れ水を風呂場に捨てるのも、手間がかかった。

葛飾北斎みたいに、住み荒らしてどうしようもなくなったら引っ越すという手もあるのだが、江戸の長屋暮らしとことかわり、がらくたの量が多すぎる。修理しようにも、職人さんを家の中に入れられない状態で、家中がみごとに物置になりはてた。

若いころは室内で犬を飼っていた。仕事部屋にベッドを置く余地もないので、ワープロを据えた大きめの炬燵《こたつ》を机がわりに、睡《ね》るときはそのまま床にごろ寝という暮らしで、傍らに犬を寝かせていたのだが、犬がいなくなってからは、その空間をも本が占め、寝返りもうてなくなった。

いずれは老人ホームに移るのだから、それまでの辛抱と思っていたが、壁には雨漏りの染み、台所の床は斜めにかしぎ、風呂場の窓枠は腐って落ち、という状態に、結婚して別にすんでいる娘が見るに見兼ねて、建て替えを提案した。娘のところは子供たちが大きくなりそれぞれの部屋が必要で、社宅では手狭になった。二世帯住宅に建て直すことを、娘はずいぶん前から考えていたらしい。

こちらが寝たきりになったら娘が介護しなくてはならないという、切実な問題もあった。

私は我が身の始末ができなくなったら介護付き

の施設に入り、娘には世話をかけないつもりでいたのだが、あるきっかけから、娘の提案を受け入れることになった。

シルバーマンションで、住み込みのヘルパーさんに身の回りの世話を頼んで暮らしていた私の老親が、脳梗塞《のうこうそく》で倒れた。入院の手続きやら付添いやら何やら、私は実務の役にはたたず、弟や妹、その家族が、大変な思いをしている。

ひところ、野溝七生子《のみぞなおこ》の暮らし方を理想だと思っていた。学者であり創作者でもある野溝七生子は、毅然《きぜん》として女一人の生を貫いたのだが、その彼女も、晩年、精神状態が不安定になり、被害妄想にとらわれ悲惨に終わっている。

五体どうにか動く間は強気なことを言っていても、いざとなったら娘が一番大変なのだと身に沁《し》みてわかり、我《が》が折れた。

ぼろ家にぎっしり詰まったがらくたを処分し仮住まいに移るまでが大ごとだったが、力仕事は娘が一手に引き受けてくれた。娘が子育てに忙しかったころ、私は仕事に夢中で母親らしい手助けを何もしてやらなかった。心の底に負い目になっている。

住宅建築の会社にほぼ標準仕様で依頼したところ、冒頭の清水義範さんの短編みたいな仕儀になった。

いろんな設備や機器のマニュアルだけで厚みが二十センチもあろうかという複雑さなのである。風呂の注湯の予約だの、床暖房の予約だの、読むほどに混乱する。

台所の天井から紐《ひも》がさがっていて、何かのときに引っ張るとどうとかいうのだが、未《いま》だに何の役に立つのだかわからない。一度説明を聞いたのだが忘れてしまった。引っ張ってみたいけれど、サイレンでも鳴り響いたらどうしよう。それとも水が噴き出すんだろうか。

（「日本経済新聞」05年9月5日付）

「この子はよいときゃほんとによいが、悪いとなると手がつけられぬ」

発明王トーマス・エジソンは、機嫌がいいとき、こう口ずさむのが常だったと、『エヂソン伝』に記されていた。

読んだのが子供の時だったから、シャーリー・テンプルのような金髪巻き毛の小さい女の子がえくぼを浮かべたり地団駄《じだんだ》踏んで泣きわめいたりする姿を想像していた。

実はもっと年のいった若い娘――甘えたりすねたりして男を翻弄《ほんろう》するヴァンプ――をさしていたのかもしれない。

昨今、身の回りが実に便利になっている。労力要らずで、体力衰えた老いの身にはたいそうありがたい。

水を張った盥《たらい》の前にしゃがみこみ、シーツでもお襁褓《むつ》でも洗濯板でごしごし洗っていた昔を思うと、スイッチ一つで乾燥までやってくれる自動洗濯機は神の手だ。

厄介な食事の後かたづけも、食洗機が代わりにやってくれる。お風呂にしても、浴槽の水張りから湯の温度の調節まで、全部、機械がどこかで勝手にやっている。手がおぼえていた〈湯加減〉だの〈水加減〉だのを、すっかり忘れてしまった。

しかし、何から何まで電力に頼っているのだと思うと、ふと怖くなる。電気無しには暮らせなくなっている。生活の大部分が機械まかせだ。

私はこのごろ、思うのである。よいときは本当によいが悪いとなったら手がつけられないのは、若い娘より、〈機械〉の方じゃないだろうか。その最たるものがパソコンで、まったく便利にして、かつ、不便だ。

使いこなせないメカ音痴の私自身に責任があるのだけれど、画面に現れる指示の意味がわからない。

二十数年、仕事はワープロ専用機を使ってきた。これは便利だった。キーボードの欠点は、文字の配列が日本語に向いていないことだ。英米のタイプライターの配列をそのまま移しているから、ローマ字では頻繁に使うAを一番弱い左の小指で打たなくてはならないし、有能な右の人差し指に、あまり使うことのないJがあてられている。これは慣れでなんとかなる。
七、八年前、齢《よわい》七十になる寸前に、今、やり方を憶《おぼ》えなかったら一生無理だろうと、思い切ってパソコンを備えた。これが使いにくく、フリーズばかりしていた。やむを得ず、電源を切る。次に起動すると、「不正な処理があったから、なんたらかんたら」と画面に文字が出る。帳簿のごまかしでもしたような表現だ。こっちは何も不正行為はしていない、フリーズしたそっちが悪いんじゃないか、と、その度にむかっ腹を立てながら、エジソンの鼻唄《はなうた》を思い出すのだった。
パソコンはメールのやりとりだけにして、仕事の原稿書きにはワープロ専用機を使っていたのだが、私より先に機械の方が老衰して、あちらこちら不具合が生じてきた。修理を頼もうにも、世はパソコン時代で、ワープロは部品がない。去年の秋、ついに、スイッチを入れても動かなくなった。画面が黒いままだ。古い真空管ラジオみたいに、胴体をあちこち叩《たた》くと、一瞬明るくなる。どこかの接触が悪いのだろう。すぐ消えるから、とても仕事には使えない。

不出来にして不遜《ふそん》なパソコンを新しいのに買い

換えたら、不正行為がどうとかいうけしからん文言は現れなくなった。

　原稿を書くだけなら、どうにか、専用機と同じように使えるようになったけれど、専用機では簡単にできた二つのファイルを一つに結合することと、一つのファイルを二つに分けることを、パソコンではどうやるのか、いまだにわからない。ウィルスとやらいう怖いものもいるし。

　明治時代、江戸の生き残りは、ずいぶん面食らっただろうと思う。生活環境が激変したのだ。文明開化の急流についていけないものは、旧弊固陋《ころう》と貶《おとし》められた。敗戦とともに価値観が一八〇度変わったとき、似た思いをした年配者は多かったことだろう。あのときを境に、封建的の一言で弊履のごとく棄《す》てられた美風がどれほどあったことか。

　平成と年号が変わって十九年にもなる。敗戦の時、十五歳だった。生まれてから敗戦までの年月を平成は越えているのだが、ほんの数年のようにしか感じられない。それでいて、文明はおそろしく変わった。

　ほとんど外と交わらずテレビも見ない私は、文明の便利と不慣れ・不便のあいだでとまどいながら明治を生きた江戸の生き残りの気分で、日々を過ごしている。

（「日本経済新聞」07年9月2日付）

藍の夏

夏ごろも夜の綺羅《きら》こそ男なれ

乙州《おとくに》の句を知ったのは、塚本邦雄の『詞華美術館』による。

綺羅と表現するには地味かもしれないが、この句から思い浮かぶのは、藍《あい》染めの浴衣爽《さわ》やかな、大和男子《やまとおのこ》だ。大和撫子《やまとなでしこ》と同じく、絶滅に瀕《ひん》している貴重な種である。

夏には、藍が好ましい。その藍も、ごくごく淡い甕覗《かめのぞ》きから水色、空色、浅葱《あさぎ》、縹《はなだ》、千草、花色、紺、褐色《かちいろ》……と濃さを増すにつれ呼び名が繊細に変わる。

藍甕から引き上げられた布は、黄褐色に染まっている。ひろげて風にさらすと、見るまに黄緑、そうして青へと色を変じる。

縹の帯の片結び、薄《すすき》の契りや。細いやわらかい帯であろう。片端を引くだけで縁《えにし》はとける。

つい先頃、百貨店の浴衣売り場を見て驚いた。長四角にたたみ込んでずらりと吊《つる》された浴衣——女物だが——の値札に記された数字が、三万数千から六万だった。素材の綿とポリエステルおよび染めは日本だが、縫製は中国と記載されていた。化学染料だろうし、縫い賃はごく安いのだろうにと、驚く私が物知らずなのか。

湯上がりの素肌にさらりとまとい、蚊遣《かや》りを焚《た》いた縁側で団扇《うちわ》を使いながら汗の引くのを待っていたころの浴衣は、そんなご大層なものじゃなかった。今のTシャツぐらいの感覚で着ていた。

一夏すぎれば解いて洗って板張りし、お陽様にさらして乾かし、また縫い直し、くたくたになるまで使い古した後は寝間着に格下げ、どうにも傷んで着られなくなれば、雑巾《ぞうきん》かおしめ、というのが浴衣であった。六万円のなれの果てのおしめでは、赤ん坊も恐縮する。紙おむつで結構です。

着物というのは、たいそう無駄なくできている。一反の布地を身ごろ、襟、衽《おくみ》と断ちわけ、ほとんど端切れが出ない。

絹物は無理にしても、木綿なら、袷《あわせ》でも裏表といて、洗い張りすることができた。戦前のことだ。洗濯機など存在も知らなかった。井戸端に盥《たらい》を据え、洗濯板と棒石鹸《せっけん》でごしごし洗い、濯《すす》いだのを、手拭《てぬぐ》いを姉《あね》さんかぶりにした母とねえやが、襷《たすき》で袖をからげ、晩夏の庭で板張りや伸子《しんし》張りをしていた。

専用の張り板に洗い上がった布を張りつけ、薄くといた糊《のり》を刷毛《はけ》で塗っていた……と思うのだが、七十年の余も昔の記憶はおぼろだ。先に糊を溶いた水に浸してから張ったのだったろうか。

戦前といっても、都会の子供はもう洋服で過ごしており、着物を着るのは特別なときだけだった。正月と夏祭り。子供の着る浴衣は赤い金魚や朝顔が型染めされていたが、年上の人が着る藍の絞り染めが、ひとしおお匂《にお》やかに感じられた。

江戸の火消しがまとった刺し子も藍染めなればこそ、あの色気だ。ことに纏《まとい》持ち。火の粉を浴びて屋根の上、いよいよ焼け落ちるまで纏を振り続ける。燃える朱のなかで藍はひときわ頼もしく、江戸っ子の目に映ったことだろう。

化学染料の藍が入ってきたのは明治になってからで、それまでは天然の藍がもちいられていた。藍染めは大変な技術と手間を要した。

江戸時代、庶民は絹物を許されず、木綿は藍以外の色では染まりにくかったという事情が、みごとな技術を生みだしている。

蓼《たで》藍を栽培し、刈り干して葉藍とするのは農家だが、それを藍玉に仕上げるのは「藍師」と呼ばれる職人であった。土間に砂利、籾《もみ》殻、砂、粘土と幾層にも敷き詰めた「藍寝床」に、刈り干した蓼藍の葉を寝せ込み、水を打っては切り返し、発酵させ、黒い土状にする。それに筵《むしろ》をかけ縄で締めつけ重石を乗せ、固めたものをスクモと呼ぶ。

水を打ち切り返す、その水加減はきわめて難しい。少なければ発酵しないし、多すぎれば熱が上がり藍は腐る。熟練した「水師」の技量が必要になる。長月《ながつき》半ばから臘月《ろうげつ》まで、切り返しは二十数度行われた。

スクモを木の臼に入れ木槌で搗《つ》き、運搬に適した大きさの平たい円形にした物が藍玉である。藍玉は仲買人を経て藍染を職とする紺屋にわたる。

藍甕の中で、藍は生きている。藍甕を十幾つずつ二列に並べて埋め込んだ土間は、冬でも汗ばむほど暑いのだった。四つの甕ごとに、その真ん中に火壺を埋め、炭火を絶やさない。そうして、朝に夕にかき回してやる。華のように気泡が盛り上がるのは、藍が生きて発酵を続けているからだ。

江戸の文化文政期に『東海道四谷怪談』『盟三五大切』『櫻姫東文章』など、悪と闇と血と笑いで見物を虜《とりこ》にした歌舞伎芝居の作者鶴屋南北は、若いころ紺屋で働いていたと言われる。二十年ほど昔、南北を素材に物語を書いたことがあった。そのとき読んだ資料で、藍師、水師、紺屋のありようを学んだ。

藍作りを実際に見たことはないのだが、現在も、阿波藍の伝統技術を伝えている方がおられると、『藍染め』(NHK出版)という書で最近知った。江戸のころのように分業ではなく播種《はしゅ》、栽培、スクモ作り、藍染めと一貫してやっておられる。畏敬《いけい》する。

季節にはそれぞれの色がある。藍の清涼と奥にひそむ仄《ほの》かな艶こそ、大和の夏の衣なれ。

(「日本経済新聞」09年8月16日付)

後記

この巻に収録されたエッセイ（というのはおこがましい雑文）の一つに、「最新設備」というのがあります。家を建て替えたら新しい設備がいろいろ増えて、取り扱いに苦労しているという話ですが、後日談があります。

台所の天井から下がっている紐は何なのだろうといぶかしく思っていたところ、用途がわかりました。建て替えてから十年経ち、だいぶ住み荒らしました。施工した住宅建設会社が、十年後に行う決まりになっている総点検にきて、台所の天井裏に設置された防火設備を新品に替えました。紐はその一部でした。

その後ほどない日、外出から帰宅したら、台所の床が水浸しになっていました。古タオルを総動員して拭いたところ、これがただの水ではなくて、ひどくべたつき、手を洗ってもなかなか落ちず、掌から指先まで火傷のように赤くふくれあがりました。

食器も調味料の容器もべたべたで、天井の一部がぱかっと開いており、液体の消火剤が降り注いだのだとわかりました。紐は、火災発生の時引っ張って、ふたを開ける用具でした。火の気は何もないのに誤作動してくれた、おバカというかお節介というか、まったく不埒な装置です。消火剤を浴びた台所器具は、いくら洗っても、さわると手が荒れる執念深さです。

建設会社に連絡したら、下請けの清掃の人がきて、台所の隅々まできれいにしてくれました。防火装置を替えるとき、見本品をつけてしまったとかよくわからない弁解を住宅会社から聞かされました。消火剤を浴びた器具は新しいのに買い換え、清掃共々、代金は会社持ちということで、騒動がおさまれば、幾分得をした感もあります。

レンジはＩＨだから防火設備はいらないと言ったのですが、ＩＨでも発火することがあるとかで、また付けられてしまいました。新しい紐も下がっています。なんだか嫌だな。

皆川博子

編者解説

日下三蔵

〈皆川博子コレクション〉をお読みいただいている皆さまに、本書の刊行が予定より大幅に遅くなったことをお詫びいたします。

出版芸術社は二〇一五年四月より新体制に変わりましたが、刊行中の企画はそのまま継続いたしますので、引き続いてのご愛読をお願いする次第です。


その間の動きに触れておくと、まずハヤカワ文庫ＪＡから著者の第一作品集『トマト・ゲーム』が、実に三十四年ぶりに復刊された。『トマト・ゲーム』は七四年の単行本で五篇、八一年の講談社文庫版で二篇削除、三篇追加の六篇が収録されていたが、今回のハヤカワ文庫版は、そのすべてをまとめて八篇を収録した「完全版」である。本コレクションを読まれている方なら、ぜひ併せて手に取っていただきたい一冊だ。

また、二〇一二年の大長篇『双頭のバビロン』が、上・下二分冊で創元推理文庫に収められた。他にもいったん文庫化されてから品切れになっている作品集が、いくつか再刊される動きがあるという。このように皆川作品再評価の大きな流れができつつあるのは喜ばしい限りだ。

第八巻の本書には、時代小説集『妖笛』（93年12月／読売新聞社）と幻想小説集『あの紫はわらべ唄幻想』（94年5月／実業之日本社）を合本にして収めた。いずれも初刊本以来、再刊されるのはこれが初めてである。
各篇の初出は、以下のとおり。

妖笛　93年12月　読売新聞社

妖笛	「オール讀物」86年9月号
七本桜	「小説宝石」92年11月号
殺生石	「観世」92年6月号
二人静	「観世」92年11月号
松虫	「観世」93年4月号
小袖曽我	「観世」92年12月号
夏一夜	「別冊文藝春秋」89年秋号
簪犬	「オール讀物」88年3月号
あらたま草紙	「サンデー毎日」92年1月5〜12日号
灼紅譜	「別冊歴史読本」89年6月号

忠臣蔵異聞の表題作、幕末を舞台にした「簪犬」、安土桃山時代の宣教師を主人公にした「灼紅譜」などを収めた『妖笛』は、便宜上、時代小説集に分類しておいたが、明治、大正から、戦後を舞台にしたと思しき作品まで含まれており、必ずしも狭義の時代小説で統一されているわけではない。

檜書店の月刊誌「観世」は、能の観世流の機関誌である。同誌に掲載された「殺生石」から「小袖曽我」までの四作は、能の演目に材をとった幻想小説であり、このパートだけで、ミニ『変相能楽集』（88年4月／中央公論社／本コレクション第四巻に収録）の趣を呈している。

あの紫は　わらべ唄幻想　94年5月　実業之日本社

薔薇　「週刊小説」94年2月18日号
百八燈　「週刊小説」91年9月27日号
具足の袂に　「週刊小説」93年2月19日号
桜月夜に　「週刊小説」93年8月20日号
あの紫は　「週刊小説」92年2月14日号
花折りに　「週刊小説」91年11月22日号
睡り流し　「週刊小説」91年6月21日号
雪花散らんせ　「週刊小説」92年6月5日号

実業之日本社の隔週刊誌「週刊小説」に掲載された一連の幻想小説は、単行本の副題にあるように、童謡・わらべ唄をモチーフにしたものであった。
七〇年代から八〇年代の作品をまとめたコレクションの第一期は現代もののミステリが多かったが、八〇年代後半から九〇年代の作品がメインとなる第二期では、大半の作品が時代ものであり、この『あの紫は　わらべ唄幻想』が、第二期の収録作品集では、唯一の現代ものということになる。
とはいえ、わらべ唄の歌詞から読者を幻想の世界へと引きずりこむ連作は、読者に時代設定などを意識する間も与えぬ境地に達しており、『妖笛』と続けて読んでも驚くほどに違和感がない。

第三部に収めた五篇は、『あの紫は　わらべ唄幻想』に続いて「週刊小説」に発表された。

黒縄　「週刊小説」95年1月6日号
悪い絵　「週刊小説」95年10月27日号
カンナあの紅　「週刊小説」96年2月16日号
歪んだ扉　「週刊小説」96年10月25日号
アリス　「週刊小説」97年4月18日号

初出では「あやかし幻想奇譚」シリーズと題されており、まとめて本にする予定だったものと思われるが、単行本一冊分の枚数に達する前に五篇で中絶した。本書が初めての単行本化ということになるが、未完の連作といっても、ひとつひとつは独立した短篇作品なので、これだけで充分にお楽しみいただけるものと思う。

第四部に収録したエッセイの初出は、以下のとおり。

深夜の長電話　「小説ＣＬＵＢ」85年8月号
古城　「中央公論」89年1月号
飲まずに酔う　「オール読物」89年2月号
出無精の旅　「現代」99年2月号
嫌ひなものは嫌ひなり　「朝日新聞」99年8月17日付
最新設備　「日本経済新聞」04年9月5日付
エジソンは唄う　「日本経済新聞」07年9月2日付
藍の夏　「日本経済新聞」09年8月16日付

今回は「身辺雑記・その他」のカテゴリに属するエッセイを集めてみた。「深夜の長電話」は「私のお気に入り」、「飲まずに酔う」は「酒との出逢い」のコーナーに掲載されたもの。

また、このうち、「飲まずに酔う」はアンソロジー『酒との出逢い』（90年2月／文春文庫）、「最新設備」はアンソロジー『ベストエッセイ２００５　成り行きにまかせて』（05年6月／光村図書出版）にも、それぞれ収められている。

今回、新たに皆川さんからいただいた「後記」は、なんと「最新設備」の後日談だったので、エッセイと併せてお読みいただきたい。

［著者紹介］
皆川博子
（みながわ・ひろこ）

1930年、京城生まれ。東京女子大学英文科中退。72年、児童向け長篇『海と十字架』でデビュー。73年6月「アルカディアの夏」により第20回小説現代新人賞を受賞後は、ミステリー、幻想、時代小説など幅広いジャンルで活躍中。『壁――旅芝居殺人事件』で第38回日本推理作家協会協会賞（85年）、「恋紅」で第95回直木賞（86年）、「薔薇忌」で第3回柴田錬三郎賞（90年）、「死の泉」で第32回吉川英治文学賞（98年）、「開かせていただき光栄です」で第12回本格ミステリ大賞（2012年）、第16回日本ミステリー文学大賞を受賞（2013年）。異色の恐怖犯罪小説を集めた傑作集「悦楽園」（出版芸術社）や70年代の単行本未収録作を収録した「ペガサスの挽歌」（烏有書林）、文庫本未収録作のみを集めた「皆川博子コレクション」（出版芸術社）などの作品集も刊行されている。

［編者紹介］
日下三蔵
（くさか・さんぞう）

1968年、神奈川県生まれ。出版芸術社勤務を経て、SF・ミステリ評論家、フリー編集者として活動。架空の全集を作るというコンセプトのブックガイド『日本SF全集・総解説』（早川書房）の姉妹企画として、アンソロジー『日本SF全集』（出版芸術社）を編纂する。編著『天城一の密室犯罪学教程』（日本評論社）は第5回本格ミステリ大賞（評論・研究部門）を受賞。その他の著書に『ミステリ交差点』（本の雑誌社）、編著に《中村雅楽探偵全集》（創元推理文庫）など多数。

Minagawa Hiroko COLLECTION

皆川博子コレクション

8 あの紫は わらべ唄幻想

2015年8月30日　初版発行

著　者　皆川博子

編　者　日下三蔵

発行者　松岡　綾

発行所　株式会社 出版芸術社
〒102-0073 東京都千代田区九段北1-15-15 瑞鳥ビル
電　話　03-3263-0017
F A X　03-3263-0018
振　替　00170-4-546917
http://www.spng.jp

印刷所　近代美術株式会社
製本所　株式会社若林製本工場

JASRAC 出 1508923-501

落丁本・乱丁本は、送料小社負担にてお取替えいたします。

ISBN 978-4-88293-465-3 C0093